Prémonition

DU MÊME AUTEUR

AUX EDITIONS HARLEQUIN

DANS LA COLLECTION BEST-SELLERS

Soupçons (N° 23)
Le triangle du diable (N° 42)
L'été fatal (N° 53)
L'ennemi sans visage (N° 78)
L'invitation (N° 112)
La nuit masquée (N° 183)
Le complot (N° 197)
La griffe de l'assassin (N° 210)

HEATHER GRAHAM

Prémonition

BEST SELLERS

éditions Harlequin

Cet ouvrage a été publié en langue anglaise
sous le titre :
THE PRESENCE

Traduction française de
KATIA NOVET SAINT-LÔT

Photos de couverture
Arbre : © VICTORIA PEARSON / GETTY IMMAGES
Maison : © ED HOLUB / PHOTONICA

83-85, boulevard Vincent-Auriol, 75013 PARIS — Tél. : 01 42 16 63 63
Service Lectrices — Tél. : 01 45 82 47 47
ISBN 2-280-08684-0 — ISSN 1248-511X

A Rich Devin, Lance Taubald, Leslie et Leland Burbank, Connie Perry, Jo Carol, Peggy McMillan, Sharon Spiak, Sue-Ellen Wellfonder, Kathryn Falk et Rubin, avec toute mon affection

– et à l'Ecosse, en souvenir de ses merveilleux châteaux et ruisseaux…

Prologue

Cauchemars

Le cri jaillit et se répercuta dans la nuit — un cri au timbre glaçant, le cri inimitable d'un enfant véritablement terrifié.

Les parents se ruèrent dans la chambre, prêts à combattre les forces qui avaient provoqué une telle terreur chez leur fille.

Mais ils ne trouvèrent rien. Rien que leur petite de neuf ans debout sur son lit, les poings serrés, le corps raide. Elle hurlait toujours, et ses cris perçants faisaient penser au grincement des ongles sur le tableau noir.

Les parents regardèrent autour d'eux, éperdus.

— Chérie, chérie !

La mère s'approcha et tenta vainement de l'étreindre. Le père fit de même, tout en l'appelant par son nom. Puis il la prit par les épaules et la secoua. Mais l'enfant ne les voyait toujours pas.

Finalement, elle s'effondra. D'un seul coup, elle tomba au milieu du lit, telle une masse.

Les parents échangèrent un regard, et la mère prit l'enfant dans ses bras et la serra contre elle.

— Chérie, pour l'amour du ciel, chérie…

La petite ouvrit de grands yeux bleus comme un ciel d'été, des yeux pleins d'innocence. Son visage encadré d'un halo de cheveux blond pâle s'éclaira d'un sourire endormi, comme si de rien n'était, comme si les cris terrifiants n'avaient jamais franchi la barrière de ses lèvres.

— Tu as fait un cauchemar ? demanda sa mère avec anxiété.

L'enfant fronça les sourcils.

— Non, répondit-elle dans un chuchotement.

Son regard bleu s'assombrit, et elle se mit à trembler.

La mère secoua la tête.

— Il faut appeler le médecin, dit-elle à son mari.

— Il est 2 heures du matin. Elle a fait un cauchemar.

— Il faut appeler quelqu'un.

— Non, déclara le père avec fermeté. Ce qu'il faut, c'est la recoucher.

— Mais…

— Si on appelle le médecin, il nous enverra aux urgences. On y passera des heures, tout ça pour nous entendre dire qu'ils ne peuvent rien faire et qu'il faut l'emmener voir un psychiatre.

— Donald !

— C'est la vérité, Ellen, et tu le sais.

Ellen baissa la tête. Sa fille la regardait fixement, et elle tremblait toujours.

— La police, chuchota-t-elle.

— La police ? répéta Ellen.

— Je l'ai vu, maman. J'ai vu ce que le monsieur a fait à la dame.

— Quelle dame, chérie ?

— Elle était dans la rue, elle arrêtait des voitures. Elle avait des cheveux roux et une minijupe brillante. L'homme s'est arrêté à côté d'elle. Il était dans une voiture rouge sans toit, comme celle d'oncle Ted. Elle est montée à côté de lui, il est reparti, et après… après…

Donald traversa la pièce et prit sa fille par les épaules.

— Arrête ça ! Tu mens ! Tu n'es pas sortie de cette pièce !

Ellen repoussa son mari.

— *Toi*, arrête ! Tu ne crois pas qu'elle est suffisamment terrifiée comme ça ?

— Si on appelle la police, notre fille unique se retrouvera en première page des journaux. Et si le cinglé qui tue ces femmes n'est pas arrêté, c'est à elle qu'il s'en prendra.

— Ils le retrouveront peut-être, suggéra Ellen avec douceur.

— Je veux que tu oublies tout ça, ordonna Donald à sa fille.

L'enfant secoua la tête d'un air grave.

— Il faut que je le dise, chuchota-t-elle.

— Laisse-la parler ! s'insurgea Ellen qui, pourtant, contredisait rarement son mari.

— Il n'est pas question d'avertir la police ! rétorqua-t-il.

— Alors, je vais appeler Adam.

— Ce charlatan !

— Adam n'est pas un charlatan, et tu le sais très bien.

Donald regarda sa femme, puis sa fille. Les yeux de la fillette reflétaient une misère et une peur qu'aucun enfant ne devrait connaître.

— D'accord, concéda-t-il d'une voix brisée.

Il était très vieux. Ce fut, du moins, la première pensée de Toni lorsqu'elle rencontra Adam Harrison pour la première fois. Il avait un visage long, le corps mince et des cheveux blancs comme neige. Mais son regard exprimait plus de bonté et de savoir que Toni n'en avait perçu au cours de sa jeune vie.

Il s'approcha du lit, prit la main de l'enfant entre les siennes et la serra doucement. Toni tremblait, mais la douceur du geste la réchauffa instantanément, et elle se calma. Cet homme la comprenait. Il la croyait lorsqu'elle racontait ce qu'elle avait vraiment vu sans même sortir de sa chambre. C'était insensé, bien sûr. De telles choses ne se produisaient pas, elle le savait bien. Pourtant…

Comme elle avait horreur de cela ! Elle comprenait l'inquiétude de son père, aussi. Il craignait que les gens se moquent d'elle ou qu'ils essaient d'utiliser ses dons à des fins malhonnêtes.

— Alors, raconte-moi, dit Adam.

— J'ai tout vu, chuchota Toni en se remettant à trembler.

— Dis-moi ce que tu as vu.

— Il y avait une femme dans la rue. Elle essayait d'arrêter des voitures. Il y en a une qui s'est garée à côté d'elle. Elle s'est penchée et elle a parlé d'argent avec le monsieur. Ensuite, elle est montée dans la voiture. Une voiture rouge.

— Une décapotable ?

— Comme celle d'oncle Ted.

— Continue, l'encouragea-t-il en serrant de nouveau la main de l'enfant entre les siennes.

D'une voix monocorde, Toni répéta, mot pour mot, une partie de la conversation entre l'homme et la femme. La sueur perlait à son front, tandis qu'elle partageait la peur que la femme avait éprouvée. Et lorsqu'elle décrivit le couteau, elle pouvait à peine respirer. A la fin, elle était trempée de sueur et elle claquait des dents, tellement elle avait froid. Mais Adam lui parla encore, et parvint à la rassurer.

Bientôt, la police arriva, alertée par les voisins qui avaient entendu les cris de la fillette.

Deux officiers de police se plantèrent de chaque côté du lit de l'enfant et la bombardèrent de questions, exigeant de savoir ce qu'elle avait vu ou ce qu'on lui avait fait.

En dépit de sa terreur, Toni se sentait rassurée par la présence d'Adam. Mais, soudain, de grosses larmes jaillirent de ses yeux.

— Je n'ai rien vu ! cria-t-elle. Je n'ai rien vu !

Quand Adam intervint, sa voix était empreinte d'une telle autorité que même les représentants de la loi l'écoutèrent. Finalement, ils quittèrent la chambre, et Adam sortit à son tour en adressant un clin d'œil à l'enfant.

Un mois plus tard, les policiers revinrent. Toni entendit son père se fâcher contre eux et leur demander de la laisser tranquille. Malgré tout, elle dut répondre aux terribles questions qu'on lui posa. Un homme lui décrivit des événements horribles, d'une voix de plus en plus dure, jusqu'à ce qu'elle sente quelque chose se fermer en elle et que tout devînt noir.

Elle se réveilla à l'hôpital. Sa mère était à son chevet, luttant contre les larmes. Son père était là, lui aussi. Il l'embrassa sur le front, et quitta la chambre très vite, étouffant des sanglots.

Un autre homme, plus vieux, s'approcha.

— Tu vas déménager, dit-il sur un ton enjoué. Vous allez vous installer à la campagne. La police ne viendra plus jamais t'embêter.

— La police ? demanda Toni.

— Oui. Tu ne te souviens pas ?

La fillette secoua la tête.

— Je suis désolée… Je suis vraiment désolée, mais… je ne sais pas qui vous êtes.

L'homme haussa ses sourcils très blancs et très fournis, et la regarda fixement.

— Je suis Adam. Adam Harrison. Tu ne te souviens vraiment pas de moi ?

Elle le considéra d'un air grave, puis secoua de nouveau la tête. Il se dit qu'elle devait mentir, mais il lui sourit quand même. Un sourire chaleureux et réconfortant.

— Rappelle-toi simplement mon nom, dit-il. Et si tu fais de nouveaux cauchemars, appelle-moi.

— Je ne fais pas de cauchemars, répliqua-t-elle.

— Si jamais tu rêves…

— Oh, je ne rêve pas non plus. Je ne me le permets pas. Il y a des gens qui ont ce pouvoir, vous savez ?

Le sourire de l'homme s'élargit encore.

— En effet, je le sais. Eh bien, mademoiselle Antoinette Fraser, je suis ravi de te connaître, et surtout de te voir en pleine forme. Si jamais tu as envie de bavarder un peu, rappelle-toi mon nom.

Toni lui prit la main, brusquement.

— Je me rappellerai toujours votre nom, dit-elle.

— Et si tu as besoin d'un ami, je serai là, promit-il.

Il déposa un baiser sur son front et sortit, laissant juste l'odeur de son après-rasage derrière lui.

Bientôt, le souvenir de ces événements se dissipa, au point que tout devint flou, presque irréel. Toni n'en garda que des traces indistinctes.

1.

— Imaginez, je vous prie, le puissant seigneur du château ! Le grand laird MacNiall en personne, celui dont la légende inspire autant de peur que d'admiration. En avance sur son temps, il mesurait presque un mètre quatre-vingt-dix, et ses cheveux étaient noirs comme le jais. Il avait des yeux gris acier. Les yeux du diable, disaient certains, ajoutant qu'au fond de ces orbites brûlaient les feux mêmes de l'enfer. Ses bras noueux étaient durs et musclés, à force de manier l'épée, le sabre ou tout ce qui lui tombait sous la main, dans le feu de la bataille. La légende prétend qu'il était capable d'abattre douze hommes en une minute, au plus fort de la mêlée. Entièrement dévoué au roi et à sa patrie, il était prêt à mourir pour défendre l'un et l'autre. Amant passionné, sa colère pouvait se déchaîner avec la même violence contre une femme, s'il la soupçonnait de la moindre trahison. Imaginez, maintenant, que vous êtes son épouse adorée. Vous savez que votre amant, votre époux, cet homme que vous aimez plus que votre âme, est entouré de conseillers qui veulent sa perte, des individus prêts à tout pour éliminer un personnage aussi redoutable. Vous êtes cette femme et vous savez qu'on vous a trahie, que votre époux revient du champ de bataille, encore tout couvert de sang et déterminé à se venger. Là… là…, imaginez, voyez…, il arriverait par ici, il entrerait par ce grand portail…

Toni se tenait à la rampe du balcon du premier étage, le doigt pointé vers la double porte massive, transportée par son propre récit. Un groupe de touristes ébahis était agglutiné dans le hall, et tous les yeux étaient levés vers elle.

La réalité dépassait toutes ses espérances. Jamais elle n'aurait imaginé une réussite pareille quand ses amis et elle s'étaient mis à la recherche d'un château à l'abandon pour organiser cette attraction touristique.

David et Kevin interprétaient deux infortunés troubadours sortis tout droit de l'époque de Jacques IV, et cela bien que le bâtiment eût été construit sur un bastion normand du XIIIe siècle. Ryan et Gina s'étaient également distingués dans les rôles de la fille d'un seigneur et du garçon d'écurie, tombés follement amoureux l'un de l'autre durant le règne de Marie, reine d'Ecosse. Quant à Thayer, la pièce rapportée de leur petit groupe, il avait très bien joué le seigneur accusé de sorcellerie, au temps de Jacques IV. Et ils avaient tous endossé les costumes de servantes et de garçons de cuisine pour les besoins d'une scène ou d'une autre.

Aucun doute : le public était pris par le spectacle. Ils attendaient tous, suspendus aux lèvres de Toni.

La jeune femme reprit :

— Hélas, c'est ici même, à l'endroit où je me tiens, que se retrouvèrent Annabelle et son puissant mari, ce grand homme ravagé par la jalousie et la colère. Trompé par les propos diffamatoires qui souillaient l'honneur de sa femme et le sien, il enroula ses doigts autour de la gorge gracile d'Annabelle et serra, serra, jusqu'à ce que son épouse laisse échapper un dernier souffle de ses lèvres entrouvertes. Puis, tout à son incontrôlable rage, il jeta le corps sans vie dans l'escalier. Ses serviteurs l'aidèrent à se débarrasser du cadavre, et MacNiall retourna sur le champ de bataille. Mais…

Toni marqua une courte pause, tant pour reprendre son souffle que pour exploiter le suspense.

— … le destin attendait le grand laird pour lui régler son compte. Les hommes de Cromwell le firent prisonnier, et il endura le châtiment ultime. Le seigneur MacNiall fut castré, décapité, étripé, et ses membres furent dispersés. Ses descendants parvinrent à réunir les morceaux éparpillés de son corps, et il gît, désormais, dans le caveau familial, entre ces murs. Cependant, si ses restes reposent ici, la légende prétend qu'il hante toujours la forêt du domaine.

Un « Oh ! » collectif accueillit cette révélation, et Toni adressa un sourire radieux à Gina, qui suivait l'action depuis une pièce donnant sur le palier du premier étage.

D'une seconde à l'autre, Ryan ferait irruption dans le grand hall, à cheval.

— Il erre à travers ces terres, reprit Toni. A la recherche de sa femme, soucieux de revoir son visage, le cœur tourmenté par l'amour, le désir…, mais aussi la rage…

Toni regarda de nouveau en direction de Gina. Où était Ryan ? Il aurait déjà dû faire son entrée !

Gina eut un haussement d'épaules et leva les mains, paumes vers le ciel, l'air de dire : « Je ne sais pas où il est. Tâche de te sortir de là ! »

Toni prit une profonde inspiration, cherchant encore à gagner du temps…

— Ce soir-là, donc, le seigneur du château franchit le portail d'entrée dans un fracas de tonnerre.

Au même instant, un éclair déchira l'obscurité, suivi par un formidable grondement de tonnerre.

Les portes s'ouvrirent… et un homme apparut.

Toni écarquilla les yeux, et faillit s'étrangler de stupéfaction.

Ce n'était pas Ryan ! L'homme montait le plus grand étalon

noir que la jeune femme eût jamais vu. L'animal était tellement énorme qu'on s'attendait presque à le voir souffler du feu.

Et le cavalier... Il était trempé par la pluie, mais ses cheveux avaient l'air aussi noirs que l'ébène. Et, bien qu'il fût juché sur un cheval géant, il paraissait presque aussi massif que sa monture. Si ses yeux avaient brillé des feux de l'enfer, Toni n'aurait pas trouvé cela étonnant. L'homme ressemblait comme un frère au laird Bruce MacNiall, le guerrier vêtu d'une cape et d'un kilt qu'elle venait de décrire.

Un nouvel éclair déchira la nuit, suivi d'un second coup de tonnerre.

Toni laissa échapper un cri, et le public poussa un « Oh ! » collectif.

« Fabuleux ! » songea la jeune femme.

Le moment était venu d'annoncer que le seigneur du château était rentré chez lui, tout auréolé de gloire... et de colère. Mais, pour une fois dans sa vie, les mots lui manquèrent. A l'instar des autres, elle était hypnotisée, le regard fixe, craignant presque de respirer, se disant qu'elle avait fait apparaître un fantôme.

L'homme descendit de cheval avec une incroyable aisance. Il regarda autour de lui, les yeux plissés, la mâchoire crispée.

— Qui est à l'origine de cette plaisanterie ? lança-t-il sur un ton sévère.

Le public ensorcelé continuait à croire que cette entrée fracassante faisait partie du spectacle.

Finalement, David, qui s'était mêlé aux spectateurs, intervint.

— La dame qui se tient en haut de l'escalier, répondit-il en désignant Toni.

Puis il s'occupa de faire sortir le public aussi vite que possible.

— Mesdames et messieurs, la représentation est terminée. Merci pour votre attention.

Tout le monde applaudit, et le visage du nouveau venu s'assombrit encore plus.

— Encore merci, dit David. Et maintenant, rendons-nous à l'office où vous attend une collation.

Le groupe de touristes s'éloigna en direction de la cuisine, et Gina rejoignit Toni sur le palier, tandis que l'inconnu gravissait les marches à leur rencontre.

— Mon Dieu ! murmura Gina dans un souffle. Qui est-ce ? Je croyais que tu avais inventé ce personnage.

— Je l'ai inventé ! répondit Toni, sur le même ton.

— Ah bon ? En tout cas, il n'a pas l'air content.

Pas content ?

En entendant ces mots, Toni sortit de l'état second où l'avait jetée l'apparition extraordinaire et subite du cavalier. Ah, il n'était pas content ? Eh bien, elle non plus. Et d'abord, pour qui se prenait-il ? De quel droit faisait-il irruption au beau milieu de leur spectacle ? Ils avaient un contrat de location, et ce type n'avait rien à faire ici.

— Bonjour, dit-elle sur un ton glacial. Puis-je vous aider ?

— Si vous pouvez m'aider ? Certainement ! répondit-il.

Il était assez près, maintenant, pour que Toni pût voir ses yeux qui étaient gris comme un ciel d'orage.

— Qui diable êtes-vous ? Et que prétendez-vous faire ici ? lança-t-il.

Il avait un accent écossais, teinté d'autres influences, ce qui laissait supposer qu'il avait passé pas mal de temps hors de son pays.

— Et vous ? répliqua Toni, les sourcils froncés. Qui êtes-vous ?

— Laird Bruce MacNiall, le propriétaire de ce château.

— Tous les MacNiall sont morts, déclara la jeune femme.

— Pardon de vous contredire, mais je suis bel et bien vivant. Et je suis un MacNiall.

Gina étouffa un grognement.

— Mon Dieu, il doit s'agir d'une terrible erreur ! dit-elle.

— Il n'y a pas d'erreur, reprit Toni. C'est impossible. Nous avons un contrat de location parfaitement en règle. Il s'agit, en fait, d'une promesse de vente avec un accord préalable de location.

— Ces papiers sont illégaux, déclara l'homme sur un ton sec.

— Ils ont, pourtant, l'air tout à fait en règle ! répliqua Gina avec un sourire conciliant.

Gina était petite, avec d'abondants cheveux bruns et des yeux verts qui exprimaient l'intelligence et la courtoisie. Les relations publiques étaient son point fort.

— Voici Antoinette Fraser, reprit-elle. Nous l'appelons Toni. Moi-même, je suis Gina Browne. Je vous assure, monsieur, que nous avons accompli toutes les démarches légales, et que nous avons aussi payé une petite fortune pour avoir le droit de demeurer ici. D'autre part, nous possédons une licence de guides touristiques. Je ne comprends pas votre irruption de ce soir. Si vous estimez que notre situation est illégale, pourquoi avoir attendu aussi longtemps avant de vous manifester ?

— J'étais en voyage. Si le chef de la police ne vous a pas jetés dehors, c'est qu'il a dû croire qu'effectivement, j'étais d'accord pour vous louer le château. Je suis arrivé tout à l'heure, et j'ai eu la mauvaise surprise d'apprendre qu'on avait transformé ma demeure en cirque !

— Vraiment ? s'exclama Gina en s'efforçant de respirer profondément.

Toni lui lança un regard, et sourit d'un air lugubre.

— Personnellement, j'adore le cirque, déclara-t-elle. Quoi qu'il en soit, votre apparition n'en est pas moins stupéfiante. Nous ignorions totalement votre existence, et je trouve pour le moins étrange que personne n'ait jugé bon de nous en parler. Enfin, comme Gina vient de vous le dire, nous avons en main tous les papiers qui justifient notre présence ici. Je tiens à ajouter que nous sommes entrés dans ce château comme dans un moulin. Nous n'avons même pas eu besoin de nous faire remettre les clés. Il y avait un jeu accroché à un clou, près de la porte. Vous voyagez sans doute un peu trop souvent, monsieur MacNiall.

— Laird MacNiall, corrigea-t-il sèchement. Et, lorsque je rentre chez moi, je ne m'attends pas à trouver…

Un fracas de sabots de cheval l'interrompit, et Ryan Browne fit enfin son entrée, brandissant une épée. Il s'avisa presque immédiatement que le hall était occupé, en tout et pour tout, par un étalon géant. Il tira sur ses rênes, leva la tête, et découvrit le trio, au premier étage.

— Le grand laird retourne au château et trouve… ? fit-il faiblement.

L'étalon noir produisit un hennissement sarcastique, et le cheval de Ryan, un beau rouan nommé Wallace, recula instinctivement.

— Un autre laird et un cheval plus grand, conclut Ryan. Ce laird-ci se retire, ajouta-t-il en reprenant le contrôle de sa monture. Mais je reviendrai.

Il fit demi-tour et sortit du hall dans un claquement de sabots.

— Je vais tous vous faire arrêter, déclara Bruce MacNiall dans un grognement. Comment osez-vous vous introduire chez moi pour vous moquer de l'histoire écossaise ? Vous n'êtes que de vulgaires Américains !

— Pardon, mais nous avons déjà répondu à cette question, dit Toni. Nous avons loué ce château, en attendant de l'acheter. Et nous ne nous moquons pas de l'histoire de votre pays. Nous sommes ici parce que nous l'aimons.

— Ecoutez-moi une dernière fois, espèce de femelle sans

cervelle ! Je suis le propriétaire de ce château, et il n'a jamais été à vendre ou à louer !

L'homme s'exprimait avec tant de colère et de véhémence que Toni commença à craindre le pire. Gina avait l'air tout aussi inquiète. Toni décida de continuer à jouer la carte de l'agressivité.

— Vous vous trompez ! Nous avons tous les papiers le prouvant.

— Foutaises !

— Vous n'avez aucun droit de m'insulter ! Nous devrions porter plainte ! Et permettez-moi d'ajouter que si ce château vous appartient, vous êtes un piteux propriétaire. Nous l'avons trouvé dans un état lamentable : il est clair que personne ne s'en occupait plus depuis des années. Nous avons travaillé comme des fous, pendant des jours et des jours, pour remplacer les câbles électriques, refaire les plâtres et les peintures, effectuer tous les travaux nécessaires.

— Je vous ai déjà dit que j'étais en voyage.

— Si j'avais hérité d'un endroit pareil, je ne l'aurais pas laissé à l'abandon comme ça ! déclara Toni.

— Mon château n'a rien à voir avec vous. Mêlez-vous de vos affaires.

— Ce sont mes affaires, justement ! Figurez-vous que pendant un an, au moins, c'est *notre* château.

— Certainement pas ! C'est *ma* propriété, et je ne l'ai pas louée.

Toni hésita, déstabilisée par l'assurance de l'homme.

— Je vois bien que vous avez fait des travaux, reprit-il en s'adressant à Gina. Je suis navré que vous ayez perdu votre temps et sans doute de l'argent. Mais le château n'a jamais été à louer, et il ne le sera jamais. Je n'aurais jamais permis qu'une chose pareille se produise. Mais, comme je l'ai déjà dit, j'étais à l'étranger.

— Et, bien sûr, nous vivons à une époque où il est impossible de prendre son téléphone pour appeler une personne et la prévenir que des étrangers s'apprêtent à lui voler sa propriété ! lança Toni. Vous voulez vraiment nous faire croire que personne, dans le village, n'a cherché à vous joindre ? Nous ne nous cachons pas, vous savez !

— C'est vrai, ça, renchérit Gina.

Au même instant, Ryan entra de nouveau dans le hall. Fidèle à sa passion pour les chevaux, il s'arrêta devant l'étalon noir et le considéra un instant.

— Quel superbe animal ! dit-il.

Bruce MacNiall descendit les marches à sa rencontre.

— C'est le résultat d'un mélange très étudié de plusieurs races.

— Voyez ses muscles et sa taille ! continua Ryan. Il a du sang arabe, c'est certain. Mais ses jambes sont plutôt celles d'un pur-sang américain.

— Bien vu ! dit Bruce. Sa mère était le résultat d'un croisement de pur-sang américain avec l'un de nos étalons. Il a la force d'un cheval belge, la grâce d'un arabe et la dignité d'un pur-sang.

— Majestueux, en effet, acquiesça Ryan.

Toni et Gina échangèrent un regard et descendirent l'escalier à leur tour, tandis que les deux hommes se tenaient devant l'animal, admirant la longueur de son cou et l'espace entre ses yeux immenses.

— Pardon, mais nous avons un petit problème, fit Toni en arrivant à leur hauteur.

— Ah oui ? Que se passe-t-il ? demanda Ryan avec un sourire amusé. L'invention de Toni s'est matérialisée, on dirait ? Au fait, je suis Ryan Browne. Le mari de Gina.

— Enchanté, mais en ce qui me concerne, j'ai peur d'avoir

toujours été bien réel, répliqua MacNiall, le regard fixé sur Toni.

Ryan fronça les sourcils.

— L'agence nous avait pourtant assuré que la famille s'était éteinte !

— C'est ce qu'ils nous ont dit, en effet.

— Ils ont menti, déclara MacNiall. A moins que ce ne soit vous qui mentiez, ajouta-t-il en regardant Toni droit dans les yeux. Non seulement vous êtes sur une propriété privée — la mienne —, mais vous vous êtes également approprié l'histoire de ma famille et les rumeurs qui courent à son sujet.

— Je ne mens pas ! s'exclama la jeune femme, indignée. Et je ne me suis rien approprié du tout. J'ai juste imaginé une histoire.

— Eh bien, votre histoire « imaginée » ressemble étrangement à la réalité !

Toni secoua la tête.

— Je savais qu'une famille MacNiall avait longtemps possédé ces terres, mais c'est tout. Bruce est un prénom écossais on ne peut plus commun. Nous avons été bien trop pris par notre travail, ici, pour avoir le temps de papoter avec les membres de la communauté.

— Un mètre quatre-vingt-dix, des cheveux noirs comme le jais, des yeux gris… comme ceux du diable, murmura Gina tout en dévisageant MacNiall.

Puis elle se tourna vers Toni.

— Je vous jure que j'ai tout inventé ! s'exclama celle-ci d'un air irrité.

— Nous avons des documents qui prouvent que nous avons agi en toute bonne foi, intervint Ryan.

— Soit, répondit MacNiall. Vous avez un contrat. Mais sachez que vous vous êtes fait rouler. C'est le genre de choses qui arrive souvent aux Américains. L'Internet leur tient lieu de Dieu tout-puissant, et ils ne se posent pas trop de questions. Nous sommes en Europe, ici.

— Sans rire ? lança Toni d'un ton railleur. Nous sommes en Europe ?

— Le fait est qu'on vous a roulés dans la farine, reprit MacNiall d'un ton sec. Il n'y a pas grand-chose d'autre à ajouter.

Toni crispa les mâchoires. Ce type était odieux.

— Gina, si tu lui montrais nos papiers ?

— Oui, bien sûr ! s'exclama la jeune femme en s'éloignant aussitôt.

MacNiall secoua la tête.

— Nous avons tellement investi dans cette affaire, dit Ryan d'un air consterné.

— Je suis désolé, répondit MacNiall.

— Pratiquement toutes nos économies.

— Eh ! Attendez une seconde, rien n'est encore joué ! reprit Toni. Il prétend que nous n'avons pas le droit d'occuper ces lieux, mais rien ne prouve qu'il dise vrai.

Elle afficha un sourire perfide.

— Après tout, l'Europe est pleine de gentilshommes sans le sou. *Laird* MacNiall ignore peut-être que le gouvernement a saisi sa propriété pour des histoires d'impôts impayés.

L'espace d'un instant, elle n'eut aucun mal à imaginer l'inconnu jetant ses mains autour de son cou et l'étranglant sans effort. Il parvint, cependant, à contrôler sa colère, et se contenta de l'envelopper d'un regard dégoulinant de mépris.

— Je vous assure que ce n'est pas le cas.

Gina réapparut avec leur contrat en main.

— Regardez, monsieur… *Laird* MacNiall.

Les feuilles de papier lui échappèrent des mains, et tous se penchèrent pour les ramasser, MacNiall y compris.

Puis il se redressa, et étudia les documents en secouant la tête.

— Tout ceci semble en règle, effectivement. Malheureusement, vous n'en demeurez pas moins les victimes d'une fraude. J'en suis désolé, mais…

— Bruce ?

Le cri avait jailli depuis le portail d'entrée, et Toni reconnut aussitôt le chef de la police locale, Jonathan Tavish. Ils s'étaient croisés, au village. C'était un homme agréable, d'une trentaine d'années, avec des cheveux blond cendré et une très belle voix. Il avait une manière presque hypnotique de rouler ses « r ». Et s'il n'avait jamais mentionné le fait qu'un descendant de la famille MacNiall fût encore vivant, il avait quand même considéré leur arrivée et leurs projets avec une certaine dose d'inquiétude et de scepticisme.

Toni sentit son cœur chavirer, alors même qu'une voix au fond d'elle s'écriait : « Non, c'est impossible ! »

— Tout va bien, Jon, répondit Bruce. Mais tu pourrais peut-être expliquer à ces braves gens que je suis bel et bien le propriétaire des lieux.

— Laird MacNiall possède le château, la moitié du village et Dieu sait quoi d'autre encore, déclara le représentant de la loi sur un ton solennel.

Toni le considéra d'un air incrédule, puis elle sentit la moutarde lui monter au nez.

— Pardon, monsieur, mais si ce que vous dites est vrai, vous auriez pu nous informer un peu plus tôt qu'un MacNiall bien vivant était propriétaire du château et qu'il n'avait aucune intention de le louer !

Jon eut une grimace attristée.

— Hélas, mademoiselle, si j'ai ajouté à votre confusion et à votre détresse, vous m'en voyez navré. Mais j'étais persuadé que vous étiez au courant de l'existence du laird MacNiall. Et je ne pouvais pas savoir s'il avait ou non décidé de louer sa propriété… même si je trouvais cette idée plutôt étrange.

Un nouvel éclair zébra le ciel, révélant la présence d'Eban Douglas, derrière Jonathan Tavish. Douglas s'était présenté comme l'homme à tout faire du château, et lorsque Toni et ses amis lui avaient expliqué qu'ils avaient investi pratiquement tout leur argent pour acheter les matériaux nécessaires à la restauration des lieux, il avait semblé ravi. Cela dit, il avait toujours l'air content. C'était un petit homme tout desséché avec des cheveux blancs et un visage squelettique. Gina l'avait baptisé Igor, et elle était convaincue qu'il aurait fait fortune dans le rôle de Riff-Raff, pour le *Rocky Horror Picture Show*.

En tout cas, il les avait adoptés d'emblée ; il avait même mis la main à la pâte. Et à aucun moment il n'avait mentionné l'existence du propriétaire des lieux.

En dépit de cela et de son apparence vaguement effrayante, il avait l'air d'un brave homme. Toni l'avait vu travailler sur la propriété, et elle en avait déduit qu'il était employé par l'agence qui leur avait loué le château.

Un commerçant du village leur avait dit qu'il vivait dans une maisonnette de l'autre côté de la colline, sur un morceau de terrain où se dressaient, autrefois, les douves qui entouraient le château.

— Et vous, Eban, lui dit Toni, pourquoi ne nous avez-vous pas parlé de M. MacNiall ?

— Vous ne m'avez rien demandé, répondit le vieil homme. Je me suis dit que Sa Seigneurie était d'accord.

Il eut un haussement d'épaules.

— Après tout, vous avez fait du joli travail, pour sûr.

— Merci de le reconnaître, répondit Toni en serrant les mâchoires.

— Et maintenant, regagnons les autocars ! fit la voix de David, comme il sortait de la cuisine, suivi par un large groupe de touristes. Par ici, mesdames et messieurs, ajouta-t-il, tandis que certains faisaient mine de s'attarder.

Mais il ne put empêcher certains d'entre eux de s'approcher de Toni, Gina, Ryan et Bruce, et de distribuer force compliments.

— Magnifique représentation ! dit une dame en s'adressant à Bruce. Vraiment, c'était merveilleux. Et votre entrée sur ce superbe animal ! Magique ! Merci infiniment. Je n'oublierai jamais ce voyage en Ecosse. J'en rêvais depuis si longtemps !

— Merci, madame, dit Kevin, glissant un bras sous celui de l'enthousiaste touriste pour l'entraîner vers la sortie. Mais l'autocar vous attend.

— J'ai adoré ! conclut la dame, s'adressant toujours à MacNiall.

— Je suis ravi que l'Ecosse vous ait plu, dit-il en ayant la bonne grâce d'incliner légèrement la tête.

Tout le monde sortit dans un brouhaha de conversations. Soudain, Toni vit que Thayer les avait rejoints.

— Thayer ! s'exclama-t-elle. C'est mon cousin. Il est écossais ! ajouta-t-elle, comme si la présence d'un Ecossais dans leur groupe pouvait les mettre à l'abri d'une escroquerie.

— Ecossais ou américain d'origine écossaise ? demanda MacNiall.

— Né et élevé à Glasgow, répondit Thayer, les sourcils froncés.

Puis il s'avança, la main tendue.

— Thayer Fraser. Je viens d'entendre la fin de la conversation. Tout cela est pour le moins regrettable, mais il semble bien que nous soyons à votre merci. Toni a réglé toute la paperasserie depuis les Etats-Unis, après avoir repéré l'annonce pour la location du château sur Internet. Le contrat a été signé par l'intermédiaire d'une agence immobilière…

MacNiall secoua la tête d'un air préoccupé. Toni, elle, rongeait son frein. Le club des gentlemen les avait purement et simplement écartées de la conversation, elle et Gina. Qu'on lui parle de chevaux, et MacNiall prenait un air presque humain. Et si on le mettait en présence d'un autre Ecossais, il devenait même poli.

— Nous avons vraiment un problème, murmura-t-il d'un air sombre.

— Mais ils ont fait du sacré bon boulot, Bruce ! intervint Eban brusquement.

— Nous avons beaucoup travaillé, renchérit Ryan.

David et Kevin les avaient rejoints. Il y eut un silence embarrassé, puis David fit un pas en avant.

— Mon nom est David Fulton, et voici mon ami, Kevin Hart. Nous commençons seulement à comprendre ce qui a pu se passer, mais je vous assure que personne n'aurait restauré cette propriété avec plus de passion. Si seulement vous voulez bien prendre le temps de faire un état des lieux, vous verrez que je n'exagère pas.

Soudain, à la grande stupéfaction de Toni, Bruce MacNiall produisit une espèce de grognement étouffé, puis déclara :

— D'accord. De toute façon, les bureaux sont fermés pour le week-end. Jonathan peut témoigner du fait que je ne suis pas un imposteur, mais nous ne pourrons rien faire à proprement parler avant lundi matin. Vous allez donc devoir rester jusque-là.

— Pardon, mais nous allons rester parce que nous avons payé très cher le droit d'être ici et que nous avons tous les papiers nécessaires pour le prouver, déclara Toni avec entêtement.

Gina lui donna un coup de coude dans les côtes, et Toni tressaillit, prenant soudain conscience qu'elle exagérait un peu. Mais elle n'allait pas se laisser intimider, alors que leur contrat avait été soigneusement visé par un homme de loi.

— Mince, on a un avocat ! marmonna-t-elle entre ses dents.

Jonathan Tavish s'éclaircit la gorge.

— Mesdames et messieurs, je suis sincèrement désolé de ne

pas avoir exprimé mes doutes, lorsque vous êtes arrivés. Ainsi que je l'ai déjà expliqué, je ne pouvais pas être sûr que Bruce n'avait pas décidé de louer le vieux château ancestral. Mais il faut croire qu'un escroc connaissait l'existence de la propriété et qu'il savait aussi que Bruce voyage énormément.

Il eut un haussement d'épaules et se tourna vers MacNiall.

— Je peux prendre ces papiers maintenant, mais cela ne servira pas à grand-chose. Tout est fermé jusqu'à lundi, ainsi que tu l'as déjà dit.

— Nous allons les garder, pour le moment, déclara Toni.

Gina lui coula un regard oblique, mais Toni ne se laissa pas intimider. Ils n'avaient rien d'autre que ces papiers pour prouver leur bonne foi — pas question de les confier à qui que ce fût !

— Très bien, dit Tavish. Apportez-les à mon bureau, lundi matin.

Il s'éclaircit la gorge une nouvelle fois, avant d'ajouter à l'adresse de Bruce :

— Eh bien, si tu n'as plus besoin de moi, je vais me retirer.

Ce dernier inclina la tête d'un air princier.

— Merci, Jon. Dès lundi, nous présenterons le contrat de ces gens aux autorités habilitées à gérer le problème. Espérons qu'elles sauront retrouver le ou les coupables de cette escroquerie.

— Espérons, en effet, dit Jonathan Tavish.

Il sourit à la cantonade.

— Ne soyez pas trop découragés. Ce n'est pas la première fois que des Américains se font rouler dans la farine — sans doute pas la dernière fois non plus. Nous allons voir ce que nous pouvons faire pour vous tirer de ce mauvais pas.

— Merci, répondit Thayer.

— Bonsoir, dit Gina sur un ton enjoué.

— Je vais m'en aller, moi aussi, si vous n'avez pas besoin de moi, dit Eban Douglas à l'intention de Bruce.

— Je vais me débrouiller, Eban, répondit MacNiall.

Eban pivota sur ses talons et sortit. Il n'était ni bossu ni boiteux, et pourtant, il donnait l'impression d'être l'un et l'autre.

— Vous… euh, vous logez ici, quand vous êtes en ville ? s'enquit Ryan poliment.

La réponse se fit légèrement attendre, tandis que l'ombre d'un sourire passait sur les lèvres de MacNiall.

— Et comment ! Ce n'est pas un groupe d'infidèles qui me délogera !

— Vous voulez que je m'occupe du cheval ? demanda Ryan. Sa place n'est pas à l'écurie, habituellement, n'est-ce pas ? Je dis ça parce que j'y ai fait quelques travaux : l'endroit était en piteux état. Or, votre cheval a l'air très bien soigné.

— Je le laisse en pension, quand je m'absente.

— Vous vous êtes absenté combien de temps ? Vingt ans ? maugréa Toni.

Gina lui administra un autre coup de coude.

— Je vais l'installer, proposa Ryan.

Toni serra les dents. Elle aurait bien assommé son ami. Mais ce dernier ne se montrait pas servile : il adorait les chevaux, tout simplement. Et cet étalon était vraiment magnifique.

— D'accord, répondit MacNiall. Merci. Son nom est Shaunessy.

— Shaunessy ? répéta Toni d'un air surpris. Pas Thor, Tonnerre, ou King ?

Le troisième coup de coude de Gina faillit lui arracher un cri de douleur. Elle tressaillit.

— Shaunessy, reprit-elle. Joli nom.

Ryan entraîna l'animal.

— Je vais te donner un coup de main, déclara Kevin en lui emboîtant le pas.

Un silence gêné tomba sur l'assemblée, et David le rompit en s'exclamant :

— Il y a du thé ! Et des scones. D'excellents petits scones.

— Génial ! J'adore le thé ! fit Gina. Toi aussi, Toni, ajouta-t-elle en attrapant le bras de son amie. Laird MacNiall, nous aimerions beaucoup que vous vous joigniez à nous. Nous pourrions vous expliquer pourquoi nous avons loué le château et vous raconter tout ce que nous y avons fait. Vous pourriez aussi nous parler un peu de vous ? conclut-elle sur un ton plein d'espoir.

— Oui, joignez-vous à nous ! renchérit Thayer. Vous avez été tellement généreux de nous permettre de rester jusqu'à ce que nous ayons tiré cette affaire au clair.

— Merci, mais j'ai passé beaucoup de temps en avion, aujourd'hui. Tout ça pour découvrir que mon château était… occupé. Je vais me retirer pour la nuit, si vous le voulez bien. Mais je vous en prie, ne vous gênez pas pour moi. Vous êtes ici chez vous. Jusqu'à lundi.

— Jusqu'à lundi ? s'exclama Toni, ce qui lui valut un dernier coup de coude de la part de Gina.

Cette fois, cependant, elle protesta.

— Arrête !

— Bonne nuit, fit Gina.

— Vos papiers ! dit MacNiall, les rendant à Gina.

— Merci. Et merci de nous permettre de rester jusqu'à lundi. Je ne sais pas où nous serions allés. Surtout à cette heure.

Il inclina la tête.

— Je compatis à votre situation. Bonne nuit.

Il regarda longuement Toni, puis pivota sur ses talons et se dirigea vers l'escalier.

La jeune femme ouvrit la bouche, prête à parler, mais Gina la musela aussitôt.

— Tais-toi !

MacNiall se retourna. Ses yeux étaient bleus, maintenant, et aussi clairs et brillants qu'un ciel d'été.

Toni éprouva un étrange sentiment, et elle se figea. Elle

avait l'impression de le connaître, de connaître le regard dont il l'enveloppait à cet instant, de l'avoir déjà rencontré.

Un frisson lui parcourut la colonne vertébrale. Voyons, elle l'avait inventé !

« C'est juste un homme », se dit-elle. Un homme irritant et affublé d'un complexe de supériorité. Un homme furieux de les avoir trouvés chez lui.

Faux. Si ses cheveux étaient un peu plus longs, ses vêtements différents, juste un peu…

— Bonne nuit, dit-il.

L'étrange pressentiment qui avait gagné Toni redoubla d'intensité, et devint si fort que la jeune femme ne put le supporter. Elle s'enfuit.

Mais une voix continua de chuchoter à son oreille :

Tu ne t'échapperas pas. Tu ne t'échapperas pas.

Puis, plus doucement :

Pas cette fois…

INTERLUDE

Au temps de Cromwell

Depuis sa position stratégique, MacNiall les voyait parfaitement, tout rutilants, en ordre de bataille. L'homme pour lequel ils combattaient, Cromwell, prêchait peut-être la simplicité et la pureté, mais, au moment de déployer ses troupes, il s'assurait toujours que ses soldats, quel que fût leur uniforme, apparaissaient en rang, leurs armes et leurs boucliers parfaitement briqués.

Ces derniers semblaient ignorer la meilleure manière de livrer bataille dans les Highlands. Ils s'avançaient en formations. En rangées et en files. « Stop ! Chargez, visez, tirez ! En avant ! Stop ! Chargez, visez, tirez... »

Les troupes de Cromwell s'appuyaient sur leur nombre supérieur. A l'instar de tous les leaders qui l'avaient précédé, Cromwell était prêt à sacrifier ses soldats au nom de Dieu. C'était, du moins, ce que prêchait le grand homme.

MacNiall avait son propre Dieu, tout comme les hommes qui combattaient avec lui. Pour certains, ce Dieu était simplement celui que rejetait l'Anglais. Pour d'autres, il s'agissait d'une question d'honneur : leur Dieu régnait sur les Ecossais et l'église presbytérienne, et Il n'avait rien à voir avec un Anglais capable de décapiter son propre roi. D'autres encore se battaient pour leur terre ; des chefs de clan, de tribus, des hommes qui refusaient d'être gouvernés par un étranger, des hommes qui pliaient rarement devant une autorité. Leur pays était rude. A l'arrivée des Romains, ils avaient construit des murailles pour protéger les leurs et écarter les sauvages qui leur reconnaissaient à peine le statut d'humain. Au cours des siècles qui avaient suivi, le cœur du pays avait peu changé. Seule la cause était différente : le retour du jeune héritier Stuart et une haine profonde de l'ennemi.

Et, tout comme des siècles plus tôt, leur terre allait être leur arme la plus redoutable.

MacNiall reconnaissait à Cromwell une vertu : c'était un vrai militaire. Et il n'était pas bête. Il avait fait appel aux Irlandais et aux Gallois, passés maîtres dans l'art du tir à l'arc. Il avait fait appel à des hommes qui connaissaient les canons et le pouvoir dévastateur de la poudre et des boulets. Il comptait, finalement, sur la grande supériorité de leur nombre et de leurs armes.

Mais il ne connaissait pas les Highlands ni l'âme des hommes qu'il affrontait. Aujourd'hui, pourtant, plus que jamais, il aurait dû être informé sur la tactique que les Highlanders s'apprêtaient à utiliser. Car, d'après les rumeurs parvenues jusqu'à MacNiall, Cromwell avait placé, ce jour-là, l'un des leurs, un Ecossais de basse extraction, à la tête de ses troupes.

Grayson Davis, le traître, s'était rallié à Cromwell et, en échange, il avait reçu les terres de ceux qu'il avait réussi à vaincre et à détruire.

Tout comme Cromwell, Davis était convaincu de détenir le pouvoir. MacNiall comptait donc sur le fait qu'il allait sûrement sous-estimer l'ennemi : ces sauvages du Nord, mal équipés, débraillés, parfois à peine vêtus de haillons de laine, la figure peinte, comme leurs ancêtres, les Picts, tous prêts à mourir pour leur terre et leur liberté.

En rang et en file, les hommes de Cromwell avançaient lentement. Ils atteignirent une rivière.

— Maintenant ? demanda MacLeod.

— Encore une minute, répondit MacNiall sur un ton posé.

Lorsque l'ennemi se fut engagé sur le pont, MacNiall leva le bras. MacLeod transmit le signal.

Leur tireur d'élite hocha la tête calmement, l'air aussi lugubre et déterminé que ses chefs. Il visa.

Le coup partit et le pont explosa, projetant des gerbes de feu, de corps humains et de bois brisé dans les airs.

Seigneur Dieu ! songea MacNiall, le cœur presque las de tant de destruction et de mort.

— Maintenant ? demanda de nouveau MacLeod, criant, cette fois, pour se faire entendre par-dessus le grondement assourdissant qui montait jusqu'à eux.

— Maintenant, répondit MacNiall, toujours aussi calme.

Un autre signal fut donné, et une nuée de flèches décrivit un arc impeccable par-dessus la colline et le vallon, tombant furieusement sur la masse humaine qui se regroupait, au-dessous.

— Et maintenant ! rugit MacNiall en se dressant sur ses étriers.

Des hommes jaillirent de derrière les rochers des Highlands et, poussant leur terrible cri de guerre — peut-être un legs des Scandinaves, ces fous furieux qui les avaient attaqués, autrefois —, ils s'élancèrent à travers le terrain accidenté, portés par la folie de ceux qui, trop souvent, se sont battus à mains nues pour protéger ce qui leur appartenait, pour préserver la liberté qui était leur seul mode de vie.

Des hommes de tribu qui obéissaient tous à la même règle : ils déployaient la même rage pour défendre leur frère et pour protéger leur propre vie. Un peuple à part, auquel MacNiall était fier d'appartenir. En tant que tel, il se devait de galoper toujours au milieu de ses hommes et d'affronter, parmi les premiers, la lame de l'ennemi. Comme eux, il se devait de crier sa rage contre l'envahisseur et de risquer sa vie dans un combat face à face.

Il dévala la colline à cheval et se jeta dans la mêlée, faisant pleuvoir ses coups sur tous ceux qui attaquaient ses soldats dans le dos, écartant violemment les groupes d'hommes qui se ruaient sur lui. Il batailla, parfois à l'aveuglette, suivant l'instinct acquis au fil des batailles, un instinct qui semblait le prévenir, chaque fois qu'un sabre allait le frapper. Et quand on l'arracha à sa selle, il continua de se battre à pied, jusqu'au moment où il parvint à se hisser de nouveau sur sa monture.

Finalement, ce fut la déroute. Bon nombre des soldats de Cromwell s'enfuirent purement et simplement vers les Lowlands, là où la population était aussi diverse dans ses opinions que dans ses origines. D'autres ne renoncèrent pas assez vite et furent décimés par la rage des Highlanders de MacNiall. La rivière était rougie par le sang des guerriers. Des cadavres jonchaient le sol, gâtant la beauté du paysage.

Quand ce fut terminé, MacNiall fut ovationné par ses hommes. Il se rendit au pied de la colline où ils avaient réuni ce qu'il restait de l'armée des ennemis et, à sa grande surprise, il découvrit que Grayson Davis avait été fait prisonnier — celui qui les avait trahis, l'un des conseillers de Cromwell qui avait juré de briser la résistance des Highlands. Grayson Davis était originaire du village voisin de celui de MacNiall, et il avait échangé son honneur et sa loyauté contre les richesses que pouvaient lui apporter la chute et la mort d'autres hommes.

Il était blessé, et le sang avait noirci l'armure qui protégeait sa poitrine. Son visage était sale et couvert de sueur.

— MacNiall, rappelle tes chiens ! cria-t-il.

— Qu'on lui coupe la tête ! hurla Angus, le chef du clan Moray qui s'était battu, ce jour-là.

— Il devrait recevoir le châtiment du traître qu'il est, c'est sûr ! déclara MacNiall, sans rancœur. A sa place, on ne nous ferait pas de quartier... Mais nous allons le garder prisonnier, pour le moment. Il sera jugé par un jury composé de ses pairs.

— Un jury de bouffons, oui ! s'écria Davis avec fureur. Tu devrais négocier avec lord Cromwell, échanger ma vie contre la tienne, car, un jour, tu seras tué ou fait prisonnier.

Ses paroles étaient braves, mais la peur brillait dans ses yeux, et il y avait de quoi. Il était à la merci de ces hommes, et une haine farouche les animait.

— Si tu es jugé coupable, tu seras décapité, Davis, répondit MacNiall. Nous ne prenons aucun plaisir à infliger le genre de torture que vous nous faites subir.

Davis émit une exclamation de dégoût.

— Il y aura un procès, conclut MacNiall, sans aucune joie. Tout homme doit répondre de ses choix. Qu'on l'emmène ! ajouta-t-il à l'adresse d'Angus.

Plusieurs hommes firent mine de l'entraîner, mais Davis se dégagea avec violence.

— Regardez le grand laird MacNiall, celui que tout le monde craint, celui qui cause tant de dégâts sur les champs de bataille, tout ça au nom d'un roi illégitime ! Et dans ton lit, MacNiall, qui est le chef ? Quand tu laisses ta femme seule dans vos collines, elle se met à réfléchir aux conséquences de ta folie, figure-toi ! Tu finiras par tomber, MacNiall, et ta femme l'a compris. Tout homme doit répondre de ses choix, dis-tu ? Eh bien, les tiens ont fait de toi un cocu !

MacNiall sentit son cœur se loger dans sa gorge, et il tressaillit sous la violence du coup bas porté à son honneur. Il fit avancer sa monture, et Grayson Davis éclata de rire.

— Ha ! Le voilà, le grand MacNiall ! La terreur des

Highlands ! Elle n'a pas été victime d'un viol, MacNiall. Juste victime de mon glaive ! Un glaive un peu différent.

Le rire de Grayson Davis mourut sur ses lèvres. Angus venait de le frapper à la tête avec le plat de sa hache d'armes. Il n'en mourrait pas, mais il allait se réveiller avec une terrible migraine.

— Il ment, dit Angus en se tournant vers MacNiall. Aucune femme n'est plus loyale que la tienne. Et elle t'aime.

MacNiall hocha la tête, dissimulant les émotions qui bouillonnaient au fond de lui. Car il avait deux passions dans la vie : son amour pour le roi et son pays, et son amour pour sa femme. Longue et souple comme un roseau, elle avait de longs cheveux d'or et des yeux bleus comme la mer et le ciel.

Annabelle.

Annabelle… qui l'avait supplié de déposer les armes, de renoncer à cette guerre contre Cromwell. Annabelle, qui l'avait prévenu que tout cela risquait de mal se terminer…

2.

Gina rattrapa Toni au pied de l'escalier.

— Mais enfin, qu'est-ce qui te prend ?

— Comment ça, qu'est-ce qui me prend ? s'exclama Toni. Maintenant qu'elle s'était soustraite au regard de Bruce MacNiall, elle ne tremblait plus. L'étrange impression s'était dissipée.

— C'est à toi que je devrais poser la question ! reprit-elle. Pourquoi as-tu remercié ce type, alors qu'il nous met dehors, après tout ce que nous avons fait, tout ce que nous avons investi ?

— Chut !

Gina lui prit le bras et l'entraîna avec elle pour éviter que le laird MacNiall ne surprît leur conversation. Elles traversèrent le hall, une vaste salle à manger, et entrèrent dans l'immense cuisine. Une énorme cheminée ancienne occupait presque tout un pan de mur, mais on avait quand même fait des concessions à la modernité en acquérant une cuisinière, un congélateur, un réfrigérateur et un four à micro-ondes.

Comme MacNiall ne les avait pas rejoints, les quatre amis laissèrent libre cours à leur émotion.

— Enfin, comment une chose pareille a-t-elle pu arriver ? demanda David.

— Nous avons tous lu le contrat, et nous l'avons signé, répondit Toni, sur la défensive.

Elle les dévisagea l'un après l'autre : ses meilleurs amis. Elle avait rencontré Gina et Ryan trois ans plus tôt, alors qu'ils travaillaient tous dans un parc d'attractions en Floride. Et David ! David Fulton, grand et beau ténébreux, avec ses fossettes et un sourire à se damner, était son ami depuis l'université. Lorsque son amant l'avait quitté, Toni l'avait ramassé à la petite cuiller et, un soir, elle l'avait convaincu de l'accompagner à un concert, avec Gina et Ryan. Il y avait rencontré Kevin, et ce dernier les avait aussitôt rejoints.

Toni était la solitaire du groupe.

Six mois plus tôt, ils étaient partis pour l'Ecosse. Là, ils avaient visité un château qui avait été racheté par une poignée d'amis, lesquels avaient ouvert la demeure aux touristes, utilisant l'argent ainsi gagné pour restaurer la propriété. L'idée leur avait plu : après tout, si d'autres l'avaient fait, pourquoi pas eux ? Il suffisait de mettre toutes leurs ressources en commun.

C'est là que Thayer avait fait son entrée et complété le groupe. Thayer était un Fraser, un cousin éloigné de Toni, puisque leurs deux grands-pères étaient eux-mêmes cousins. Intelligent et séduisant, il avait surtout l'avantage d'être un Ecossais authentique. Non seulement il parlait couramment le gaélique, mais il connaissait les us et coutumes de ses concitoyens, et aussi leur manière de faire des affaires. Il faisait donc office d'interprète.

A cet instant, sous le regard accusateur de ses amis, Toni ne se démonta pas.

— Comment pouvez-vous être sûrs qu'il a le droit d'être ici ? Nous n'en savons rien du tout.

— Non, en effet, reconnut David mollement.

En réalité, aucun d'entre eux n'avait de réel espoir — même pas Toni.

— Jonathan Tavish a bien dit que le château appartenait à MacNiall, dit Thayer.

— Et alors ? C'est un autochtone. Il se montre loyal envers

le descendant de la grande famille du coin. Mais enfin, notre avocat a beau être américain, il connaît son boulot, et il connaît aussi les lois.

Ils se turent un moment, chacun plongeant dans ses propres pensées.

— Je ne comprends pas, murmura finalement Thayer. J'ai vu les petites annonces, à Glasgow. Et même celle qui a été envoyée par Internet. J'ai vu aussi le contrat, comme nous tous... Je peux jeter un nouveau coup d'œil sur ces papiers, Gina ?

Gina les posa devant lui.

— MacNiall lui-même a admis qu'ils avaient l'air authentiques, murmura Toni.

— Ouais, ils ont l'air authentiques, marmonna David avec amertume. Mais il y a des tas de clauses en petits caractères.

— L'agence qui a servi d'intermédiaire s'appelle Uxbridge Corporation, reprit Thayer. Il faut les retrouver. Tu te souviens de l'adresse à laquelle tu as envoyé le chèque, Toni ?

La jeune femme gémit et se laissa tomber sur une chaise.

— Quoi ? fit David.

— L'adresse était celle d'une boîte postale à Edimbourg, dit-elle.

— Bon, c'est une piste que la police pourra suivre, fit David en lui prenant la main dans un geste de soutien.

— D'accord, dit Thayer, mais je ne suis pas sûr que ça nous aide beaucoup.

— Toni, pourquoi n'as-tu pas voulu que Tavish garde les papiers, tout à l'heure ? demanda Gina. Est-ce qu'il n'aurait pas mieux valu lancer l'enquête dès que possible ?

— Ces papiers sont tout ce que nous avons pour prouver notre bonne foi, répondit Toni. Imaginez que ce type ait perdu le château de famille, mais qu'il continue à entretenir des illusions ? Si Tavish est son loyal sujet, nos papiers auraient très bien pu disparaître.

— Bien vu ! lança David.

— Peut-être, mais ce type n'est pas fauché. On ne possède pas un cheval pareil quand on est fauché, déclara Thayer.

— En tout cas, il va falloir le caresser dans le sens du poil, si on veut rester là tout le week-end, fit remarquer Gina. Et je parle du bonhomme, pas de l'étalon.

— Il l'a peut-être emprunté, ce cheval, dit Toni.

— Allons, ma puce ! Le désespoir trouble ton jugement.

— Il y a de quoi, non ? La situation est plutôt désespérée.

— Nous avons investi toutes nos économies dans cette entreprise, murmura Gina.

— On pourrait peut-être négocier un nouveau contrat de location ? suggéra Toni.

— Avec quoi ? Nous n'avons plus un radis.

— En effet, mais nous devons bien avoir quelques droits ! répliqua Toni.

— Hélas, les gens qui se font avoir n'ont aucun droit, en général. Ils sont juste…

— Dépités ! conclut David.

Toni secoua la tête et se leva. Elle sentait poindre une terrible migraine.

— Je vais me coucher. Demain après-midi, j'appellerai notre avocat aux Etats-Unis. Il aura bien quelques conseils à nous donner.

Elle se dirigea vers la porte et, arrivée sur le seuil, elle se retourna.

— Je suis vraiment désolée. C'est une sale histoire.

— C'est fou, quand même ! s'exclama Gina.

— Pardon ?

— Il ressemble tellement à ton MacNiall — celui que tu as inventé pour notre mise en scène !

— Simple coïncidence. Le MacNiall que j'ai inventé est mort il y a plusieurs siècles, fit Toni avec amertume.

— Il faut croire qu'il a eu le temps de se reproduire, fit remarquer Gina.

— Ecoute, j'ai du mal à le croire, moi aussi ! s'exclama Toni.

— Toni, nous ne t'en voulons pas de ce qui arrive, intervint David avec douceur. Chacun d'entre nous a lu le contrat, et personne n'aurait pu imaginer une chose pareille.

Toni hésita. Ils la regardaient tous d'un air désolé. Mais, en dépit des paroles de David, elle sentait un reproche de leur part. Bien sûr, ils l'avaient tous suivie dans l'entreprise, et avec enthousiasme. Mais elle avait vraiment tout organisé depuis le début. C'est elle qui s'était occupée de toutes les formalités.

Elle se mordit la lèvre, éprouvant un mélange de ressentiment et de culpabilité.

— Merci, dit-elle finalement.

— Allons nous coucher ! dit David. Nous avons tous besoin de repos pour fayoter efficacement.

Toni hocha la tête, sourit faiblement, et quitta la pièce. Arrivée dans le grand hall d'entrée, elle marqua une pause. Ils avaient été si heureux, ici. De vrais enfants lâchés dans un endroit de rêve.

Elle gravit les marches menant au premier étage. Il y avait encore d'autres chambres, au-dessus, mais les plus grandes se trouvaient au premier.

Toni s'était installée tout au fond, dans ce qui avait dû être la chambre principale. Elle était immense, avec une tourelle, un balcon donnant sur la campagne, et des meurtrières. C'était aussi la chambre dotée de la salle de bains la plus moderne du château et des tapisseries les plus propres. Autant de détails qu'elle n'avait découverts qu'après s'être installée. La pièce contenait une énorme armoire qui fermait à clé et qu'elle n'avait pas encore essayé d'ouvrir.

En arrivant devant la porte, elle hésita, prise d'un étrange pressentiment. Puis elle posa la main sur la poignée, la tourna, et poussa le battant.

Il y avait un homme nu, dans sa chambre. Enfin, pratiquement nu.

Un feu brûlait dans la cheminée, et une lampe éclairait la pièce.

Bruce MacNiall était assis dans le fauteuil. Il sortait, manifestement, de la douche : ses cheveux encore mouillés étaient plaqués vers l'arrière, et une serviette-éponge lui entourait la taille. Monsieur lisait le *New York Times*.

— Oui ? fit-il en levant les yeux. On ne frappe pas, en Amérique ?

— Pas quand on entre dans sa propre chambre.

— Je vous demande pardon ?

— C'est ici que je me suis installée.

— Vraiment ? Et ça suffit à en faire *votre* chambre ?

Tony hésita une fraction de seconde.

— C'était la vôtre ?

— Non. *C'est* la mienne.

La jeune femme sentit la moutarde lui monter au nez.

— En admettant que vous soyez dans votre droit ! répliqua-t-elle.

— Je vous assure que c'est le cas, dit MacNiall d'un air solennel.

— Peut-être, mais, à l'heure qu'il est, je n'en ai aucune preuve. Par conséquent, vous ne pouvez pas me renvoyer de ma chambre. D'ailleurs, mes affaires sont partout. Regardez la coiffeuse. Vous ne portez pas de parfum de femme, de mascara et de rouge à lèvres, que je sache.

MacNiall la regarda poliment, l'air vaguement interloqué, aussi.

— Avec vos qualités d'observation, dit-il, vous avez certainement remarqué, en vous installant ici, que vous n'aviez aucun endroit où accrocher vos vêtements. Je ne pars jamais sans verrouiller mon armoire.

Il avait gagné, bien sûr, et depuis le début. Elle le savait, mais elle ne pouvait s'empêcher de discuter. Et puis elle aimait cette chambre. Elle s'y sentait chez elle, maintenant.

Elle refusait de voir ses rêves brisés aussi brutalement.

— Mes valises, dit-elle en désignant un coin de la pièce.

Il posa son journal et se leva aussitôt.

« Pourvu que la serviette ne se dénoue pas ! » songea Toni, machinalement.

— Voulez-vous que je vous aide à réunir vos affaires ? demanda-t-il, toujours très courtois.

Toni serra les dents.

— Non. En revanche, je serai ravie de vous aider à vous installer ailleurs.

Ce type avait le don de la mettre hors d'elle — au point qu'elle n'arrivait plus à se taire, au point qu'elle se comportait de manière stupide.

— Vraiment, vous ne manquez pas d'air ! dit-il simplement.

Elle rougit.

— Je ne changerai pas de chambre, ajouta-t-il d'un ton froid.

— Moi non plus. A moins que vous ne me prouviez, de manière irréfutable, que vous avez effectivement le droit d'être ici, répliqua-t-elle sur un ton doucereux.

Il la regarda longuement, et elle se sentit rougir de nouveau.

— Si vous croyez que je garde les papiers importants sous mon matelas, vous vous trompez : ils sont dans un coffre à la banque.

Il haussa les épaules, se rassit dans son fauteuil et reprit son journal.

— Si vous restez, je vous prie de garder le silence, dit-il.

— Quel emmerdeur ! marmonna-t-elle dans sa barbe.

Il l'avait entendue. Une fois de plus, il croisa son regard.

— Je croyais que vous aviez pour instruction de me caresser dans le sens du poil, mademoiselle Fraser ! J'essaie de me montrer patient et compréhensif. J'ai même proposé de vous aider.

Toni serra les dents. Elle avait perdu et elle le savait.

Elle prit toutes les affaires qu'elle put réunir, et retourna dans le couloir.

— La chambre voisine est celle de la mariée. Elle est très bien, précisa MacNiall sur un ton absent, sans quitter son journal des yeux.

— Je sais, riposta Toni. Je me suis mise à quatre pattes pour la nettoyer — tout comme je l'ai fait ici, d'ailleurs.

— Oui, j'ai remarqué. Joli travail. Ainsi que je vous l'ai déjà dit, je puis vous aider à déménager.

— Je ne voudrais pas vous obliger à vous rhabiller.

— Nul besoin de me rhabiller. Il me suffit de traverser la salle de bains.

Toni se mordit la lèvre. Quelle idiote ! Elle avait oublié que la salle de bains était commune aux deux chambres.

— Nous sommes dans un château du Moyen Age — un peu modernisé, certes, mais un château quand même —, déclara MacNiall. Ce n'est pas le Hilton. La plupart des salles de bains desservent deux chambres. Vous avez dû le remarquer.

Toni se maudit surtout de n'avoir pas choisi une chambre de l'autre côté du couloir.

MacNiall se leva, prit ses valises et rejoignit la salle de bains. Il la traversa, puis ouvrit la porte donnant sur la pièce contiguë.

La chambre était ravissante. Un peu moins grande que celle qu'ils venaient de quitter, mais avec une cheminée et une immense fenêtre courbe avec des draperies.

— Le belvédère est par là, dit MacNiall. Je suis sûr qu'il vous plaira.

— Je connais.

— Bien sûr. Vous l'avez nettoyé, aussi.

— En effet.

— Merveilleux.

Il posa les valises sur le sol.

La chambre était très jolie, mais elle communiquait avec celle de MacNiall. Comment pouvait-elle être sûre qu'il n'était pas... dérangé ? Et s'il débarquait chez elle au milieu de la nuit ? Il y avait encore de la place, dans le château. Elle serait mieux n'importe où ailleurs.

MacNiall dut lire dans ses pensées, car un sourire vaguement dédaigneux se dessina sur ses lèvres.

— N'ayez aucune crainte, mademoiselle Fraser. Vous ne risquez rien, croyez-moi. De ma part, en tout cas.

La façon dont il la regardait semblait suggérer qu'il la trouvait moins attirante qu'un cobra.

Toni estime cette pensée fortement désobligeante de la part de cet homme plein d'assurance et d'autorité, au regard vif et intelligent. Quant au reste de sa personne qu'elle pouvait tout juste deviner... il semblait superbement sculpté.

— Verrouillez votre porte, et je ferai de même, proposa-t-il.

— Bonne idée !

Il pivota sur ses talons et retourna dans sa chambre en passant par la salle de bains.

La serviette qui lui ceignait les hanches n'avait pas bougé d'un millimètre.

Toni ferma la porte derrière lui et s'appuya aussitôt contre le battant, se demandant comment une soirée qui avait si bien commencé pouvait se terminer par une telle débâcle. Elle se demanda aussi comment elle avait pu inventer un personnage historique qui non seulement avait réellement existé, mais qui avait, de plus, un descendant aussi vivant que redoutable.

Un frisson d'effroi la parcourut, mais elle l'ignora. Il était tard. Elle voulait se coucher et dormir. Point final.

Elle regarda autour d'elle, essayant d'oublier son voisin. La chambre était vraiment belle. En fait, elle était mieux que l'autre. Elle y serait tout à fait bien, même si ce n'était que pour quelques jours.

Elle entreprit de ranger ses affaires, mais, en dépit de ses résolutions, elle se sentait troublée, mal à l'aise. D'abord, la situation était grave. Elle n'arrivait pas à croire qu'ils avaient été victimes d'une escroquerie. Plus que tout, elle était perturbée par le fait que l'histoire de la famille MacNiall, qu'elle pensait avoir inventée de toutes pièces, pût être la vérité.

Après avoir accroché ses vêtements dans la penderie, qui était ouverte, celle-là, Toni prit ses affaires de toilette. Devant la porte de la salle de bains, elle hésita une fraction de seconde. Puis elle serra les dents, frappa doucement sur le battant et, comme elle ne recevait aucune réponse, elle entra. La baignoire et les deux vasques ne dataient pas d'hier, mais elles étaient fonctionnelles, et la décoration, avec les petits robinets en forme d'oiseaux, recherchée et soignée.

Les portes ouvrant sur les deux chambres se faisaient face. Toni frappa deux coups contre celle de MacNiall.

— Oui ?

Elle tourna la poignée et passa la tête par l'entrebâillement. Il était toujours dans son fauteuil, plongé dans la lecture de son journal.

Le feu crépitait dans la cheminée, et la pièce était beaucoup plus chaude que celle que Toni venait de quitter.

Elle en éprouva d'abord un léger ressentiment, puis se dit que rien ne l'empêchait de faire un feu dans sa cheminée à elle.

— Je vais prendre une douche. Je veux juste m'assurer que

vous n'avez pas besoin de la salle de bains. *Et que vous n'allez pas y faire irruption.*

Elle l'imagina entrant brusquement dans la petite pièce, sur son énorme étalon noir.

Il arqua un sourcil.

— Ma tenue semble indiquer que je me suis déjà douché, dit-il.

— Soit. Je déverrouillerai la porte de ce côté quand j'aurai terminé.

— Je vous en prie, répondit-il, avant de se replonger dans sa lecture.

— Vous lisez le *New York Times,* hein ? Il faut croire que vous préférez les journaux américains aux Américains.

— J'aime beaucoup les Américains, en général, répondit-il en appuyant légèrement sur les deux derniers mots.

Toni referma la porte et poussa le verrou, jurant à voix basse. Si ce MacNiall avait eu quatre-vingts ans, des cheveux blancs et une nature conciliante, la situation aurait été nettement moins compliquée pour elle...

Luttant de son mieux contre son irritation, elle se glissa sous la douche. Hélas, il ne restait presque plus d'eau chaude ! Elle était sans doute la dernière à faire sa toilette, ce soir.

Elle se sécha rapidement et enfila une chemise de nuit en flanelle, sans cesser un instant de grommeler.

Une fois dans sa chambre, elle envisagea un instant d'allumer un feu. Elle avait utilisé la cheminée, dans la pièce voisine, mais c'était David et Kevin qui s'en étaient occupés.

Elle prit les longues allumettes sur le manteau de pierre, et tenta d'allumer les bûches posées dans l'âtre. Rien ne se produisit. Il lui aurait fallu du papier journal ou du petit bois. Elle regarda autour d'elle, mais ne vit rien qui fût susceptible de l'aider.

Un éclair illumina soudain le belvédère, au-delà des voilages qui couvraient les fenêtres. Presque aussitôt, le tonnerre gronda, et la porte de bois qui ouvrait sur le balcon de pierre céda sous la pression d'une bourrasque de vent, et s'ouvrit avec fracas. Toni s'empressa d'aller la refermer, ce qui lui demanda un gros effort. Décidément, la nuit était mauvaise !

Elle poussa le verrou, alors même qu'un nouvel éclair zébrait l'obscurité. Ils avaient de la chance, tout compte fait, de n'avoir pas été forcés de passer la nuit dehors.

Elle renonça au feu et se lova sur le lit à baldaquin. Mais, presque aussitôt, elle se releva. Le seul interrupteur de la chambre était placé près de la porte de la salle de bains.

Une fois la lumière éteinte, elle se trouva plongée dans le noir. Elle hésita un instant, mal à l'aise, puis rouvrit la porte de la salle de bains, ralluma, hésita encore, et laissa finalement le battant entrouvert — elle aurait pu se tuer, sinon, en essayant de rejoindre son lit dans ce noir d'encre.

Et puis, son intuition lui soufflait qu'elle ne risquait rien. Manifestement, son voisin ne s'intéressait pas à elle. C'était curieux, d'ailleurs. Avec son mètre soixante-quatorze, ses yeux d'un bleu profond et ses cheveux blond cendré, elle était considérée comme une femme séduisante… Mais ça ne semblait pas être l'avis de MacNiall.

Bruce MacNiall… Elle avait dû entendre son nom quelque part.

Elle s'allongea dans le grand lit et tressaillit — un tressaillement comme elle n'en avait pas connu depuis des années.

Non ! Il ne s'agissait pas d'une connaissance surnaturelle. Elle avait, depuis longtemps, fermé son esprit à ces pouvoirs étranges.

Pourtant…

Elle tourna encore et encore dans son lit, regrettant l'absence de télévision, et aussi l'absence de feu dans sa chambre.

Ses pensées bondissaient d'une question à une autre. Comment une chose pareille pouvait-elle leur arriver ? Il y avait forcément une erreur quelque part. Il devait exister une solution, un moyen de redresser la situation.

Et où avait-elle entendu le nom de Bruce MacNiall ?

Finalement, elle s'assoupit.

Bruce venait de se coucher lorsqu'il entendit un hurlement perçant. D'instinct, il bondit hors du lit, et hésita une fraction de seconde, légèrement désorienté. Un deuxième cri de terreur s'éleva dans la nuit. Il venait de la chambre voisine.

Il traversa la salle de bains, et jaillit de l'autre côté pour trouver son indésirable invitée assise sur son lit, le doigt pointé devant elle, le visage déformé par la terreur.

— Mademoiselle Fraser ? Que se passe-t-il ?

Mais elle n'était pas vraiment réveillée.

Il courut vers elle, la prit par les épaules et la secoua doucement.

La réaction de la jeune femme fut aussi immédiate que stupéfiante. Elle se dégagea brusquement, bondit sur ses pieds avec la grâce et l'agilité d'un chat, et considéra Bruce de toute sa hauteur.

Elle formait un tableau pour le moins saisissant, avec ses épais cheveux blonds qui formaient un halo scintillant autour de son visage. Ses yeux étaient ronds comme des soucoupes et, dans sa chemise de nuit en flanelle, elle faisait penser à Ophélie.

MacNiall commença par se demander quelle nouvelle comédie elle était en train de lui jouer. L'expression de terreur au fond de ses yeux avait l'air bien réelle, pourtant. Pour la première fois depuis qu'il avait posé les yeux sur elle, ce soir, elle paraissait vulnérable.

— Toni, dit-il fermement, tendant les mains pour l'attraper par la taille et l'attirer vers lui. Toni ! Réveillez-vous.

Elle le regarda sans avoir l'air de le voir.

— Toni !

Cette fois, elle sursauta, cligna des yeux et croisa son regard.

Elle parut sur le point de crier de nouveau. Au lieu de ça, elle cligna des yeux et recula d'un pas.

Heureusement, il avait enfilé un pantalon de pyjama.

— Je crois que vous avez fait un mauvais rêve, reprit-il.

Elle fronça les sourcils, rougit et se mordit la lèvre.

— J'ai crié ?

— Comme un chat de gouttière, répondit-il, reculant à son tour.

Et soudain, dans la lumière pâle, au cœur de cet étrange moment, il remarqua combien elle était belle. Mieux que ça. Fascinante. Ses yeux étaient d'un bleu tellement intense, les traits de son visage si parfaitement dessinés, ciselés, sa bouche si généreuse… Elle avait une beauté lumineuse, et pourtant, il y avait quelque chose de sombre en elle.

— Je vous ai réveillé, murmura-t-elle. Je vous demande pardon.

— Je ne dormais pas encore. En revanche, je crains que vous n'ayez réveillé tout le château. Vos amis doivent être terrifiés !

Il se dirigea vers la porte de la chambre qui donnait sur le couloir, l'ouvrit, et passa la tête au-dehors. Puis il haussa les épaules.

— Après tout, les murs des châteaux sont connus pour étouffer les cris de ceux que l'on torture.

Toni demeurait immobile — longue, élégante et étrangement distante. MacNiall fut agacé en constatant qu'il se sentait concerné, qu'il s'inquiétait pour cette jeune femme. Après tout, elle paraissait être le leader de ce gang d'imposteurs qui avaient le culot « d'inventer » l'Histoire et de distraire les autres en leur servant leur version du passé.

— Est-ce que ça va ? demanda-t-il, néanmoins.

— Oui. Oui, ça va. Je suis vraiment désolée.

Elle était sincère. Ses pupilles étaient encore dilatées. Elle semblait avoir peur de quelque chose.

De lui, peut-être ? Non.

De son cauchemar ?

Bruce hésita. « Retourne dans ta chambre », se dit-il.

Il ne voulait pas de ces gens chez lui. Franchement, avec tout ce qui se passait déjà…

Soudain, Toni frissonna… et Bruce cessa immédiatement de lutter.

— Il fait un froid de canard, dans cette chambre, dit-il. Pourquoi n'avez-vous pas fait une flambée ?

— Je…

L'incertitude lui ressemblait si peu. Elle s'était comportée comme une tigresse, tout à l'heure.

Il se dirigea vers la cheminée et entreprit d'allumer un feu. Puis, quand il eut le tisonnier à la main, il se demanda si ce n'était pas une erreur. Toni pouvait très bien redouter qu'il ne se retourne pour l'agresser…

Mais elle n'avait toujours pas bougé.

A sa grande consternation, Bruce sentit monter en lui une grande vague de désir.

Le tissu de flanelle aurait dû tomber sur elle comme un sac, mais il était assez léger pour permettre à la lumière de jouer avec les formes et les ombres de son corps. Et puis, il y avait ses cheveux… longs, brillants, blonds, tombant en boucles sur ses épaules et ses seins.

— Vous avez besoin de boire quelque chose, déclara-t-il brusquement.

Et lui donc !

Elle leva la main. Apparemment, elle avait retrouvé son sang-froid. Au moins en partie.

— Laissez. De toute façon, il n'y a aucune boisson ici.

— Attendez. Je reviens tout de suite.

Il traversa de nouveau la salle de bains, ouvrit l'armoire de sa chambre, prit une bouteille de cognac et deux verres sur une étagère. Puis il retourna dans la chambre de la jeune femme. Elle s'était installée dans l'un des vieux fauteuils, devant la cheminée.

Il remplit un verre et le lui tendit. Elle accepta en le regardant avec curiosité.

— Merci, dit-elle.

— Le remède à tous les maux, déclara-t-il en se servant à son tour. A la vôtre !

— A la vôtre !

Elle but une longue gorgée et frissonna longuement.

— Merci, répéta-t-elle.

Bruce posa son verre sur le manteau de la cheminée, se pencha et réajusta les bûches. Une douce chaleur régnait dans la pièce, maintenant.

Il se redressa, reprit son verre et s'installa dans le fauteuil à côté d'elle.

— Alors… vous voulez parler de votre rêve ?

Toni eut un petit sourire.

— Oui, bien sûr. C'est vous qui l'habitiez.

— Moi ?

— Oui. C'était bizarre. Comme si je m'étais réveillée et… vous étiez là. Sauf que ce n'était pas vraiment vous. C'était vous en costume d'époque. Mais vous aviez l'air si réel.

— Alors, je me tenais là, en costume d'époque ? Je comprends que ça vous ait déstabilisée. Mais ces cris… C'étaient ceux de quelqu'un qui vient de voir le diable en personne.

Toni rougit légèrement.

— Vous n'étiez pas seulement en costume d'époque.

— Ah bon ?

— Dans un film muet, le sous-titre aurait été : *parle à voix basse et tient à la main un sabre dégoulinant de sang.*

— Ah ! J'étais donc sur le point de vous décapiter ? Désolé, je suis peut-être nerveux et parfois impoli, mais je ne donne pas dans la décapitation.

Il se cala confortablement dans son fauteuil.

— Toute cette fiction historique ne vous serait pas un peu montée à la tête, par hasard ?

— Je dois admettre que je me suis fait peur, murmura-t-elle. J'ai inventé Bruce MacNiall, et voilà qu'il existe réellement dans le temps présent.

Bruce secoua la tête.

— Vous deviez connaître des bribes de notre histoire locale.

— Pas du tout. Et nous n'étions jamais venus par ici, avant de nous lancer dans cette aventure.

Elle avait l'air sincère. Et pourtant…

Il fit tourner le cognac dans son verre, étudiant sa belle couleur ambrée. Puis il regarda la jeune femme de nouveau. Non, elle ne pouvait pas dire la vérité.

— Il y a eu un Bruce MacNiall qui a combattu avec les Cavaliers, autrefois. Il a mené bon nombre de batailles contre les armées de Cromwell, et il les a souvent battues à plate couture. Avec d'autres Ecossais, il tenait absolument à faire revenir Charles II d'Europe et à le couronner. Il a fini par tomber quand un des lairds censés être de son côté a retourné sa veste. L'homme en question a été tué par les camarades de MacNiall. Malheureusement, mon ancêtre est tombé dans un piège. Il avait défié le pouvoir en place, autrement dit Cromwell, ce qui était considéré comme un acte de haute trahison. La peine, dans ces cas-là, était terrible, et il a subi les pires barbaries réservées aux traîtres, à l'époque.

Toni buvait ses paroles, les yeux écarquillés. Puis elle ferma les paupières et s'appuya contre le dossier de son fauteuil, pâle comme la mort.

— Hé ! je ne voulais pas vous bouleverser. Désolé. Vous ne donnez pas, de prime abord, l'impression d'être aussi sensible.

Elle secoua la tête.

— Je ne le suis pas, dit-elle en rouvrant les yeux. Il n'a pas tué sa femme dans un moment de jalousie, par hasard ?

Bruce eut un haussement d'épaules, mais il observait attentivement Toni.

— Personne ne le sait vraiment. Une rumeur aurait circulé selon laquelle elle avait une liaison avec un soldat de Cromwell. J'ignore si c'est la vérité ou une pure invention. En tout cas, elle a disparu du château. MacNiall a été castré, pendu, décapité et pratiquement coupé en morceaux. En ce qui concerne sa femme, en revanche, le mystère reste entier. Elle a disparu précisément au moment où il a été arrêté : un piège, dans la forêt. C'est là, aussi, qu'il a été exécuté, après un simulacre de procès. Au moment de sa mort, il avait un fils adolescent qui faisait partie de l'entourage de Charles II, en France. Cromwell est mort peu de temps après l'exécution de MacNiall, et le peuple a rappelé Charles II pour qu'il monte sur le trône. Charles s'est révélé un roi divertissant et un homme extrêmement intéressant. Il avait peut-être des douzaines de maîtresses, mais il a toujours refusé de divorcer de sa femme. Après lui, son frère est devenu roi, et ce fut un nouveau désastre à inscrire sur les tablettes de l'Histoire.

— C'est... abominable, murmura Toni.

Il eut un mince sourire.

— D'après ce que j'ai cru comprendre, vous n'avez pas vu d'inconvénient à filouter votre public avec cette histoire abominable.

— Mais elle n'était pas vraie, quand je la racontais ! protesta Toni.

Bruce eut un geste d'impatience.

— Admettons que vous disiez la vérité…

— Vous m'accusez de mentir ? s'exclama Toni avec indignation.

La colère brillait de nouveau dans ses yeux.

— Je ne vous connais pas, fit-il poliment. Mais il est fort possible que vous ayez entendu cette histoire quelque part. Parce que vous l'avez racontée de manière parfaite, et cela jusqu'au moindre détail.

Toni balaya cet argument d'un geste de la main.

— Ces terres appartenaient aux MacNiall. Et, s'il existe un personnage célèbre dans l'histoire de l'Ecosse, c'est bien Robert Bruce. Bruce est un prénom on ne peut plus commun, par ici.

— Certes. Mais vous ne vous êtes pas arrêtée là.

— Je vous demande pardon ?

Il la regarda fixement. Soit elle était la meilleure actrice du monde, soit elle ne savait vraiment rien.

— La femme de MacNiall, dit-il avec lenteur, tout en surveillant la réaction de la jeune femme.

— Vous venez de me dire qu'elle avait disparu des pages de l'Histoire.

— En effet.

— Eh bien ?

— Son nom, dit Bruce avec douceur.

— Lady MacNiall, forcément, répondit Toni avec dédain.

— Non, Toni. Son prénom. Son nom de baptême… Annabelle.

3.

— Quoi ?

Les yeux de Toni étaient ronds comme des soucoupes, et son teint d'une pâleur effrayante.

— Annabelle, répéta Bruce. Mon célèbre ancêtre était réellement marié à une Annabelle.

Elle secoua la tête.

— Je vous jure que je n'en avais aucune idée. C'est sûrement une… une coïncidence. La coïncidence la plus absurde qu'on puisse imaginer, je le concède, mais… je vous assure que je n'avais jamais entendu cette histoire, auparavant. Après tout, votre ancêtre n'est peut-être pas le seul à avoir connu un destin pareil.

Bruce se demanda si elle essayait de le convaincre ou de *se* convaincre.

— C'est une possibilité, en effet, répondit-il.

Puis il se rappela lui-même à l'ordre.

Cette jeune personne était une audacieuse intruse… Oui, mais elle semblait sur le point de s'évanouir ! Elle avait un côté prêcheur à la Cromwell, et elle était capable de se comporter comme un vrai petit démon, mais, à cet instant, elle était trop vulnérable, et cette vulnérabilité touchait la noblesse d'âme et les instincts protecteurs de Bruce.

— Oui, c'est sûr, reprit-elle sur un ton quasiment désespéré.

J'ai vu la tombe de Montrose, à Edimbourg. C'était un Cavalier qui s'était rangé du côté du roi, et il a fini un peu de la même façon que votre ancêtre. Il y en a eu d'autres encore... Ecoutez !

Elle se redressa brusquement, et le considéra d'un air hostile.

— Nous ne sommes pas venus ici pour nous moquer de votre précieuse histoire ou de votre famille. Je vous répète que j'ignorais l'existence de MacNiall.

— Pourtant, il a bel et bien existé, riposta Bruce qui sentait renaître sa colère.

Il tourna les yeux vers les flammes qui crépitaient dans la cheminée. Il aimait son domaine. Certes, il ne s'en était pas beaucoup occupé, ces dernières années. Il en avait l'intention, pourtant. Mais il y avait toujours autre chose de plus urgent à faire. Et maintenant, avec ce qui se passait...

— Vous ne comprenez pas, décidément, reprit Toni. Nous n'avons jamais eu l'intention de manquer de respect à qui que ce soit. Nous avons visité l'Ecosse et nous en sommes tombés amoureux. Malheureusement, aucun de nous n'est rentier. Gina, en revanche, est un petit génie du marketing. Elle a décidé d'exploiter nos différents talents. Nous avons travaillé dur pour acquérir un château et offrir un peu de magie au public.

— L'idée est stupide, déclara Bruce.

— L'idée n'est pas stupide du tout. Vous avez bien vu que nous avions du monde, ce soir.

— La population locale n'appréciera jamais un spectacle pareil.

— Peut-être, mais nous ne le faisons pas pour les gens du pays. En revanche, nos spectacles peuvent aider l'économie locale. Les touristes qui viendront au château pour entendre un morceau d'histoire dépenseront aussi de l'argent ailleurs. Ce sera bien pour les boutiques du village, les restaurants : tout le monde peut y gagner.

— Je ne suis pas d'accord, dit Bruce, luttant de plus en plus contre la colère.

— Dans ce cas, vous êtes un idiot.

— Vraiment ?

— Oui, idiot et aveugle ! renchérit Toni avec passion.

Elle semblait revigorée, et ses yeux brillaient de mille feux.

— Vous n'avez donc pas vu les spectateurs, quand ils sont partis, ce soir ? Ils étaient ravis. Et ils aimaient l'Ecosse encore plus qu'à leur arrivée. Vous ne voulez pas que les gens aiment votre pays ?

— Mon pays, oui, pas une caricature.

— Je vous dis qu'on ne caricature rien du tout ! s'exclama Toni en secouant la tête. Il y a des guides qui font visiter les passages et les cimetières à Edimbourg. Les gens sont fascinés. C'est passionnant de se replonger à l'époque où la loi s'exerçait à coups de surenchères de violences. Nous ne disons pas que les Ecossais étaient plus brutaux que les autres ; nous expliquons simplement que les temps étaient différents.

— Tous des voyeurs ! déclara Bruce avec un geste de la main. Et puis, c'est à Edimbourg, qui est une grande ville. Nous sommes dans un petit village, ici.

— Acheter un château en pleine ville n'est pas facile, de nos jours, répliqua Toni sur un ton sarcastique.

— Rares sont les gens qui ont envie qu'on leur rappelle ces histoires de destructions et de meurtres.

Toni poussa un soupir exaspéré.

— Vous ne faites jamais rien pour le plaisir ? Juste pour vous amuser ? Vous n'êtes jamais allé au cinéma, au théâtre, à l'opéra ?

Bruce gardait les yeux fixés sur le feu.

— Le fait est que nous sommes dans un petit village isolé, et que le danger existe pour les touristes qui s'y aventurent.

— Le danger ? répéta Toni sur un ton dédaigneux.

Bruce crispa les mâchoires.

— Il y a des forêts, des rochers escarpés, des marais, des flancs de coteaux, des failles, des endroits où l'on a vite fait de perdre pied. Des coins isolés, sombres et… mais oui, dangereux !

Ses arguments n'étaient guère convaincants, et il en était lui-même conscient. *Il avait peut-être tort de se montrer aussi soupçonneux, aussi précautionneux. Mais deux filles avaient bien disparu, quand même ! Disparu corps et biens. Trouvées mortes. Ici.*

— Mais enfin, qu'est-ce que vous racontez ? demanda Toni.

Bruce n'avait nullement l'intention d'expliquer à la jeune femme ce qui s'était passé ni pourquoi il était aussi inquiet. Jonathan Tavish lui-même considérait que le problème concernait des autorités supérieures : la police des grandes villes. Après tout, les jeunes femmes n'avaient pas disparu ici. On les y avait juste retrouvées.

— Antoinette *Fraser*, dit-il brusquement, déterminé à changer de sujet. Votre père était écossais, ou écossais américain ?

— A moitié écossais, mais né ici. Son père s'était marié pendant la guerre. Ma grand-mère paternelle était française, et ma mère était irlandaise.

— Etait ?

— Elle est morte durant ma première année d'université.

— Je suis désolé.

— Ce n'est pas votre faute.

— Et votre père ?

— Il est mort, lui aussi, répondit la jeune femme d'une voix douce. Il y a quelques années. Son cœur l'a lâché. Je crois que ma mère lui manquait.

— Je suis désolé, répéta Bruce.

— C'est gentil.

Elle hésita un instant, puis reprit :

— Et vous, si vous êtes laird, c'est que…

— En effet, mes parents sont morts ensemble. Un accident de voiture, à Londres.

— Désolée, murmura Toni.

— Merci. Cela remonte à dix ans, déjà.

— Le temps qui passe ne signifie pas que les gens ne nous manquent pas.

— C'est tout à fait vrai, dit-il.

Puis, peu désireux de les voir sombrer ensemble dans la morosité, il se força à sourire.

— Tout de même…

— Quoi ?

— Vous ne pouviez pas acheter un château en Irlande ?

Elle sourit à son tour, mais un éclair brilla dans ses yeux. Bruce songea qu'elle était vraiment une femme étonnante : scintillante comme un ange, puis fulminant, la seconde d'après.

Et elle n'avait rien à faire ici.

Il regarda de nouveau son verre, et fit tourner le liquide à l'intérieur.

— En tout cas, reprit-il très posément, je n'ai jamais loué le château à personne. J'en suis le propriétaire, et vous êtes sur mes terres sans y avoir été invités, ce qui constitue une violation de propriété.

Il avala encore une gorgée de cognac, savourant la chaleur qui glissait le long de sa gorge et se répandait dans son corps.

Toni ne répondit pas immédiatement.

— J'ai la terrible impression d'avoir été menée en bateau par un escroc britannique, dit-elle enfin.

— Il est peut-être américain. Ils sont nombreux, en Ecosse, vous savez ? dit Bruce, prenant un malin plaisir à la provoquer.

Elle était si belle, quand elle essayait de contrôler sa colère.

— Possible, mais celui qui a monté cette supercherie se trouvait ici, reprit Toni. Vous devez comprendre : nous avons investi une petite fortune dans cette affaire.

— Je vous crois volontiers. J'ai vu le travail accompli.

Toni fronça brusquement les sourcils.

— Comment connaissez-vous tous les détails de l'histoire que j'ai inventée ? demanda-t-elle. Vous n'avez fait irruption que… En fait, c'est comme si vous étiez entré juste au moment de votre réplique !

— Je voulais arrêter la représentation avant qu'elle ne commence. Eban avait assisté à nos répétitions et, s'il était content au sujet des travaux, il n'appréciait pas trop d'entendre calomnier la famille.

— Mais si l'histoire est vraie, il ne s'agit pas de calomnies !

— Je n'ai jamais dit que Bruce MacNiall avait étranglé sa femme.

— Elle a bien disparu ?

— Elle a disparu des pages de l'histoire.

Un nouvel éclair déchira le ciel, suivi presque aussitôt par un coup de tonnerre qui secoua le château. Stupéfaite, Toni poussa un petit cri et bondit sur ses pieds. Elle croisa le regard de Bruce, rougit légèrement et, dans sa hâte à se rasseoir, perdit l'équilibre et atterrit directement sur les genoux de son voisin.

Quand ses longs cheveux blonds lui caressèrent le torse, Bruce éprouva une émotion intense.

— Mon Dieu, je suis désolée ! s'exclama Toni en essayant de se relever.

Elle voulut prendre appui sur le genou de son compagnon, mais le manqua. Rougissant de plus belle, elle s'excusa une fois encore.

— Pas de problème, répondit-il, la soulevant et la posant sur ses pieds.

Il resta debout.

— Il est très tard. Si vous allez bien…

— Oui, oui, tout à fait bien, répondit-elle en jetant un regard du côté de la fenêtre.

Bruce eut l'impression étrange qu'elle s'attendait à y voir quelqu'un — ou qu'elle le craignait.

— Vous savez, je ne suis pas vraiment fatigué, mais je vois que vous avez sommeil. Couchez-vous. Je vais chercher mon journal et le lire ici, dans ce fauteuil. Comme ça, vous n'aurez pas besoin de rêver que je suis dans votre chambre, puisque ce sera vrai.

— Inutile de changer vos habitudes pour moi, répliqua-t-elle, les sourcils froncés.

— Ça ne me pose pas de problème. Allez vous coucher. Je vais chercher mon journal.

Quand il revint, Toni se tenait toujours au même endroit, l'air incertain, manifestement en proie à des émotions contradictoires. Sans doute avait-elle envie de l'envoyer au diable, tout en redoutant de le fâcher de nouveau.

Il sentait aussi comme une peur chez elle, comme si elle craignait vraiment de faire un autre cauchemar, comme si elle préférait la présence d'un être vivant, même inconnu, à sa solitude inquiétante.

— Ecoutez, je suis sérieux, reprit-il. Couchez-vous et dormez. Je reste là.

— Vous allez passer la nuit dans ce fauteuil ?

— Entre nous, la nuit est déjà bien entamée. A l'aube, je retournerai dans mon lit. Si vous vous réveillez de nouveau, vous ne paniquerez pas parce qu'il fera jour. Ça fonctionne toujours comme ça.

— Comment le savez-vous ? demanda-t-elle d'un air soupçonneux.

— Les démons sortent la nuit, pas le jour. C'est bien connu.

Elle le considéra un instant d'un air hésitant, puis marcha vers le lit à baldaquin.

— Ce n'est pas juste pour vous, dit-elle encore en lui tournant le dos.

— Ne pensez plus à rien. Reposez-vous, maintenant.

Elle se glissa entre les draps et remonta les couvertures sur elle.

Bruce ouvrit le journal et s'installa devant le feu. Mais il eut beau essayer, il n'arrivait pas à se concentrer sur sa lecture.

Il jeta un coup d'œil du côté du lit. Elle dormait déjà, le visage tourné vers lui. Un ange au repos, les lèvres pleines, légèrement entrouvertes, les bras enroulés autour de l'oreiller.

Comme il aurait aimé être cet oreiller !

Cette fille était forcément un imposteur, se dit-il aussitôt avec colère. Elle avait beau paraître innocente et vulnérable, elle ne pouvait pas avoir inventé l'histoire de son ancêtre. Il devait se méfier d'elle. Et cela d'autant plus qu'elle le bouleversait.

Annabelle.

Il renonça à lire, replia son journal et se contenta de la regarder dormir, tout en s'installant de son mieux dans le fauteuil.

Au bout d'un moment, il s'assoupit.

Puis… il se réveilla en sursaut.

Il ne cria pas, ne fit aucun bruit. Mais le rêve qu'il venait de faire n'en était pas moins terrifiant.

Il venait de la voir… le visage dans l'eau, ses cheveux flottant à la surface de la petite rivière, dans la forêt.

Le visage dans l'eau… comme la jeune fille assassinée.

Il tendit la main vers son verre de cognac, et avala ce qui restait du liquide ambré. Puis il se secoua, regarda du côté de la fenêtre et, remarquant que l'aube se levait enfin, il se redressa sans faire de bruit.

Encore un cognac et il pourrait peut-être dormir quelques heures.

Encore un cognac, et il arriverait peut-être à calmer la tension qui le faisait bouillir intérieurement.

Il se dirigea vers la porte de la salle de bains, puis, soudain, il fit demi-tour et revint vers le lit.

Elle dormait comme un ange. Ses cheveux…

Des cheveux comme ceux des autres femmes.

Il crispa la mâchoire et étouffa un juron. Il faisait presque jour. Il avait besoin de repos.

Thayer Fraser frissonna, tandis qu'il longeait le chemin menant à la rivière, la vallée et la forêt.

— Une petite promenade dans l'air frais du matin, ça ne peut me faire que du bien, fit-il à voix haute. Je devrais plutôt dire : dans l'air foutrement gelé du matin.

Sa voix lui parut bizarre dans le silence matinal. Presque surnaturelle, alors qu'elle se répercutait sur les murs du château.

Arrivé au pied de la colline, il se retourna. La plupart des gens, hors de l'Ecosse, ignoraient qu'il existait encore des endroits pareils.

Il considéra le bastion de pierre, magnifique dans le ciel matinal. Il n'y avait pas un nuage à l'horizon. Une vraie vue de carte postale ! Le genre d'image que les touristes américains aiment tant capturer avec leurs appareils photo numériques.

Pour le moment, tous les membres du groupe tenaient Toni pour responsable de ce qui leur arrivait. C'était elle qui avait déniché la propriété sur Internet, elle qui avait envoyé le chèque à la boîte postale, elle encore qui avait reçu le contrat, l'avait soumis à l'avocat et le leur avait transmis, ensuite.

Oui, ils en voulaient à Toni. Mais, dans un deuxième temps, ils allaient se retourner contre lui.

Après tout, il était écossais de pure souche. Il avait vu les petites annonces à Glasgow, et assuré à Toni que l'endroit correspondait parfaitement à ce qu'ils recherchaient.

— Merde ! fit-il à voix haute.

Il regarda du côté de la forêt. Il ne savait même pas comment s'appelait le château. Ça n'avait rien de bizarre, d'ailleurs. La plupart des Américains n'ont jamais vu le Grand Canyon. Alors, pourquoi devrait-il connaître tous les coins et recoins de l'Ecosse ?

Avec un peu de chance, cependant, les autres continueraient à blâmer Toni, sa cousine américaine. Sa parente.

Avec son enthousiasme et son exubérance, elle les avait convaincus de se lancer dans l'aventure. Il se rappelait parfaitement leur première rencontre, et la joie de Toni à l'idée de nouer le contact avec un autre Fraser, un membre, même un peu éloigné, de la famille de son père. Quant à lui, il était tombé sous le charme. Elle était belle, intelligente, stimulante. Malheureusement, il avait dû rapidement renoncer à la possibilité d'une relation un peu moins fraternelle.

Il ne manquait pas d'amis, à Glasgow. Mais Toni et ses amis lui étaient apparus comme un grand bol d'air frais. Il faut dire qu'il en avait un peu assez de sa routine. La vie dans les pubs peut devenir lassante, à la longue. Or, les Américains n'avaient rien à envier aux Ecossais, en ce qui concernait l'alcoolisme et la dépendance à la drogue. Le pub, la bière, les femmes, la chanson, tout autant de moyens d'échapper à la grisaille d'un quotidien sans horizon.

Et même si Toni ne voulait pas rouler dans la paille avec lui, elle lui faisait confiance. Elle l'aimait bien. Et elle comptait sur lui.

Il eut un sourire sans joie. Ouais, les Américains — que Dieu les bénisse ! — ne résistaient pas au bonheur de se tourner vers la vieille Europe. Il leur suffisait d'entendre un accent différent du leur, et ils devenaient aussi malléables que de la pâte à modeler.

Il se tourna vers la forêt, sombre et dense, et la considéra un long moment, en proie à un profond malaise. Il dut faire un véritable effort pour s'arracher à sa contemplation, pour secouer le sentiment de peur qui l'avait assailli. A croire que les arbres avaient tendu leurs branches et l'avaient agrippé, le retenant prisonnier.

— Espèce de crétin ! s'exclama-t-il, tout en faisant demi-tour pour regagner le château.

Jonathan Tavish était assis à la table du petit déjeuner, et faisait tourner sa cuiller dans son thé d'un air morose.

Sa maison, construite dans les années 1910, était peut-être ancienne et dotée d'un certain charme, avec son toit de chaume, mais ce n'était pas un château.

Par la fenêtre, il apercevait le domaine MacNiall, comme il l'avait toujours vu, pratiquement chaque jour de sa vie. Un vrai tas de pierres complètement délabré, songea-t-il.

Et pourtant, ça restait *le château*, la propriété de Bruce MacNiall, et, dans ce petit coin du monde, ça signifierait toujours quelque chose.

Bruce et lui se connaissaient depuis l'enfance.

— Je me demande si tu sais ce que j'ai éprouvé, toutes ces années, dit-il à voix haute. Pour sûr, tu es un type bien, laird MacNiall. A ta santé, mon ami.

Un petit sourire vint flotter sur ses lèvres. Il aurait pu dire à ces Américains qu'il existait un Bruce MacNiall parfaitement vivant. Mais à quoi bon ? Bruce n'avait jamais jugé nécessaire d'expliquer ses absences, de demander à Jonathan de garder un œil sur le domaine ou encore de le tenir informé, quand il était parti — ce qui arrivait souvent. Bruce passait pas mal de temps à Edimbourg, avec son ami Robert, à fourrer son nez dans des affaires qui ne le concernaient plus. Mais, forcément, avec ce qui s'était passé au cours des derniers mois…

Et puis, il avait ses « intérêts » aux Etats-Unis. Il y possédait même un appartement. Rien d'étonnant à cela, d'ailleurs. L'argent génère toujours plus d'argent.

En tout cas, cette fois, Jonathan ne pouvait pas deviner à quel moment Bruce allait revenir. Le plus drôle est que cette bande d'Américains avait vraiment fait du beau travail. Et ce n'était pas superflu, étant donné que Bruce ne s'occupait plus de ce vieux tas de pierres depuis des années. En fait, Jonathan se demandait parfois s'il ne détestait pas le château, l'immense forêt qui l'entourait, et même le village.

C'était à cause de Maggie, bien sûr…

— Au moins, elle t'a aimé, Bruce, dit-il encore, toujours à voix haute. C'était mon amie, mais elle t'aimait, toi.

Mais Maggie était partie depuis bien longtemps. Il ne servait à rien de repenser à cette vieille histoire.

Jonathan se leva, but son thé et marcha vers la fenêtre. De là, il embrassa la vue, avec le château majestueux perché sur la colline. Le château de Bruce MacNiall. *Laird* Bruce MacNiall.

— A la tienne, espèce d'enfoiré ! Nous ne sommes plus au temps d'avant, mon ami. Je ne suis pas un sujet, un serf, un serviteur. Je représente la loi, ici !

Il considéra encore le château sous le soleil, et la forêt, comme enveloppée dans un manteau d'ombre.

— Ouais ! La loi, parfaitement, répéta-t-il avec un drôle de sourire. Tu es peut-être le grand MacNiall, mais je suis la loi. J'ai ce pouvoir. Et lorsque le moment viendra de la faire appliquer, eh bien, ami ou pas, mon vieux, je ferai mon devoir !

4.

— Et pour ce soir, qu'est-ce qu'on fait ? demanda Gina.

Elle était seule avec Toni, dans la cuisine. Elle s'était levée tôt, et elle se faisait un sang d'encre au sujet de la représentation prévue ce soir-là.

Toni n'était pas très fraîche, non plus. A son réveil, elle avait trouvé le fauteuil vide et la porte de la salle de bains fermée. Elle avait frappé doucement et, n'obtenant pas de réponse, elle était entrée, et avait verrouillé l'autre porte, le temps de faire sa toilette. Comme elle n'avait pas entendu le moindre bruit, elle s'était dit que son voisin de chambre devait enfin dormir.

Ses souvenirs de la nuit étaient un peu confus, maintenant. Même la terreur qui l'avait réveillée semblait s'être estompée. Il ne lui restait plus qu'un profond malaise.

— Toni, tu m'as entendue ? Qu'est-ce qu'on va faire, ce soir ? répéta Gina.

— Il va peut-être laisser entrer le groupe, dit la jeune femme.

Gina croisa les mains sur la table devant elle.

— On aurait pu se retrouver sur le trottoir, hier soir. Il faut cesser de le provoquer.

— Pardon, mais j'étais dans mon droit, hier soir ! Qu'est-ce qui nous prouvait qu'il était bien celui qu'il prétendait être, en tout cas jusqu'à l'arrivée du chef de la police ?

— Tu dois cesser d'être aussi hostile à son égard, insista Gina.

— Je lui ai parlé, hier soir. Et je ne me suis pas montrée hostile.

Gina écarquilla les yeux.

— Tu lui as parlé ? fit-elle, sans chercher à cacher son inquiétude.

— Je te dis que je n'ai pas été hostile.

David, très élégant dans une robe de chambre de soie, fit son entrée dans la cuisine.

— Ai-je bien entendu ? Notre Toni s'est de nouveau entretenue avec notre hôte, hier soir ? demanda-t-il d'un air vaguement inquiet, lui aussi.

— Vraiment, vous n'êtes pas justes ! s'exclama Toni. Quand il a fait irruption sur son cheval, tel Thor sur un nuage de tonnerre, j'étais convaincue que nous étions dans notre bon droit. Et nous l'étions. Nous avons tout fait dans les règles de l'art.

— Dans les règles de l'art ou pas, nous sommes dans le pétrin, déclara David en ouvrant la porte du réfrigérateur. Qu'allons-nous faire au sujet du groupe de touristes prévu ce soir ?

— Je vais prendre mon téléphone et annuler, répondit Gina avec un profond soupir. Où vais-je trouver l'argent pour les rembourser ?

David fronça les sourcils et referma brusquement la porte du réfrigérateur.

— J'oubliais que nous ne sommes pas chez nous. Vous croyez qu'on peut se servir dans le frigo ?

— Bien sûr ! s'exclama Toni. C'est nous qui l'avons rempli ! Nous n'avons rien trouvé du tout, en arrivant, à part quelques sachets de thé.

— Oui, c'est vrai. Je vais préparer un super petit déjeuner.

Vous croyez que ça fera plaisir à laird MacNiall ? Au fait, Toni, à partir de maintenant, il va falloir que tu fasses attention en inventant tes personnages. Tu te rends compte que tu dépeins son ancêtre comme un meurtrier ? Dorénavant, tout le monde sera noble et généreux.

— Hé, Othello était noble, et ça ne l'a pas empêché de tuer sa femme ! riposta Toni.

— L'idée du petit déjeuner n'est pas mauvaise, intervint Gina.

— On devrait demander à Toni de cuisiner, dit David.

— Ah non ! protesta Kevin, debout dans l'encadrement de la porte. On est sûrs de se faire virer, après ça.

Il sourit, adressa un clin d'œil à Toni, et regarda autour de lui.

— Vous vous rendez compte de ce qu'on pourrait faire, ici, si seulement on avait encore des fonds ! J'adorerais accrocher des rangées de casseroles et d'ustensiles en cuivre.

— Ce n'est plus chez nous, Kevin ! lui rappela Gina.

— Une couche de peinture jaune pâle donnerait un petit coup de soleil, aussi, dit David.

— On peut savoir ce qui vous rend si gais, ce matin ? s'exclama Gina.

— Je suis gai de nature, tout le monde le sait ! répondit Kevin. Les choses finiront par s'arranger. J'espère que celui ou celle qui a préparé le café en a fait assez pour tout le monde !

David ferma de nouveau la porte du réfrigérateur et se tourna vers Kevin.

— Tu crois que les lairds écossais aiment les œufs Benedict ?

— Est-ce qu'on ne devrait pas plutôt confectionner un petit déjeuner à base de saumon ? suggéra Kevin.

— Bonne idée, dit David.

— Je suis contente que vous preniez tant de soin à la préparation du petit déjeuner, grommela Gina. Mais ça ne nous dit pas ce qu'on va faire.

— On va s'asseoir, se concerter et trouver une solution, déclara David sur un ton ferme. Où est ton mari, Gina ?

Elle secoua la tête.

— Je ne sais pas. Dehors, quelque part, en train de marcher ou de s'occuper des chevaux. Va savoir…

Thayer entra à son tour dans la cuisine, avec à la main le journal de Stirling, la ville la plus proche. Il le posa sur la table et adressa une grimace à ses camarades.

— Bonjour, dit-il. Enfin, on peut l'espérer, en tout cas.

— Eh bien, il faut refaire du café ! déclara Kevin en goûtant le sien. Gina, c'est toi qui as commis ce breuvage infâme ? Avec quoi as-tu confectionné cette boue ?

— Il est fort, voilà tout, répliqua Gina.

— Alors, qu'est-ce qu'on fait ? demanda Thayer.

— On va attendre Ryan et essayer de convenir d'un plan, répondit Gina. Au moins, nous avons jusqu'à lundi pour trouver un endroit où dormir. Je devrais peut-être appeler l'agence de voyages à Stirling et leur dire d'annuler les projets pour ce soir ?

— Soixante personnes à vingt-cinq livres sterling chacune, dit Thayer d'un air morose. C'est quand même dommage ! Enfin, mon appartement à Glasgow n'est pas grand, mais il suffit d'acheter quelques oreillers, et on pourra s'y réfugier.

— Dire qu'on a tous lâché notre boulot ! dit Kevin.

— On en retrouvera, rétorqua David.

— Enfin, il doit bien exister un recours ! s'exclama Toni.

— Toni s'est entretenue avec laird MacNiall, hier soir, annonça Gina en essayant d'adopter un ton neutre.

— Je ne me suis pas disputée avec lui ! précisa l'intéressée.

— Mais tu ne lui as pas, non plus, offert la douce hospitalité qu'on pratique dans le Sud ? lança David.

— Je ne suis pas du Sud !

— Tu aurais pu faire semblant. Et puis, d'ailleurs, tu es du Sud : le sud de D.C.

Toni le foudroya du regard.

— Ecoutez, j'ai eu une conversation avec lui, et il n'était pas fâché du tout, je vous assure.

David poussa un petit cri, et prit la jeune femme par les épaules.

— Toni, s'écria-t-il d'un air faussement dramatique, j'espère que tu ne t'es pas sentie obligée de... je veux dire, nous sommes dans la mouise, mais tu n'es pas obligée d'offrir ce genre d'hospitalité, tu sais !

— David ! fit Toni, furieuse de se sentir rougir. Je n'ai rien fait de tel, et il n'en est pas question. Tout de même, depuis le temps que tu me connais !

Gina émit un gloussement amusé.

— Hé, en ce qui concerne le physique, il est carrément au-dessus de la moyenne.

— Si vous voulez mon avis, ça signifie qu'elle le croquerait volontiers ! lança Kevin d'un ton railleur.

Gina lui adressa un regard noir.

— Le petit déjeuner a intérêt à être bon.

— Ecoutez, je lui ai parlé, c'est tout. Il était dans ma chambre, mais...

— Dans ta chambre ? l'interrompit David en s'installant sur la chaise à côté de Toni et en regardant son amie très sérieusement.

— Apparemment, je m'étais installée dans la sienne, alors j'ai déménagé dans celle d'à côté, expliqua la jeune femme. Nous étions forcés de nous parler, et nous avons été polis l'un avec l'autre.

— Tu lui as parlé sans…

— … être vache ? termina Kevin.

— Merde, à la fin ! Je vous dis que j'ai été polie.

— Bon, bon, d'accord, conclut David.

— Et maintenant, je pense que si on le lui demande bien poliment, il nous laissera jouer, ce soir.

— Pourquoi pas ? dit Thayer.

— Des omelettes ! s'écria brusquement Kevin. Avec un accompagnement de saumon et de bacon. Alors, qui va demander à laird MacNiall si nous pouvons donner notre représentation, ce soir ?

— Toni, répondit David avec détermination. C'est elle qui a eu le plus de contacts avec lui.

— Toni ? s'exclama Thayer. Je ne suis pas sûr que ce soit une bonne idée.

Il croisa le regard furibond que lui lançait la jeune femme, et ajouta :

— Désolé, mais ce type a l'air de te faire démarrer au quart de tour. C'est comme si on envoyait une tigresse solliciter l'assistance d'un lion !

Toni poussa un soupir agacé.

— Je ne démarre jamais au quart de tour. Il était odieux, hier soir. Je me suis efforcée de nous défendre, rien de plus.

— Et tu as bien fait, affirma David.

— Très bien, intervint Gina. Toni, à toi de le lui demander.

— Lui demander quoi ?

Ils se tournèrent tous vers la porte. Bruce MacNiall se tenait sur le seuil de la cuisine, en compagnie de Ryan. Ce matin, il arborait un jean et une chemise assortie. Il semblait avoir très peu dormi, et ses cheveux noirs étaient humides et légèrement décoiffés.

— Il faut que je m'habille. Je vous prie de m'excuser, dit David en s'esquivant.

— Je crois bien que j'ai laissé le robinet ouvert, murmura Thayer. Je reviens tout de suite.

— Je dois m'occuper du menu ! lança Kevin en se dirigeant à son tour vers la porte. Monsieur MacNiall… euh, laird MacNiall, nous allons préparer un super… euh, brunch. Pour vous remercier de votre hospitalité, intentionnelle ou non.

Ryan, qui les regardait tous comme s'ils avaient perdu l'esprit, entra dans la cuisine.

— Cette campagne ! Seigneur, je pensais avoir fait quelques belles promenades, mais vous devriez voir ces collines. Bruce est le meilleur guide possible pour découvrir la région !

Ryan adorait les chevaux et les grands espaces. Son travail de chevalier médiéval dans un parc historique aux faubourgs de Baltimore, ces dernières années, lui avait rarement offert l'occasion de passer du temps avec ses chers animaux, en dehors des entraînements qui se déroulaient toujours dans des espaces clos. Il était visiblement très heureux.

— Si tu venais me raconter ça là-haut, chéri ? proposa Gina en se levant.

— Pourquoi là-haut ? demanda Ryan.

— Toni veut parler à laird MacNiall.

Gina prit son mari par la manche de sa chemise et l'entraîna avec elle. En passant devant Bruce MacNiall, elle eut un sourire un peu gêné.

Toni se retrouva seule à la table. Bruce avait bien compris que son arrivée avait provoqué un raz-de-marée, et il avait l'air de trouver cela d'autant plus amusant que ce départ groupé ne pouvait pas vraiment être qualifié de subtil.

— Ils ont peur de moi ? demanda-t-il.

Toni prit une profonde inspiration.

— Eh bien, je crois que nous commençons tous à accepter l'idée que vous soyez bel et bien chez vous et que, par conséquent, quelqu'un nous ait roulés.

— Bien, dit Bruce en se dirigeant vers le comptoir de la cuisine.

Il se versa une tasse de café, et Toni tressaillit.

— Le café est un peu…

— C'est de la boue, confirma-t-il avec une grimace. Mais ça fera l'affaire… Alors, qu'êtes-vous supposée me demander ?

— Eh bien…

— Eh bien ?

Il avait beau être en jean, appuyé contre un comptoir de cuisine, une tasse de café à la main, Toni n'avait aucun mal à l'imaginer dans une salle du trône, en train de recevoir les doléances de ses vassaux.

Elle le regarda fixement, sans vouloir se laisser impressionner. On n'était plus à l'âge féodal, que diable !

— Nous avons un engagement auprès d'un important groupe de touristes, ce soir. Nous n'aimerions pas devoir annuler.

— *Quoi ?*

Plus qu'une question, c'était un grognement, et Toni se demanda si elle n'avait pas eu tort d'être aussi directe. Ils avaient dormi dans la même chambre, la nuit précédente, mais ils n'en étaient pas devenus copains pour autant.

— Ecoutez, reprit-elle — tout en se demandant ce qui, chez lui, avait le don de la mettre aussi facilement hors d'elle —, vous savez bien que nous sommes dans un pétrin épouvantable. Et, si vous prenez le temps de regarder un peu autour de vous, vous verrez que vous nous êtes un peu redevables, tout de même.

— Je vous suis redevable ? répéta-t-il poliment, tout en ayant l'air de trouver cette idée parfaitement absurde.

— Oui, répondit Toni avec conviction. Nous avons fait des travaux de peinture, de maçonnerie, d'électricité ; nous nous sommes mis à quatre pattes pour tout nettoyer à fond. Franchement, nous méritons cet endroit bien plus que… Au moins, nous y avons consacré du temps et de l'énergie. Comment pouvez-vous posséder un tel bijou, un pur morceau d'histoire, et le laisser ainsi à l'abandon ? Franchement, ça me dépasse.

Elle vit une totale incrédulité se peindre sur le visage de MacNiall. Il n'avait pas bougé, mais chaque muscle de son corps paraissait tendu, et ses épaules paraissaient plus larges encore qu'elles ne l'étaient.

Toni tressaillit intérieurement. Bravo. Elle était censée le convaincre et, au lieu de cela, elle l'offensait par ses propos, et le mettait en colère.

— Ainsi, vous êtes experte dans l'art d'entretenir un château écossais ?

Toni baissa les yeux et considéra le café au fond de sa tasse. Elle repensa au moment où elle avait atterri sur ses genoux, quelques heures plus tôt. Elle revit sa main effleurant le torse nu de Bruce, et la facilité avec laquelle il l'avait soulevée et posée sur le sol.

La nuit précédente, il s'était montré courtois, et même… charmant !

Toni prit brusquement conscience de l'attirance qu'elle éprouvait pour lui, en même temps que de la peur qu'il lui inspirait. L'hostilité dont elle faisait preuve à son égard était sans doute une manière instinctive de se défendre…

A cet instant, Ryan revint brusquement dans la cuisine, et Toni se dit qu'il avait dû écouter toute la conversation.

— Toni ne vous expose pas la situation de manière suffisamment claire, dit-il. C'est vrai que nous avons beaucoup travaillé, et pas seulement de manière superficielle. Nous avons accompli des travaux structurels, aussi. Franchement…

— D'accord, dit Bruce, les yeux fixés sur Toni.

Elle sentit les battements de son cœur s'accélérer.

— Pardon ? lança Ryan.

— Mlle Fraser ne s'est pas montrée très éloquente, dans sa requête, mais je vois bien que vous avez beaucoup travaillé. Et je suis conscient de votre situation. Faites venir votre groupe de touristes. Vous aurez besoin de cet argent.

Il jeta son café dans l'évier et quitta la cuisine.

Ryan considéra Toni d'un air stupéfait. Puis il se rua vers elle et la prit dans ses bras.

— Youpee !

Gina entra à son tour, et les deux époux s'embrassèrent et se mirent à danser autour de la cuisine. Thayer, David et Kevin les rejoignirent bientôt. Ils avaient tous l'air tellement heureux que Toni se demanda s'ils se rendaient compte qu'ils avaient juste repoussé l'échéance d'une soirée. Ils étaient bien loin d'avoir récupéré leur investissement.

— Nous allons préparer le meilleur petit déjeuner de la planète, déclara David.

— On devrait peut-être commencer par refaire du café, dit Toni. Laird MacNiall vient de verser le contenu de sa tasse dans l'évier, Gina.

— Vraiment ?

— Bon, ton café est infâme ! déclara Ryan en l'embrassant sur la joue. Tu n'en restes pas moins jolie à croquer.

— Allez, dehors tout le monde ! lança Kevin. Ouste ! On a du boulot.

Toni se leva, prête à partir, et son regard tomba sur le journal que Thayer avait laissé sur la table. Le gros titre en première page lui sauta aux yeux : « Edimbourg. La femme disparue n'a toujours pas été retrouvée. La police penche de plus en plus pour l'hypothèse du meurtre. »

Elle prit le journal et le glissa sous le comptoir avec l'intention de le lire plus tard.

— Laird MacNiall ?

Bruce était assis devant son bureau — qu'il avait trouvé

débarrassé de l'épaisse couche de poussière qui le recouvrait habituellement — lorsqu'on frappa à la porte.

— Oui ? fit-il en levant la tête.

David Fulton apparut dans l'encadrement.

— Entrez, lui dit Bruce.

Mince et très brun, Fulton était un type d'une beauté saisissante. Son affection pour Kevin était évidente, mais il paraissait aussi se soucier sincèrement de ses autres amis, qui le lui rendaient manifestement.

Bruce était surpris de se découvrir vaguement jaloux de l'atmosphère de franche camaraderie qui régnait au sein du petit groupe : le couple homosexuel, le couple marié, Toni Fraser — et même son cousin écossais. Ils étaient tous différents, mais la force des liens qui les unissaient était évidente. Ryan lui avait parlé des uns et des autres, ce matin-là, tandis qu'ils se promenaient ensemble à cheval. Il lui avait raconté leur rencontre et la manière dont leur entreprise avait débuté, comme une sorte de projet un peu fou.

David lui souriait, maintenant.

— Nous vous sommes très reconnaissants, dit-il, et nous avons la faiblesse de penser que nous avons préparé un festin digne d'un roi — ou plutôt d'un lord. Nous ferez-vous l'honneur de vous joindre à nous ?

Bruce posa son stylo et prit brusquement conscience que son estomac criait famine. Il inclina la tête.

— Avec plaisir. Je descends dans une minute.

Il attendit que David fût ressorti pour ouvrir le premier tiroir de son bureau. Il y glissa les papiers sur lesquels il travaillait, et relut machinalement le gros titre du journal local. Il fronça les sourcils. A en croire l'article, toutes les pistes étaient épuisées.

Jonathan Tavish était très bien dans son rôle de chef de la police locale, mais il n'aimait pas beaucoup renoncer à son pouvoir. Or, il n'avait pas assez d'expérience pour gérer une situation qui devenait désespérée.

Stirling, Glasgow, et maintenant Edimbourg. On pensait que les jeunes femmes avaient été enlevées dans les rues de ces grandes villes, puis assassinées ailleurs, et finalement — du moins pour les deux premières — abandonnées dans la forêt de Tillingham parce qu'elle était si dense et si profonde que la découverte de leurs corps pouvait prendre des années.

Y avait-il d'autres jeunes filles assassinées, dont personne n'avait déclaré la disparition ?

Stirling, Glasgow et Edimbourg. L'assassin frappait à travers tout le pays, mais en Ecosse, les distances ne sont pas très grandes. Les trois premières victimes avaient été enlevées dans des grandes villes. Mais si c'était si facile, le coupable ne risquait-il pas de devenir plus audacieux et d'opérer dans des endroits plus tranquilles ?

Bruce fit tambouriner ses doigts sur le bureau. Pour le moment, la population n'avait pas encore senti le premier souffle de la panique. Mais les pauvres jeunes filles qui avaient disparu n'étaient pas non plus considérées comme des jeunes filles « bien ». Les gens, par ici, n'étaient pas froids ni mesquins, bien au contraire. Mais ils estimaient que les femmes qui se perdent dans les allées noires du péché et de la dépendance risquent fatalement ce genre de tragédie.

MacNiall, lui, ne voyait pas les choses sous cet angle. Un assassin se promenait en liberté, et quelles que fussent les mœurs de ses victimes, il fallait l'arrêter.

« Comme si j'avais ce pouvoir ! » songea-t-il aussitôt, avec dérision.

Le plus étrange est qu'il avait éprouvé l'envie subite de rentrer en Ecosse, juste avant que Robert ne l'appelle à New York pour lui dire qu'ils n'avaient aucune piste et qu'il ne savait plus quoi faire.

Bruce avait hésité à rentrer, puis Robert avait rappelé pour annoncer la disparition d'une autre personne. Bruce avait alors sauté dans le premier avion.

Il était là, maintenant. Mais pourquoi ? Des hommes compétents avaient été chargés de l'affaire. Normal : il ne faisait plus partie de la police.

Mais ils avaient besoin de… quelque chose. Il fallait les aider à comprendre à qui ils avaient affaire.

Bruce craignait qu'ils n'attendent trop longtemps pour déclencher une opération d'envergure. Il craignait que l'assassin ne passe à la vitesse supérieure, ou qu'il ne s'en prenne à une victime « inacceptable » aux yeux du public. D'ici là, le nombre des disparues risquait d'augmenter encore.

Il pressa ses doigts de chaque côté de ses tempes, se rappelant la deuxième raison pour laquelle il souhaitait le départ du groupe d'Américains. Il s'agissait du rêve qu'il avait fait. Comment pouvait-il expliquer un rêve aussi étrange ?

Mais était-il vraiment étrange ? Après tout, c'était lui qui avait trouvé le premier cadavre. Cette vision était gravée à jamais dans son esprit.

De là à rêver d'une femme qu'il venait tout juste de rencontrer et qu'il trouvait tour à tour irritante au-delà de toute mesure et sexy en diable… De là à en rêver et à se faire du souci pour elle, il n'y avait peut-être qu'un pas, et il semblait l'avoir déjà franchi.

Avec un soupir agacé, il referma le tiroir et se leva pour aller rejoindre ses invités indésirables.

La table était superbe. Bruce MacNiall dut s'en apercevoir car il marqua une pause avant d'entrer dans la cuisine. Et, pour une fois, il ne semblait pas en colère. Il arqua légèrement les sourcils, et un sourire vint flotter sur ses lèvres, comme s'il trouvait tout cela très amusant. Enfin, il entra et s'installa à la place d'honneur qui lui avait été réservée, en bout de table.

Tout le monde le regardait.

— Désolé de vous avoir fait attendre, dit-il sur un ton plaisant, en prenant dans son assiette la serviette pliée en forme d'oiseau. Tout est tellement beau, on s'en voudrait presque d'y toucher ! ajouta-t-il en admirant les mets disposés sur la table.

— Au contraire, ce n'est rien du tout, dit Kevin. J'ai travaillé dans un certain nombre de restaurants, comme la plupart des étudiants dans le monde du spectacle. En réalité, je suis scénographe.

— C'est ce que Ryan m'a dit.

— Chacun de nous a des talents uniques, dit Gina.

— J'ai cru le comprendre.

— C'est vrai que vous avez passé un moment avec Ryan, ce matin ? demanda Thayer en tapant dans le dos de l'intéressé. Il est notre maître écuyer et notre maître d'armes. Il n'existe pas un cheval au monde qu'il ne puisse monter.

— Je veux bien le croire, dit Bruce.

David leva la main.

— Je m'occupe des costumes.

— Et il sait jongler, aussi ! précisa Kevin. C'est également un acteur extraordinaire, mais nous sommes surtout des as de la technique.

— Et tellement modestes, par-dessus le marché ! ajouta Toni.

— Désolé, ma chère, mais ce n'est pas en étant modeste qu'on décroche du boulot, riposta Kevin.

— Touché, reconnut la jeune femme avec un sourire.

— Et vous, que faisiez-vous à Glasgow ? demanda Bruce en s'adressant à Thayer.

— Piano-bar, répondit ce dernier.

— Je m'occupe du marketing, de la promotion, et je donne

un coup de main là où je peux me rendre utile, dit Gina. Je suis la « touche-à-tout » de service, mais j'ai une formation commerciale.

— Ah ! dit simplement Bruce.

Puis il regarda Toni d'un air interrogateur.

— Ecrivain, dit-elle simplement, persuadée qu'il la considérait, en effet, comme une sacrée faiseuse d'histoires, et dans tous les sens du terme.

— Son imagination est légendaire, expliqua Kevin.

— J'ai cru m'en apercevoir, en effet, dit Bruce.

— Toni est bien trop modeste. Elle a écrit un one-woman show sur Queen Varina, qui fut la seule femme des Etats confédérés, et elle a joué la pièce à guichets fermés pendant six mois à Washington D.C., puis à Richmond. Elle est écrivain, actrice et metteur en scène. Elle sait également coudre et jouer du pinceau comme personne. Il faut dire que nous mettons tous la main à la pâte.

— Couture, travaux d'électricité, peintures… nous faisons tout, conclut Toni.

— Et de quels coins des Etats-Unis êtes-vous tous originaires ? demanda Bruce.

— Je suis née dans l'Iowa, répondit Gina. Toni est de D.C., David de New York, Ryan du Kentucky et Kevin de Philadelphie.

— Nous étions à l'université ensemble, murmura Toni.

— New York University, ajouta David.

— Bon, nous étions *presque* tous à l'université, corrigea Gina. C'est-à-dire Toni, Ryan, David et moi. Puis, Ryan a décroché un boulot au Château Magique, et nous nous sommes installés à Baltimore. Toni est partie du côté de D.C., mais nous avons gardé le contact. Quand elle a décidé de monter son spectacle, nous sommes allés l'aider, et David a même conçu ses costumes et les décors. C'est à cette époque-là que nous avons rencontré Kevin. Ça remonte à deux ans. Puis nous avons fait la connaissance de Thayer et nous l'avons convaincu de nous rejoindre dans notre aventure, la dernière fois que nous sommes venus en Ecosse.

— C'était quand ?

— Il y a six mois. Nous sommes descendus dans un château qui appartient à la famille Menzies. Des membres du clan l'ont acheté, puis rénové, et ils l'ont ouvert au public.

— Ah ! murmura MacNiall. Et vous, vous étiez à Glasgow et vous vous êtes laissé embringuer, si j'ai bien compris.

— J'avais déjà essayé d'entrer en contact avec Thayer, lors de nos voyages précédents, expliqua Toni. Nous sommes venus en Ecosse quatre fois, depuis l'université. Pendant longtemps, nous n'avons pas réussi à nous rencontrer. Quand c'est arrivé, finalement…

— C'était comme si vous vous connaissiez depuis toujours, suggéra MacNiall sur un ton vaguement railleur.

— Ma foi, oui, répondit Thayer.

— Je vois.

— Et je ne me suis pas laissé embringuer, précisa Thayer en souriant à Toni. C'était vraiment une bonne idée.

— Je suis de votre avis, déclara Bruce, à la grande surprise de Toni. Ce que j'ai vu était superbement dramatique.

— Vous savez, on a un problème, ce soir, dit Ryan brusquement.

— Ah bon ? fit Toni.

— J'ai vraiment eu du mal à changer de costume avant d'entrer dans le hall à cheval. Personne ne s'en est aperçu parce que Bruce a fait sa propre entrée, mais il va falloir ralentir un peu l'action, sinon je n'y arriverai pas.

— Elle ne peut pas ralentir l'action, protesta Gina. Le minutage était parfait, plein de suspense. Nous allons perdre nos spectateurs si elle doit délayer son monologue !

— Vous voulez que Bruce MacNiall fasse irruption dans le grand hall à cheval, comme hier soir ? proposa Bruce.

Ils le regardèrent tous avec un air stupéfait.

— Vous seriez d'accord ? demanda Gina.

— Bah, vous êtes là, et j'ai déjà tendance à penser que je suis à moitié fou, moi-même, alors pourquoi pas ?

— La scène est un peu plus travaillée, dans le texte, dit Gina.

— Ah bon ?

David sourit.

— Vous êtes censé descendre de cheval, monter l'escalier et étrangler Toni.

— Ah !

Bruce regarda Toni, et un sourire apparut sur ses lèvres.

— Je crois pouvoir y arriver.

— Vous faites seulement semblant de l'étrangler, vous savez ! précisa Thayer.

— Ça, ce sera plus difficile ! lança Kevin avec un clin d'œil à l'adresse de Toni.

Mais la jeune femme n'eut pas l'air de trouver la réflexion irrésistible.

— Nous ne pouvons pas demander une chose pareille à *laird* MacNiall ! Il nous rend déjà un immense service, déclara-t-elle, tout sucre et tout miel.

— Pensez-vous, ce n'est rien du tout ! dit Bruce en se levant. Donc, c'est entendu. Mesdames et messieurs, je vous remercie pour ce festin. Permettez que je me retire, maintenant. Je dois encore me rendre au village avant les événements de ce soir.

Ils le regardèrent sortir.

— Eh bien, il n'est pas si terrible, tout compte fait ! dit Thayer, dès que la porte se fut refermée. Il faudra quand même le garder à l'œil, quand il sera là-haut en train d'étrangler Toni, hein ?

En l'entendant, Toni eut l'impression étrange qu'elle courait un réel danger. Mais tous les autres éclatèrent de rire.

— Ryan, tu viens de te faire voler ta minute de gloire ! dit David.

— Pas grave, répondit l'intéressé. Si ça me permet de voir ce cheval entrer au galop et s'arrêter net, ça vaut la peine.

Il sourit, avant d'ajouter :

— Mais je regrette de ne plus avoir à étrangler Toni.

— Ha, ha, ha ! fit la jeune femme en se levant. Bon, sous la direction artistique de messieurs David Fulton et Kevin Hart, j'ai lavé, haché menu et préparé la jolie table que vous avez vue. Ryan, tu vas pouvoir faire le deuil de cette occasion manquée de me serrer le cou pendant que tu feras la vaisselle avec ta femme et Thayer. Allez, haut les cœurs et à plus tard !

Sur ce, elle fit un petit salut et quitta la pièce.

Bruce entra dans le bureau de Jonathan Tavish après avoir frappé un coup bref à la porte.

Jonathan leva la tête et haussa les sourcils.

— Bruce ! Tu as laissé ton domaine aux mains de cette bande de bohémiens ?

— Tu parles d'un domaine ! Le château tombe en ruine, déclara Bruce en s'asseyant. Et j'avoue qu'en faisant le tour du propriétaire, j'ai eu des surprises plutôt agréables. Ils ont effectué une tonne de réparations que je me promettais d'accomplir depuis des lustres.

— Pas facile de faire mille choses en même temps, dit Jonathan. Tu vois, si tu appartenais, comme moi, à la paysannerie locale, tu passerais tout ton temps ici, et tu pourrais boucher des trous… En tout cas, on dirait que tu n'es plus aussi en colère contre tes invités ?

Bruce pencha légèrement la tête de côté, et considéra son

ami. Ils avaient pratiquement le même âge, et se connaissaient depuis l'enfance. Ils éprouvaient tous deux une véritable passion pour ce petit coin du monde, même s'ils n'étaient pas toujours d'accord sur la manière de le gérer. Jonathan, qui représentait la loi, semblait nourrir une sorte de rancœur vis-à-vis de Bruce, le notable local.

Un jour, peut-être, il briguerait le poste de maire. En cette qualité, il aurait plus de poids et de liberté pour faire appliquer ses idées. Mais, pour le moment, il se contentait de sa position.

— Je me suis un peu calmé, en effet, répondit Bruce. J'ai décidé que quelques jours de plus ou de moins ne changeraient rien à la situation.

— Ah ! fit Jonathan avec un petit sourire. C'est la blonde, hein ? Quelle belle fille ! Et un sacré tempérament.

— Elle ne manque pas de feu, en effet, reconnut Bruce. Mais ce n'est pas la première fois que ce genre de choses se produit.

— Que l'on s'approprie ton château ? demanda Jonathan, perplexe.

Bruce secoua la tête.

— Non. Que des gens se fassent rouler dans la farine en croyant conclure une transaction par l'intermédiaire de ce qu'ils pensent être une entreprise privée ou une agence immobilière. Je tiens absolument à découvrir ce qui s'est passé, en l'occurrence, puisque c'est *mon* château qui a été envahi.

— Dès lundi, tu leur montreras tes droits de propriété, et ils apporteront leurs documents. Je mettrai immédiatement quelqu'un dessus. Malheureusement, avec Internet, les gens peuvent effacer toutes les pistes qui permettraient de remonter jusqu'à eux. J'aurais pu commencer à m'en occuper, mais tes hôtes n'ont pas voulu me confier leur contrat.

— C'est tout ce qu'ils ont pour prouver leur bonne foi.

— Autrement dit, ils n'ont pas confiance en la loi que je représente.

Bruce eut un sourire.

— Ils ne me font pas confiance non plus, tu sais !

— Nous sommes donc dans le même bateau, fit Jonathan.

— Exactement. Mais ce n'est pas la raison de ma visite.

— Ah bon ?

Bruce jeta le journal sur le bureau.

— Ah ! fit Jonathan.

— Oui, *ah !* comme tu dis.

Jonathan secoua la tête.

— Bruce, les filles qui disparaissent ne sont pas d'ici.

— D'accord, mais, au cours de l'année qui vient de s'écouler, deux corps ont été retrouvés dans la forêt.

— C'est une grande forêt, au cas où tu ne l'aurais pas remarqué.

— Est-ce que tu as fait faire des recherches ? demanda Bruce.

— Oui, j'ai mis des hommes sur l'affaire.

— Bon. Parce que je te parie qu'on va retrouver cette pauvre fille dans la forêt, comme les deux dernières.

— Fais attention à ce que tu dis, Bruce, fit Jonathan en s'appuyant contre le dossier de sa chaise. Les gens vont commencer à croire que tu en sais plus que tu ne le devrais. Ces disparitions ont toujours lieu quand tu te trouves dans les parages.

Il leva la main, et ajouta :

— Et je sais bien que ça ne signifie rien du tout. Je suis ton ami et je te connais. Je te révèle simplement ce que d'autres pourraient penser.

— Nom d'un chien ! s'écria Bruce qui, visiblement, se sentait outragé.

— Désolé, Bruce, ne le prends pas mal. Mais ton intérêt pour cette affaire commence à friser l'obsession. Je te comprends, bien sûr. Mais tu n'es plus ce que tu étais, Bruce. Le temps a passé.

Et le fait que tu aies eu de la chance, une fois, à Edimbourg, ne fait pas de toi un expert.

Bruce s'exhorta à la patience.

— Je ne prétends pas être un expert. En revanche, je n'aime pas savoir qu'on retrouve des femmes assassinées dans la forêt de Tillingham. Et ça devrait te perturber encore plus que moi, il me semble.

— Je sais ce que j'ai à faire, Bruce.

— Je n'ai jamais prétendu le contraire.

— Comment puis-je arrêter un fou qui kidnappe des femmes dans d'autres villes que la mienne ? Tu ne l'as peut-être pas remarqué, mais nous avons des kilomètres de chemins sombres et isolés, par ici. Et je ne parle même pas du fait que des compagnies entières de guerriers se sont servis de cette forêt comme d'un refuge, pendant des décennies... Enfin, la disparition de cette fille est récente. Il s'agit d'une Irlandaise. Si ça se trouve, elle a juste attrapé un ferry pour rentrer chez elle.

Bruce se leva.

— Si on ne l'a pas retrouvée d'ici quelques jours, j'organiserai moi-même une fouille de la forêt.

— Bruce, pour l'amour du ciel, je te prie de contrôler ces emportements typiquement MacNiall. Je t'ai dit que nous avions déjà fait des recherches dans la forêt. Nous y retournerons et nous redoublerons d'efforts si cette jeune fille n'a pas réapparu d'ici quelques jours.

— Bon.

Bruce se dirigea vers la porte.

— Dis donc ? fit Jonathan.

— Oui ?

— Tu as fait annuler la visite spectacle de ton château pour ce soir ?

— Eh bien, non, figure-toi. Je vais même y participer.

— Tu vas y participer ? répéta Jonathan, totalement incrédule. Mais tu n'as jamais joué la comédie !

— Allons, est-ce que nous ne jouons pas la comédie, chaque jour de notre vie ?

Jonathan secoua la tête.

— Ça alors ! Pas de doute, c'est la blonde.

— C'est surtout le fait qu'ils se soient fourrés dans un sacré pétrin, corrigea Bruce. Or, ils ont travaillé dur pour rénover le château… Bon, à lundi, Jonathan !

Il quitta la pièce en laissant le journal sur le bureau. Il n'en avait plus besoin : il aurait reconnu entre mille la jeune femme dont la photo s'étalait en première page.

Elle était jeune, avec des yeux immenses et de longs cheveux bruns. Elle était partie de Belfast, en Irlande du Nord, et elle avait l'intention de se rendre à Londres. Mais, en chemin, elle avait rencontré la drogue et la prostitution, si bien que son voyage s'était arrêté à Edimbourg.

Ce genre d'information n'est relaté qu'une seule fois dans les journaux. L'article rapportant la disparition de la première jeune femme avait été très vite oublié — du moins jusqu'à ce que Bruce découvre son cadavre, lors d'une promenade à cheval.

Le deuxième corps avait été retrouvé par Eban, des mois plus tard, dans la forêt de Tillingham.

Des prostituées. Des droguées. De pauvres jeunes femmes solitaires et paumées. Elles avaient besoin d'aide, pas de se faire étrangler.

Bruce resta un moment assis au volant de sa voiture, perdu dans ses pensées. Il était garé en plein centre de la petite ville, et il voyait en face de lui la statue d'un cavalier. Aucune plaque ne révélait le nom, la date de naissance ou les hauts faits du personnage ainsi honoré. Mais tous les habitants de la région savaient de qui il s'agissait : c'était le tout premier Bruce MacNiall.

Or, ce soir, Bruce allait jouer le rôle de son ancêtre.

Une vague d'irritation le traversa brusquement.

« Ils pourraient, au moins, t'accorder le bénéfice du doute ! songea-t-il. Quelques siècles passent, et voilà le héros soupçonné d'avoir étranglé l'amour de sa vie ! »

Il n'existait aucune preuve que Bruce MacNiall eût tué sa femme, mais l'histoire ne manquait pas de piquant. Et, de la même façon que certains historiens considéraient le champion des Stuart comme un grand héros, d'autres le jugeaient fou, parce que prêt à risquer bien trop de vies humaines dans sa quête de gloire.

L'idée que Bruce MacNiall eût tué sa femme ne plaisait guère à Bruce. Pourtant, il avait promis de jouer son rôle, ce soir. La vie, décidément, ne manquait pas de surprises.

Il démarra et prit la direction du château.

Tandis qu'il longeait la forêt, il ralentit, son esprit retournant du côté des jeunes femmes disparues. S'ils voulaient retrouver quelque chose, ils devraient s'enfoncer profondément dans les bois et fouiller les ruisseaux.

Son cœur saignait pour la dernière victime. Il était sûr qu'elle était déjà là, en train de se décomposer. Il le savait depuis la nuit passée, depuis qu'il avait fait ce rêve où il voyait le corps flottant dans l'eau, le visage tourné vers le fond.

Sauf que, dans son rêve, le corps était celui de Toni Fraser.

5.

— Hé, qu'est-ce que tu fabriques par là ?

Toni se retourna, et vit que David venait de la rejoindre dans l'écurie. Elle en fut un peu surprise. David aimait bien les chevaux, mais il n'était pas du genre à se déplacer pour aller les voir.

Elle caressait le nez de l'énorme Shaunessy de Bruce MacNiall. Cet animal devait posséder une puissance extraordinaire, lorsqu'il était lancé au galop. Mais, paradoxalement, il était très doux, et semblait apprécier les marques d'affection. Plus extraordinaire encore, il partageait volontiers son box avec le hongre de Ryan.

— J'étais partie explorer les environs, et j'ai eu envie d'entrer dans l'écurie, répondit la jeune femme. J'adore le cheval de Ryan. Mais celui-ci…, ajouta-t-elle avec un geste du menton en direction de l'étalon de MacNiall, c'est vraiment quelque chose. Qu'est-ce qu'il est beau !

— Oui. Et imposant. Comme son maître.

— Le grand MacNiall, qui fait son entrée *après* que l'on a sué sang et eau pour réparer son château ! dit Toni.

David eut un sourire.

— La situation est embêtante, c'est sûr.

Il chercha le regard de la jeune femme.

— Est-ce que ça va ?

— Aussi bien que n'importe lequel d'entre nous, répondit-elle.

David caressa le front de Shaunessy.

— Tu ne dois pas te sentir coupable, tu sais, quoi qu'il arrive. Nous avons tous foncé tête baissée dans l'aventure. Et si tu as l'impression que nous nous en prenons un peu trop à toi, c'est parce que la nature humaine a toujours besoin d'un bouc émissaire.

Toni sourit, toucha doucement le visage de David et le serra dans ses bras. Ils s'étaient rencontrés en première année d'université, alors qu'ils peignaient des décors pour une représentation d'*Aïda*. Leur amitié avait été instantanée, et elle ne s'était plus jamais démentie. Toni aimait David comme un frère.

— Bon, il semble que nous ayons été dupés. Nous avons investi du temps et beaucoup d'énergie, sans compter nos économies, mais de là à *suer sang et eau*… C'est un peu dramatique.

— Soit, j'ai peut-être tendance à dramatiser. Mais, quand même, ce satané Tavish aurait pu nous dire quelque chose.

— Apparemment, il a cru que le grand laird avait décidé de louer le château. MacNiall n'était pas là. Il faut croire que personne ne savait comment le joindre.

— Quels que soient les mots que l'on choisisse, nous avons beaucoup investi dans cette histoire. Et, malheureusement, il faut admettre que nous avons été roulés dans la farine. Inutile d'attendre jusqu'à lundi pour faire ce constat.

— Certes, mais MacNiall s'est montré plutôt correct, jusqu'à maintenant. Tu te rends compte ? Non seulement il nous laisse donner notre représentation, ce soir, mais il va même y participer.

— Ouais.

— Alors ?

Toni sourit, sachant déjà ce qui allait suivre.

— Alors ? répéta-t-elle.

— Allons, ma puce. Viens t'asseoir sur une botte de foin et raconte ce qui se passe à tonton David. Dis-toi bien que c'est probablement la seule fois de ta vie qu'un homme t'entraîne vers une botte de foin pour des raisons purement platoniques.

Toni s'esclaffa et regarda David déplacer le foin pour en faire une sorte de canapé improvisé. Le siège était un peu piquant, mais assez confortable, finalement.

— On se croirait presque dans le cabinet d'un psy, pas vrai ? reprit David.

— Je ne sais pas : je n'ai jamais mis les pieds chez un psy — pas encore, en tout cas.

— N'empêche que quelque chose te tracasse, et ce n'est pas uniquement lié au fait que nous sommes au bord de la banqueroute.

— En effet, admit-elle.

Elle hésita une fraction de seconde, et ajouta :

— C'est au sujet de l'histoire de l'ancêtre de Bruce MacNiall. Je pensais vraiment l'avoir inventée, tu sais ?

David hocha la tête.

— Soit, tu as inventé un fait réel. Voyons, il y a six mois, nous avons fait un grand tour de l'Ecosse. A Edimbourg, nous avons vu cette superbe tombe en marbre construite en l'honneur de Montrose — monstre pour certains, héros extraordinaire pour d'autres. Nous savions que le château que nous allions louer avait appartenu à la famille MacNiall. Et Bruce est un prénom on ne peut plus commun. Il me semble qu'on peut aisément additionner deux et deux et tomber sur quatre.

— Sauf que j'ai appris d'autres détails au sujet de l'homme et de son épouse, de la bouche de notre Bruce MacNiall contemporain.

— Il a vraiment étranglé sa femme ?

— Non. Enfin, personne ne sait exactement ce qui s'est passé.

Elle a disparu des pages de l'histoire, pour reprendre les termes utilisés par Bruce.

— Mmm, dit David en mâchonnant un morceau de foin. Malheureusement, bien des hommes ont assassiné leur femme et bien des femmes ont disparu. Les choses ne changent pas vraiment, où que l'on aille. Nous avons nos problèmes, aux Etats-Unis, et l'Ecosse a les siens. Il y avait même un article dans le journal au sujet de jeunes femmes disparues.

— Au moins, si lady MacNiall a vraiment disparu, ça remonte à des siècles, dit Toni.

Elle avait vu les gros titres dans la presse, elle aussi.

— Exactement, renchérit David.

— Il y a juste un détail qui me chiffonne. Elle s'appelait Annabelle.

David arqua les sourcils et la regarda fixement.

— Sans blague ?

— D'après ce que m'a dit Bruce.

— Eh bien, peut-être que tu avais entendu cette histoire quelque part et que ton cerveau l'avait enregistrée sans que tu en aies conscience.

Toni ne répondit rien.

— Hé, ce n'est pas bien grave ! reprit David. Et puis, notre MacNiall n'a pas l'air d'un tueur. A mon avis, on ne devrait pas retrouver de squelettes dans les placards.

Il garda le silence, un instant.

— C'est quelque chose, ce type, hein ?

— Oui, répondit Toni, surprise de se sentir rougir.

David sourit et trouva un autre brin de foin à mâchonner.

— Les étincelles crépitaient entre vous, hier soir.

— Il m'arrive de lancer des étincelles, en effet.

— Et pas seulement quand tu défends tes amis ! affirma David avec un rire.

Il reprit aussitôt son sérieux.

— Mais tu ne m'as pas encore tout dit. Je sais que tu n'es plus aussi furieuse contre lui et, comme nous tous, tu te rends compte qu'il a sûrement raison. Alors, qu'est-ce qui te turlupine encore ?

La question était celle d'un ami qui la connaissait trop bien, et Toni n'hésita pas longtemps.

— J'ai fait un cauchemar affreux, la nuit dernière. J'ai hurlé comme une forcenée. C'est pour ça qu'on s'est retrouvés en train de parler, lui et moi.

— Je vois, dit David. Ce que vous vous êtes dit t'a bouleversée.

— Non. C'est le cauchemar qui m'a bouleversée.

— Tu t'en souviens ?

— Oui. C'était terrifiant. Mais le plus étrange c'est que Bruce, ou plutôt son ancêtre, constituait le sujet de mon cauchemar.

David fronça les sourcils, comme s'il avait du mal à comprendre, et Toni enchaîna :

— Il est apparu d'un seul coup, au pied de mon lit. Il était, immense, et vêtu comme un cavalier. Il ressemblait à notre Bruce, mais ses cheveux étaient plus longs. Il portait un kilt et une espèce de demi-armure. Il avait un étui attaché à la cheville, avec un couteau dedans. Il tenait un sabre.

— Et il était debout au pied de ton lit ?

— Oui.

— Bon. Essayons d'analyser ça. Pourquoi était-il aussi terrifiant ?

Toni le regarda fixement.

— Je viens de te dire qu'il était au pied de mon lit.

— C'est tout ?

— Tu réagirais comment, toi, si tu te réveillais brusquement pour découvrir un fantôme au pied de ton lit ?

— Je secouerais Kevin pour qu'il engage la conversation avec notre visiteur.

Il essayait de la faire rire, bien sûr. Mais Toni n'avait pas envie de rire.

— Il portait un sabre, répéta-t-elle.

— Forcément. Tu rêves d'un cavalier qui a combattu d'innombrables fois sur le champ de bataille, alors c'est normal qu'il porte un sabre.

— Le sabre dégoulinait de sang.

— Toni, tu as étudié le théâtre sous toutes ses coutures, et tu as écrit plusieurs pièces. Tu as l'imagination plus que fertile. Tu ne peux faire que des rêves en Technicolor, avec une foule de détails minutieux.

— Tu ne comprends pas…

Toni secoua la tête, hésita et le regarda fixement. Elle ne vit rien, dans les yeux de David, que la profonde sollicitude d'un ami sincère.

— Je ne t'en ai encore jamais parlé, reprit-elle, finalement, mais quand j'étais petite, je… je faisais des rêves.

— Tous les enfants font des rêves.

— Non, répondit Toni en respirant profondément. Je rêvais de choses qui étaient vraiment arrivées. Des choses terribles. Des meurtres. La police venait chez moi et m'interrogeait au sujet de ce que j'avais vu. Parfois, je pouvais décrire des gens. Et je pouvais toujours dire, très exactement, ce qui s'était passé.

— Est-ce qu'ils ont jamais arrêté quelqu'un à cause d'un de tes rêves ?

— Je crois.

— Dans ce cas, ce que tu as fait est formidable.

— Peut-être, murmura la jeune femme. Mais je ne pouvais plus vivre avec cette souffrance. Et mes pauvres parents ! C'était terrible, pour eux. Il y a eu un moment où je n'ai plus supporté tout ça. Je me suis évanouie, je ne sais pas exactement comment, et j'ai atterri à l'hôpital.

— Et tes parents ne t'ont pas emmenée voir un psy ? demanda David, abasourdi.

Toni secoua la tête.

— J'ai vu un homme, un ami de maman. Il était merveilleux. Il avait l'air de comprendre exactement ce que je vivais. Quand les flics sont devenus trop insistants, il est intervenu, doucement mais fermement, et il m'a aidée à me calmer. Quand je me suis réveillée, à l'hôpital, il était là. Je crois qu'il avait compris à quel point j'étais tourmentée. Je lui ai dit que je ne rêverais plus jamais, que ça faisait trop de mal.

— Et alors ?

— Nous avons déménagé. Et j'ai décidé, effectivement, de ne plus rêver.

— Tu l'as *décidé* ?

— Oui. C'était le seul moyen. Mes parents étaient tellement malheureux. Les rêves étaient horribles. Je voyais des meurtres, tu comprends ? Je les voyais exactement comme ils se produisaient, avant, après ou pendant. Et puis, d'autres gens ont découvert mon secret. Des gens qui ne faisaient pas partie de la police. Ils se comportaient comme si j'avais la lèpre. Tu ne peux pas imaginer ce que c'était.

— Si, ça, je n'ai pas de mal à l'imaginer, murmura David.

Il prit la main de la jeune femme entre les siennes.

— Ecoute, Toni, je crois qu'il est encore un peu tôt pour te faire tant de souci. Vraiment. Je ne suis pas du genre à croire qu'il existe une explication logique à tous les phénomènes du monde, loin de là, mais nous sommes en Ecosse, et nous avons entendu parler d'une histoire similaire à celle que tu as inventée. Quant à voir dans ta chambre des Ecossais en armure, je vais te dire ce que j'en pense : l'entrée en scène de Bruce MacNiall, hier soir, était assez extraordinaire pour nourrir les rêves de toute une population sur plusieurs générations.

— Tu me trouves bêtasse ?

— Bien sûr que non ! En revanche, je pense que tu ne devrais pas te faire autant de souci. Il est trop tôt pour savoir ce que nous pouvons attendre de Bruce MacNiall, mais n'oublie pas que tu es avec tes amis, ici, et des amis qui t'aiment énormément. Tout ira bien. Crois-moi. D'ailleurs, que peux-tu faire ?

— Je ne sais pas trop.

— Qu'est-il arrivé à cet homme ?

— Qui ça ?

— L'homme qui est venu te voir, quand tu étais petite, et qui t'a aidée à te sentir mieux ?

— Oh, Adam !

— Adam ?

— Adam Harrison.

— Il est toujours de ce monde ?

— Oui. Enfin, il était encore vivant il y a deux ans. Il est venu voir mon spectacle, à D.C.

Elle sourit.

— Il n'avait pas changé du tout. Il était toujours aussi droit, aussi digne ; il s'exprimait avec cette voix grave et douce…

— Et le fait de le revoir n'a rien réveillé en toi ?

— Non, j'étais juste contente. Il m'a demandé comment j'allais, il m'a félicitée pour la pièce. Il a été adorable, quoi ! Il m'a même donné sa carte en me rappelant qu'il serait toujours là, si j'avais besoin de lui.

— Eh bien, voilà ! s'exclama David, comme si le fait d'avoir la carte de visite de quelqu'un suffisait à résoudre tous les problèmes. S'il arrive des trucs trop bizarres, tu lui passeras un coup de fil… Hé, il ne serait pas avocat, ou ambassadeur, par hasard ?

— Non.

— Que fait-il ? Il est à la retraite ?

— Il a une compagnie. Harrison Investigations.

— Investigations. A la bonne heure ! On va lui demander de retrouver l'escroc qui nous a fourrés dans ce pétrin.

— Je ne crois pas qu'il s'agisse de ce type d'investigation.

— Ah ! C'est le genre à aller dans les maisons hantées avec des caméras bizarres, des magnétophones et des trucs comme ça ?

Toni sourit et hocha la tête.

— Je crois que c'est exactement ce qu'il fait.

— Tu ne penses pas qu'un fantôme nous a roulés, via l'Internet, si ?

— Non ! répondit la jeune femme en s'esclaffant.

— Bon, eh bien, il n'y a plus qu'à attendre pour voir ce qui se passe. Dis donc, tu veux aller te promener ? Gina parlait d'aller plonger les pieds dans l'un des ruisseaux qui coulent au pied de la butte.

— Je crois qu'il va pleuvoir.

— Dans ce cas, que nous ayons les pieds mouillés ou pas, ça ne changera rien, répondit David.

— D'accord, allons-y, dit Toni en se levant et en tendant la main à son ami pour l'aider à se mettre sur pied.

Une fois debout, David l'attira dans ses bras et la serra fort contre lui.

— N'oublie pas que je serai toujours là pour toi.

Toni se dégagea, le regard pétillant, et poussa un soupir.

— Tu m'aimes, tu es toujours là quand j'ai besoin de toi, et tu es beau comme un dieu. Tu ne pouvais pas être hétérosexuel, non ?

— Ah, ça ! Mais c'est vrai que je t'aime.

— Moi aussi, je t'aime, David.

— Bon, alors tout va bien. Allons chercher les autres.

Lorsqu'ils entrèrent dans le château, ils trouvèrent leurs amis dans le hall, prêts à sortir.

Thayer se tenait près de la double porte principale, là où le pont-levis — depuis longtemps disparu, tout comme les douves — menait au portail d'entrée. Il avait l'air pensif.

— Que se passe-t-il ? lui demanda Toni.

— Je réfléchissais, répondit Thayer en secouant la tête. On a vraiment été idiots.

— Pourquoi dis-tu cela ? demanda Toni, qui se sentait de nouveau gagnée par la culpabilité.

— Nous n'avons posé aucune question. Nous n'avons rien mis en doute, à aucun moment. Nous avons signé le contrat, et nous sommes entrés ici comme chez nous. Bien sûr, puisque la porte était ouverte et que les clés étaient suspendues à l'intérieur… Au fait, laird MacNiall ne ferme jamais, on dirait. Qu'est-ce que ça signifie, à ton avis ?

— Que dans un village comme Tillingham, il n'est pas nécessaire de fermer sa porte à clé.

Thayer haussa les épaules.

— Peut-être. N'empêche que je continue à me sentir bête comme mes pieds.

— Tu n'es pas le seul, si ça peut te consoler.

— On y va ? proposa Ryan en arrivant à leur hauteur.

— Où ça ? demanda Thayer.

— Au bord d'un ruisseau, pour se rafraîchir.

Ryan leva les yeux vers le ciel.

— Je crois qu'il va pleuvoir.

— C'est probable, renchérit Thayer sur un ton jovial.

— On va attraper la mort, dit Kevin en les rejoignant. Il faut vraiment qu'on fasse ça aujourd'hui ?

— Si on se retrouve à la porte et sans abri, lundi, l'occasion risque de ne pas se représenter, lui rappela Thayer.

— Certes, convint Kevin. D'accord, allons barboter dans le ruisseau.

— Ça va être sympa, vous verrez ! dit Gina.

Dehors, il faisait frais, et le ciel couvert peignait le paysage autour d'eux dans des tons superbes de verts et de mauves sombres.

Sur les collines, au loin, on apercevait des troupeaux de moutons et des groupes épars de ces bovins à poils longs que Toni avait surtout vus dans le nord du pays. Entre les animaux, les fleurs sauvages, les collines en pente et les rochers escarpés, la vue était d'une beauté à couper le souffle.

— Ce coin est vraiment magnifique, murmura Toni.

— C'est vrai. Et nous aurions pu faire tant de bien à l'économie locale.

— Ah ouais ? On aurait vu pousser des fast-foods et des motels le long de la route ! lança Thayer d'un ton railleur.

— Parce que l'économie de l'Ecosse ne dépend pas un peu du tourisme, peut-être ? riposta Ryan.

— Le monde entier dépend du tourisme, bien sûr, admit Thayer.

— La balade de retour va être longue, une fois que le ciel commencera à nous tomber sur la tête ! cria Kevin à l'intention de Gina, qui marchait devant lui, sur le sentier.

La jeune femme l'envoya paître d'un geste, et il éclata de rire.

Au pied de la colline, la voûte d'arbres commença à se déployer au-dessus de leurs têtes.

Ils suivirent Gina, qui s'était élancée dans les bois. Presque aussitôt, ils l'entendirent s'exclamer :

— Voilà ! Regardez comme c'est joli !

La courbe que décrivait le cours d'un ruisseau baignait dans une tache de lumière, là où la voûte des arbres était moins dense, et l'eau, bien que sombre sous le ciel menaçant, produisait une musique légère et aérienne en roulant sur les cailloux, tant et si bien que l'endroit ressemblait à un petit coin de paradis.

Gina se mit à sauter à cloche-pied, tant elle était pressée d'ôter ses chaussures sans pour autant cesser d'avancer.

Toni s'arrêta pour regarder les arbres. Plus loin, au-delà de la zone immédiate du ruisseau, la forêt était d'un vert presque noir, et paraissait attirer en même temps qu'elle avertissait d'un danger. Les yeux fixés sur cette masse verdoyante, Toni sentit un étrange malaise l'envahir, et elle tressaillit.

On aurait dit que les arbres respiraient, comme si cet immense linceul vert foncé était un être vivant, accroupi, qui attendait, observait…

— Toni, qu'est-ce que tu fais ? cria Gina, au comble de l'enthousiasme. C'est frais… vraiment fantastique !

Luttant contre son malaise, Toni roula son jean sur ses chevilles, puis s'avança précautionneusement dans l'eau.

— Aïe ! Dites donc, personne n'a pensé aux cailloux sous les pieds nus, hein ? cria David, qui était entré dans l'eau, lui aussi.

— Comme tu dis : Aïe ! renchérit Kevin.

Il le dépassa, mais se heurta à un rocher, perdit l'équilibre et tomba sur Toni.

Celle-ci poussa un cri et tomba dans l'eau à son tour.

— Kevin !

Ils étaient tous les deux assis dans trente centimètres d'eau. Kevin commença à s'excuser, mais, en la regardant, il pouffa de rire.

— Ah, tu trouves ça drôle ! s'exclama Toni. Tous sur lui, les amis !

Les autres ne se firent pas prier et, en l'espace d'une seconde, ils furent tous empilés les uns sur les autres, trempés, échevelés et riant à gorge déployée.

Finalement, luttant pour reprendre son souffle et couverte de boue de la tête aux pieds, Toni se redressa… et s'avisa qu'un brusque silence était tombé sur le petit groupe.

Elle écarta ses cheveux, essuya l'eau qui l'aveuglait, et comprit pourquoi. Le grand laird du manoir était de retour.

Monté à cru sur son grand cheval noir, Bruce MacNiall les regardait comme s'il assistait à la représentation d'une pièce de théâtre absurde. L'expression de son visage était indéfinissable : tension, colère ? Toni n'aurait su dire. Il faisait penser à un nuage noir.

L'espace d'un instant, son regard les dépassa pour se poser au loin, sur la forêt, là où Toni avait cru sentir comme une respiration, tout à l'heure. Comme un danger, aussi.

Puis il reporta son attention sur le petit groupe et, cette fois, il eut l'air… soulagé ?

En tout cas, lorsqu'il parla, le ton de sa voix était plaisant.

— Alors, on s'amuse bien ?

— Ouais ! répondit Ryan. C'est super ! L'eau est délicieuse.

— Plutôt froide, quand même, dit Gina, un peu nerveusement, comme s'ils avaient été surpris en train de faire une bêtise.

— On s'amuse comme des fous, déclara Toni qui ne résistait pas au désir de provoquer le maître des lieux.

Tout de même, il devait bien lui arriver de descendre de ses grands chevaux, au propre comme au figuré.

— Il suffit d'avoir un peu d'humour, ajouta-t-elle.

— Eh bien, tant mieux ! répondit MacNiall avec un sourire. Faites attention aux sangsues, tout de même !

Ils se figèrent avec un bel ensemble. Un vrai tableau.

— Des sangsues ? hurla Kevin.

Toni ne se rappelait pas avoir jamais réagi aussi vite, et elle n'était pas la seule. Ils se grimpèrent pratiquement les uns sur les autres pour s'extirper du ruisseau. Toni heurta Kevin, et Ryan trébucha sur sa propre femme. Toni tendit la main à Gina et, dans sa hâte à faire la même chose, Ryan fit retomber Toni dans l'eau. Thayer se porta aussitôt à son secours, et David aida Ryan et Gina, tandis que Kevin se débrouillait tout seul. Finalement, après une scène digne d'un film comique, ils se retrouvèrent sur la terre ferme et se mirent à bondir en s'examinant les uns les autres, à la recherche d'éventuelles sangsues.

— J'en ai une sur moi ! hurla Gina en se tapant sur la cuisse. Là, derrière ! Vite, prenez-la !

Ils entourèrent aussitôt la jeune femme, et l'examinèrent sous toutes les coutures.

— Tu n'as rien du tout, affirma Toni.

— Je te dis que si !

— Mais non ! Ecoutez, le mieux est de retourner au château et de nous doucher, suggéra Toni qui, au fond, n'était guère plus rassurée que son amie.

Vingt minutes plus tard, après un long passage sous le jet vigoureux d'eau chaude, Toni fut certaine qu'elle n'avait aucune bestiole sur elle. Enveloppée dans un peignoir en tissu-éponge, elle entra dans sa chambre, avec l'intention de revêtir des vêtements propres et secs.

Elle trouva Bruce MacNiall accroupi devant la cheminée, en train de démarrer un feu. Dans la lumière du jour, ses cheveux étaient brillants et d'un noir presque bleu. Lorsqu'il bougea, Toni remarqua la largeur de ses épaules et, bizarrement, elle sentit aussi la puissance qui en émanait. Elle déglutit et son cœur se mit à battre plus vite. Oui, il était imposant et exceptionnellement séduisant. Mais ce n'était pas ce qui la troublait le plus. Elle se sentait aussi une étrange affinité avec lui. Et ça, c'était vraiment dangereux.

— Tiens, fit-elle en croisant les bras sur sa poitrine et en se forçant à adopter un ton léger, j'aurais pourtant juré que vous m'aviez attribué cette chambre !

En dépit de ses efforts, sa voix avait grimpé sur le dernier mot, comme chaque fois qu'elle était énervée.

Soit, ce château était le sien. Soit, il s'était endormi dans un fauteuil, ici même, la nuit précédente. De là à entrer chez elle sans y être préalablement invité, il y avait une marge.

— Désolé, répondit-il en se redressant. Je n'avais pas l'intention de m'imposer. Je voulais juste allumer le feu et m'éclipser avant votre retour. Je pensais qu'un peu de chaleur vous ferait du bien. Il fait frais, dehors, et il a commencé à pleuvoir. C'est une drôle de journée pour aller jouer dans l'eau.

— Que voulez-vous ? Nous n'avons pas pu résister à l'envie de patauger dans le ruisseau.

— Patauger ? On aurait plutôt dit une grand-messe !

— Nous nous sommes laissé emporter, admit-elle. Ça n'a rien d'étonnant, de la part d'une bande d'Américains un peu bêtas, n'est-ce pas ? Il faut nous excuser. Nous nous amusions, tout simplement. J'ai entendu dire que les Ecossais étaient un peu austères. Vous ne pouvez sans doute pas comprendre.

— Parce que je n'ai aucun sens de l'humour, c'est ça ? murmura-t-il.

— Ce n'est pas ce que j'ai dit. Mais nous n'avons sans doute pas la même façon de nous amuser. Mettez cet incident sur le compte de notre sens de l'humour… *américain*, si vous voulez.

Bruce sourit et, après un dernier coup de tisonnier dans le feu, se dirigea vers la porte donnant sur le couloir. En passant devant Toni, il s'arrêta.

— Votre sens de l'humour *américain*, répéta-t-il. Je suis capable d'apprécier cela, bien sûr. J'espère que, de votre côté, vous serez capable d'apprécier mon sens de l'humour *écossais*.

— Que voulez-vous dire ? demanda la jeune femme.

— Eh bien, il n'y a jamais eu de sangsues dans ce ruisseau, déclara-t-il sur un ton léger.

Et il quitta la pièce avant qu'elle ait le temps de répondre quoi que ce fût.

6.

Toni et Gina se tenaient dans un coin discret, côte à côte, sur le palier du premier étage, tandis que David jouait son rôle de garçon de cuisine, au rez-de-chaussée. Des rires fusèrent dans le public, et les deux jeunes femmes échangèrent un sourire.

— L'idée était tellement géniale ! murmura Gina.

— Ouais. Si seulement nous avions un vrai contrat de location, et non pas un faux ! ajouta Toni sur le même ton.

— Compte tenu des circonstances, je dois avouer que Bruce est allé bien au-delà de ce que l'on pouvait espérer.

— Ah bon ?

— Je lui ai encore montré tous nos documents, tout à l'heure. Il les a étudiés attentivement, et il m'a assuré qu'ils avaient l'air en règle. Il était vraiment compatissant. Il a même appelé sa compagnie d'assurances. Après tout, il veut bien nous aider, mais il n'a pas envie de se retrouver avec un procès sur les bras, si jamais il y a un pépin, lors de la représentation.

— Je nous croyais assurés, dit Toni.

— Nous le sommes. Mais pas le public. Probablement n'ai-je pas bien lu tous les petits caractères. Nous avons besoin d'une clause couvrant les touristes qui pourraient être blessés pour une raison ou pour une autre, et il nous faut aussi davantage de panneaux pour avertir des dangers. Enfin, Bruce s'en charge.

— Tout ça, juste pour ce soir ? murmura Toni.

— J'ai l'impression qu'il va peut-être nous laisser continuer pendant un moment. Assez longtemps pour que nous récupérions une partie de nos billes, en tout cas.

— Nous verrons bien, dit Toni.

— Je l'ai trouvé bizarre, cet après-midi, pendant notre petite escapade au ruisseau.

— Il n'y a jamais eu de sangsues, expliqua Toni à voix basse.

— Oui, il nous l'a dit. Mais ce qui l'a embêté, ce n'est pas le fait que nous nous soyons baignés dans le ruisseau. Du moins, je ne crois pas. C'est le fait que nous soyons allés dans la forêt.

Toni frissonna, et se rappela l'étrange malaise qu'elle avait éprouvé, là-bas. Comme si les arbres étaient vivants, comme s'ils avaient des yeux.

— A toi d'entrer en scène, fit Gina.

Toni sortit de l'ombre dans sa longue robe blanche, et marcha vers le balcon. Puis elle se mit à déclamer son monologue au sujet du grand Bruce MacNiall et de la passion qu'il mettait à défendre son roi et sa patrie.

— Il avait ses défenseurs et ses détracteurs : ceux qui le considéraient comme un héros et ceux qui ne voyaient en lui qu'un monstre. Jamais, cependant, sa loyauté et sa passion ne furent mises en doute. Et, finalement, ce fut la passion qui causa la perte du grand Bruce, tout comme elle causa la perte de l'Othello de Shakespeare. Des années durant, il réussit à vaincre les armées de Cromwell. Des années durant, il battit la campagne et livra bataille en pensant à sa femme adorée, Annabelle, restée au château. Jusqu'au jour où la rumeur de son infidélité lui parvint. Il rentra chez lui, la pensée de cette trahison fichée dans le cœur, telle une lame coupante lui infligeant une blessure pire que toutes les blessures de guerre.

Ce soir-là, il n'y eut pas d'éclair ou de coup de tonnerre, mais l'entrée en scène de Bruce MacNiall, à cheval, n'en fut pas moins spectaculaire. Il n'était pas vêtu comme la veille, mais arborait une tenue d'époque, avec haut-de-chausses, pourpoint de cuir, et les couleurs de sa famille visibles sur la longueur du tartan enroulé sur ses épaules et maintenu par une broche en argent. Le couteau des Ecossais était enfoncé dans l'étui attaché à son mollet, et un sabre battit ses cuisses, lorsqu'il descendit de cheval.

De nouveau, Toni sentit les battements de son cœur s'accélérer. Il était vraiment impressionnant.

Ce soir, Ryan était là pour s'occuper du superbe étalon à la seconde où Bruce mit pied à terre.

Il y eut un murmure ravi et des applaudissements, lorsqu'il marcha vers l'escalier et leva la tête.

Toni ignorait encore ce qu'il faisait pour gagner sa vie, mais il aurait certainement pu être acteur. Il ignorait les spectateurs, et se comportait comme s'il n'y avait aucun public. Lorsque son regard croisa celui de Toni, la jeune femme eut le souffle coupé. Et lorsqu'il se mit à gravir les marches, plus imposant que jamais dans son costume historique, elle se surprit à faire un pas en arrière.

— Annabelle !

La manière dont il prononça la dernière syllabe du prénom, presque comme un sifflement, fit tressaillir Toni.

— La rumeur de votre trahison m'est parvenue jusque sur le champ de bataille ! tonna-t-il.

— Non, vous avez tort ! On vous a trompé ! s'écria Toni, essayant de ne pas oublier qu'elle jouait la comédie. Douteriez-vous de moi, mon laird ? Après toutes ces longues semaines, tous ces longs mois passés à attendre votre retour ?

— Les mensonges tombent bien facilement de ces jolies lèvres, déclara Bruce en continuant de monter l'escalier.

— Jamais ! Je ne mens pas ! Je vous le jure !

— Annabelle !

De nouveau, la dernière syllabe siffla aux oreilles de Toni. Et soudain, il fut là.

— Ma femme ! Mon épouse tant aimée ! cria-t-il en l'attirant brutalement contre lui. Ma femme !

Il avait enfoui son visage dans le cou de Toni, et celle-ci fut totalement désarçonnée de l'entendre chuchoter à son oreille : « Alors, je m'en tire comment ? »

Elle prit brusquement conscience de la tension qui l'habitait. Elle sentait le torse de Bruce pressé contre sa poitrine, comme une armure, et dut faire un effort pour ne pas trembler. Il dégageait quelque chose d'électrique et de tellement vital ! Toni était devenue la victime de son propre fantasme, prisonnière des mains de son personnage, de la riche odeur de son après-rasage, du chuchotement de son souffle contre son cou.

— Euh, super ! bredouilla-t-elle.

— Traîtresse ! s'exclama-t-il brusquement, avec fureur, avant de la repousser.

— Non ! hurla-t-elle, prise de terreur malgré elle.

Puis il enroula ses mains autour du cou de la jeune femme. Ses doigts étaient si longs qu'il parvenait à encercler sa gorge sans qu'elle ressentît la moindre pression.

— Doux Jésus, comment as-tu pu me trahir ainsi ? cria-t-il de nouveau, d'une voix pathétique.

Au-dessous d'eux, tout le monde était silencieux. Chacun éprouvait la souffrance du laird, mais aussi une horreur incrédule à l'idée de ce qu'il s'apprêtait à faire.

Bruce secoua Toni. La jeune femme joignit les mains et plaida son innocence.

— Non, non, je n'ai jamais rien fait que vous aimer ! Rien, rien que… vous aimer.

Il la soutint, tandis qu'elle se laissait tomber à genoux devant lui. Puis il prit son visage entre ses mains…

— Annabelle…

Ses lèvres effleurèrent les siennes.

— Par Dieu, je ne peux le supporter !

De nouveau, il fit mine de la secouer et de l'étrangler. Toni elle-même était abasourdie par le spectacle. Elle parvint, néanmoins, à mourir élégamment à ses pieds.

Un silence immobile suivit. Un vrai silence.

Bruce MacNiall savait vraiment accrocher son public. Finalement, il se redressa de toute sa hauteur, attrapa la rampe du balcon et s'adressa aux spectateurs regroupés dans le hall, dont les visages ébahis étaient tournés vers lui.

— Je ne peux pas vraiment la jeter au bas de l'escalier. Elle pourrait se faire mal.

Il y eut un éclat de rire, aussitôt suivi par un tonnerre d'applaudissements. Les touristes étaient ravis.

David, Kevin et Thayer, qui se trouvaient parmi eux, recouvrèrent leur esprit.

— Une collation nous attend, mesdames et messieurs : thé et scones. Si vous voulez bien me suivre dans l'ancienne cuisine du grand laird, nous pourrons attaquer ce petit festin.

Toni, toujours allongée par terre, savait qu'elle aurait dû se réjouir. Leur succès était total. Qu'importait que leur hôte leur eût volé la vedette ?

Tandis que le groupe s'éloignait, elle entendit les commentaires des uns et des autres : on s'extasiait sur la qualité de la représentation, sur son caractère réaliste ; certaines personnes avaient l'impression d'avoir touché un moment d'histoire.

— Vous ne vous relevez pas ? lui demanda Bruce.

Il était penché sur elle et lui tendait la main. Elle l'accepta et se remit sur pied.

Gina sortit du couloir en courant, et entra pratiquement en collision avec Bruce.

— Vous avez été magnifique ! Seigneur ! Tout simplement phénoménal !

— Merci, répondit-il en inclinant la tête.

— Nous n'avions même pas répété, reprit-elle, encore ébahie.

— Monter quelques marches et faire semblant d'étrangler quelqu'un n'est pas bien difficile, répondit Bruce avec un petit haussement d'épaules.

— Mais vous avez même inventé des répliques ! J'en ai encore le cœur qui bat, et pourtant je connais l'histoire. Enfin, l'histoire de Toni... Bref, c'était fantastique.

— Et vous, qu'en avez-vous pensé ? demanda Bruce en s'adressant à Toni.

Elle n'eut pas le temps de répondre, car David s'était échappé de la cuisine et les rejoignait en gravissant les marches trois par trois. Il prit Toni par les épaules et la serra contre lui, avant de se tourner vers Bruce.

— Incroyable ! s'exclama-t-il. J'en tremblais dans mes bottes. Pour être franc, j'ai failli venir vous trouver pour vous dire de ne pas l'étrangler réellement. Vous faites un laird vraiment fabuleux !

— *C'est* un laird, lui rappela Toni. Et puis, nous étrangler tous est peut-être une chose qu'il n'a pas de mal à imaginer, justement, ajouta-t-elle en plaisantant.

Il n'eut pas l'air d'apprécier, cependant, car il la regarda fixement, et elle crut sentir de la colère en lui.

— Etrangler un être humain n'est en rien facile à imaginer, déclara-t-il, avant de se tourner vers Gina. Eh bien, cette soirée va-t-elle vous aider ?

— Oh, certainement ! répondit la jeune femme. Il faudrait que nous donnions encore beaucoup de représentations pour récupérer notre investissement, mais vous nous avez sauvés. Vraiment. Je sais que vous êtes très occupé et que nous ne pouvons pas compter sur vous chaque soir, mais vous serait-il possible de...

Elle s'interrompit, hésita, puis décida de se jeter à l'eau.

— Je ne m'exprime pas très bien, j'en ai peur... En fait, nous aimerions rester encore un peu. Nous n'avons pas de représentation prévue pour demain ni pour lundi, mais les agences de voyages avec lesquelles nous travaillons, à Stirling et à Edimbourg, ont accepté des réservations pour la semaine prochaine.

Bruce demeura immobile. Puis il soupira.

— J'aimerais vous aider. Vraiment, je le voudrais.

— Alors, faites-le ! plaida Gina, joliment.

Bruce secoua la tête.

— Il se passe des choses graves, par ici. Vraiment, je pense que vous devriez partir loin d'ici.

— Quelles choses graves ? demanda Ryan, qui venait de les rejoindre.

— Un tueur en série sévit en Ecosse, répondit Bruce. C'est, du moins, ce que l'on croit.

— J'ai lu un article à ce sujet, dit Gina. Deux jeunes filles ont disparu, et on a retrouvé les corps dans les bois. Mais je ne vois pas le rapport avec nos représentations.

— Moi non plus ! intervint Toni. Bien sûr, c'est une situation très grave, mais nous ne gérons pas un hôtel dont les clientes auraient été victimes de cet assassin.

— Vous ignorez certains détails de cette histoire, déclara Bruce.

— Lesquels ? demanda Gina.

— Une autre jeune fille vient de disparaître.

— Mais elle n'était pas d'ici, fit remarquer Toni. Moi aussi, j'ai lu le journal. Il s'en prend à des prostituées, pas vrai ?

Bruce poussa un soupir.

— Vous ne comprenez pas. Il y a un tueur en série qui se balade en liberté dans le pays. Il prend son temps, et il veille à ne laisser aucune trace, aucun indice qui puisse mettre la police sur sa piste. Certes, pour le moment, il ne s'est attaqué qu'à des prostituées. Mais rien ne prouve qu'il ne va pas changer de victimes. Et puis, même si vous ne courez aucun danger, toutes les deux, il me semble qu'une représentation comme celle que nous venons de donner est plutôt de mauvais goût, compte tenu de la situation.

— Ces femmes ont été étranglées ? demanda Ryan.

— Personne ne le sait, répondit Bruce avec un rien d'impatience. Les corps étaient dans un tel état que les médecins légistes n'ont pas pu déterminer la cause de la mort.

Des bruits de voix leur parvinrent depuis le rez-de-chaussée.

— Vous et votre ami auriez pu être de vrais troubadours, vous savez ? disait une jeune femme. Vous étiez adorables.

— Oh, merci ! répondit Kevin.

David pivota sur ses talons et redescendit l'escalier pour aller à la rescousse de son compagnon.

— Il faut aller dire bonsoir, murmura Gina. Même si c'est notre dernière représentation, il faut faire les choses correctement, jusqu'au bout.

Elle passa un bras sous celui de Toni, et les deux jeunes femmes descendirent les marches, suivies par les autres.

Un homme d'âge mûr marcha vers Toni. Il lui parla avec un accent anglais du sud du pays.

— Jeune femme, nous avons beaucoup ri et beaucoup apprécié le spectacle, mais je dois vous dire que, lorsque vous êtes morte, mon pauvre cœur s'est brisé.

— Merci, monsieur, dit Toni.

— Peter et moi étions prêts à gravir les marches pour aller vous sauver ! intervint un jeune homme.

Celui qu'on venait d'appeler Peter s'avança à son tour.

— Seule la perspective de nous heurter au grand Bruce nous a retenus, dit-il avec un sourire, provoquant les rires parmi les membres du groupe qui s'éloignait peu à peu vers la sortie.

— Vraiment, comment avez-vous pu ? demanda le premier jeune homme en s'adressant à Bruce.

Ce dernier passa un bras autour des épaules de Toni, qui retint un sursaut de surprise.

— Que voulez-vous, la loyauté de la dame était mise en doute ! C'était une époque différente, et le Bruce que nous avons mis en scène était connu pour ses qualités de loyauté. Il se serait fait couper en quatre pour ceux qui le soutenaient, mais il ne faisait pas de quartier avec ceux qui le trahissaient.

— L'histoire est vraie ? demanda Peter.

— Laird Bruce MacNiall a existé, oui, répondit Bruce. Quant à sa femme, personne ne sait s'il l'a vraiment assassinée. Elle a disparu des pages de l'histoire, et tout ce que l'on raconte là-dessus n'est que rumeur locale. Le pauvre Bruce a mal fini, lui. Ce soir, nous n'avons pas inclus l'épisode où il est castré, pendu jusqu'à être à moitié mort, étripé et décapité.

— Mon Dieu ! s'exclama quelqu'un.

— Heureusement, cela remonte à plusieurs siècles, précisa Bruce.

— Heureusement, en effet, dit l'homme d'âge mûr. Jolie demoiselle, je ne pourrais jamais vous étrangler, quoi que vous ayez fait.

— Merci, lui dit Toni.

— Je suis sûre qu'Annabelle était innocente. Pourquoi aurait-elle trompé un homme pareil ? dit une jeune femme en souriant à Bruce d'un air coquin.

Elle marqua une pause, et reprit d'un air vaguement lascif :

— Alors, le grand laird MacNiall prend-il sa femme dans ses bras pour l'emmener dans leur chambre ?

Toni se retint de lever les yeux au ciel, mais, une seconde plus tard, elle faillit s'étrangler, car Bruce venait de la soulever dans ses bras pour monter l'escalier.

— Qu'est-ce que vous faites ? lui demanda-t-elle en s'agrippant à ses épaules.

Il la regarda d'un air amusé.

— J'essaie de me débarrasser de tout ce monde. Souhaitez-leur une bonne nuit, mon amour.

Puis il se tourna, et s'éclaircit bruyamment la gorge.

— Nous aimerions retrouver un peu d'intimité, maintenant !

Ses mots furent suivis par des éclats de rire, et tout le monde sortit.

Arrivé sur le premier palier, Bruce déposa Toni et, sans autre forme de procès, il redévala aussitôt les marches.

— Est-ce qu'il y a encore à manger, dans la cuisine ? demanda-t-il en passant à côté de Kevin.

— Oui, bien sûr, répondit ce dernier. Et on peut vous préparer quelque chose, si vous voulez.

— Super. Je meurs de faim. Réunissez vos amis, après que les bus seront partis. Nous parlerons de la suite des événements.

Toni se mordit la lèvre et, ravalant son irritation, elle descendit l'escalier à son tour. Apparemment, le *grand laird* n'était pas prêt à se contenter de scones, et il paraissait tout à fait capable de se débrouiller seul. Il marcha droit vers le réfrigérateur, et en sortit toutes sortes d'ingrédients pour se préparer un sandwich, tandis que les autres s'affairaient pour couper une tomate ou laver la laitue.

Toni observait la scène sans rien dire, tout en songeant que, même si les circonstances l'exigeaient, elle avait du mal à accepter qu'ils fussent tous à la merci de Bruce MacNiall.

— Alors, Bruce, que pensez-vous de tout cela ? demanda Gina, sans chercher à dissimuler son anxiété.

— Je pense que vous avez beaucoup travaillé, que vos papiers ont l'air parfaitement en règle… et que les questions d'assurance sont réglées.

Il eut un haussement d'épaules.

— Si jamais vous deviez vous déplacer de nouveau, nous nous occuperions du château, intervint Ryan. Et vous ne seriez pas obligé de confier Shaunessy. Vous savez que je serais pratiquement prêt à mourir pour ce cheval.

— Alors ? insista Gina.

Toni fut surprise de voir Bruce la considérer gravement. Il avait l'air pensif et inquiet.

— Nous avons commencé une conversation, dans l'escalier. Des femmes ont été tuées.

Il se tourna vers Thayer.

— Vous étiez certainement au courant.

Thayer s'étrangla.

— Euh… oui. Malheureusement, ce genre de choses arrive, ajouta-t-il avec un geste de la main. Mais la vie continue, malgré tout. Et je n'ai jamais pensé que ce fait divers pût avoir le moindre rapport avec ce que nous faisons ici.

Bruce secoua la tête, et regarda fixement ses pieds, pendant un moment.

— Ecoutez, dit Gina, les gens du village n'ont pas l'air de s'inquiéter, eux non plus… pour leur sécurité, je veux dire.

— Non, en effet, murmura Bruce.

— Des choses terribles se sont produites dans pratiquement toutes les grandes villes du monde, dit David. Ça peut aussi arriver à la campagne, bien sûr, mais Gina et Toni sont trop finaudes pour se fourrer dans des situations dangereuses. Et puis, nous sommes toujours ensemble.

— Ces femmes ont disparu dans des grandes villes, dit Thayer.

— En effet, répondit Bruce en le regardant fixement.

— Allons, nous sommes des adultes, et nous sommes aussi un peu moins naïfs qu'il y a seulement deux jours, intervint

Toni. Nous ferons attention. Donnez-nous une chance de vous le démontrer.

Ils le regardaient tous, et Bruce haussa de nouveau les épaules.

— D'accord, dit-il finalement. En tout cas pour quelques semaines. Nous devrons sans doute gérer quelques problèmes. D'abord, vos « invités » viennent souvent de loin, et j'ignore comment la population locale va réagir. L'histoire que Toni a inventée colle tellement à la réalité ! Certaines personnes, par ici, pensent que j'ai un ancêtre qui hante la forêt et qui est capable du pire. Enfin, il y a cette histoire de disparitions. Mais nous verrons. Nous allons commencer par nous rendre au tribunal, lundi, afin de vous prouver que je suis bien le propriétaire des lieux. Jonathan pourra alors lancer une enquête pour essayer de découvrir qui se cache derrière cette escroquerie.

— Nous lui en serions très reconnaissants, dit Gina.

— Ensuite, nous aviserons. C'est vrai que vous avez beaucoup travaillé.

— Merci, dit Thayer en le regardant avec curiosité. Je ne veux pas être indiscret, mais… quand nous sommes arrivés, l'endroit semblait ne pas avoir été habité depuis… longtemps.

Bruce le transperça du regard.

— Vous êtes originaire de Glasgow, c'est bien ça ?

— Oui.

— A vol d'oiseau, ce n'est pas bien loin.

— En effet, mais Glasgow est un monde à part. Edimbourg aussi, quand on y réfléchit bien. L'Ecosse n'est peut-être pas un grand pays, laird MacNiall, mais nous savons, l'un et l'autre, qu'il demeure très régional.

— Régional, c'est sûr, fit Bruce. Tout de même, je trouve étonnant que vous n'ayez pas su qu'il existait un vrai Bruce MacNiall.

Thayer eut un sourire gêné.

— Je vous dois peut-être des excuses, dans ce cas. Le fait est que je n'ai pas beaucoup voyagé à l'intérieur de l'Ecosse. Je me suis rendu à l'île d'Orkney pour la première fois l'année dernière, et je n'ai encore jamais mis les pieds sur l'île de Skye.

— Je vois, murmura Bruce.

— Hé, je ne suis jamais allé en Californie ! dit Kevin.

— Et moi, je ne suis jamais allé dans l'Utah ! lança David.

— Qui peut visiter tout un pays ? demanda Ryan sur un ton enjoué.

— D'accord, fit Bruce. C'est juste que la nouvelle des meurtres a été publiée dans tous les journaux du pays. De tels faits divers se produisent peut-être n'importe où, mais, en Ecosse, ils ne passent pas encore inaperçus.

Thayer se raidit, comme s'il avait été accusé de mensonge.

— J'étais au courant des meurtres. Je n'ai jamais dit le contraire. C'était dans tous les journaux, en effet.

— Mais vous n'avez rien remarqué de particulier ? Aucune référence ne vous a sauté aux yeux ?

— Je ne comprends pas de quoi vous parlez, répondit Thayer, visiblement confus.

— Des références à cette région ? demanda Toni.

Mais Bruce ignora sa question.

— Thayer ?

— Je vous répète que s'il était fait mention du château ou du village dans les journaux ou à la télévision, je ne l'ai pas remarqué, répondit ce dernier. Je vis et je travaille à Glasgow et, ainsi que vous le savez peut-être, la ville a son propre taux de criminalité.

— Je connais la ville, dit Bruce. Je m'y suis déjà rendu.

Toni était mal à l'aise. Elle avait l'impression que Thayer était mis en accusation.

— Dans nos bons vieux Etats-Unis d'Amérique, la plupart des fermiers se sont rendus en ville, un jour ou l'autre, mais ce n'est pas pour autant que les citadins ont tous visité une ferme, dit-elle.

— Je vois, dit Bruce. Nous sommes donc des péquenauds, par ici, n'est-ce pas ?

— C'est petit. Je n'ai rien dit d'autre, répondit la jeune femme, exaspérée.

— Je crois que nous devrions reparler de tout ceci demain matin, intervint Gina avec douceur. Il me semble que le ton monte.

— Mon ton ne monte pas, déclara Toni en regardant Bruce droit dans les yeux. Mais Thayer est mon cousin, et je comprends parfaitement qu'il ait pu ne jamais entendre parler du grand et tout-puissant Bruce MacNiall.

— Toni ! intervint David sur un ton d'avertissement.

— Non, vraiment ! Bruce, écoutez-moi, je vous prie. Je vous suis reconnaissante d'être aussi magnanime. Mais si nous voulons que les choses se passent bien entre nous, nous allons devoir nous faire confiance.

Il y eut un silence. Puis Bruce se tourna vers Thayer.

— Je ne vous accuse de rien, dit-il. Je suis juste curieux, voilà tout. Bien sûr, il faudra rédiger un contrat, ajouta-t-il en s'adressant à Gina, cette fois-ci. Nous en parlerons une autre fois.

Il posa son sandwich sur une assiette et se dirigea vers la porte. Tous le suivirent du regard. Mais, sur le seuil, il se retourna.

— Une dernière chose : ne retournez pas dans la forêt. C'est impératif.

Il regarda Toni et, l'espace d'un instant, il parut s'adresser uniquement à elle.

Elle sentit son cœur cogner dans sa poitrine et son souffle s'accélérer. Il y avait de l'électricité entre eux. C'était si violent que Toni avait envie de l'attraper par les épaules pour le secouer de toutes ses forces.

Finalement, il sortit, et le petit groupe demeura silencieux une bonne minute. Puis Toni reprit la parole.

— Décidément, dit-elle, chaque fois que je commence à me dire que c'est peut-être un type bien, il redevient odieux.

— Toni, c'est toi qui as commencé, déclara David.

— Allons ! Il était en train d'attaquer Thayer.

— Hé, ne t'en fais pas, cousine ! intervint ce dernier sur un ton léger. Nous sommes en Ecosse. Je peux comprendre son raisonnement. Il m'a mis en rogne, mais ce n'est pas grave. Nous n'avons pas eu de révolution, ici. On a encore des familles royales, des nobles, des pairies et tout le tralala. Et ils ont tous tendance à penser que le monde entier doit les connaître. Peu importe qu'il soit le maître d'un tas de vieilles pierres. Le pauvre a sûrement du mal à admettre que ce n'est pas exactement le château de Stirling ou celui d'Edimbourg.

Thayer haussa les épaules.

— Nous sommes aux pieds des Highlands, tu sais ? Les habitants des Lowlands et ceux des Highlands ont toujours eu du mal à s'entendre. Ça ne me pose pas de problème. Je suis écossais. J'aurais dû me renseigner un peu sur cet endroit : il n'a pas tort.

Il marcha vers Toni et l'embrassa sur la joue.

— Ma petite Américaine furibonde, je peux me défendre, ne t'inquiète pas !

Toni hocha la tête, tout en se disant qu'elle aimait vraiment beaucoup son cousin.

— Bon, voilà qui est entendu, déclara David. Il se fait tard, les amis.

— Oui, renchérit Kevin. Débarrassez donc le plancher de la cuisine : David et moi, nous allons tout ranger en moins de temps qu'il n'en faut pour le dire. Nous reparlerons de tout cela demain, après une bonne nuit de sommeil.

— Non, nous allons vous aider, dit Toni.

— Certainement pas ! protesta David.

— Tu vas casser des assiettes, dit Ryan.

— Ce n'est pas vrai ! s'exclama Toni.

David s'approcha d'elle.

— Toni, tu es d'humeur massacrante, dit-il avec douceur.

— Ce n'est pas vrai ! répéta la jeune femme avec plus de véhémence encore.

Puis, voyant tous les regards posés sur elle, elle marmonna encore :

— Je ne suis pas d'humeur massacrante.

— C'est *lui* ! dit Thayer.

— Absolument, acquiesça Toni.

Puis elle vit les sourires qui se dessinaient sur les visages de ses amis, et comprit que Thayer ne donnait pas à ses paroles le même sens qu'elle.

— Tu as remarqué, toi aussi ? dit Ryan.

— Les étincelles qui crépitent ? renchérit Kevin.

— Le courant passe, c'est certain, fit David.

— Ça va pas, non ? s'exclama Toni.

— Je lui ferais volontiers un câlin, si je n'étais pas déjà pris, avoua Kevin.

— Et s'il n'était pas hétéro jusqu'au bout des ongles, ajouta David, pragmatique.

— Franchement, je vous assure…

— Allons, Toni, ouvre les yeux ! l'interrompit Gina. Chaque fois que vous vous parlez, je m'attends à ce que l'un des deux se jette sur l'autre.

— Je laisse tomber, déclara Toni, furieuse et tendue.

— Tu es libre, tu sais ? lui rappela David.

— Ça lui ferait peut-être du bien, déclara Ryan. Regardez comme Gina est douce et calme ! C'est grâce à moi.

— Bon, j'en ai assez entendu pour ce soir : je m'en vais, déclara Toni.

Ces propos furent reçus par un éclat de rire général, ce qui ne fit qu'aggraver l'extrême irritation de la jeune femme.

Une fois dans sa chambre, elle prit une douche rapide. Elle se glissait entre les draps lorsqu'on frappa à la porte qui communiquait avec la salle de bains. Elle poussa un soupir et se leva pour aller ouvrir.

Bruce était là, en peignoir, ses cheveux mouillés plaqués vers l'arrière, le regard gris et énigmatique.

— Si ça ne va pas, il vous suffit d'appeler, dit-il doucement.

— Si ça ne va pas ? murmura-t-elle.

— Si vous avez des cauchemars.

Elle croisa son regard, et ne vit que sollicitude dans ses yeux. Et soudain, le sentiment, la conviction subite et irréfutable qu'elle le connaissait — qu'elle le *désirait* — se fit jour dans son esprit.

Bruce toucha son visage. Voluptueusement.

— Vous savez, n'est-ce pas, que c'est juste une question de temps, dit-il avec lenteur.

— Je vous demande pardon ?

Elle aurait dû s'éloigner, mettre de la distance entre eux. Mais elle se sentait attirée par lui comme par un aimant. La manière dont il la touchait était presque intime, et tout son être aspirait à ce qu'il continuât.

— Juste une question de temps, répéta-t-il.

— Avant quoi ?

— Avant que vous me sautiez dessus, bien sûr.

— Avant que je vous saute dessus ? s'exclama-t-elle, l'indignation prenant le dessus. Laird MacNiall, vous êtes bien sûr de vous !

Loin de se départir de son sourire, Bruce se pencha plus près encore du visage de la jeune femme, et murmura :

— Je ne vous repousserai pas, vous savez ?

Puis il se tourna et referma doucement la porte entre eux.

Toni donna un coup de pied furibond dans le panneau de bois.

— Appelez si vous avez besoin de moi ! lança-t-il, de l'autre côté de la porte.

En guise de réponse, Toni poussa le verrou.

Mais, plus tard, cette nuit-là, le rêve l'assaillit de nouveau. Elle dormait profondément. Ou, du moins, le croyait-elle. A un moment, elle ouvrit les yeux et le trouva là, au pied de son lit, revêtu de sa tenue de guerrier, sabre au côté.

Comme la veille, le sabre dégoulinait de sang.

Toni se mit à hurler.

Le premier cri atteignit Bruce comme la lame d'un rasoir. Il sursauta et, une fraction de seconde, chercha instinctivement d'où venait le danger, avant de bondir hors de son lit et de se ruer vers la deuxième porte de la salle de bains.

Elle était verrouillée.

Il hésita un instant, l'oreille tendue. Puis, comme un nouveau cri déchirait la nuit, il poussa un juron, retourna dans sa chambre et fourragea dans l'un des tiroirs de son armoire, à la recherche du passe.

Quelques secondes plus tard, il ouvrait la porte.

Elle était assise sur son lit, les yeux fixés devant elle, ses cheveux blonds tombant en cascade sur l'imprimé mauve de sa chemise de nuit. Elle semblait regarder une chose en face d'elle, une chose que Bruce ne pouvait voir mais qui paraissait infiniment réelle pour la jeune femme.

Elle cria de nouveau, un cri qui exprimait toute la vulnérabilité, la fragilité et la jeunesse du monde. Les traits de son visage semblaient plus délicats encore, la pâle beauté de ses cheveux plus transparente que jamais. On aurait dit Ophélie — une Ophélie issue d'un autre monde.

Bruce s'élança vers le lit, puis se figea brusquement lorsque la jeune femme bougea. Elle ne se contentait plus de regarder fixement devant elle en hurlant ; elle semblait reculer et se recroqueviller sur elle-même, comme si elle souhaitait disparaître, comme si quelque chose ou quelqu'un la poursuivait.

Bruce se rua vers elle.

— Toni ! Toni !

Tombant sur le lit, il la saisit par les épaules. Elle était aussi raide et glacée que si la mort l'avait déjà fauchée. De toute évidence, elle ne le reconnaissait pas. Son regard semblait le contourner.

— Toni !

Il la secoua, puis l'attira contre lui, bien décidé à lui transmettre un peu de sa chaleur.

— Toni, réveillez-vous ! C'est un rêve, un cauchemar.

Il caressa ses cheveux.

— Toni !

Enfin, il sentit comme une résistance. Elle se dégagea, les yeux grands ouverts, l'air confus.

— Bruce ? murmura-t-elle d'un air étrange, incertain.

— Oui, c'est moi.

Elle continua de le dévisager. Son visage exprimait l'incompréhension bien plus que la terreur.

— En chair et en os, ajouta Bruce, essayant de faire un peu d'humour.

Il était pratiquement nu, et se félicita d'avoir gardé un caleçon pour dormir.

— Bruce ? répéta la jeune femme en lui effleurant le torse.

Ses doigts étaient encore glacés, mais la caresse n'en brûla pas moins la peau de Bruce. Il prit sa main entre les siennes et la frotta doucement pour la réchauffer.

— On dirait que cette chambre ne vous réussit pas, dit-il.

Elle rougit et afficha une moue contrite.

— C'est plutôt ironique, quand on y pense. J'invente un type dont j'apprends, a posteriori, qu'il a bel et bien existé, et voilà qu'il ne cesse d'apparaître au pied de mon lit, avec son sabre dégoulinant de sang.

Elle hésita.

— Pensez-vous qu'il cherche à m'avertir que j'ai intérêt à ficher le camp de son château ?

Ils étaient face à face, maintenant. Ils ne se touchaient pas, mais ils étaient tout près l'un de l'autre.

— Non ! répondit Bruce avec douceur, sans pouvoir retenir un léger sourire. Si l'on en croit la légende, ajouta-t-il en forçant sur son accent écossais, le grand Bruce appréciait fort les femmes, et il n'aurait jamais laissé l'une d'elles souffrir.

Ce petit discours eut l'heur de faire sourire Toni, ce dont il se félicita aussitôt. Elle n'avait plus l'air d'être aux prises avec la terreur ou même la confusion.

— Que pensait lady MacNiall du penchant de son mari pour les femmes ? demanda-t-elle. Si, vraiment, elle le trompait avec un autre homme, c'était peut-être simplement pour lui rendre la monnaie de sa pièce.

— L'époque était différente, répondit Bruce sur un ton léger.

— Ah bon ?

— Eh bien, l'histoire de l'Ecosse compte un certain nombre d'épisodes qui ne seraient pas du tout considérés politiquement corrects, de nos jours. Prenez Robert Bruce, par exemple. Sa pauvre femme fut capturée par les Anglais et tenue prisonnière pendant des années, juste parce qu'elle était son épouse. Il l'aimait beaucoup, mais ça ne l'empêcha pas de faire des enfants ici et là.

— Autrement dit, Bruce MacNiall a trompé sa femme de façon

éhontée, puis il l'a égorgée parce qu'il la soupçonnait d'avoir fait la même chose de son côté, conclut Toni en plissant le nez.

— Vous avez inventé cette partie de l'histoire. Nul ne sait ce qui est arrivé à l'épouse de MacNiall, répondit Bruce.

— J'ai *tout* inventé, corrigea Toni en poussant un petit grognement.

Bruce l'attira contre lui et caressa ses cheveux.

— Vous avez inventé un guerrier sanglant, et il se trouve qu'il a existé.

Toni s'abandonna contre lui. Ses cheveux taquinaient sa peau nue, et il se sentait enivré par son parfum. Elle était capable de tant de détermination, le jour. Mais, la nuit, elle était comme une caresse, soyeuse, odorante, souple et… vulnérable. Ce soir, elle était vulnérable.

— Ce n'est pas tout, chuchota-t-elle.

— Ah bon ?

Elle secoua la tête, et il enfonça les doigts dans ses cheveux, la forçant doucement à le regarder. Il croisa son regard bleu, plus bleu que la mer à minuit, et il se sentit parcouru par une myriade de petites décharges électriques. Il fit un effort surhumain pour ne pas trahir son émotion et l'élan charnel qui le secouait.

— Vous ne pouvez pas comprendre, murmura-t-elle. Ce n'est pas grave.

— Qu'y a-t-il ? Vous pouvez me parler, je vous assure, dit Bruce.

— Et vous donner l'occasion de vous moquer encore d'une Américaine ?

— Les Américains sont des gens charmants, affirma-t-il en souriant.

— La plupart d'entre eux, en tout cas ?

— Toni, si quelque chose ne va pas, vous pouvez me le dire. Je vous promets que vos paroles ne sortiront pas de cette chambre, déclara-t-il gravement.

Toni eut un sourire indéfinissable.

— Vous savez, dit-elle, vous êtes vraiment un type formidable, au milieu de la nuit.

— Le jour, aussi. Vous ne l'avez pas remarqué, voilà tout.

La jeune femme sentit un frisson courir le long de sa colonne vertébrale. Elle se rapprocha de Bruce, et posa la tête sur son épaule.

— J'ai remarqué, dit-elle.

Puis elle leva les yeux vers lui et chuchota :

— Vous savez, la question que vous m'avez posée, tout à l'heure…

— Celle où je vous parlais de me sauter dessus ?

— Oui, cette question-là.

Le tissu de la chemise de nuit moulait les seins de la jeune femme, dissimulant la peau, mais dévoilant les contours, la fermeté, la manière dont ils se soulevaient à chaque inspiration…

Bruce lui prit le menton.

— Je ne coucherai pas avec vous parce que vous avez peur, dit-il.

— Je ne vous le demanderai pas, répliqua Toni.

— Tant mieux. Je ne coucherai pas avec vous, mais je ne vous abandonnerai pas non plus, ajouta-t-il en s'allongeant sur le lit et en l'attirant contre lui. Si mon ancêtre revient vous voir, vous pouvez toujours l'engager dans une joute verbale à mort. Vous avez bien failli gagner, avec moi, vous savez ?

Toni frappa doucement le bout de l'index sur le torse de son compagnon.

— Je ne suis pas si terrible. Et je ne suis pas une garce non plus.

— Ah ! dites-moi, vos amis savent que vous voulez me sauter dessus ?

Elle fit mine de le repousser, mais il la ramena contre lui d'un geste à la fois doux et ferme.

— Dormez ! lui dit-il en caressant ses cheveux.

C'était absurde. Deux jours plus tôt, il ne la connaissait même pas. Et maintenant…

Il respira son parfum, savoura la douceur et la chaleur de sa peau contre la sienne.

Maintenant, il avait l'impression de la connaître depuis toujours.

Une douleur sourde dans le bas-ventre lui rappela, si besoin était, combien il la désirait. Et ça n'avait rien à voir avec le fait qu'elle se réveillait la nuit en hurlant parce qu'elle venait de voir son ancêtre à lui au pied du lit.

— Dors, murmura-t-il de nouveau.

Plus tard, lorsque la respiration de la jeune femme se fit plus lourde et régulière, alors que chaque souffle torturait la chair en émoi de Bruce, il se dit à lui-même, dans un chuchotement :

— Tu es un crétin, MacNiall.

Au lever du jour, il quitta la chambre.

INTERLUDE

Les corps avaient été transportés sur un bûcher funéraire. Ce n'était pas par brutalité. Ils étaient tous malheureux de ne pouvoir rendre les dépouilles de tant de vaillants soldats à leurs familles, même si ces soldats avaient combattu contre eux, et non à leurs côtés. Mais tous ces morts allaient bientôt attirer les mouches et les vers ; leur sang souillerait l'eau et la terre, et il s'ensuivrait tout un cortège de maladies.

Une terrible odeur de chair brûlée empuantissait l'air, mais ils n'avaient pas le choix. Les hommes de MacNiall s'occupaient de leurs blessés, de leurs mourants et de ceux qui étaient déjà morts.

Au moins, ils avaient vaincu. Le whisky et la bière coulaient à flots — les blessés en avaient besoin, et les vainqueurs aussi. Cependant, même dans la joie de la victoire, les troupes restaient disciplinées.

Les notes plaintives d'une cornemuse s'élevaient quelque part au milieu des petits groupes d'hommes éparpillés. Bruce MacNiall écoutait cette musique, le cœur lourd. Lorsqu'il fut sûr que tous leurs blessés avaient été réunis et que des éclaireurs montaient la garde, il alla trouver Angus.

— Je te confie les troupes, dit-il. Je serai de retour d'ici un jour ou deux.

Angus secoua la tête.

— Tu ne peux pas croire les paroles d'un menteur prêt à tout pour te faire pendre.

— Je dois partir, affirma Bruce.

— Non, tu ne le dois pas, protesta Angus. Elle t'attend, comme elle t'a toujours attendu. Elle t'aime.

— Sans doute, et je l'espère, mais elle est en danger. Je dois veiller à sa sécurité. Elle ne peut plus rester au château. Jusqu'à maintenant, ils l'ont ignoré parce qu'il est loin de tout. Pendant des années, j'ai été l'ennemi à abattre, et ils n'ont jamais attaqué ma maison. Après les paroles que Grayson Davis vient de prononcer, je ne peux plus en être sûr.

— Tu ne dois pas partir, Bruce. J'ai un sombre pressentiment. Ne fais pas ça !

— Il le faut, répondit Bruce simplement. Je n'ai pas le choix.

Il donna une accolade à Angus.

— Je te confie les hommes, mon ami. Nul autre ne connaît aussi bien leur cœur et leur âme. Veille à leur sécurité, Angus. Et, surtout, évite les pièges.

Il avait conduit son magnifique cheval noir jusqu'au taillis pour s'entretenir avec Angus, son bras droit, son guerrier le plus redoutable, son meilleur ami. Il bondit alors sur sa monture.

— Ne fais pas ça ! répéta Angus d'un ton suppliant.

— Je le dois, répondit Bruce. C'est urgent. Je le sens.

Il s'apprêtait à lancer sa monture sur le sentier, lorsque Ian MacAllistair arriva en courant à travers les taillis.

— Laird MacNiall ! cria-t-il, l'air catastrophé.

— Qu'y a-t-il ?

— Trois des prisonniers se sont... échappés.

— Comment ça, échappés ? s'écria Angus.

— Lesquels ? demanda MacNiall.

— Les frères Smithson et lord David. Grayson Davis.

— Il était à moitié mort ! rugit Angus.

— A moitié mort, ça ne veut pas dire complètement mort, fit remarquer Bruce.

— Comment ont-ils fait ? cria Angus, à la fois furieux et effrayé.

— Ils étaient enchaînés ensemble, répondit MacAllistair en secouant la tête. MacIver et d'autres les surveillaient, mais les feux brûlaient, et il y avait cette odeur, cette foutue odeur… et la fumée ! Quand le vent a changé de direction, ils étaient partis tous les trois.

Angus se tourna vers Bruce.

— Tu vois bien que tu ne peux pas partir !

— Au contraire, je le dois plus que jamais. Que Dieu veille sur vous, mes amis. Soignez les blessés. Je serai de retour dans quelques jours.

Il ne pouvait pas s'attarder plus longtemps. Depuis leur butte rocheuse, le château était à une journée de cheval.

Alors qu'il évitait, d'ordinaire, les artères principales, il s'élança, bride abattue, et galopa toute la nuit. Dès les premières lueurs du jour, il ralentit pour ne pas tuer sa noble monture, et aussi parce qu'il était recherché. Si ses ennemis venaient à l'apercevoir, il serait un homme mort.

Mais il connaissait les Highlands écossais mieux que n'importe qui, et il emprunta les chemins de traverse.

D'abord, il pria pour tomber sur Grayson Davis. Cette fois, il ne lui aurait pas fait de quartier. Dieu merci, l'homme était blessé, et à pied. Il ne pouvait pas arriver au château avant lui.

La pluie se mit à tomber, le ralentissant quelque peu. Puis, il y eut une éclaircie. Lorsque la nuit tomba, il n'était plus très loin de chez lui.

Vers minuit, la lune se leva, pleine et scintillant dans le ciel. Finalement, il atteignit la dernière vallée et, levant les yeux, il vit le château.

Sous l'astre nocturne, la pierre ancienne semblait briller. Il y avait de la lumière ; des feux brûlaient pour réchauffer ceux qui étaient à l'intérieur.

— Tout va bien, se dit-il pour se rassurer. Tout va bien.

Le pont-levis était levé, et il bénit intérieurement ses hommes qui continuaient de monter la garde en son absence. De jour, tous vaquaient à leurs affaires, en bons et loyaux sujets de lord Cromwell. Mais, la nuit, ils ouvraient l'œil et, en l'absence de leur seigneur et maître, ils protégeaient leur lady, épouse du laird. Depuis longtemps déjà, MacNiall avait dit à ses vassaux qu'aucun homme ne souffrirait pour avoir donné son allégeance à un roi lointain. Ils respectaient les lois de Cromwell, et ce dernier les surveillait de loin, régnant d'une main sévère mais impartiale, conscient du fait que les Ecossais étaient redoutables et capables de se soulever comme un seul homme. Oui, les fidèles au roi avaient été battus, mais ils pouvaient se rebeller de nouveau, en masse, et ça, les pouvoirs en place ne le voulaient surtout pas.

Bruce MacNiall soupira. Pourvu que tout aille bien. Pourvu, Seigneur, que Davis soit bien le menteur que Bruce le soupçonnait d'être !

Il éperonna sa monture et, criant, couvrit la distance qui le séparait du château. Les gardes étaient à leur poste et, reconnaissant leur laird, ils donnèrent l'ordre d'abaisser le pont-levis. Bruce le franchit, toujours au galop. Après quoi, un garçon d'écurie vint prendre le cheval, et plusieurs hommes l'entourèrent. Bruce les rassura sur son sort et leur annonça la nouvelle de leur dernière victoire. Puis il prit congé pour aller voir son épouse.

Il poussa le portail d'entrée et fit irruption dans le grand hall du château.

— Annabelle ! Annabelle ! cria-t-il.

Elle était déjà là, en haut de l'escalier. Elle avait entendu grincer le pont-levis, bien sûr, et, aussitôt, elle avait quitté leur chambre, simplement vêtue de sa chemise de nuit blanche dont le tissu vaporeux flottait autour de ses chevilles. Les traits si délicats de son visage étaient tirés, et son teint était d'une pâleur inhabituelle — comme si elle avait craint l'arrivée de quelqu'un d'autre ? Ses doigts, longs et fins, étaient pressés contre sa gorge. Ses cheveux, blonds comme les blés, tombaient en cascade sur ses épaules et jusqu'à sa taille.

— Annabelle ! répéta-t-il.

Il gravit les marches deux par deux. Quelque chose n'allait pas. Il le vit immédiatement à la manière dont elle le regardait. Une bouffée de rage lui envahit le cœur et l'âme.

— Annabelle !

Il l'avait saisie par les épaules. Il avait tellement envie de l'envelopper de ses bras, de baiser ses lèvres pleines, de s'enfouir en elle…

— Dis-moi, pour l'amour de Dieu, dis-moi que Davis est un menteur ! gronda-t-il.

— Mon laird ! dit la jeune femme d'une voix tremblante, avant de tomber à genoux. Mon laird, mon cher, cher Bruce…

Il lui prit le menton et la força à croiser son regard.

— Devant Dieu, Bruce…, chuchota-t-elle.

7.

Toni se réveilla tôt. Bruce était parti. Elle demeura immobile, un moment, se demandant s'il était juste retourné se coucher dans sa chambre.

Elle en doutait. Sans savoir pourquoi, elle était sûre qu'il avait quitté le château.

Elle consulta sa montre, et vit qu'il était 8 heures. Elle décida de se lever. Dans la salle de bains, elle hésita une seconde devant la porte donnant sur la chambre de Bruce et, finalement, frappa doucement. Comme elle n'obtenait aucune réponse, elle ouvrit. Bruce n'était pas là, en effet.

Elle se doucha, s'habilla et descendit se préparer du café. Le château était plongé dans le silence, ce qui ne manqua pas de l'irriter légèrement. Les autres n'avaient aucun problème de sommeil, apparemment !

Une fois dans la cuisine, elle prépara suffisamment de café pour toute la petite troupe. Elle s'apprêtait à se servir une tasse lorsqu'elle entendit frapper des coups violents. Elle sursauta. Puis, le cœur battant, elle se dirigea vers le hall d'entrée, songeant que, pour une fois, le seigneur du château avait pensé à verrouiller le portail, en sortant.

Elle ouvrit et se trouva nez à nez avec Jonathan Tavish. Il était en jean, et portait un curieux pull tricoté.

— Bonjour, mademoiselle Fraser, dit-il. Bruce est-il dans les parages ?

Elle secoua la tête.

— Je ne crois pas.

Jonathan Tavish poussa un soupir.

— Je n'ai pas vu sa voiture, mais, comme j'avais déjà fait le chemin, je me suis dit que j'allais vérifier.

— Puis-je vous être utile ? demanda la jeune femme.

Il secoua la tête et fronça les sourcils, l'air soucieux.

— Tout va bien ?

— Oui, merci, répondit Toni. Bruce a été très accommodant, tout compte fait.

Elle hésita un instant, voyant que Tavish restait sur le seuil.

— Je viens de faire du café. Vous en voulez ?

— Avec plaisir.

— Entrez, je vous en prie.

Il la suivit dans la cuisine, et s'assit sur une chaise. Au même moment, David entra en bâillant. Il se figea à la seconde où il remarqua Tavish.

— Ah ! Bonjour.

— Bonjour.

David regarda Toni.

— Quelque chose ne va pas ?

— Non, non, répondit la jeune femme. M. Tavish cherchait Bruce, mais il n'est pas là.

— Ah ! Eh bien, monsieur Tavish, je vous prie d'excuser mon apparence.

— Appelez-moi Jonathan. Et c'est moi qui devrais m'excuser de vous déranger.

Toni posa le café, le lait et le sucre sur la table.

— Je vais sortir quelques scones, dit David.

— Merci, murmura la jeune femme.

La dernière chose qu'elle souhaitait, ce matin, c'était un invité au petit déjeuner.

— Eh bien, Jonathan, fit David, on dirait que nous allons rester dans les parages un petit moment.

— Ah bon ? fit Tavish, l'air surpris.

— Notre hôte nous offre la possibilité de récupérer une partie de notre mise, expliqua Toni.

— Ah ! dit Jonathan. Eh bien, tant mieux.

— Bonjour, dit Gina joyeusement, tout en poussant la porte de la cuisine.

Elle était en robe de chambre, elle aussi, et elle se figea en découvrant Jonathan.

— Il est arrivé quelque chose ? demanda-t-elle.

Jonathan sourit et secoua la tête.

— Non, rien du tout.

— Il est passé voir Bruce, expliqua David.

— Ah ! je vois.

— Alors, vous allez rester quelque temps parmi nous ? reprit Tavish.

— Oui. N'est-ce pas merveilleux ? répondit Gina. Bruce a été on ne peut plus coopératif. Non seulement il nous tolère, mais il nous aide, aussi.

— Je dois vous avouer que je suis surpris, dit Jonathan. Quand je vous ai vus au village, j'ai trouvé bizarre qu'il ait loué le château, mais je ne pouvais être sûr de rien… C'est une drôle d'histoire, pas vrai ? Effrayante, aussi. En ces temps où les ordinateurs sont rois, des choses incroyables peuvent arriver. Une jeune femme, ici, a eu de très graves problèmes, il y a quelques années. Quelqu'un avait volé son passeport et s'était mis à usurper son indenté. Avant que tout rentre dans l'ordre, elle s'est retrouvée accusée du cambriolage d'une banque à Cannes.

— Usurpation d'identité, déclara David en hochant la tête. Je me demande si c'est ce qui est arrivé, dans notre cas.

— Nous le découvrirons, affirma Jonathan.

— J'espère, dit Gina.

Puis elle sourit.

— Bruce a été vraiment merveilleux. Il nous a juste demandé de ne pas aller dans la forêt. Il s'inquiète au sujet de la disparition de ces femmes qui ont été retrouvées assassinées. Aux Etats-Unis, ces horribles faits divers sont tellement coutumiers que nous y prêtons à peine attention tant que cela ne se passe pas dans notre jardin…

Jonathan les regardait d'un drôle d'air, et il avait pâli.

— Qu'y a-t-il ? lui demanda Toni.

— Il vous a demandé de ne pas aller dans la forêt ?

— Oui. Pourquoi ? Il y a quelque chose à craindre, par là-bas ? s'enquit David.

— Vous n'êtes pas au courant ?

— Au courant de quoi ? demanda Gina.

— Eh bien, les cadavres des jeunes femmes disparues ont été retrouvés dans la forêt de Tillingham, répondit Tavish.

Il fit une grimace.

— Ce n'est pas exactement dans le jardin, mais pas loin, conclut-il doucement.

Toni, Gina et David se regardèrent.

— Les deux cadavres ? murmura Gina.

— Les deux.

— Mais les victimes n'étaient pas d'ici, n'est-ce pas ? dit Toni.

— Non, en effet. Et elles n'étaient pas non plus des jeunes femmes… comment dire… *recommandables,* comme vous. N'empêche, Bruce n'a pas tort de vous conseiller d'éviter la forêt.

— Il n'a pas à s'inquiéter pour ça, dit Gina.

Mais Jonathan avait toujours l'air bizarre.

— Ce n'est pas tout ? lui demanda Toni en le regardant fixement.

— Eh bien, je comprends pourquoi tout cela le met mal à l'aise. C'est lui qui a trouvé l'une de ces pauvres filles, vous comprenez ?

« Merde, il est tôt ! » songea Thayer.

11 heures du matin. Trop tôt pour commencer à picoler, en tout cas. Mais il était debout depuis des siècles. Il avait quitté le château juste après Bruce. Trop tôt ? Non.

— Donne-moi une pinte, ma jolie ! dit-il à la barmaid.

Il était venu pour le rosbif du dimanche. C'est, du moins, ce qu'il s'était dit en entrant au Silver Crow, un pub sombre et un peu vétuste, de Sterling. Mais il n'avait pas faim.

Il regarda autour de lui, songeant que si la plupart des pubs de Sterling étaient vétustes, celui-ci frisait la ruine. Il y faisait presque noir, le sol avait bien besoin d'être balayé, et les tables et le comptoir étaient couverts d'une pellicule de graisse. La pauvre serveuse était seule à faire le service pour quelques autochtones grincheux, et elle courait dans tous les sens.

Pourtant, Sterling était une jolie ville, avec une population évoluée et moderne. Et l'immense château qui faisait sa réputation attirait des touristes du monde entier. Des travaux récents d'aménagement avaient rendu l'endroit tout à fait charmant, et des acteurs en costumes d'époque allaient et venaient, interprétant pour les visiteurs des scènes qui racontaient les moments de son histoire les plus sombres comme les plus glorieux.

— On a toujours été de fameux salauds sanguinaires, de toute façon, marmonna Thayer entre ses dents.

— Pardon ? fit la serveuse.

— Rien, ma belle. Je parle tout seul.

Il sourit. Au moins, elle était jolie. Elle portait un petit débardeur et un short noirs, et la manière dont le tissu en Stretch épousait ses formes ne laissait guère de place à l'imagination. C'était peut-être la raison pour laquelle le pub crasseux continuait de fonctionner. Qu'importaient l'éclairage inexistant et le sol douteux quand on pouvait bénéficier d'une vue pareille ?

Il regarda de nouveau autour de lui. Les tables étaient presque toutes vides, alors que le bar était plein. Ouais ! Les gens venaient pour la vue.

Son estomac gronda. Il était parti sans rien manger, ce matin, quelques minutes à peine après le départ du grand laird. Ce dernier avait toujours l'air pressé de quitter son propre château. Et, apparemment, ça ne datait pas d'aujourd'hui.

Thayer contempla ses mains. Elles étaient à vif. Ils avaient vraiment travaillé comme des fous. Il n'avait pas prévu cela, lorsqu'il avait accepté de participer à cette folle aventure. Mais sa vie dans les pianos-bars de Glasgow n'était pas de celles que l'on regrette. Il avait quelques sous d'avance et, compte tenu des circonstances et surtout de ses « habitudes », il s'était dit : pourquoi pas ?

— Je crois que je vais manger un morceau, dit-il à la serveuse.

Elle lui sourit. Elle était jeune, et semblait encore innocente, en dépit de sa tenue.

— Bien, dit-elle. Le rosbif n'est pas si mauvais, monsieur.

Monsieur. Thayer se rengorgea. Il aimait bien les marques de respect.

Il alla s'installer à une table au fond de la salle, sans se faire remarquer. Un moment plus tard, la serveuse revint et lui sourit de nouveau. Ma parole, mais elle flirtait ! Elle ne cessait de rougir et de lui sourire d'un air engageant, tandis qu'elle posait les couverts, une serviette, la salière et le poivrier devant lui.

Après tout, il n'était pas si mal. Il avait même un petit air de ressemblance avec sa cousine américaine, à commencer par les cheveux, qui étaient blonds, épais et encore bien plantés sur sa tête, merci beaucoup ! Les traits de son visage ne manquaient pas d'harmonie, et il était grand. Seules ses épaules manquaient un peu d'ampleur — contrairement à celles de Ryan et à celles du fameux Bruce.

Dommage, d'ailleurs, qu'il ressemble un peu trop à Toni. Il était tombé littéralement sous le charme, le soir où ils s'étaient rencontrés. Elle était si belle, avec ses yeux bleus presque électriques, son élégante minceur, sa vitalité, et surtout sa joie, son enthousiasme de l'avoir enfin rencontré. Hélas, Thayer n'avait pas été long à comprendre que la jeune femme ne voyait en lui qu'un cousin, certainement pas un amant. Alors que lui…

Il repensa au short de la serveuse.

Quand elle lui avait parlé de leur projet, il avait sauté sur l'occasion, songeant que s'ils passaient du temps ensemble, elle changerait peut-être d'avis à son sujet. Lui, en tout cas, était conquis. Toni avait du talent. Elle était passionnée, capable de travailler dur et de faire les rêves les plus fous. Quand ses cheveux frôlaient les doigts de Thayer, quand elle lui souriait, les yeux brillants…

Et puis, MacNiall avait fait son apparition. Même lorsque Toni s'opposait à lui, il était clair qu'un courant d'une puissance inouïe passait entre ces deux-là. Si les étincelles ne crépitaient pas encore, c'était juste une affaire de jours, ou d'heures.

Au diable MacNiall ! Penser à lui était irritant au possible.

Parfois, Thayer détestait être britannique, et encore plus être écossais. Des siècles avaient passé, et pourtant, cette bonne vieille Angleterre continuait de considérer sa voisine comme une nation inférieure. Peu importait les guerres et le fait qu'ils partagent la même île et des tas de pactes. Dans le fond, rien n'avait changé. Ils continuaient tous de s'aplatir devant n'importe quel crétin, du moment qu'il arborait un titre devant son nom !

— Votre rosbif, monsieur.

La jolie serveuse était de retour. Elle posa l'assiette devant Thayer et s'attarda un moment. Vraiment, elle n'était pas mal. Pas mal du tout. Ce short…

— Je m'appelle Thayer, dit-il. Et vous ?

— Katherine, répondit-elle. Katie, pour les amis.

— Eh bien, Katie, ravi de faire votre connaissance.

Elle jeta un coup d'œil du côté du bar. Une autre fille était venue lui prêter main-forte. Elle était plus âgée, l'air plus coriace, aussi : elle devait travailler dans des pubs depuis quelques années.

— C'est l'heure de ma pause, dit Katie.

Thayer pencha légèrement la tête de côté.

— Alors, vous pouvez vous joindre à moi ?

Le sourire de la jeune femme s'élargit encore. Elle attendait l'invitation. Soit, les épaules de Thayer n'étaient pas aussi larges qu'il l'aurait souhaité, mais ce détail ne lui avait encore jamais posé de problèmes avec les femmes.

— Qu'est-ce qui vous amène à Stirling ? demanda-t-elle en s'asseyant en face de lui.

— Je cherche un peu de distraction.

— A Stirling ?

Thayer haussa les épaules.

— C'était le plus près.

— Vous venez d'un des villages, alors ? Vous avez l'accent de Glasgow, pourtant.

— Vous avez raison dans les deux cas, répondit Thayer en entamant sa tranche de rosbif.

Il était bon.

— Et vous, Katie ? Vous êtes d'ici ?

Elle secoua la tête.

— Orkney.

Thayer arqua les sourcils.

— Quand on parle de chercher un peu de distraction ! Alors, vous en avez trouvé, à Stirling ?

— Je ne suis là que depuis quelques jours, répondit la jeune femme, avant de se pencher en avant. Le propriétaire, ici, quel con ! Je crois que je ferais mieux d'aller à Edimbourg ou à Glasgow. Au moins, il y a de la vie, là-bas, d'après ce qu'on me dit.

— Katie, la vie est partout. Tout au long du chemin.

Elle sourit.

— Vous croyez pouvoir me montrer un peu de vie le long de ce chemin ? demanda-t-elle, se révélant ainsi beaucoup plus entreprenante qu'il ne l'aurait imaginé.

Lorsqu'il sentit sa main sur son genou, il posa sa fourchette et croisa les bras, la considérant avec intérêt et amusement.

— Katie, ma chère, vous n'imaginez même pas ce que je peux vous montrer le long du chemin.

— J'aimerais bien voir.

Il sourit et s'adossa à sa chaise.

— On pourrait se retrouver plus tard ?

— Peut-être, répondit-elle en se levant. Je finis mon service à 2 heures. Mais il vaut mieux qu'on ne nous voie pas ensemble.

— Bien pensé, en effet, dit Thayer gravement.

— Rendez-vous à l'entrée du cimetière ?

— Parfait, répondit-il.

L'information que Jonathan leur avait fournie, au sujet de Bruce, avait été reçue, enregistrée, et très certainement communiquée à ceux qui n'étaient pas dans la cuisine, à savoir Kevin et Ryan, puisque Thayer n'était pas encore revenu. Le message sous-jacent était très clair : le malaise de Bruce était largement justifié, de même que ses recommandations concernant la forêt et les risques qu'il y avait à s'y rendre.

On avait retrouvé les cadavres des jeunes filles au milieu de ces bois. Et l'un d'eux avait été découvert par Bruce lui-même.

Toni se demandait, maintenant, s'ils n'avaient pas intérêt à rentrer chez eux, purement et simplement.

Elle fouillait dans le réfrigérateur, à la recherche d'une boisson gazeuse, lorsque Gina entra dans la cuisine.

— Ne prépare pas à manger ! lança-t-elle.

Toni ferma la porte du réfrigérateur et se tourna vers elle.

— Ce n'est pas ce que je faisais. Mais pourquoi me dis-tu ça ?

— Parce qu'on va aller pique-niquer.

— Pique-niquer ? Où ça ? demanda Toni avec lenteur.

— Pas dans la forêt, rassure-toi ! On va trouver un pré, quelque part, avec des moutons.

— Et du caca de mouton, ajouta David gaiement en les rejoignant.

— Je crois qu'on va se retrouver entre nous, puisque Thayer et Bruce ne sont pas là.

Toni les considéra d'un air perplexe.

— Vous n'êtes pas perturbés par tout ça ?

— Par quoi ? demanda David.

— Le fait que des corps aient été abandonnés dans cette forêt, et que Bruce ait découvert l'un d'eux, répondit Toni.

David eut un vague haussement d'épaules.

— Tant que toi et Gina, vous vous abstenez d'aller gambader dans les bois, non, pas vraiment. C'est désolant, bien sûr. Et je comprends mieux pourquoi Bruce est aussi bizarre. Mais je ne suis pas perturbé, non.

— Il faut juste faire attention, dit Gina. Les femmes ont toujours intérêt à faire attention, de toute façon.

Toni opina de la tête.

— Bon, dit-elle simplement.

— Pourquoi ? Tu te sens perturbée, toi ? demanda Gina.

— Non.

— Tu viens pique-niquer ?

Toni ne répondit pas immédiatement.

— Ça vous ennuie si je vous abandonne, pour une fois ?

— Pourquoi tu ne viendrais pas ? demanda Gina, l'air presque blessé.

— Ça vous fera du bien d'être un peu en couples.

— Quelle idée ! On est tous amis. On est super bien ensemble !

— N'empêche que moi, je fais cavalier seul, même quand on est tous les cinq.

— On a été tous les cinq drôlement souvent, lui rappela Gina. Lors de notre dernier voyage en Ecosse, on était tous les cinq. Et l'année d'avant aussi.

— Et vous avez toujours été super. Je ne veux pas insinuer que je me sens mal à l'aise quand je suis avec vous. Je pense juste que vous devriez pique-niquer sans moi. D'ailleurs, j'ai envie d'aller me promener au village.

Gina poussa un soupir et regarda David.

— Alors, on ne sera que quatre. Plus les moutons.

David leva les yeux au ciel.

— Drôlement romantique !

— Tu vas adorer ! lui prédit Toni. Je vous connais, toi et Kevin. Vous allez emporter des vraies assiettes, des verres, et vous siroterez du champagne sur un pan de colline, en admirant la vue. Vous allez bien vous amuser.

— Je ne comprends toujours pas pourquoi tu refuses de venir, dit Gina. Nous sommes déjà allés au village.

— Oui, mais c'était toujours pour acheter quelque chose, généralement chez le quincaillier. Cette fois, je vais me comporter comme une touriste. Il y a une église très ancienne et un cimetière qui l'est tout autant. Vous savez bien que j'adore flâner dans ces endroits-là.

— Elle veut faire bande à part, dit David.

— Allons, vous n'aimez pas du tout les vieilles églises et les cimetières ! lui rappela Toni.

— Ça ne m'empêche pas de t'y accompagner chaque fois que tu me le demandes.

— Evidemment ! Et, chaque fois, je me sens un peu coupable.

— Les moutons vont regretter ta présence.

— Moi aussi, je vais regretter de ne pas les voir. Pas sûre que je regretterai le caca de mouton, en revanche.

Toni avait prévu de prendre son temps avant de partir, mais, à la seconde où elle se sut seule dans le château, elle se sentit mal à l'aise. Elle saisit son sac et dévala l'escalier, pressée de se retrouver dehors.

L'un de leurs véhicules de location, une camionnette, était garé devant les écuries. Thayer avait dû prendre la petite BMW. Mais la camionnette ferait très bien l'affaire. Du moment qu'elle roulait.

Toni hâta le pas, un peu étonnée d'être à ce point pressée de se glisser derrière le volant. Pourtant, en arrivant près du véhicule, elle se figea.

Elle venait d'entendre un grincement, en provenance des écuries.

Evidemment, il y a des chevaux, là-dedans ! se dit-elle.

Mais cela ne ressemblait pas au genre de bruit que fait un cheval.

Elle hésita. Qui pouvait faire un bruit pareil ? Un voleur de chevaux ?

Dans ce cas, il fallait prévenir la police.

Elle venait de prendre cette décision lorsque le bruit cessa. On avait dû la voir. Le cœur battant follement dans sa poitrine, elle franchit les quelques mètres la séparant encore de la camionnette.

— Ah, mademoiselle Fraser !

Toni se figea, puis se tourna. Eban Douglas se tenait dans l'ombre, sur le seuil de l'écurie, arborant son sourire habituel. Un sourire étrange, décida la jeune femme.

— Eban, répondit-elle d'une voix qu'elle s'efforça de rendre joviale.

Elle n'aurait su expliquer pourquoi, mais, aujourd'hui, la présence du petit bonhomme la mettait mal à l'aise.

— Je m'occupe de nos deux gars, dit-il avec un geste en direction des box.

— Oui, merci, répondit Toni, toujours aussi gaiement.

— Le rouan a l'air mal en point, reprit-il.

— Ah bon ? Ryan verra ça plus tard.

— Vous voulez pas venir le voir vous-même, mademoiselle ?

Entrer dans les écuries sombres avec Eban pour seul compagnon à des kilomètres à la ronde ? Jamais de la vie !

— Je serais bien incapable de dire s'il va bien ou pas, Eban. Si vous pensez qu'il est malade, pourquoi ne pas appeler un vétérinaire ?

— Je n'oserais pas appeler le toubib sans que l'un de vous ait vu l'animal.

— Eban, croyez-moi, je vous donne l'autorisation.

Essayait-il de l'attirer dans les écuries ? Aurait-elle seulement éprouvé le moindre malaise, s'il n'avait pas eu l'air aussi bizarre ? Oui ! Des femmes avaient été assassinées, par ici. Leurs cadavres avaient été retrouvés dans la forêt. Et puis, ce type n'était pas net.

Toni fronça les sourcils, songeant que Bruce MacNiall et

Jonathan avaient vraiment réussi dans leur entreprise de déstabilisation. Elle était morte de peur, maintenant.

— Eban, je vous demande d'appeler le vétérinaire. Et je vous en remercie d'avance. Il faut vraiment que j'y aille.

Elle accompagna ses derniers mots d'un geste de la main, et voulut ouvrir la portière du côté gauche de la camionnette. Ne voyant pas le volant, elle se rappela qu'elle était en Grande-Bretagne, et fit la grimace, avant de contourner le véhicule pour aller prendre la place du chauffeur, du côté droit.

— Attention en conduisant ! lui lança Eban. Regardez bien la route !

— Oui, merci, répondit-elle.

Elle mit le contact et s'engagea sur le chemin caillouteux. Lorsqu'elle eut franchi une distance qu'elle jugea suffisante, elle s'arrêta sur le bas-côté, au niveau du chemin qu'ils avaient emprunté pour entrer dans la forêt, l'autre jour, lorsqu'ils s'étaient baignés dans le ruisseau.

Ses mains tremblaient.

Elle respira profondément, furieuse contre elle-même, se disant qu'elle était ridicule. Eban lui avait fait peur — tout ça parce qu'il avait un physique étrange.

Cela dit, elle ne le connaissait pas vraiment. Elle ignorait jusqu'à la fonction exacte qu'il exerçait au château. Il les avait aidés à plusieurs reprises, lorsqu'ils retapaient la bâtisse. Il leur était également arrivé de rester plusieurs jours sans le voir. Pourtant, il devait toujours être dans les parages, en train de les observer.

Elle inspira profondément, prête à démarrer de nouveau. Elle commençait à se sentir vraiment ridicule. Eban travaillait pour Bruce MacNiall ; il gardait le château, en quelque sorte.

Elle allait passer la première vitesse lorsqu'elle regarda du côté de la forêt.

Bruce était là, sur son énorme cheval noir, juste à l'orée du bois. Toni porta une main à son front pour se protéger de la lumière aveuglante du soleil. Il lui faisait signe de le rejoindre, et il avait l'air pressé, impatient.

— Quoi ? murmura la jeune femme pour elle-même. Il nous interdit d'aller dans la forêt, et c'est lui qui m'incite à y aller, maintenant ?

Puis elle se rappela les paroles de Jonathan, ce matin.

Sourcils froncés, elle descendit de voiture, regrettant de ne pas avoir pensé à prendre ses lunettes de soleil. Bruce lui fit signe de nouveau. Puis le cheval se tourna et s'enfonça dans la forêt.

— Qu'est-ce que… ?

Il avait disparu le long du sentier, s'attendant manifestement à ce qu'elle le suive.

— Bon, d'accord, marmonna-t-elle, songeant qu'elle ne risquait pas grand-chose, tant qu'elle était avec lui. Mais je vous préviens : je n'irai pas loin, ajouta-t-elle, avant de s'aviser qu'elle parlait à un interlocuteur qui n'avait aucune chance de l'entendre.

Elle marcha en direction de la première rangée d'arbres, mais plus elle avançait, plus son malaise grandissait — le même malaise qu'elle avait ressenti, la veille, au milieu de ses amis, lorsqu'elle ignorait encore que les corps des jeunes femmes assassinées avaient été retrouvés ici même.

Quelque part au fond de son cœur, elle avait éprouvé une méfiance profonde envers Bruce, mais, aussitôt, son âme s'était rebellée. Et maintenant, pour une raison qu'elle ne s'expliquait pas, elle se sentait pratiquement forcée de le suivre.

A la seconde où elle entra sous la voûte des arbres, elle fut aveuglée de nouveau, tant il y faisait sombre, après la lumière aveuglante du dehors.

— Bruce ! cria-t-elle, irritée. Je n'irai pas plus loin…

Il était descendu de cheval et se tenait à quelques mètres devant elle.

— Bruce, j'en ai assez !

Venez, je vous en prie !

Elle eut l'impression qu'il avait prononcé ces mots d'une voix très douce. Ou bien devenait-elle folle ? Avait-il vraiment parlé ?

Elle envisagea de s'enfuir à toutes jambes, mais s'en découvrit incapable. Elle se sentait obligée de le suivre.

— Arrêtez, alors ! Attendez-moi ! cria-t-elle avec colère.

Elle avait l'impression d'être l'héroïne d'un mauvais film d'horreur, en train de se diriger, sans le savoir, vers l'endroit précis où le tueur maniaque avait l'habitude de frapper.

C'était ridicule, pourtant. Bruce était juste devant elle. Et son instinct lui disait que jamais, jamais il ne lui ferait le moindre mal.

Oui, mais justement, elle ne voulait pas se fier à son instinct. Elle ne voulait pas rêver. Elle refusait farouchement d'admettre qu'elle n'avait pas totalement éradiqué les visions qui l'avaient hantée avec tant de vérité et de brutalité…

— Bruce, nom d'un chien, attendez-moi !

Mais il ne l'attendait pas. Et elle se découvrait incapable de lui tourner le dos et de s'en aller.

Elle hâta le pas pour le rattraper, et trébucha légèrement en arrivant sur la rive un peu boueuse du ruisseau. Elle se cogna un orteil, et s'arrêta en poussant un juron. Elle se déchaussa, frotta son pied douloureux et, vraiment en colère, leva la tête, prête à envoyer Bruce au diable. Seulement, il n'était plus là.

Elle regarda autour d'elle, et prit conscience qu'elle s'était enfoncée dans la forêt bien plus qu'elle ne l'avait cru. Les arbres semblaient l'envelopper d'une épaisse couverture sombre. Et soudain, le silence se fit autour d'elle. Pas un oiseau ne chantait, pas un insecte ne bourdonnait. A croire que le monde entier retenait son souffle et attendait…

— Bruce !

Sa voix résonna, chevrotante, choquante dans l'immobilité ambiante.

Elle avait suivi le cours du ruisseau, mais même la chanson de l'eau ne parvenait plus à percer le silence. Devant elle, l'eau jaillissait et bondissait sur des cailloux et des branches mortes.

Elle s'efforça d'évoquer le souvenir de leur escapade de la veille, de revoir leur petit groupe en train de s'asperger joyeusement. Elle essaya de retenir cette vision, mais en vain.

Elle vit une grosse branche qui était tombée, et la couverture d'herbe totalement déplacée, dans l'eau. Oui, *déplacée*. Comme par les mains d'un homme.

Non ! hurla une voix, tout au fond d'elle.

La peur la saisit à la gorge. Le silence s'était fait plus lourd encore, comme si les bois, les arbres, les poissons, les oiseaux, les insectes et même l'air autour d'elle s'étaient figés et attendaient. Observaient.

Avant même de trouver la force de se projeter en avant, elle sut ce qu'elle allait découvrir. Elle savait, alors même qu'elle ne voulait pas savoir. Puis, dans son cœur, la peur fit place au calme.

Elle s'avança d'un pas décidé, et souleva la branche. Elle était lourde, bien plus lourde qu'elle ne s'y était attendue, et c'est à peine si elle parvint à la déplacer de quelques centimètres.

Un cri se forma dans sa gorge, mais il ne franchit jamais la barrière de ses lèvres.

Des ossements.

Elle venait de trouver des ossements.

8.

— Ah, une colline couverte d'herbes hautes et de fleurs sauvages, une brise délicieuse et du champagne ! Que désirer de mieux ? fit Kevin en s'allongeant.

Ryan sirotait son champagne, tout en regrettant vaguement de ne pas se sentir aussi détendu que les autres.

— Une bière, peut-être, dit-il. Une Budweiser. Bien frappée.

— Bonjour le trouble-fête !

Ryan haussa les épaules, se leva et s'étira.

— J'aurais préféré que Toni vienne avec nous, murmura-t-il.

— Moi aussi, forcément ! dit Gina. Mais… pourquoi ?

— Je ne sais pas. Je crois que je me fais du souci pour elle. Je n'aime pas la savoir en train d'errer seule dans ce château, ou même dans le village. Allez savoir ce qu'elle fabrique. Si ça se trouve, elle pose trop de questions, elle embête les gens…

Kevin éclata de rire.

— A t'entendre, on a atterri au Village des Damnés !

— Qui sait ? répliqua Ryan, l'air sombre.

— Je croyais que tu te plaisais, ici ! lui lança Gina.

— C'est le cas.

— Alors ? demanda David.

Ryan secoua la tête. Il se sentait agité, mal à l'aise. Son regard se posa sur Gina. Elle connaissait ses sautes d'humeur, et elle n'avait pas l'air content.

— Nous sommes en train de pique-niquer avec des amis, Ryan, lui rappela-t-elle.

— Ouais.

— Et tout se passe bien — aussi bien que possible, compte tenu des circonstances, renchérit David.

— Tu parles ! Un grand type monté sur un cheval géant débarque en fanfare et nous annonce que nous avons perdu toutes nos économies. Puis nous apprenons que ce même type a découvert le corps d'une femme assassinée dans les bois. Et maintenant, Toni est seule dans ce château. Imaginez que MacNiall rentre avant nous ! On ne sait pas grand-chose à son sujet, dans le fond.

— C'est le laird, dit David.

— Ouais ! Et la comtesse Bathory découpait les vierges et se baignait dans leur sang, riposta Ryan.

Gina le regardait fixement. Durement.

— Je trouve que le laird a été particulièrement correct, reprit David.

— Parce que tu crois peut-être qu'il nous découperait en morceaux dans son propre château ?

— Ryan, arrête, je t'en prie ! intervint Gina.

— J'aime bien ce type, reprit David. Vraiment, je l'aime bien. Et puis, Ryan, tu es monté à cheval avec lui. Vous avez discuté, tous les deux. Je croyais que, de nous tous, tu étais son plus grand fan.

— N'exagérons rien. Mais je le respecte, ça c'est sûr, déclara Ryan, l'air pensif.

— Moi aussi, dit Kevin. Il a une manière un peu autoritaire de se faire respecter, mais il a été drôlement sympa avec nous. Si ça se trouve, il n'était même pas en Ecosse quand ces filles ont disparu.

Gina frissonna violemment.

— Il n'y était peut-être pas, mais…

— Mais quoi ? demanda Kevin.

— Rien. Rien, vraiment.

— Je sais ce que tu penses, dit David. Nous, nous étions en Ecosse, en tout cas, à l'époque où deux de ces pauvres filles ont disparu.

— Et alors ? demanda Ryan sur un ton brusque.

— Et alors, je suis drôlement content qu'on soit presque toujours ensemble, répondit David. Content qu'on soit là pour veiller sur Gina et Toni, aussi.

— Le fait que nous n'ayons jamais fait le trottoir doit jouer en notre faveur, ajouta Gina, pragmatique.

— En effet, dit David.

— Bon. Et si on oubliait tout ça pour se replonger dans l'ambiance, la beauté du paysage, le champagne, etc. ? demanda Kevin.

Ryan avait toujours l'air tendu, mais il rejoignit Gina sur la couverture, et ferma les yeux, tandis qu'elle massait les muscles noués de ses épaules.

Toni voyait le crâne qui dépassait de la boue, et aussi des pans de chair noircie par la terre. Il y avait une mèche de cheveux et des morceaux de tissu collés à l'os. A moins qu'ils n'eussent été plaqués à cet endroit par la terre mouillée.

Tire-toi de là ! lui cria une voix intérieure. *Crie aussi fort que tes poumons te le permettent, et cours aussi vite que tu le peux !*

Mais elle ne cria pas. Elle ne courut pas non plus. Elle n'avait pas besoin de s'approcher davantage pour savoir que la victime se trouvait là depuis quelque temps déjà. Inutile de chercher son pouls, de tenter de la sortir de l'eau.

Va-t'en ! Maintenant !

Mais elle n'en fit rien. Au contraire, elle resta là, essayant d'enregistrer chaque détail de la scène dans son esprit. Cela pourrait se révéler important, plus tard.

L'eau n'était pas profonde, à peine cinquante centimètres, et le cadavre était logé contre un gros rocher, jusqu'alors dissimulé presque entièrement par la branche qu'elle avait déplacée. N'importe qui aurait pu passer à côté et ne rien voir. Depuis combien de temps était-il là ? Les pluies l'avaient-elles transporté ? Avaient-elles déplacé la terre, de sorte que le corps avait émergé après être resté longtemps enfoui ?

Finalement, Toni se tourna lentement. Courir ne servirait à rien. Elle risquait de buter sur une branche, un rocher, une motte de terre, et de se blesser. Elle s'était enfoncée profondément dans le bois, mais elle ne craignait pas de se perdre. Il lui suffisait de suivre le ruisseau en sens inverse.

Elle s'interdisait de penser à la peur. La peur provoque la panique. Elle ne voulait surtout pas céder à la panique.

Elle avança lentement, prudemment. Elle continuait de se sentir… surveillée. Mais, bizarrement, elle n'en éprouvait aucune terreur. Les arbres n'allaient pas se réveiller, leurs branches ne l'attraperaient pas, ne l'empêcheraient pas de quitter la forêt. On la regardait juste partir.

Cette femme avait été cachée là bien avant qu'ils n'arrivent à Tillingham.

Toni continuait d'avancer, les yeux fixés droit devant elle, n'osant regarder à droite ou à gauche, par peur de ce qu'elle risquait de voir dans l'obscurité.

Regarde droit devant toi. Avance tranquillement. Ne cours pas. Suis le cours d'eau sans paniquer. D'un pas régulier.

Finalement, elle sortit de la forêt à l'endroit précis où elle y était entrée.

Elle s'attendait presque à ne pas retrouver la camionnette,

mais non, celle-ci l'attendait sagement, toujours garée sur le bas-côté. Et c'est seulement au moment de se glisser derrière le volant qu'elle prit conscience de sa frayeur. D'autres corps sans vie avaient été retrouvés dans la forêt de Tillingham. Venait-elle de tomber, par hasard, sur la première victime de l'assassin ? Une femme dont la disparition n'aurait jamais été déclarée ?

A cet instant, la peur la gagna. Une peur véritable et profonde. Cet endroit était un champ de la mort. Les femmes étaient peut-être kidnappées ailleurs, mais c'était ici qu'on les abandonnait.

Pouvait-on en conclure que le meurtrier connaissait bien la région, qu'il savait comment se débarrasser d'un cadavre encombrant en misant sur le travail de décomposition de la nature qui détruisait les indices susceptibles de le trahir ?

Toni agrippa le volant de ses mains tremblantes, tout en se demandant ce qu'elle devait faire. Retourner au château et appeler à l'aide ? Non. La seule idée de se retrouver seule avec Eban faisait courir des frissons incontrôlables le long de sa colonne vertébrale… Etait-il capable de tuer une femme ?

Personne ne savait ce qu'il faisait de son temps libre. Le soir, quand tout le monde dormait, il se rendait peut-être dans une grande ville où personne ne le connaissait, là où des femmes arpentent les trottoirs, des femmes habituées à se faire payer pour satisfaire des hommes peu attirants.

Toni se rappela brusquement qu'elle avait pris son téléphone portable. Elle se tourna vers le siège du passager pour fourrager dans son sac. Au même instant, un coup sec frappé à la vitre de la portière la fit sursauter.

Elle leva la tête et vit Eban, le visage pressé contre la vitre. L'air macabre.

Soudain, ce fut trop. Toute la peur accumulée explosa brusquement en elle, et elle poussa un hurlement. Elle voulut démarrer la voiture, mais la clé n'était pas dans le contact. Elle chercha sur le siège à côté d'elle, les yeux fixés sur Eban, qui recula d'un pas, l'air abasourdi. Finalement, elle trouva la clé et réussit à démarrer. Aussitôt, elle enfonça la pédale d'accélérateur, et le véhicule bondit littéralement en avant. Sans un regard en arrière, elle roula à tombeau ouvert jusqu'au village.

L'inspecteur Robert Chamberlain avait trente-cinq ans. Grand, le corps noueux, il avait des cheveux bruns qui devenaient gris prématurément.

Bruce et lui s'étaient rencontrés dans la police. Ils avaient même fait équipe, à Edimbourg. Puis, Bruce avait démissionné et Robert avait changé de service. Mais ils étaient restés amis. Un an plus tôt, lorsque Bruce avait découvert le cadavre dans la forêt, il avait été scandalisé par le manque de connaissances techniques de Jonathan et de son équipe, à leur arrivée sur les lieux. Certes, ils ne s'étaient jamais trouvés dans une situation semblable. Mais, justement, ils auraient dû alerter des confrères plus expérimentés.

Bien que Bruce eût quitté la police depuis longtemps, Robert continuait de parler des enquêtes en cours avec lui. A une ou deux reprises, Bruce avait même permis à Robert de résoudre une affaire. Les deux hommes étaient proches, et ils se faisaient confiance.

Pour l'heure, ils étaient assis dans un pub d'Edimbourg, tout près du cimetière de Greyfriar, là où le célèbre chien Bobby, après avoir passé plus de dix ans à monter la garde sur la tombe de son maître, était, désormais, enterré au côté de l'homme qu'il avait aimé avec tant de loyauté.

Robert arborait un air sombre.

— Jonathan a fait fouiller les bois, mais ils n'ont rien trouvé, dit-il.

Il passa la main dans ses cheveux grisonnants.

— Ce n'est pas simple. Nous ne savons même pas précisément à quel moment cette jeune femme a disparu. Ses amis n'ont pas pu nous renseigner. Elle allait et venait, disent-ils, et ils ne la surveillaient pas.

Robert tendit un dossier à Bruce.

— Annie O'Hara. Originaire d'Irlande du Nord. Elle est arrivée de Belfast il y a cinq ans, environ. Aucun emploi fixe — aucun emploi légal, j'entends. Elle a été arrêtée trois fois, durant ces cinq années, chaque fois pour des histoires de drogue. Rien de trop grave, cependant. Elle n'était pas du genre hagard et désespéré. Elle s'est fait ramasser deux fois en train de racoler sur le Royal Mile et, chaque fois, elle a été relâchée. Quoi qu'il en soit, l'une de ses amies a fini par remarquer qu'on ne la voyait plus, et elle l'a signalé à la police. Mais elle ignore totalement comment et à quel moment Annie a disparu.

Robert haussa les épaules.

— Qui sait ? Elle est peut-être retournée en Irlande. Mais bon, Helen MacDougal a disparu de la même façon, il y a un an, avant que tu ne retrouves son cadavre dans la forêt. Puis, il y a six mois, ce fut le tour de Mary Granger et, cette fois, c'est Eban qui a découvert son corps, également dans la forêt. Je ne peux pas m'empêcher de penser qu'on va peut-être retrouver le corps d'Alice, et qu'elle sera morte, elle aussi.

— Et abandonnée dans la forêt, marmonna Bruce.

— Pas obligatoirement. Le meurtrier va peut-être trouver un autre endroit pour se débarrasser des corps.

— Pourquoi se compliquerait-il la vie ? Jonathan Tavish ne se sent pas excessivement concerné. Il considère que ce n'est pas vraiment son problème, puisque ces jeunes femmes ont disparu à Glasgow, Stirling, et maintenant, Edimbourg.

— Le fait est que le tueur semble opérer dans les grandes villes.

— Et pour cause ! Les prostituées n'ont pas de quartier de prédilection, au village, dit Bruce.

Jonathan l'irritait singulièrement. Son vieil ami avait l'air plus préoccupé par ses allées et venues que par le fait qu'un psychopathe se promenât à travers le pays, et qu'il fût sans doute plus dangereux de jour en jour. Il l'avait croisé au village, juste avant de partir. Jonathan le cherchait. Il voulait savoir s'il avait perdu son portefeuille, récemment, et s'il n'avait pas été victime d'un vol d'identité. L'idée n'était pas sotte. Cela expliquerait, en effet, que le château se fût retrouvé sur le marché de la location. D'après Jonathan, il n'existait aucun site Internet concernant le château, et les pages sur lesquelles le domaine MacNiall était cité, en toute légitimité, n'avaient jamais fait passer la moindre petite annonce pour le mettre en location.

Mais, même pour cette affaire de fraude, Bruce avait davantage confiance en Robert qu'en Jonathan. Il comprenait que ce dernier en conçût du dépit, mais cela ne changeait rien au fait que Tillingham était une petite bourgade où les crimes étaient excessivement rares.

— Non, en effet, acquiesça Robert. Il est clair que tout ceci est beaucoup plus grave que Tavish ne veut bien l'admettre. Cela dit, on ne peut pas vraiment lui en vouloir de ne pas utiliser les fonds locaux pour organiser des fouilles sérieuses de la forêt car rien ne dit que la jeune femme qui vient de disparaître ait été assassinée.

Bruce secoua la tête et se renversa sur le dossier de sa chaise.

— Je te fiche mon billet que le meurtrier va retourner dans la forêt de Tillingham avec le cadavre de sa victime. Si nous n'avions retrouvé qu'une seule fille, nous aurions pu conclure qu'il avait utilisé cet endroit par hasard, ou parce que c'était pratique. Mais nous avons retrouvé un deuxième corps. Non, Tillingham est sa décharge personnelle, et il va continuer à s'en servir. Je me demande même s'il n'y a pas une raison précise, derrière tout ça.

Robert fit la moue.

— Le fait que Tillingham soit une forêt dense et profonde me paraît une raison largement suffisante, tu sais ! Nous n'avons encore rien sur le tueur à cause de l'état de décomposition avancé des corps. Nous n'avons rien pu trouver : ni cheveu, ni poil, ni fibre, ni sperme — rien de rien. Non, je pense qu'il s'agit d'un tueur organisé : un type qui a pensé à tout, jusqu'à maintenant, et qui sait ce qu'il doit faire pour ne pas être découvert.

— Tu as peut-être raison. Le fait qu'on ait jeté ces corps pratiquement dans mon jardin me rend sans doute un peu paranoïaque. Quoi qu'il en soit, nous pouvons envisager deux cas de figure, et je me demande lequel est le pire : soit il s'agit d'un psychopathe organisé, lancé dans une série de meurtres, et qui s'amuse à jeter les corps une fois qu'il a terminé sa sale besogne, soit le tueur vit aux alentours de la forêt, et sait qu'il dispose là de l'endroit idéal pour se débarrasser d'un cadavre.

— Tu aurais dû rester dans la police, Bruce, déclara Robert en secouant la tête. Tu as vraiment un don. Sans toi, on n'aurait jamais démasqué les tueurs des Highlands Hills, tu sais ? C'était fou, la capacité que tu avais de lire dans leurs pensées.

— Ça s'appelle *la science du comportement*, dit Bruce avec un geste de la main.

Il n'aimait pas qu'on lui rappelle la chasse à l'homme qu'ils avaient livrée, plus de dix ans auparavant, lorsqu'ils recherchaient un homme qui kidnappait des adolescentes, les violait et abandonnait leurs corps mutilés à travers Edimbourg et ses faubourgs. Quatre filles étaient mortes. L'enquête avait été un véritable crève-cœur.

— Nous avions réuni les détails cruciaux par hasard, si tu te rappelles bien, enchaîna-t-il. Je n'aurais jamais imaginé que deux personnes étaient impliquées, si l'un des témoins n'avait pas mentionné que la dernière fois qu'il avait vu son amie en vie, elle montrait son chemin à une dame assise dans une voiture, sur le siège passager. Moi-même, j'ai eu du mal à le croire, au début.

Mais il mentait. Quelque chose d'indéfinissable et d'effrayant le reliait aux deux tueurs. Il revit le moment où il se tenait sur une butte, avec d'autres policiers, juste à la sortie de la ville. Soudain, il avait eu la conviction absolue que l'assassin n'agissait pas seul, qu'une femme était également impliquée. Sinon, comment le tueur aurait-il réussi aussi facilement à attirer des adolescentes ? A partir de cet instant, les indices s'étaient tous mis en place. Des traces de pneus avaient révélé un retour vers la ville. A force de sillonner les quartiers où se trouvaient les collèges qu'avaient fréquentés les victimes, Bruce avait repéré un pub, et il avait pris l'habitude d'y traîner. Un homme et une femme séduisants, qui se tenaient les mains par-dessus la table et chuchotaient constamment comme de jeunes amoureux, avaient attiré son attention. Il ne saurait jamais s'il avait surpris leur conversation, s'il l'avait imaginée ou s'il l'avait simplement recréée dans son esprit. Mais, tout à coup, il avait eu la conviction que *c'était eux*, et il les avait suivis.

Un après-midi, il avait essayé d'imaginer la route qu'ils prendraient s'ils traquaient les adolescentes ensemble. Il avait pris sa voiture et roulé autour du collège, se glissant dans l'esprit de l'homme, s'efforçant d'éprouver les choses comme s'il avait été le tueur. Il avait ressenti l'excitation de la chasse, bien sûr, et aussi les traitements brutaux qu'il faisait subir à sa femme.

Finalement, il avait acquis la certitude de savoir comment ils s'y prenaient. La femme prétendait être perdue, et elle attirait les jeunes filles en leur demandant son chemin. D'une manière ou d'une autre, elle réussissait à les faire monter dans la voiture et, là, elle les droguait. On avait retrouvé des traces de morphine chez les victimes, alors il n'avait pas eu beaucoup de mal à parvenir à cette conclusion. Puis, ils emmenaient leur proie dans leur appartement, qui se situait au rez-de-chaussée d'une zone industrielle où nul ne trouvait anormal de voir un homme entrer ou sortir avec un rouleau de moquette. A l'intérieur, la femme maintenait la jeune fille. Lorsque l'homme avait fini de violer la pauvre enfant terrifiée, il couchait avec sa femme en présence de leur victime, encore vivante, même si elle n'était pas toujours consciente. Puis ils l'emmenaient dans la salle de bains et la tuaient dans la baignoire, afin de se débarrasser plus facilement du sang.

Quand Bruce avait soumis ce scénario à ses supérieurs, ils l'avaient pris pour un fou. Quand bien même il aurait eu raison, ils ne pouvaient pas arrêter ce couple sans la moindre preuve.

Mais, après un orage, il avait demandé à un ami de prendre une empreinte des traces de pneus laissées par la voiture du couple, à côté du pub. Elles correspondaient à celles retrouvées près de l'endroit où l'on avait découvert le corps de la dernière victime. Ce n'était pas suffisant pour arrêter le couple, mais ça justifiait que l'on prélevât un échantillon d'ADN.

L'affaire avait encore traîné pendant des mois, rongeant l'âme de Bruce et perturbant ses derniers moments si précieux avec Meg.

La maladie de Meg était la raison qu'il avait avancée pour justifier sa démission. Mais, en réalité, s'il avait quitté la police, c'est parce qu'il s'était découvert capable de pénétrer dans l'esprit du tueur, de penser comme lui.

— Il y a eu une affaire similaire au Canada, récemment, dit Robert avec une moue dégoûtée. La femme a bénéficié d'une indulgence ridicule. Son avocate a clamé qu'elle aussi était une victime. A croire que plus personne ne peut être tenu responsable de ses actes, de nos jours. Même dans l'affaire de Highlands Hills, le mari a été condamné à la perpétuité, mais sa femme pourrait bien sortir au bout de dix ans ! Quoi qu'il en soit, c'est grâce à toi qu'on a découvert les coupables.

Bruce éprouva un profond malaise.

— A l'époque, tout le monde avait les yeux braqués sur cette affaire, y compris les huiles de la police. Robert, tu sais aussi bien que moi que si les filles qui disparaissent, ces temps-ci, étaient issues de familles connues, la presse se serait déjà jetée sur le morceau, et Jonathan ne se contenterait pas d'envoyer quelques hommes se promener dans la forêt.

— C'est la réalité, Bruce. La triste réalité, admit Robert. Pour un pays si petit, on a eu notre compte de cinglés. A Edimbourg, il y a eu Burke et Hare et leur macabre entreprise consistant à fournir des macchabées à la faculté de médecine. Il y a cinq ans, dans les faubourgs de la ville, un type tuait un immigrant par mois, en invoquant la *justice sociale* ! A Tillingham, en revanche, il n'y a guère eu de violence, depuis des siècles, comme tu le sais bien. Et les tragédies du passé ont toujours eu pour cause la guerre ou des batailles de clans. Il ne s'agit pas d'une vengeance de clan, cette fois-ci. Pourtant, cette forêt semble causer bien des soucis à Jonathan. Une douzaine d'adolescents partis batifoler en sont sortis en hurlant, récemment, et en affirmant qu'ils avaient vu quelqu'un ou quelque chose de bizarre. Tu sais comme on est superstitieux, chez nous. Du coup, la police locale n'aime pas trop aller s'aventurer dans la forêt et, quand ils y sont forcés, on ne peut pas dire qu'ils aient le cœur à l'ouvrage. Ecoute, je peux envoyer une équipe fouiller les bois. Est-ce que ça te rassurerait ?

— Oui, répondit Bruce.

— Alors, c'est entendu. Et maintenant, parle-moi de tes hôtes forcés.

— Ils ont un contrat de location et des tas d'autres documents qui ont l'air aussi légaux qu'un accord de paix international, répondit Bruce avec un large sourire. Je me demande s'ils ne sont pas encore à moitié convaincus du fait que l'on m'a confisqué mes terres pour des histoires d'impôts impayés. Ils doivent penser que je suis incapable d'accepter qu'elles ne soient plus à moi.

— Allons ! s'exclama Robert en riant.

— Je n'ai pas inventé ce scénario. C'est l'une des filles de leur bande qui me l'a servi.

— Ils ne savent pas ce que tu fais et qui tu es ?

— Non. Même pas l'Ecossais. Ce que je trouve suspect, d'ailleurs.

Robert eut un haussement d'épaules.

— A notre époque ? Tu sais, les gens de Glasgow ont tendance à être… eh bien, de Glasgow.

Bruce haussa les sourcils, et Robert enchaîna :

— De toute façon, s'il est écossais, je n'aurai aucun mal à fouiller dans son passé. Je te passerai les infos que j'aurai pu glaner, d'ici demain. En fait, je peux faire une petite enquête sur tous les membres du groupe, même si ça risque de prendre un peu plus longtemps pour les Américains. Quand j'aurai des copies de leurs documents, je les transmettrai aux gars de la section des crimes de cols blancs, afin qu'ils se lancent sur la piste du quidam qui loue des propriétés et se fait payer en euros… Mais, dis-moi, pourquoi tu ne les as pas renvoyés sur-le-champ ?

— Il était tard quand je les ai surpris au beau milieu de leur représentation.

— C'est une bonne idée, ces spectacles vivants ! Les gens aiment qu'on les fasse frissonner.

— Je crois qu'ils étaient à Edimbourg quand l'idée leur est venue de se lancer là-dedans, dit Bruce.

— Et ça remonte à quand ? demanda Robert.

— Je ne sais pas vraiment.

— Alors, ils étaient déjà venus en Ecosse ?

— Oui. Pourquoi ? C'est important ?

Robert secoua la tête.

— Simple curiosité. En tout cas, d'après ce que tu m'as dit, ils ont fait du bon travail. Ton château avait bien besoin d'être retapé.

— Je ne m'en suis pas beaucoup occupé, c'est certain, admit Bruce. Mais… c'était le rêve de Meg, justement : en faire une sorte de musée. Quand elle est partie…

— Ça remonte à plus de dix ans.

— Je sais, et je n'ai pas besoin que tu me fasses un sermon. J'ai continué à vivre. Je m'en sors très bien. Je voyage à travers le monde et je fais de mon mieux pour voler aux riches et donner aux pauvres. J'ai juste négligé le château.

— Ainsi, tes « invités » s'imaginent que tu considères le château comme ton véritable foyer ?

— Oui.

— Tu as une raison de leur cacher la vérité ?

— Pas vraiment. Personne ne m'a posé de question à ce sujet. On se méfie tous plus ou moins les uns des autres. Ils ont vraiment l'air d'être ce qu'ils prétendent être, mais… Je vais te dire, j'ai trouvé bizarre de rentrer chez moi et de découvrir ce qui s'y passait. Surtout quand Toni Fraser m'a assuré qu'elle avait inventé toute son histoire, alors que chaque détail y est exact, jusqu'au prénom de la femme de Bruce MacNiall.

Robert balaya cette considération d'un geste de la main.

— Ce genre de truc arrive sans arrêt. Les gens entendent des propos, oublient qu'ils les ont entendus, et pensent ensuite qu'il s'agit d'idées originales.

— C'est ce que j'ai cru, aussi, mais j'ai eu l'occasion de lui parler, depuis. Elle est vraiment convaincue d'avoir tout inventé… Et ce n'est pas tout.

— Ah ?

— Ça lui fait peur. Elle fait des cauchemars au cours desquels elle voit mon ancêtre au pied de son lit, avec un sabre ensanglanté dans la main.

Robert haussa les épaules.

— Normal. Elle est dans le château du vieux laird.

— Normal, je ne sais pas. Si tu la voyais au moment où elle se réveille, tu ne serais pas aussi catégorique.

— C'est une actrice, pas vrai ?

— Oui.

— Crois-tu possible qu'elle se paye ta tête ?

— Si c'est le cas, cette fille est drôlement forte.

— Ouais, tu n'es pas du genre crédule, c'est sûr. Bon, tout ça n'entre pas vraiment dans le cadre de mes attributions, mais je vais quand même m'en occuper.

— Merci, dit Bruce.

Au même moment, le portable de Robert sonna. Il s'excusa et répondit. Bruce vit le visage de son ami passer de la surprise à l'inquiétude. Robert coupa la communication et regarda Bruce.

— Je vais repartir avec toi.

— Que s'est-il passé ?

— On a trouvé un autre cadavre.

Bruce sentit son sang se glacer. Pourtant, il n'était pas surpris.

— Annie O'Hara ?

— Je ne sais pas. Jonathan et le médecin légiste se rendent sur place en ce moment même. Même si le corps n'est pas dans un état avancé de décomposition, je doute qu'on puisse être sûr de quoi que ce soit avant les résultats de l'autopsie.

— Seigneur ! On l'a trouvé dans la forêt !

— Oui. Et ce n'est pas tout, ajouta Robert en regardant Bruce d'un air étrange.

— Quoi ?

Robert secoua la tête et se leva.

— Je te le dirai en route. Je veux arriver avant qu'ils n'aient détruit tous les indices.

— Merde, Robert, que se passe-t-il ? demanda Bruce avec impatience.

— Le corps a été retrouvé par ton invitée. Mlle Fraser.

9.

Toni se sentait étrangement calme depuis qu'elle avait réussi à convaincre l'assistant de Tavish qu'elle n'était ni folle ni hystérique. Jonathan avait été prévenu et, depuis, la jeune femme avait eu le temps de repenser à sa réaction, face à Eban. Elle n'avait aucune raison de soupçonner cet homme. Maintenant qu'elle était loin de la scène du crime, elle se sentait plus forte.

Lorsque Jonathan arriva, elle lui raconta comment elle était entrée dans les bois, le moment où elle avait vu la branche et la manière dont elle l'avait légèrement déplacée. Ils étaient assis dans le bureau du chef de la police, et ce dernier écouta son récit d'un air grave, avant de secouer la tête.

— Toni, dit-il, que faisiez-vous en pleine forêt, et toute seule, par-dessus le marché ? Je vous ai expliqué, ce matin, que c'était la dernière chose à faire.

— J'ai vu Bruce, répondit-elle.

Jonathan arqua les sourcils.

— C'est très étonnant. Je l'ai croisé au village, ce matin. Il m'a dit qu'il se rendait à Edimbourg pour déjeuner avec un ami.

Ces mots glacèrent Toni, mais ne la plongèrent pas dans l'état de panique qui l'aurait sans doute submergée, à peine quelques heures plus tôt.

— Eh bien, murmura-t-elle en fermant brièvement les yeux, j'ai cru le voir.

Tavish soupira.

— Je suis désolé de devoir vous demander une chose pareille, mais vous allez devoir retourner dans la forêt avec moi, dit-il. J'ai besoin que vous nous guidiez jusqu'à l'endroit où vous avez trouvé le corps.

— Bien sûr, dit Toni d'une voix neutre.

Ils montèrent dans la voiture de Tavish, et un autre véhicule les suivit, avec des spécialistes et tout le matériel nécessaire à l'enquête.

Une fois sur place, un photographe prit de nombreuses photos du cadavre, avant que l'on y touche. Pendant ce temps, le médecin légiste, un petit homme absurdement gentil et jovial répondant au nom de Daniel Darrow, se livrait à une inspection préliminaire des lieux, tout en enregistrant des commentaires sur un petit magnétophone. Finalement, il se pencha sur le corps.

Toni se tenait légèrement à distance. Elle se sentait rassurée par la présence de tous ces gens. Mais ça ne l'empêchait pas de continuer à se sentir observée, et elle se gardait bien de regarder du côté des arbres, de peur de surprendre un regard en train de la fixer… dans l'attente… Mais l'attente de quoi ?

— Eh bien, ce n'est pas Annie O'Hara, la jeune femme disparue, déclara le médecin légiste en se redressant.

— Ah bon ? fit Jonathan, qui se tenait tout près.

— Non.

— Comment pouvez-vous en être aussi certain ?

— Cette femme est là depuis des siècles.

— Des siècles ? s'exclama Toni.

— C'est ce que je crois.

— Et vous pouvez affirmer qu'il s'agit d'une femme ? Après des siècles ? fit Jonathan.

Darrow eut un petit sourire.

— Eh bien, il reste quelques morceaux de vêtements. Je doute qu'il y ait eu beaucoup de travelos, à l'époque. Et puis, il y a des indices d'ordre médical. Les os du bassin d'une femme sont totalement différents de ceux d'un homme. Il y a la délicatesse de la structure osseuse du visage, aussi ; la stature, la largeur de la cage thoracique… Ne vous inquiétez pas : nous allons nous livrer à un examen méthodique, à la morgue, mais je ne crois pas me tromper en avançant que ces pauvres restes ont appartenu à une femme. Je vais essayer d'excaver un peu tout autour du corps, au lieu de le sortir de là. Nous aurons besoin d'un anthropologue légiste, aussi. Cette affaire est stupéfiante. La victime a dû être enterrée très profondément dans la boue, pour être aussi préservée. Le plus drôle est que la cause de la mort est parfaitement apparente.

Comme Toni et Jonathan le regardaient sans comprendre, Darrow hocha la tête et désigna le cou de la victime.

— Vous voyez ? C'est une écharpe, un mouchoir ou un morceau d'étoffe dont on s'est servi pour faire une ligature. La pauvre a été étranglée.

Toni n'était pas sûre de voir grand-chose, mais Darrow devait savoir de quoi il parlait.

Jonathan poussa un soupir.

— Au moins, il ne s'agit pas d'Annie O'Hara. Cela dit, j'ignore si c'est une bonne chose ou non.

Darrow lui jeta un regard perçant.

— Je croyais que vous aviez fouillé ces bois à la recherche d'Annie O'Hara ? Vous auriez pu découvrir cette tombe ancienne.

— Nous avons fouillé les bois, rétorqua Jonathan Tavish d'un ton sec. Comme vous le voyez, les lieux sont extrêmement sombres. Et je parie que les pluies récentes ont fait remonter ce corps à la surface. Mlle Fraser a bien précisé qu'elle ne l'avait remarqué qu'après avoir déplacé la branche. Merde, Daniel, il me faudrait une véritable armée pour déplacer toutes les branches de cette forêt !

Toni était impressionnée par Daniel Darrow. Il avait noté toutes sortes de détails avec une grande minutie, et il veillait à ce que personne n'approche de la scène du crime, en dépit du fait que le corps était là depuis trop longtemps pour que l'assassin fût encore de ce monde.

Enfin, Bruce MacNiall arriva sur les lieux, en compagnie d'un homme de loi.

Ils s'arrêtèrent devant le ruban jaune qu'on avait tiré tout autour de la zone immédiate. Bruce avait l'air aussi imposant qu'à l'accoutumée, même s'il paraissait un peu hagard. Son regard embrassa la scène, avant de se poser sur Jonathan. Puis, il regarda autour de lui jusqu'à ce qu'il eût repéré Toni.

— Toni ! fit-il sur un ton brusque, mais dans lequel perçait l'émotion.

Il franchit en quelques pas la distance qui les séparait, et posa les mains sur les épaules de la jeune femme.

— Est-ce que ça va ? lui demanda-t-il avec inquiétude.

— Oui, bien sûr, répondit-elle, heureuse de sa présence, et pourtant vaguement agacée de sentir ses genoux se dérober.

— Je vais vous emmener loin d'ici, reprit-il. Donnez-moi juste quelques minutes.

— Bruce, ça va, je vous assure. C'est moi qui ai trouvé ce corps ou, du moins, ce qu'il en reste. J'ai vu tout ce qu'il y avait à voir. Et puis, il ne s'agit pas de la victime récente d'un tueur en série. Le Dr Darrow dit qu'elle est là depuis des siècles.

Bruce fronça les sourcils d'un air confus, et Toni hocha la tête, avant de répéter :

— Des siècles.

— Bruce, dit Jonathan sur un ton prudent, je suis là. Il y a aussi Daniel, et maintenant Robert. Tu n'as pas besoin de rester.

— Si, si ! Le château est l'habitation la plus proche de la forêt. Le cadavre est ancien ? enchaîna-t-il en s'adressant à Darrow, l'air à la fois incrédule et soulagé.

— Je le crois. Je ne suis pas expert en la matière, mais je serais prêt à parier qu'elle a été abandonnée là il y a plusieurs centaines d'années. J'ai expliqué à Jonathan qu'il fallait se livrer à une excavation.

Il surprit l'expression horrifiée sur le visage de Toni, et ajouta aussitôt :

— Elle ne va pas rester là, ne vous inquiétez pas. Nous allons veiller à la sortir de là intacte. Avec la boue, aussi, de sorte que les experts disposent de tous les éléments possibles pour déterminer précisément ce qui s'est passé.

Il sourit à Toni.

— Mademoiselle Fraser, vous avez donné un sacré coup de main à l'Histoire avec un grand H, aujourd'hui. Cette femme a été étranglée, ça ne fait aucun doute.

— Annabelle ! s'exclama brusquement Jonathan en se tournant vers Bruce. Le héros de tant de batailles royalistes pourrait bien avoir étranglé sa femme, tout compte fait !

— Peut-être. Peut-être pas, répondit Bruce posément.

— Le cadavre est vieux de plusieurs centaines d'années, d'après le Dr Darrow, insista Jonathan.

— Certes, mais ça ne permet pas d'affirmer que c'est le laird qui l'a étranglée, dit Robert. En admettant que l'on arrive à prouver qu'il s'agit bel et bien d'Annabelle. L'autopsie aura lieu à Edimbourg, ajouta-t-il.

— Nous sommes ici dans ma juridiction ! lança Jonathan d'un ton sec.

— Mais cette affaire a une portée nationale, lui rappela Robert.

— Vous n'êtes pas habilité à prendre une telle décision, riposta Tavish.

— Allons, Jonathan, c'est la seule chose à faire, et nous le savons tous, déclara Daniel Darrow. Nous venons de découvrir un morceau d'Histoire. A cause des événements récents, nous avons tous cru que Mlle Fraser était tombée sur quelqu'un d'autre, mais, même si cette pauvre créature n'est pas Annie O'Hara, il est évident que l'affaire est importante.

Le ton de Darrow indiquait clairement que nul ne pouvait reprocher à Jonathan de se sentir frustré, encore moins d'avoir fait preuve d'incompétence.

— Pour l'heure, nos hommes vont m'aider à la sortir de là et à la transporter jusqu'à la morgue. L'idéal serait que vous me donniez un coup de main, l'un et l'autre, ajouta-t-il en s'adressant à Jonathan et à Robert.

Toni ne connaissait pas toutes les règles liées aux problèmes de juridictions — surtout dans le cas d'un cadavre vieux de plusieurs siècles —, mais la solution proposée par Darrow parut satisfaire tout le monde. En tout cas, son approche tranquille calma les humeurs des uns et des autres — du moins, en apparence.

Bruce s'approcha du ruban jaune, puis s'accroupit, et regarda les restes du corps, les yeux plissés. Toni suivit son regard et eut un haut-le-corps.

La mort est rarement généreuse, mais, en l'occurrence, la position du crâne montrait clairement que le cou avait été brisé.

— Comment se fait-il qu'elle soit en morceaux, alors qu'il reste encore des bouts de chair attachés aux os ? demanda Bruce.

Darrow vint s'accroupir près de lui.

— A mon avis, on l'a enterrée très profondément, et la boue l'a préservée.

— Dommage que la boue n'ait pas préservé nos dernières victimes de la même façon ! dit Jonathan.

Darrow regarda autour de lui.

— C'est souvent l'air qui provoque le pourrissement, dit-il. Si les pluies récentes ont déplacé cette tombe ancienne, la pauvre n'a pas dû être exposée longtemps. En tout cas, la mort par strangulation ne fait guère de doute. Regardez les marques…

Il sortit une petite lampe de sa poche.

— Et ça ! On voit même la manière dont le cordon ou le morceau d'étoffe a été noué autour du cou.

Il éteignit sa lampe.

— Je peux déjà en dire davantage sur ce cadavre que sur ceux des deux jeunes femmes mortes au cours des derniers mois.

Bruce se redressa. Il en avait assez vu.

— J'emmène Toni hors d'ici, déclara-t-il en regardant autour de lui, comme pour défier quiconque oserait protester.

— D'accord, dit Jonathan simplement.

Toni se demanda s'il ne se félicitait pas à l'idée qu'elle débarrasse le plancher.

A ce moment-là, Robert se tourna vers elle et lui tendit la main.

— Je me présente : Inspecteur principal Robert Chamberlain. Les circonstances sont un peu étranges, mais je suis ravi de faire votre connaissance, mademoiselle Fraser.

— Appelez-moi Toni, je vous en prie, murmura-t-elle en lui serrant la main. Le plaisir est partagé, inspecteur.

— Robert, corrigea-t-il avec un petit sourire.

— Robert, répéta-t-elle.

— Je passerai au château avant de partir ! lança Robert à l'adresse de Bruce.

— D'accord.

Bruce passa un bras autour des épaules de Toni, et l'entraîna doucement. Ils longèrent le ruisseau en silence, avant de sortir du côté de la route où étaient garées une bonne demi-douzaine de voitures ainsi que le fourgon mortuaire du médecin légiste.

— Que diable faisiez-vous dans la forêt ? s'exclama brusquement Bruce. Je vous avais recommandé de ne pas y mettre les pieds !

Toni le regarda fixement, stupéfaite et même furieuse. Elle faillit lui répondre qu'elle l'avait suivi, mais elle se dit qu'il allait la traiter de menteuse ou de folle. D'ailleurs, elle-même se demandait si elle n'était pas en train de perdre l'esprit. S'il était parti pour Edimbourg, ce matin-là, il ne pouvait pas se trouver à l'orée de la forêt, à cheval, en train de lui faire signe pour qu'elle le rejoigne.

A moins qu'il n'eût modifié ses projets… C'était plus plausible que le scénario du fantôme à cheval !

— J'ai cru vous voir, dit-elle simplement.

— Moi ?

Toni haussa les épaules.

— J'ai dû me tromper.

— Pourquoi vous aurais-je attirée dans la forêt, alors que je me tue à vous dire de ne pas y mettre les pieds ? s'exclama-t-il avec colère.

— Hé, j'ai cru vous voir, d'accord ? Je me suis trompée, riposta-t-elle en se dégageant.

Bruce fit un effort pour se contrôler.

— Pardon, dit-il. Vous en avez assez vu, aujourd'hui, sans que je vous harcèle, par-dessus le marché.

— Je n'ai pas vu grand-chose, affirma Toni. Ce n'est pas comme si j'avais découvert…

Elle s'interrompit et secoua la tête.

— Ne me traitez pas comme une enfant effrayée, s'il vous plaît. Je vous assure que je vais bien. Et puis, enchaîna-t-elle avec un brin de colère, vous auriez pu nous dire que les corps des jeunes femmes assassinées avaient été retrouvés dans la forêt de Tillingham. Par vous, pour l'un d'entre eux !

— Je ne voyais pas l'utilité de vous en informer. Et je pensais que, dans la mesure où je vous permettais de rester dans mon château, vous respecteriez mes instructions.

— Bruce, je vous assure que j'ai cru vous voir. Vous m'invitiez à vous suivre.

— Ne suivez personne dans cette forêt. Même pas moi.

Un étrange malaise envahit la jeune femme, mais il disparut presque aussitôt. Elle ne pouvait tout simplement pas croire qu'il puisse lui vouloir le moindre mal.

— Vous tremblez, dit-il.

— Je vaïs bien.

— Vraiment ? Vous n'avez peut-être pas découvert les restes d'Annie O'Hara, mais l'expérience que vous avez vécue n'en demeure pas moins bouleversante. Je vous assure que j'étais dans un drôle d'état, le jour où j'ai découvert le premier corps dans les bois.

— C'était différent.

— Autrement dit, vous avez trouvé ça anodin ?

Toni baissa les yeux.

— Non, bien sûr que non. D'accord, je suis un peu secouée. Mais ça va.

— Retournons au château, murmura-t-il en désignant sa voiture. Comment se fait-il que vous ayez cru me voir ?

— Je me suis trompée.

Elle franchit la courte distance qui les séparait de la voiture, et s'installa à la place du passager, le dos raide, tout en songeant qu'elle aurait peut-être dû parler de sa *vision* à Jonathan. Car il existait peut-être un homme qui ressemblait à Bruce MacNiall et qui s'amusait à attirer les gens dans la forêt de Tillingham… A moins qu'il ne s'agisse vraiment de Bruce ?

Mais non. Ça, elle ne pouvait pas le croire.

— Je vous en prie, croyez-moi quand je vous dis que ça va, reprit-elle en regardant Bruce. Oui, j'ai été surprise. J'ai même eu très peur. Mais, maintenant, je suis surtout triste en songeant à toutes ces morts.

Il hocha la tête, mais les traits de son visage demeurèrent tendus.

En dépit des bribes de soupçons qui s'insinuaient dans son esprit, par intermittence, Toni se prit à admirer les contours de son profil, la ligne déterminée de sa mâchoire et aussi la gravité avec laquelle il appréhendait la situation. Il avait peut-être laissé son château à l'abandon, mais il n'en éprouvait pas moins un souci sincère et véritable pour tout ce qui concernait ces lieux, son territoire familial, et les personnes qu'on y retrouvait et qui avaient cruellement souffert.

Il semblait très affecté, aussi, par la certitude de Jonathan que le dernier cadavre était celui d'Annabelle et que, par conséquent, la légende selon laquelle elle avait été étranglée par son mari semblait se confirmer.

Quand ils arrivèrent au château, Gina, Ryan, David et Kevin se précipitèrent à leur rencontre.

— Oh, Toni, Toni ! cria Gina.

David la suivait de près, et il attira Toni dans ses bras.

— Eban nous a tout raconté, dit-il.

Ryan repoussa une mèche de ses longs cheveux bruns derrière son oreille, et vint se poster près de Gina.

— On voulait te rejoindre, mais Eban a dit que tu étais avec la police et qu'ils n'apprécieraient pas d'être dérangés. Enfin, c'est ce que j'ai cru comprendre.

— Toni, tu veux boire quelque chose ? proposa Kevin. Je pense qu'un petit verre d'alcool serait le bienvenu.

Toni respira profondément, et sourit.

— Tout va bien, je vous assure, dit-elle. Tout de même, je ne suis pas une fleur de serre !

— Moi non plus, dit Gina. N'empêche, j'ai du mal à imaginer… Bruce, nous sommes vraiment désolés. Tout cela est horrible.

— Désolés ? répéta Bruce.

— Eh bien, nous ignorions que les victimes des meurtres avaient été découvertes ici, à Tillingham, l'une par vous, l'autre par Eban. D'après lui, cette dernière découverte semble prouver qu'une partie, au moins, de votre légende familiale est vraie… Quoi qu'il en soit, nous sommes désolés, répéta Gina. J'ai peur que nos mises en scène n'aient été du plus mauvais goût. Et, bien sûr, nous ne mettrons plus jamais les pieds dans la forêt.

— Excellente résolution, dit Bruce. En effet, tout le monde se doit de rester en dehors de la forêt. Excepté la police, bien sûr. Quant à la légende familiale, le fait que nous ayons trouvé un corps ne prouve pas grand-chose. Nous ignorons, notamment, comment il est arrivé là.

David passa un bras autour des épaules de Toni.

— Et toi, que fabriquais-tu dans la forêt ? Laird MacNiall nous avait pourtant bien recommandé de ne pas y aller !

Toni respira profondément. Elle avait l'impression d'avoir déjà répondu à cette question un million de fois.

— C'est une erreur. J'ai cru voir Bruce : il me faisait signe de le suivre.

Ses amis la regardèrent d'un air incrédule.

— Bruce est parti très tôt, ce matin, dit Gina. Je te l'ai dit, quand on a parlé de notre pique-nique. Vous étiez bien parti, n'est-ce pas, Bruce ?

— Oui.

— Hé, c'est une forêt, et la lumière m'a peut-être joué un tour, dit Toni.

Puis elle entra dans le château, désireuse d'échapper au regard et aux questions de ses amis.

Ils la suivirent, et tout le monde se retrouva dans la cuisine, comme à l'accoutumée.

— C'est l'occasion de boire une bonne lampée de whisky, déclara Kevin, tandis que les autres s'installaient autour de la table.

— Thayer n'est pas rentré ? demanda Toni, remarquant brusquement l'absence de son cousin.

— Pas encore, répondit Gina.

— On aurait pu l'appeler sur son portable, dit David, mais on s'est dit qu'on avait bien le temps de lui annoncer… tout ça.

Toni remarqua la nervosité de ses amis. Ils devaient s'inquiéter au sujet de leur avenir. Bruce allait-il changer d'avis et leur demander de partir ?

Bruce comprit leur inquiétude et, comme il n'était pas du genre à laisser planer le suspense, il déclara :

— Vous pouvez continuer vos représentations. Mais personne n'étrangle personne. Est-ce que c'est clair ?

Il regarda Toni.

— Il faudra trouver autre chose.

Gina s'éclaircit la gorge.

— Bruce, pensez-vous que les ossements découverts par Toni sont ceux de la femme de votre ancêtre ?

Bruce poussa un soupir.

— Peut-être. Peut-être pas. J'ai horreur des suppositions. Alors, pendant qu'on effectue les tests et les recherches qui permettront d'en savoir davantage, j'aimerais autant ne pas tirer profit du moindre sensationnalisme — même si nous essayons de vous faire récupérer une partie de votre argent.

Il y eut un soupir général autour de la table.

— Merci, dit Ryan, simplement.

Bruce hocha la tête, vida son verre de whisky, et se leva.

— Gina, quand vous aurez un moment, réunissez tous vos documents, s'il vous plaît. J'ai un ami qui va passer et qui travaille dans la police, à Edimbourg. J'aimerais les lui montrer. Je pense qu'ils sont mieux équipés que notre police locale pour s'occuper d'une affaire de fraude internationale.

— Oui, bien sûr, dit Gina en se levant.

— Nous pouvons préparer un dîner pour votre ami, suggéra Kevin, pour qui un bon repas, joliment servi, était la solution à bien des problèmes.

Bruce lui-même sourit en entendant ces mots.

— Nous verrons s'il peut rester, répondit-il. Et maintenant, si vous voulez bien m'excuser, je vais monter dans ma chambre. Vous savez où me trouver si vous avez besoin de moi.

Dès qu'il fut parti, tous se mirent à parler en même temps.

— Dieu merci ! fit Gina, avec un soupir de soulagement.

— C'est vraiment un chic type, déclara David.

— Ma pauvre, dit Kevin en regardant Toni. Quelle terrible, terrible aventure !

— Toni, est-ce que tu te sens le courage de continuer, après tout ce qui s'est passé ? demanda Ryan.

La jeune femme se leva, soudain pressée de se débarrasser de la boue qui collait à ses chaussures et à ses vêtements. Le thé et le whisky l'avaient réchauffée, mais, plus que tout, elle rêvait d'un bon bain.

— Mes amis, je suis touchée par votre sollicitude, mais, dans l'immédiat, je voudrais faire un tour dans la salle de bains.

— Et moi, il faut que j'aille voir le rouan, dit Ryan en secouant la tête. Je me demande ce qui a pu le rendre aussi malade.

— Le vétérinaire est venu ? demanda Toni.

— Il était là quand nous sommes rentrés du pique-nique, répondit Ryan. Il l'a examiné, et il était drôlement perplexe. Il pense que Wallace a dû manger quelque chose qui ne lui a pas réussi. Mais le rouan est à l'écurie avec l'étalon de Bruce, et Shaunessy va bien. J'ai acheté ce qu'il y avait de mieux pour leur nourriture.

Le cheval rouan était un autre de leurs investissements, dans cette affaire. Mais, bien sûr, il représentait bien plus que cela. Et, même si Tony n'était pas experte en matière de chevaux, elle avait aidé Ryan à choisir l'animal. Ils avaient pris en compte de nombreux critères, mais, finalement, si Toni avait craqué pour le rouan, c'était simplement parce qu'il semblait le lui rendre, et aussi parce qu'il aimait qu'on lui caresse le museau. Pour couronner le tout, le cheval s'appelait Wallace, un nom qui leur avait paru merveilleusement historique et, par conséquent, de bon augure pour leur aventure.

— J'irai le voir tout à l'heure, dit-elle.

— Le vétérinaire avait l'air très compétent, dit Ryan. Je suppose qu'ils sont tous comme ça, par ici. Après tout, les gens dépendent beaucoup de leur bétail.

— C'est une bonne chose, en effet, murmura la jeune femme. Bon, je reviens dans un petit moment, ajouta-t-elle en quittant la cuisine.

Elle se rendit aussitôt dans sa chambre. La porte de la salle de bains était fermée, et elle frappa doucement. N'obtenant aucune réponse, elle ouvrit, jeta un coup d'œil dans la pièce, et vit que la porte donnant sur la chambre de Bruce était également fermée. Pas verrouillée, mais fermée.

Elle la laissa ouverte sciemment, ouvrit les robinets de la baignoire, et ajouta du bain moussant. Puis elle retira ses vêtements en se disant que plus jamais elle ne les porterait. Enfin, elle entra dans l'eau.

Heureusement, personne n'avait pris de douche ou de bain, au cours des dernières heures, et l'eau était bien chaude. Elle s'enfonça dans la mousse et s'aperçut, du même coup, qu'elle était glacée jusqu'aux os.

Elle ferma les yeux et posa la tête contre le rebord de la baignoire. Presque aussitôt, son esprit la transporta dans les bois.

Elle revécut le moment où l'homme à cheval lui faisait signe de la suivre, revit le ruisseau roulant sur son lit de pierres et les petites bulles blanches qu'il formait lorsque l'eau heurtait un rocher. Puis elle se revit en train de soulever la branche, et son cœur se serra brusquement. Car elle n'était plus confrontée à un tas de vieux os, les restes d'un meurtre perpétré plusieurs centaines d'années auparavant. Non.

Elle voyait un corps différent. Un corps complet, pratiquement intact. Le corps d'une jeune femme nue, le visage enfoui dans la boue et l'eau. Ses cheveux, qui avaient dû être longs et blonds, étaient tout collés contre son crâne.

Elle se vit retournant le corps, découvrant le visage... Les yeux de la défunte semblaient la regarder. Leurs orbites étaient figées dans l'horreur...

Toni voulut échapper à cette vision, mais elle n'y parvint pas.

Et soudain, elle eut une autre vision de la jeune femme qu'elle venait de voir morte. Cette fois, elle était vivante et se tenait au coin d'une rue, dans la ville d'Edimbourg.

Toni reconnut vaguement le quartier : elle s'y était déjà promenée. Il ne s'agissait pas du Royal Mile, mais c'était tout près de là, dans une ruelle sombre. On entendait vaguement de la musique, comme si elle s'échappait d'un pub. On entendait aussi des rires et des bruits de voix. Toni voyait le visage de la jeune femme — ses yeux, notamment —, et elle parvint presque à pénétrer son esprit.

De l'argent. Elle avait besoin d'argent. Elle se demanda si elle ne ferait pas mieux de retourner au pub pour y chercher un client. Mais elle venait d'en sortir, et elle n'avait pas vu un seul visage familier. Pas le moindre client potentiel, non plus. Elle avait choisi un établissement populaire, ce soir, et les hommes qui le fréquentaient étaient plutôt désargentés. Voilà pourquoi elle était ressortie. Elle devait faire attention, bien sûr, de ne pas attirer l'attention des flics qui patrouillaient peut-être dans la zone.

Elle arborait une minijupe à carreaux qui mettait en valeur ses jambes magnifiques.

Elle hésita. Avait-elle choisi le bon endroit ? Du même coup, elle se demanda ce qu'elle faisait là. Pourquoi diable avait-elle choisi ce genre de vie ? Mais l'avait-elle vraiment choisi ? A un moment donné, elle avait, tout simplement, compris qu'elle ne pouvait pas continuer à faire des ménages, à travailler dans une usine ou à servir des hamburgers. Elle n'avait pas vraiment d'éducation, et elle aurait fini par épouser un type qui n'était pas mieux loti qu'elle. Il lui aurait fait une douzaine d'enfants, et ils auraient vécu dans la pauvreté.

Elle continuait de penser qu'en économisant un peu, elle réussirait à descendre jusqu'à Londres et qu'une fois là-bas, la situation se décanterait d'elle-même.

Elle savait bien que la prostitution n'était pas la solution idéale, mais elle n'avait guère le choix. Et puis, elle maîtrisait à peu près la situation. Avec un type laid, gras ou vieux, il fallait fermer les yeux et en finir au plus vite. Quand c'était terminé, il suffisait d'oublier. Ça aussi, elle l'avait appris.

Ce soir, elle trouverait peut-être un type pas trop dégoûtant, qui ne sentirait pas le mauvais whisky ou, pire encore, le mouton.

A moins qu'elle ne trouve personne…

Elle entendit le bruit du moteur avant de voir la voiture qui s'arrêtait à sa hauteur. Elle se pencha, regarda par la vitre, et sentit son cœur bondir dans sa poitrine.

C'était une belle brute. Il avait un sourire magnifique.

Elle grimpa dans la voiture.

— Toni !

La jeune femme ouvrit brusquement les yeux et sursauta. Sa vision disparut aussitôt. Ne lui resta qu'un sentiment de malaise. Une peur diffuse.

Bruce MacNiall se tenait dans l'encadrement de la porte, le front plissé. Toni le regarda fixement, vaguement consciente que la mousse du bain avait pratiquement disparu. Mais, après tout, elle s'en moquait. N'avait-elle pas consciemment négligé de verrouiller la porte ?

D'ailleurs, en cet instant, elle essayait surtout de se rappeler la vision qu'elle venait d'avoir.

Elle avait vu le visage de la jeune femme très clairement. Trop clairement ! Et elle avait ressenti ce que cette inconnue ressentait. Elle s'était introduite dans la vie d'une autre.

— Désolé, dit Bruce. Je ne voulais pas être indiscret, mais je commençais à craindre que vous ne vous soyez noyée.

Soudain, Toni éprouva une telle bouffée de bonheur qu'elle se demanda si son cœur n'allait pas exploser. Elle se redressa vivement, manquant glisser dans sa hâte à quitter la baignoire, et se jeta, toute dégoulinante d'eau, dans les bras d'un Bruce passablement stupéfait.

— Hé ! fit-il avec un sourire surpris et ravi, sans paraître se soucier que ses vêtements fussent trempés.

Il enroula ses bras autour d'elle, lui transmettant la chaleur, la sécurité et la sensation de réalité dont elle avait tellement besoin.

Après quelques instants, il se dégagea légèrement, et la regarda dans les yeux.

— Je croyais que vous alliez tout à fait bien ! dit-il gentiment.

— Je vais bien, répondit-elle.

Elle ne mentait pas. A cet instant, dans les bras de Bruce, elle se sentait on ne peut mieux. Quand il la tenait contre lui, elle n'avait pas peur. Elle n'était pas aveuglée par des visions dérangeantes. Au contraire, elle éprouvait une vraie sensation de bien-être, et même davantage. D'un seul coup, en dépit de ce qu'elle avait vu — ou peut-être à cause de cela —, elle avait envie de se laisser aller au désir qui brûlait entre eux depuis le premier soir.

— Si vous avez peur, Toni, je ne demande pas mieux que de

vous protéger, lui murmura-t-il à l'oreille. Mais ne me tentez pas si vous n'êtes pas sûre de ce que vous souhaitez.

Toni hocha la tête, et un petit sourire dansa sur ses lèvres.

— J'ai besoin de vous.

— Et je suis là.

— Vous vous rappelez ce que vous disiez : que je me jetterais sur vous… ?

Elle laissa sa phrase en suspens et, voyant l'incertitude qui se peignait sur le visage de Bruce, elle éprouva un bref sentiment de panique. Il allait la repousser… Elle se comportait comme une idiote…

Mais, aussitôt, il lui prit le menton et plongea son regard au fond du sien.

— Je ne veux pas que vous me sautiez dessus juste parce que vous avez besoin de dormir avec quelqu'un, dit-il.

Toni secoua la tête.

— Pas *quelqu'un*, répondit-elle d'une voix rauque. *Vous.*

— Ah ! murmura-t-il, sans la quitter des yeux.

— Alors… vous ne voulez pas ?

— Oh, que si ! répondit-il avec une intensité qui bouleversa la jeune femme. Je veux que tu me sautes dessus parce que tu ne peux plus te retenir, parce que tu me trouves sexy au-delà des mots, parce que tu veux sentir mes mains partout sur ton corps, parce que tu n'es plus que sensualité quand tu te trouves près de moi. Je veux que tu me sautes dessus parce que tu meurs du désir de poser tes mains sur ma peau nue, parce que tu meurs d'envie de découvrir ce qui se cache sous le kilt d'un Ecossais.

— Vous ne portez pas de kilt ! murmura Toni.

— Chérie, je peux le faire si c'est ce que tu veux.

Elle lui caressa la joue, émerveillée par la sensation de sa peau contre la sienne, tout en se demandant comment elle avait pu attendre aussi longtemps.

Elle inspira profondément, comme pour mieux s'imprégner de lui, de sa force, de tout ce qui le rendait si éminemment viril.

— J'ai envie de sentir chaque millimètre de ta peau pressée contre la mienne, murmura-t-elle en le regardant dans les yeux.

Bruce recula d'un pas et, l'espace d'un instant, Toni se sentit de nouveau vulnérable, exposée, le cœur à nu.

Mais Bruce ôtait déjà sa chemise, avec une hâte telle qu'il fit sauter un bouton.

— Ma peau est à toi, dit-il d'une voix rauque. Jusqu'au dernier millimètre.

Toni sourit et se jeta de nouveau contre lui, savourant la sensation de ses seins plaqués contre son torse musclé, frissonnant de sentir ses poils drus chatouiller délicieusement sa peau.

Leur premier baiser ressembla à une prise de possession. Toni savait précisément où il la touchait et où il ne la touchait pas, et chaque centimètre de sa peau nue appelait les caresses. La langue de Bruce pénétra dans sa bouche avec un élan et une puissance qui lui coupèrent le souffle. Elle était comme un arc tendu au maximum et, pendant un instant, elle se demanda si ses genoux n'allaient pas se dérober sous elle.

Il dut le comprendre car il la souleva contre lui.

Toni sentait le tissu un peu rêche du jean contre sa peau, le métal froid de la boucle de la ceinture, les mains de Bruce, sa peau brûlante, la force de son érection contre la braguette du pantalon.

Elle ne le connaissait que depuis deux jours, et, pourtant, elle avait l'impression que c'était depuis toujours.

Il l'allongea sur son lit et, lorsqu'il s'éloigna pour se débarrasser de ses chaussures et de son jean, Toni eut froid et presque mal d'être ainsi délaissée. Mais il revint aussitôt, rallumant le feu qui la consumait, surtout lorsqu'elle sentit son sexe nu contre sa peau. Il aurait aussi bien pu la prendre à ce moment-là. Elle n'avait jamais rien désiré avec autant de force. Mais Bruce se pencha sur elle et s'empara de ses lèvres, tout en lui maintenant les bras au-dessus de la tête.

A partir de là, le feu d'artifice se déchaîna…

La pression humide de la bouche de Bruce, de sa langue, contre ses seins, sur leurs pointes dressées, était presque insupportable. Ses mains glissèrent pour caresser sa poitrine, et Toni s'agita sous lui, murmurant dans un souffle :

— C'est moi qui étais censée te sauter dessus.

L'espace d'un instant, il la regarda, et une lueur brilla dans ses yeux gris.

— Ah, mais si tu me sautes dessus maintenant, tu vas causer de graves dommages sans qu'aucun de nous y trouve son compte.

Il enfouit son visage contre le ventre de Toni, sa langue taquinant son nombril, avant de s'aventurer plus bas, vers le creux des hanches. Et ses mains… entre ses cuisses… Et ses doigts qui prodiguaient des caresses assurées, sans hésiter ou tâtonner, chaque caresse immédiatement suivie d'un baiser…

Toni poussa un cri, stupéfaite, et se cambra sous son compagnon, secouée par un orgasme.

Presque aussitôt, elle sentit le corps de Bruce remonter le long du sien, sentit son sexe la pénétrer, tant et si bien qu'avant même d'avoir pu redescendre tout à fait des sommets où la jouissance venait de la hisser, une nouvelle vague de plaisir la renvoya encore plus loin dans le plaisir, toujours plus haut. Elle bougea avec lui, dans un état de félicité aveugle, consciente de l'odeur qui émanait du corps de son amant, consciente de sa chaleur et de chaque détail de leur union. Rien n'existait plus que leurs bras, leurs membres emmêlés, la sensation de la peau nue et le désir d'atteindre de nouveau l'extase.

Des gémissements s'échappaient de sa gorge, et elle s'accrocha à Bruce, se cabrant, tempêtant, comme si elle pouvait, voulait se fondre en lui… jusqu'à ce que la jouissance explose en elle, de nouveau, plus sauvage, plus violente encore que la première fois.

Elle trembla dans ses bras, tandis que les vagues du plaisir se succédaient, de plus en plus douces, tandis qu'elle reprenait lentement contact avec la réalité.

Bruce la tint serrée contre lui, mouillé de sueur, le corps brûlant. Et, peu à peu, les battements de leurs cœurs ralentirent. Toni contempla son visage au-dessus du sien, ses cheveux emmêlés, la mèche noire qui tombait sur son front, ses yeux… d'un gris presque argent…

Il n'avait encore rien dit, et elle attendit, le souffle suspendu, impatiente d'entendre sa voix, de connaître les mots qu'il prononcerait.

Hélas, au même instant, on frappa à la porte — plusieurs coups secs qui les firent sursauter.

— Bruce, tu es là ? lança une voix, depuis le couloir.

Le regard de Bruce exprima une sorte de résignation amusée.

— Robert Chamberlain, murmura-t-il à l'oreille de Toni. Il avait dit qu'il passerait, ajouta-t-il d'un air résigné.

Toni n'était plus une enfant : elle avait parfaitement le droit de faire ce qu'elle venait de faire, de se trouver là où elle se trouvait. Pourtant, elle bondit sur ses pieds, comme mue par un ressort.

— D'accord, dit-elle en s'enfuyant vers sa chambre.

10.

Il faisait nuit noire lorsque Thayer rentra. Remarquant les voitures de police garées au pied de la colline, à l'orée de la forêt, il ralentit. Outre celui du chef de la police locale, il y avait là des véhicules immatriculés à Edimbourg ou à Sterling.

Pas besoin d'être grand clerc pour comprendre ce qui s'était passé.

Il ralentit encore, et un policier en uniforme l'interpella.

— Bonsoir, monsieur.

— Bonsoir.

— Vous allez au château ? Si vous venez assister à une représentation, sachez qu'il n'y en aura pas, ce soir.

— En fait, je fais partie de la troupe qui donne ce spectacle, répondit Thayer.

— Ah ! fit le policier en le regardant plus attentivement. Je croyais qu'ils étaient tous américains. Des Américains qui racontent l'histoire de l'Ecosse ! ajouta-t-il en faisant la moue. Vous êtes de Glasgow, vous ?

— Oui. Je suis cousin avec l'une des Américaines. Le spectacle est vraiment super, vous savez ? ajouta-t-il, éprouvant le besoin de défendre leur petite entreprise.

Il n'avait, pourtant, aucune intention de défier un représentant de la loi. Surtout avec ce qu'il avait dans la voiture.

— Qu'est-ce qui se passe ? enchaîna-t-il.

— La nouvelle ne tardera pas à se propager, de toute façon, dit le policier.

Thayer se raidit.

— On a retrouvé un… corps ?

— Ouais.

— Dans la forêt ?

— En effet.

— C'est… la jeune femme qui avait disparu ? demanda Thayer, sentant la sueur perler sur sa lèvre supérieure.

Le policier secoua la tête.

— Non. Cette fois, c'est un très, très vieux cadavre. Enfin, ce qu'il en reste. Ils ont l'air de penser qu'il s'agit de la femme du laird du château. Il y a des universitaires qui se penchent sur la question, littéralement. En plus de plusieurs huiles de la police. C'est tout ce que je sais. Alors, si vous avez des raisons de vous rendre au château, continuez votre route. Et faites attention, par ici, hein ? On n'a pas encore retrouvé la petite qui a disparu, mais, vu tout ce qu'on déterre dans cette forêt, ces derniers temps, on ne sait jamais ! Et si vous remarquez quelque chose d'inhabituel, dans le coin — en dehors d'une bande d'Américains —, informez-en aussitôt la police.

Thayer força un sourire sur ses lèvres.

— Sérieusement, reprit l'homme. Signalez bien la moindre chose inhabituelle.

— Je n'y manquerai pas, promit Thayer.

Le policier tapota le capot de la voiture, et Thayer passa la première et s'engagea sur le chemin menant au château. Arrivé près de l'entrée, il se gara et coupa le contact. Il s'aperçut alors qu'il suait à grosses gouttes et que ses mains étaient moites. Il se demanda aussitôt si son émotion était perceptible.

Il attendit quelques secondes avant de descendre de voiture. Il avait fait quelques pas lorsqu'il se retourna, regarda fixement la voiture, et actionna le verrouillage automatique à l'aide du boîtier de télécommande. Puis il passa une main dans ses cheveux et se dirigea vers l'entrée du château, songeant qu'après tout, cette affaire prenait un tour excitant.

— Tu dormais ? demanda Robert, l'air passablement surpris, voire choqué, qu'on pût s'assoupir en de telles circonstances.

— Mais non ! répondit Bruce, songeant que son ami venait d'interrompre l'un des meilleurs moments de sa vie. Je partage ma salle de bains, ces jours-ci, ajouta-t-il laconiquement. Alors, tu as rencontré les autres ?

— Oui, oui, dit Robert. Tout le monde est là, à l'exception de Mlle Fraser… C'est avec elle que tu partages ta salle de bains ?

— Euh, oui, fit Bruce avec un sourire indéchiffrable. Où sont-ils ?

— Dans la cuisine. Le type de Glasgow, Thayer, vient de rentrer. Ils essaient de lui expliquer ce qui s'est passé, mais comme ils parlent tous en même temps… Gina Browne a promis de faire des copies de leurs documents et de me confier les originaux. Elle a essayé de retrouver l'agence sur Internet, mais, bien entendu, elle n'existe plus. Il va falloir mettre nos spécialistes sur le coup. Tu avais raison : leurs papiers ont l'air parfaitement authentiques. Mais, pour un criminel, ce n'est pas bien difficile à fabriquer.

— Elle va te faire des photocopies ici ? demanda Bruce.

— Je vois que tu ne t'es pas aventuré dans le domaine de Mme Browne, dit Robert. Elle est drôlement bien équipée : ordinateur, imprimante, fax, téléphone portable, etc. Tout l'équipement de l'informaticien mobile.

Bruce hocha la tête.

— Ils te font confiance, alors ?

Robert eut un sourire.

— Eh bien, ils peuvent difficilement ignorer le fait que je sois reconnu par la bonne douzaine d'experts qui opère dans les bois, depuis quelques heures. Malgré cela, je ne serais pas étonné d'apprendre que Mme Browne a appelé Edimbourg pour vérifier que je suis bien celui que je prétends être.

Bruce sourit à son tour.

— Bon. Je pense qu'ils sont enfin prêts à accepter le fait que je demeure le propriétaire légitime du château.

— Formidable ! dit Robert avec un petit sourire amusé.

— Il y a du nouveau, sinon ? demanda Bruce.

— Au sujet de la découverte du jour ? Pas pour le moment, répondit Robert en secouant la tête. Il est probable que les restes de cette pauvre femme sont remontés à la surface depuis peu. Darrow est tout excité, ce qui doit lui arriver assez rarement lorsqu'on lui confie un corps — enfin, ce qu'il en reste. J'ai jeté un œil dans le coin, dans l'espoir de retrouver Annie O'Hara, mais je n'ai rien remarqué. Quant aux traces de pas, j'ai pu suivre celles de Mlle Fraser et celles de nos hommes, mais rien d'autre. Ils étaient encore en train de quadriller les lieux quand je suis parti. Après tout, puisqu'il y a du monde sur place, autant en profiter pour mener des recherches poussées. Ça n'a rien donné, pour le moment. Pas un mégot de cigare, pas une branche cassée, rien. Cela dit, l'obscurité est tombée. Et Jonathan a au moins raison sur un point : la forêt est grande.

— C'est sûr, acquiesça Bruce.

Robert pencha la tête sur le côté, et considéra son ami un instant.

— Il t'a énervé, tout à l'heure, pas vrai ?

— Jonathan ?

Bruce sourit.

— La rumeur selon laquelle notre héros local a étranglé sa femme dans un accès de rage et de jalousie ne date pas d'hier. Peut-être même que ces ossements vont se révéler être ceux d'Annabelle. Ce qui m'irrite, dans le fond, c'est le plaisir qu'il prend à l'idée que mon ancêtre ait pu être un monstre.

Il eut un haussement d'épaules.

— Ça ne nous empêche pas d'être amis. Du moins, je le crois. On se connaît depuis si longtemps.

— Il est jaloux de toi. Ça non plus, ça ne date pas d'hier.

— C'est ridicule. Je suis peut-être propriétaire d'un château qui tombe en ruine et porteur du titre, mais ça ne signifie plus grand-chose, de nos jours.

— Je ne pense pas que ce soit le titre qui le dérange, dit Robert.

— Ah bon ? Quoi d'autre ?

— Ta réputation. Pour avoir résolu un mystère national, il y a quelques années.

— Je suis hors circuit depuis plus de dix ans.

— Et il est toujours simple officier de police dans une petite ville.

— Eh bien, s'il en conçoit du dépit, c'est son problème. Et c'est aussi un signe de bêtise, déclara Bruce.

— Alors, tu ne seras pas trop bouleversé si le corps se révèle être celui d'Annabelle ?

— Le mystère sera enfin élucidé, répondit Bruce simplement. Quoi qu'il se soit passé, je n'ai pas le pouvoir de changer l'histoire.

— Non, aucun de nous n'a ce pouvoir, dit Robert avec un soupir. Par contre, si nous arrivons à mettre la main sur le meurtrier, nous changerons peut-être le destin d'un certain nombre de pauvres jeunes femmes innocentes.

Il changea brusquement de sujet.

— On m'a invité à dîner. C'est pour ça que je suis monté te chercher.

— Ah !

— Mlle Fraser est encore là-haut ?

— Sans doute. Elle ne va pas tarder à descendre.

— Est-ce qu'elle va bien ?

— Oui, je crois. Allons donc retrouver tout ce monde, enchaîna Bruce, ignorant le regard inquisiteur de son ami.

Le succulent arôme du dîner flotta à leur rencontre, lorsqu'ils pénétrèrent dans la vaste salle à manger qui précédait la cuisine. Bruce poussa la porte et découvrit une table somptueusement dressée. Gina servait le vin, et Kevin, qui découpait le rôti, lança à leur arrivée :

— Laird MacNiall, ravi que vous soyez descendu ! Je sais que la journée a été triste et bouleversante, mais, tant que nous respirons, il faut bien manger, n'est-ce pas ?

— Absolument, Kevin. Vous avez préparé un souper de rois, on dirait.

— Où est Toni ? demanda David, tout en posant un plat de brocolis sur la table.

— Elle ne va sûrement pas tarder, répondit Bruce.

— Nous allons devoir commencer sans elle, murmura Gina. Sinon, le dîner sera froid.

— Je devrais peut-être aller la chercher ? dit David.

Kevin posa une main sur son bras, et hocha la tête.

— Oui. Je crois, dit-il.

— Ils vont se mettre à bavarder, et ça nous retardera encore plus, fit remarquer Thayer, tandis que David se dirigeait vers la porte.

— David est très proche d'elle, dit Gina, qui venait de remplir le dernier verre et se redressait pour admirer la jolie table. Si jamais elle est bouleversée… bon, David est proche d'elle, conclut-elle.

— Nous sommes tous proches d'elle, répliqua Ryan.

— Oui, bien sûr, répondit Gina. Mais… laisse David s'occuper de ça. Inspecteur Chamberlain, nous sommes ravis que vous ayez accepté de rester dîner, ajouta-t-elle à l'intention de Robert.

— Nous vous remercions aussi pour votre aide, dit Ryan. D'autant plus qu'il y a pléthore de crimes, en ce moment.

— Pléthore ! s'exclama Gina, horrifiée par la façon dont s'exprimait son mari.

— Pardon. Je veux dire... un grand nombre de corps... nouveaux, anciens... Désolé, conclut Ryan piteusement.

Robert agita la main.

— Je ne vais pas gérer le problème personnellement, dit-il. Nous avons des professionnels spécialisés dans la fraude informatique et le crime international. D'ailleurs, vous n'avez pas à me remercier pour quoi que ce soit. Faire respecter la loi est mon travail, quel que soit le domaine... Dites donc, ça sent drôlement bon !

— Merci, dit Kevin avec un large sourire.

— Kevin est le maître ès viande, mais les pommes de terre et les brocolis ont été préparés par ma femme, expliqua Ryan.

— Compliments à tous ceux qui ont participé à l'élaboration de ce repas, dit Robert.

Il coula un regard du côté de Bruce, l'air de dire qu'il trouvait ce groupe d'Américains fort divertissant.

— Robert, asseyez-vous ici, en face de Bruce, dit Gina.

Tout le monde prit place autour de la table, à l'exception de Thayer et de Toni.

Puis Kevin s'éclaircit la gorge.

— Est-ce qu'on dit le bénédicité ? demanda-t-il en regardant Thayer.

— Si tu veux, répondit ce dernier avec un sourire amusé.

— Oui, bien sûr ! lança Ryan, gardant les yeux grands ouverts pour continuer à regarder autour de lui.

Bruce sourit en songeant qu'ils n'assistaient sans doute pas à la messe tous les dimanches. En même temps, il les admirait de faire tant d'efforts pour recréer l'ambiance d'un repas dominical écossais.

Cependant, le silence autour de la table s'appesantit, et Kevin regarda autour de lui, visiblement angoissé.

— Hm, est-ce que le laird du château veut prendre la parole ? demanda-t-il.

— Je suis heureux de laisser la place au cuisinier, répondit Bruce.

— Ah ! d'accord, fit Kevin. Seigneur, merci pour ce repas, pour la générosité et la bonté de notre hôte et pour l'aide de son ami. Nous savons que la faim et la tragédie sont des fléaux de notre monde, et nous pensons très fort à la pauvre âme que l'on a retrouvée dans la forêt, aujourd'hui, mais aussi aux autres jeunes femmes, avant elle. Seigneur, nous te prions de nous aider, nous aussi, dans nos entreprises. Nos intentions sont bonnes. Nous aimons l'Ecosse. Nous voulons réellement…

— Amen ! coupa Gina sur un ton ferme, tout en fusillant Kevin du regard.

Robert éclata de rire.

— Un beau bénédicité, Kevin, mais vous n'avez donc pas le même que nous, aux Etats-Unis ? « Dieu est beau, Dieu est bon, merci Dieu pour ce repas. On mange ? »

Kevin rougit, et les autres s'esclaffèrent.

— J'apporte la viande, annonça Gina.

Toni venait de poser le séchoir à cheveux lorsqu'elle entendit frapper à la porte.

— Toni ?

Elle reconnut aussitôt la voix de David, et ouvrit.

— Désolée, j'ai été un peu longue, hein ? dit-elle.

— Chérie, tu peux prendre toute la nuit, si c'est ce que tu veux. Je suis juste venu m'assurer que tu allais bien. Dîner froid n'est pas bien grave, comparé à la découverte d'ossements dans la forêt.

— Je n'arrête pas de le répéter, mais je crois que personne ne veut me croire. *Je vais bien*. Simplement…

— Simplement ?

Toni soupira, et alla s'asseoir sur le lit. David la rejoignit et posa un bras autour de ses épaules.

— Est-ce que tu continues à voir ton Ecossais au sabre ensanglanté ? lui demanda-t-il.

Elle secoua la tête, vivement, mais lui coula un regard oblique.

— David, murmura-t-elle.

— Parle-moi, dit-il. Je suis là pour ça. Je sens bien que quelque chose te bouleverse, dans cette histoire.

— Elle est morte, murmura Toni.

— Pardon ?

Toni le regarda et secoua la tête.

— Rien.

— Toni, voyons, tu sais que je ne répète jamais un mot de ce que tu me confies.

— Mais est-ce que je sais si tu ne me feras pas enfermer dans un asile de fous ?

— Jamais ! lança-t-il.

Elle inspira profondément.

— David, j'aurais pu jurer que j'avais vu Bruce, dans la forêt.

David fronça les sourcils.

— Il est parti tôt, ce matin.

— Je sais. Tout de même…

— Tu le lui as demandé ?

— Il était à Edimbourg, avec son ami.

— Et tu le crois ?

— Il y a quelque chose, chez lui, qui… Oui, je le crois.

— Alors ?

— David, je recommence à avoir des visions. Cet après-midi…

Elle s'interrompit une fraction de seconde et, d'un seul coup, les mots jaillirent de ses lèvres.

— Si ce n'était pas Bruce, alors c'est l'homme que j'ai inventé : le Bruce qui a vécu il y a plusieurs siècles. Ou alors, c'est quelqu'un qui s'habille comme lui et qui a un grand cheval noir. Sinon, je deviens complètement folle.

— Ecartons déjà la dernière hypothèse, dit David. Tu ne deviens pas folle du tout. Quand tu es rentrée, tout à l'heure, tu as dit que la lumière t'avait peut-être joué un tour. N'est-ce pas une possibilité ?

— Si, murmura Toni.

— Mais tu ne le crois pas.

Elle secoua la tête.

— Ce n'est pas tout.

— Je t'écoute.

— J'étais dans mon bain, tout à l'heure, et… d'un seul coup, j'étais *elle*.

— Toni, j'ai du mal à te suivre. Tu étais qui ? Annabelle ?

— Non. Ce serait plus logique, pourtant. Vu que tout ce que j'ai inventé se révèle vrai, j'aurais dû imaginer comment les choses se sont passées pour Annabelle. Mais non, d'un seul coup, j'étais cette fille qui a disparu.

— Annie O'Hara ? s'exclama David.

Elle hocha la tête gravement.

— Que veux-tu dire ?

— Eh bien, c'était comme si je me trouvais là où elle s'était trouvée, comme si je pouvais suivre le cours de ses pensées, le soir où elle a été enlevée. Et tuée. Je l'ai vue à la sortie du pub où elle était allée boire un verre. Elle se demandait ce qu'elle allait faire. Puis une voiture s'est arrêtée à sa hauteur, et elle s'est sentie soulagée parce que le type n'était ni vieux ni gros ni dégoûtant.

— Tu l'as vu ? demanda David vivement.

— Non, répondit-elle avec un soupir. J'ai été distraite. Je ne sais pas si je l'aurais vu ou pas, d'ailleurs.

David soupira à son tour, et massa les épaules de la jeune femme.

— Toni, sais-tu que notre esprit peut nous jouer de drôles de tours, surtout quand nous sommes stressés ?

— Oui, je le sais. Oh, David, tu ne crois pas que je m'accroche déjà à toutes les explications rationnelles pour justifier ce que je pense, ce que je ressens, ce que je... *fais* !

— Toni, ne sombre pas dans la paranoïa. Sérieusement, tout ce qui se passe ici, en ce moment, offre matière à imaginer les choses les plus incroyables. Et puis, après tout, il y a peut-être, au village, un crétin qui déteste Bruce MacNiall et qui essaie de lui causer de graves ennuis en se faisant passer pour lui.

— Et ce quelqu'un aurait, lui aussi, un immense cheval noir ?

— Ça ne me paraît pas impossible du tout. On élève des chevaux un peu partout, ici. Et de sacrés bourrins fichtrement poilus, ajouta-t-il pour essayer de la dérider.

Elle sourit, mais l'effort fut de courte durée.

— Ah, Toni ! reprit David.

— Je ne suis toujours pas rassurée, murmura la jeune femme.

— Toni, tu as trouvé un cadavre. Les restes d'un corps humain. Ce n'est pas rien, tu sais ?

La jeune femme secoua la tête.

— Non, tu ne comprends pas. Ce qui me fait peur, ce qui me perturbe vraiment, c'est le lien que je sens avec Annie O'Hara. Je ne sais pas comment l'expliquer. Je t'ai raconté ce qui m'arrivait quand j'étais gosse… J'avais complètement cessé d'avoir ce genre de visions. C'est terrifiant, tu sais ?

David garda le silence un moment.

— Toni, promets-moi de n'en parler à personne.

— On m'enfermerait, pas vrai ?

— Non, ce n'est pas ce que je veux dire…

— Rassure-toi : je n'ai pas l'intention de le crier sur les toits. Je ne pensais même pas t'en parler à toi. Mais, si tu n'as pas peur qu'on me prenne pour une folle, de quoi as-tu peur ?

Il hésita.

— Tu es peut-être tombée sur des ossements anciens, mais il y a un vrai tueur dans le coin. C'est sûrement un malade, et il ne vit probablement pas par ici, mais les gens parlent.

— Et alors ?

David inspira profondément, et regarda la jeune femme droit dans les yeux.

— Toni, les gens adorent les histoires à dormir debout. Les journaux sont prêts à sauter sur n'importe quoi et, qu'ils te prennent pour une folle ou simplement pour une Américaine en mal de célébrité, ils pourraient publier un article là-dessus. La plupart des gens penseraient que tu es cinglée, mais il y a un tueur qui se promène quelque part, et si tu lui fais peur, si tu lui donnes à penser que tu as le pouvoir de voir des choses invisibles pour les autres, il pourrait te considérer comme une véritable menace.

Toni le regarda fixement, comprenant enfin ce qu'il voulait dire.

— Une menace, tu comprends, Toni ? Tu pourrais bien être en danger.

Elle commença par secouer la tête, puis, aussitôt après, elle sentit des frissons lui parcourir le dos.

— Ne t'inquiète pas, dit-elle finalement. Je n'en soufflerai mot à personne. Comme je te l'ai dit, je ne pensais même pas t'en parler.

— Oui, mais moi, je t'aime, et je suis ton meilleur ami, lui rappela-t-il. Enfin, Gina aime prétendre que c'est elle, ta meilleure amie, mais nous savons bien, l'un et l'autre, que c'est moi, ajouta-t-il avec un regard plein de tendresse.

Toni se mit à rire.

— Vous êtes les deux meilleurs amis que je puisse trouver sur cette terre, affirma-t-elle.

— Tu peux me parler chaque fois que tu auras l'impression de perdre les pédales. Et je te promets que jamais je ne douterai de ta santé mentale. Je serai toujours là si tu as besoin de moi, ajouta David en la serrant dans ses bras.

— Merci, chuchota Toni. Allez, je vais te laisser gagner, cette fois : c'est toi le meilleur ami de la terre.

— Je suis le meilleur ami, mais Bruce MacNiall est le plus sexy, hein ?

Toni se sentit rougir jusqu'à la racine des cheveux, et David fronça les sourcils d'un air inquisiteur.

— Hé ! On dirait que j'ai tapé dans le mille.

— Descendons ! Il est plus que temps.

— Je t'avais bien dit qu'il était renversant !

— Oui, bon, il est séduisant, c'est sûr, murmura la jeune femme. On va dîner ?

David hocha la tête, se leva et la suivit jusqu'à la porte. Arrivé sur le seuil, il se retourna et regarda autour de lui.

— Hm, le lit est un peu trop bien fait. Moi qui étais déjà en train d'imaginer… Mais j'y pense, il y a une seconde chambre de l'autre côté de la salle de bains, pas vrai ?

Il fit mine de retourner sur ses pas, mais Toni tira sur un pan de sa chemise.

— Il est hors de question que nous allions fureter dans sa chambre ! lança-t-elle en feignant d'être scandalisée.

— Fureter ? A mon avis, tu n'étais pas exactement en train de *fureter*, tout à l'heure !

Elle poussa un grognement.

— Descendons, s'il te plaît ! On nous attend pour dîner, tu as oublié ?

— Non, mais je veux des détails.

— Tu n'en auras aucun.

— Tant pis. Je suis capable d'inventer une histoire encore plus passionnante que celle que tu pourrais me raconter.

Toni marqua une pause, puis éclata de rire brusquement.

— C'est vrai que tu es un ami formidable ! dit-elle.

— Hé, n'essaie pas de détourner la conversation !

— Quelle conversation ? riposta-t-elle, riant et s'élançant vers l'escalier.

David s'esclaffa et la suivit.

— Il y a vraiment beaucoup d'activité dans la forêt, dit Thayer en prenant une tranche de viande.

Il étudiait Bruce MacNiall et Robert Chamberlain avec beaucoup d'intérêt. Il avait entendu parler de Chamberlain. Ce dernier était un personnage connu de la police d'Edimbourg. Ses enquêtes l'amenaient à sillonner le pays, et les membres du gouvernement le tenaient en très haute estime. D'après ce que Thayer avait lu à son sujet, l'homme lui avait toujours fait l'effet d'être meilleur diplomate et politicien que détective, mais il commençait à se demander s'il n'avait pas eu tort.

— A en croire le nombre de voitures et les plaques d'immatriculation, on a fait appel à des gens d'un peu partout. C'est drôle, parce que j'avais l'impression que le chef de la police avait des instincts de propriétaire, en ce qui concerne ses attributions.

— Un village comme le nôtre ne peut pas disposer du genre

de technologie que l'on trouve dans les villes plus importantes, et c'est bien normal, dit Robert.

— Alors, tous les gens qui passent la forêt au peigne fin, maintenant, sont des spécialistes ? Des experts en médecine légiste ? demanda Thayer.

— Oui, répondit Robert. On a également contacté le département d'anthropologie de l'université.

Thayer hocha la tête.

— Avec un peu de chance, ils vont trouver des indices sur le type qui assassine ces pauvres filles.

— On va l'arrêter, dit Robert.

— Dommage que Toni ne soit pas tombée sur Annie O'Hara, reprit Thayer.

Tous les regards se tournèrent vers lui, et il se troubla.

— Pardon, je ne voulais pas dire qu'il fallait abandonner tout espoir de retrouver cette jeune fille vivante, mais… si on l'avait retrouvée, la police disposerait sans doute d'éléments supplémentaires pour débusquer l'assassin, non ? C'est une sale histoire.

— Ça fait longtemps qu'il sévit, cet assassin ? demanda Ryan.

— La première jeune femme a disparu il y a plus d'un an, répondit Robert en regardant Bruce. On l'a trouvée dans un triste état de décomposition. La deuxième, c'était il y a six mois, et elle était à peu près dans le même état. Ni dans un cas ni dans l'autre nous n'avons pu relever le moindre indice.

— On dit, pourtant, que les morts parlent, murmura Kevin.

— Et c'est vrai, grâce à la médecine et à la science. Mais pour faire des comparaisons, il faut un suspect.

Bruce MacNiall regarda Thayer fixement.

— Une chose me turlupine, Thayer. Je peux comprendre que vous n'ayez jamais entendu mon nom ou que vous ne sachiez rien sur le château ou la forêt, mais vous avez bien dû entendre parler du tueur. Lorsque la première jeune femme a disparu, l'affaire n'a pas fait de bruit jusqu'à ce que je tombe sur son cadavre dans la forêt. Mais, quand Eban a retrouvé la deuxième victime, la nouvelle a fait la une des journaux nationaux.

Thayer sentit un frisson étrange lui parcourir le dos. Que cherchait donc MacNiall ? A l'entendre, on aurait dit qu'il se croyait dans une partie de Cluedo.

— Bien sûr que j'ai entendu parler du tueur ! répondit-il. Je lis les journaux, vous savez ? Mais il y a eu d'autres crimes, à travers le pays.

— Vous n'avez pas retenu le nom de la forêt ? lui demanda MacNiall.

— Le château était à louer sous le nom de Castle Keep, dit Thayer, luttant pour ne pas donner l'impression qu'il était sur la défensive. Rien, dans les documents que nous avons lus et signés, ne mentionnait la forêt de Tillingham.

— Je vois, murmura MacNiall, l'air peu convaincu.

A cet instant, Toni entra dans la cuisine, suivie par David qui était tout sourires.

Il s'arrêta devant la place qu'il occupait habituellement et, sentant la tension autour de la table, demanda :

— Est-ce que ça va ?

— Absolument, répondit Thayer, soulagé par cette interruption. Nous devrions lever notre verre en l'honneur de Kevin, pour cet excellent repas, et en l'honneur de notre hôte et de son ami, l'inspecteur principal Chamberlain.

— Excellente idée ! dit David en se penchant pour prendre son verre. Portons un toast à Kevin, pour son délicieux dîner.

Gina s'éçlaircit la gorge.

— Et à Gina, aussi, pour ses légumes enchanteurs, enchaîna David en riant. A l'inspecteur principal Chamberlain, avec nos remerciements anticipés. Et, pour finir, à notre hôte, avec plus de gratitude et d'admiration qu'il ne peut l'imaginer.

Ils trinquèrent. Puis Thayer regarda Toni, alors qu'elle s'asseyait à côté de Bruce. Il vit la lueur qui brillait dans les yeux de la jeune femme, et le sourire qui flottait sur ses lèvres. Et il remarqua la manière dont MacNiall la regardait. L'échange, bien que subtil, était extraordinairement éloquent. Quelque chose avait changé entre ces deux-là. C'était clair comme de l'eau de roche.

Thayer sentit ses muscles se raidir. Ainsi, ils avaient couché ensemble.

Toni, avec ses immenses yeux bleus, ses lèvres sensuelles et généreuses, sa longue chevelure blonde, son corps souple et long, son rire intoxicant, son odeur…

Thayer ne serait jamais que son cousin et son ami. « Nous sommes trop proches », disait-elle. Et pourtant, dès leur première rencontre, il avait essayé de contourner cet obstacle. En vain.

Va falloir que tu l'acceptes, mon vieux. Elle ne te trouve pas attirant, et c'est tout. Par contre, elle couche avec ce type qu'elle connaît depuis moins de quarante-huit heures !

Ses doigts se crispèrent autour de son verre.

Il les imaginait, Toni regardant MacNiall. Et lui… Merde ! Le grand MacNiall avec son titre de noblesse, son château, ses biceps saillants et son torse en acier trempé.

Soudain, le verre se brisa dans sa main.

— Thayer !

Toni fut la première à courir vers lui, sa serviette à la main.

— Ça va, ça va ! dit-il vivement. J'ai dû mal attraper le verre, c'est tout.

— Tu saignes ! Laisse-moi m'assurer que tu n'as pas des morceaux de verre enfoncés dans la peau.

— Je vais chercher la trousse de premiers secours ! lança Gina.

— Non ! fit Thayer en se levant.

Il avait crié, et tout le monde le regardait fixement. Il crut même discerner une note de soupçon dans les yeux de l'inspecteur principal Chamberlain, et dans ceux du grand laird MacNiall.

Il se força à sourire.

— Désolé. Je me sens vraiment très bête.

— Thayer, ce n'est pas grave, dit Toni. Sauf que tu saignes.

— Juste une égratignure. Si vous le permettez, je vais aller nettoyer ça. J'espère que je n'ai pas fait tomber des morceaux de verre dans la nourriture.

— Mais non ! répondit David sur un ton enjoué.

Satané David, toujours en train d'arrondir les angles pour le bénéfice de tous ! songea Thayer avec fureur.

— Thayer, tu es sûr que ce n'est pas profond ? demanda Gina avec inquiétude.

Il secoua la tête.

— Certain. Je suis horriblement gêné, voilà tout. Je reviens dans un moment.

Gina et Toni ramassaient les morceaux de verre.

— Je ne pense pas qu'il y en ait dans la nourriture, murmura Gina.

— Ne vous inquiétez pas, dit Robert. S'il y a le moindre éclat de verre, Bruce le verra.

— Ah bon ? Vous avez un œil d'aigle ? demanda David.

Thayer venait de franchir le seuil, et il s'arrêta, laissant la porte se refermer sur lui.

— Ça, pour avoir un œil d'aigle ! Quand il était dans la police, on lui soumettait toutes les affaires.

Il y eut un silence stupéfait.

— Vous avez été flic ? demanda Ryan.

— Oui, à une époque, répondit Bruce d'une voix légèrement tendue, comme s'il ne tenait pas particulièrement à ce que cela se sache.

Thayer eut un sourire mauvais.

Ouais, il était flic ! Vous ne le saviez pas, bien sûr ! Vous ne l'avez jamais soupçonné.

Mais comment auraient-ils pu ? Seul un Ecossais pouvait être au courant.

11.

Dans la chambre qu'elle partageait avec Ryan, Gina rangea le coin où elle avait installé son bureau. Ils avaient choisi cette pièce pour la largeur des fenêtres qui offraient une vue magnifique sur la vallée. Sans doute avait-elle abrité un garde du château car, depuis ce point d'observation privilégié, aucun envahisseur ne pouvait approcher sans être immédiatement repéré.

Elle fit un tas des documents qu'elle venait de photocopier, et éteignit toutes les machines.

Ryan était déjà couché. Elle l'enveloppa d'un long regard débordant d'amour. Elle avait su, dès le premier instant, qu'il représentait tout ce qu'elle souhaitait dans la vie. Il pouvait être drôle et doux — et drôlement exaspérant, aussi, par moments. Et, s'il donnait l'impression de s'en remettre à elle, c'était uniquement parce qu'elle avait un fabuleux sens des affaires. Mais, dans la réalité, Ryan faisait la loi. Depuis toujours.

Il avait croisé les mains derrière sa tête, sur l'oreiller, et regardait le plafond. Les draps blancs du lit étaient remontés jusqu'à sa taille, et Gina ressentit un petit frisson, comme toujours lorsqu'elle admirait son torse et ses épaules carrées.

Cette journée aurait dû être placée sous le signe de la détente, mais il en avait été tout autrement…

A présent, Gina était fatiguée, anxieuse et impatiente de se blottir contre son mari.

Elle marcha vers la porte et éteignit le plafonnier. Le clair de lune offrait juste assez de lumière pour…

S'arrêtant au pied du lit, la jeune femme sourit d'un air coquin, et ôta lentement son chemisier, puis son soutien-gorge. Mais Ryan ne la regardait même pas. Il ne se tourna vers elle qu'au moment où elle se glissait dans le lit.

— Qu'est-ce qu'on va bien pouvoir faire ? lui demanda-t-il, les sourcils froncés.

— *Faire ?* A quel sujet ?

— Au sujet de Toni.

Gina sentit un étrange malaise la gagner.

— Je ne comprends pas. Que veux-tu dire ? demanda-t-elle dans un chuchotement, effrayée par le ton qu'avait employé Ryan.

— Elle est dangereuse, déclara-t-il froidement.

Gina sentit son sang se glacer dans ses veines.

Toni monta se coucher la première, ce soir-là, laissant Bruce discuter avec Robert Chamberlain. Elle se brossa les dents méthodiquement, fit sa toilette tout aussi soigneusement, et enfila sa chemise de nuit blanche, la moins *pudique* de sa collection. Puis elle s'allongea sur le lit.

Elle avait fait le premier pas, et pas de la manière la plus subtile. Courir se jeter dans les bras d'un homme, entièrement nue et dégoulinante d'eau, n'était pas l'approche la plus élégante. Mais le plus important, c'est qu'il allait certainement la rejoindre, ce soir. En tout cas, il avait intérêt à le faire !

Mais pourquoi mettait-il tant de temps ?

Pour elle, il était unique, mais la réciproque n'était pas forcément vraie. Fichtre ! Un homme digne de ce nom ne rejette pas une femme nue qui se jette à son cou.

Elle rougit, se demandant si elle ne s'était pas ridiculisée.

Peut-être était-il en train de chercher un moyen de s'extraire de cette situation ?

Toni ferma les yeux. Elle ne voulait pas être seule. Elle ne voulait pas rêver, imaginer, avoir des visions. Or, il y avait quelque chose d'immensément solide, chez Bruce. Quelque chose qui défiait la peur, les ombres, et même les fantômes.

Pour autant, ce n'était pas la seule raison qui l'avait poussée dans ses bras.

Ainsi que le disait David, il était séduisant en diable avec ses yeux gris, son regard énigmatique qui paraissait la pénétrer de part en part, ses mains dures et caressantes à la fois, la structure de son visage…

Elle se retourna dans son lit. Depuis combien de temps était-elle montée ? Une heure ? Davantage ?

Elle se leva, marcha vers la porte et l'entrouvrit, tendant l'oreille pour essayer de surprendre des bruits de voix, en bas. Mais c'était impossible.

Le couloir était vide. Elle sortit doucement et, marchant sur la pointe des pieds, se dirigea vers le palier du premier étage. Elle s'arrêta à l'endroit précis où elle se plaçait, lorsqu'elle déclamait sa tirade au sujet de MacNiall, le grand héros, le laird guerrier qui était rentré chez lui pour étrangler sa femme.

Et soudain, elle le vit.

Il se tenait devant l'immense cheminée de pierre, appuyé contre le manteau, regardant pensivement les tisons. Elle ne remarqua pas immédiatement qu'il avait troqué son jean et sa chemise contre un kilt, et un plaid, sur son épaule, retenu par une large broche représentant les armoiries familiales.

Il dut sentir la présence de la jeune femme, car il leva la tête et sourit lentement.

Toni se figea. Elle avait l'impression de se retrouver à l'orée de la forêt. Elle ne vit pas ses lèvres bouger, et, pourtant, elle entendit très distinctement ce qu'il lui disait.

Venez, je vous prie. J'ai besoin de vous.

Son instinct lui cria de n'en rien faire, de rester où elle était, mais c'était impossible.

Elle descendit l'escalier. Pendant ce temps, Bruce se dirigea vers le deuxième hall.

— Bruce…

Il marqua juste une pause pour lui faire signe de le suivre.

Incapable de résister, Toni fit ce qu'il lui disait.

Plus que jamais, elle était terrifiée, pas parce qu'il risquait de l'entraîner vers un endroit dangereux ou terrifiant, mais simplement parce qu'elle le voyait, parce qu'elle ne pouvait pas ne pas le suivre.

— Arrêtez, je vous en supplie !

Mais il n'en fit rien, et elle s'élança à travers le grand hall, vers l'autre salle.

Il était là. Il l'attendait tout au bout de l'immense pièce, près d'une porte ancienne aux gonds rouillés qu'elle et ses amis avaient trouvée verrouillée en arrivant dans les lieux. Sans doute menait-elle au sous-sol ? C'était l'idée de Thayer. Un château comme celui-ci avait probablement sa propre crypte…

La porte était ouverte, maintenant, et Toni voyait un escalier en colimaçon qui descendait vers les entrailles de la terre.

Elle posa le pied sur la première marche, et distingua la silhouette de Bruce qui s'éloignait dans l'escalier.

Elle descendit encore une marche, puis une autre. Elle s'attendait à trouver de la poussière et des toiles d'araignées accrochées aux chevrons. Des rats, même. Mais il n'y avait rien de tel. C'était propre. Plus propre que le reste du château.

Il y avait des corridors et des ruelles sous de hauts plafonds à voûtes, comme dans les catacombes d'une vieille église.

— Bruce ? chuchota-t-elle.

Puis elle le vit. Il était dans un corridor, et semblait l'attendre.

Elle marcha vers lui, mais il continua de s'enfoncer plus avant dans l'ombre. Toni hâta le pas. Arrivée au bout du couloir, elle regarda autour d'elle, et comprit où elle se trouvait.

Des tombes étaient alignées le long des murs.

Pourtant, l'endroit n'était pas effrayant. Le nom de chaque disparu était gravé sur une longue plaque de marbre où figuraient également des inscriptions en gaélique. Les épouses étaient présentées avec leur propre nom de clan. *Mary Douglas MacNiall,* morte au début du XIXe siècle, elle était née dans l'illustre famille Moray…

Toni se tourna lentement, prenant conscience du fait qu'elle était entourée de tombes. A l'idée qu'elle était seule, dans l'obscurité, en compagnie de morts, la peur l'assaillit. Luttant de toutes ses forces pour ne pas céder à la panique, elle regarda encore autour d'elle, et remarqua une niche au fond de la salle. Une tombe plus grande que les autres l'occupait, dominée par une statue de marbre représentant le laird, les bras croisés sur la poitrine, son sabre au côté.

Un tremblement glacé secoua Toni de la tête aux pieds. La statue était tellement ressemblante ! Elle voyait, sculptées dans le marbre, les joues qu'elle avait caressées, quelques heures plus tôt. C'était Bruce, le Bruce qu'elle connaissait…

Comment un homme pouvait-il ressembler à ce point à son ancêtre — qui plus est, un ancêtre de pierre ?

Il y avait une autre tombe, à côté, mais pas de statue.

La plaque de marbre sur le sarcophage de Bruce proclamait : « Ci-gît Bruce Brian MacNiall, laird de Tillingham, vainqueur de toutes les tyrannies et véritable Ecossais fidèle au roi. »

La plaque voisine était lisse et ne portait aucune inscription.

Toni regarda toutes ces tombes pendant un long moment. Le froid qui régnait à l'intérieur de la crypte la pénétrait lentement.

La lumière faiblissait, et les ombres, comme si elles étaient vivantes, se mirent à ramper au travers de la lumière.

— Bruce ? appela-t-elle d'une voix chevrotante.

Elle pivota sur ses talons et rebroussa chemin en courant aussi vite qu'elle le pouvait. Derrière elle, l'ombre retomba.

Elle monta l'escalier à toute allure, terrifiée à l'idée de trouver la porte verrouillée. L'hystérie la gagna. Et si elle était enfermée ? Et si les ombres la rejoignaient et l'avalaient, l'entraînant dans un tourbillon de mort, de terreur et de tragédie jaillies du passé ?

Elle se jeta contre la porte, et fit irruption dans la salle avec une telle force qu'elle trébucha, puis tomba.

Il lui fallut quelques instants pour se redresser. Et soudain, la peur fit place à la colère.

Elle vit que sa chemise de nuit était déchirée, et se jura de ne plus jamais jouer à ce petit jeu. Bruce l'avait attirée dans la crypte. C'était forcément lui. Et c'était lui, aussi, dans la forêt. Peut-être voulait-il se venger d'eux ou leur donner une leçon ? Voilà pourquoi il l'avait séduite : pour mieux la tourmenter !

Furieuse, elle releva les pans de sa chemise de nuit et gravit les marches de l'escalier deux par deux. Puis elle longea le corridor jusqu'à la chambre de Bruce. Elle fit irruption brusquement, sans frapper. Et se figea.

Il était là, assis dans le fauteuil près de la cheminée, en train de lire un livre. Et il était vêtu du jean et de la même chemise qu'il portait pendant le dîner.

Eban Douglas se tenait à quelque distance du château, les yeux levés vers le bâtiment. Il pencha la tête de côté, comme s'il écoutait.

— On l'a retrouvée, dit-il d'une voix basse. Ils ont retrouvé votre épouse, laird MacNiall. La pauvre ! La vision est horrible, paraît-il. Des bouts de cheveux et de chair, et… bon, vous voulez pas entendre ça, hein ? Ils m'ont pas laissé la voir. Pourtant, je me serais occupé d'elle bien tendrement.

Le vent parut se lever, et des nuages passèrent devant la lune.

Eban rejeta la tête en arrière et se mit à rire.

— Ah, les filles, les filles ! Elles sont dans la forêt, toutes étranglées et mortes, les jolies demoiselles aux mauvaises mœurs. Ah, laird MacNiall, on l'a piégée, hein ? Votre mariée, elle a été piégée. Mais pas les autres. Non, pas les autres.

Il secoua la tête d'un air triste.

— Pauvres petites pécheresses ! Perdues et seules.

Des larmes roulèrent sur ses joues.

— Non, pas les autres, chuchota-t-il.

Puis, avec un soupir, il tourna le dos au château pour se diriger vers la maisonnette dans laquelle il vivait grâce à la générosité de laird MacNiall. Il aurait fait n'importe quoi pour le grand MacNiall. Oui, n'importe quoi. Des choses dont MacNiall avait besoin sans même le savoir. Il mentirait, il volerait ou tricherait. Il tuerait, même, pour MacNiall…

Il sourit d'un air sombre. Ouais. Le moment était venu de se retirer dans sa petite maison, là où il vivait une vie tranquille et discrète, se faisant à peine remarquer par les autres.

Toni n'avait pas bougé depuis des heures, comme si elle était figée dans l'espace et le temps. Et pourtant…

Bruce se leva, et la regarda. Etait-ce tendrement ou d'un air moqueur ? se demanda la jeune femme.

— Te voilà, dit-il en souriant. Qu'est-ce que tu faisais ? Une razzia dans le réfrigérateur ? J'étais sur le point d'aller te chercher. Tu n'étais pas ici. Ni dans ton lit.

Son sourire s'élargit, et il ajouta :

— Pas plus que dans la baignoire.

Toni ne pouvait ni bouger ni parler. Elle réfléchissait à toute vitesse.

Il n'était qu'un menteur. Il l'avait attirée en bas, puis il était remonté en vitesse, et il s'était changé. Essayait-il de leur faire peur pour qu'ils quittent le château ? Mais pourquoi ? S'il ne voulait pas d'eux, il lui suffisait de le leur dire et de les jeter dehors.

Non, l'homme près de la cheminée ne pouvait pas être Bruce... Pourtant, c'était forcément lui. Ou alors, elle voyait des fantômes.

Bruce plissa brusquement les yeux. Il referma son livre d'un coup sec, et alla le ranger dans un tiroir de son secrétaire. Puis il marcha vers la jeune femme et posa les mains sur ses épaules, la regardant droit dans les yeux.

— Toni ? Qu'est-ce qui ne va pas ? demanda-t-il avec sollicitude.

Elle secoua la tête, incapable de parler. Elle devenait folle. Mais elle ne pouvait pas le lui dire, de crainte qu'il ne la fuie. Quel homme souhaiterait entretenir une liaison avec une cinglée ?

Elle cligna des yeux, tremblant, consciente que rien ne comptait plus, dès l'instant où il s'approchait et la regardait de cette façon, dès lors qu'elle sentait ses mains sur elle.

— Toni ?

Elle sentit que ses forces revenaient. Après tout, elle était actrice. Et bonne actrice.

— Je... j'avais soif, dit-elle. Je suis allée boire quelque chose.

Bruce fronça les sourcils.

— Toni, il y a à boire dans ma chambre. Et pas seulement du cognac. J'ai un miniréfrigérateur avec de l'eau, des boissons gazeuses...

Toni passa la langue sur ses lèvres.

— Je ne savais pas.

— Tu es pâle comme un fantôme, lui dit-il.

— Vraiment ?

Il continuait de l'envelopper d'un regard inquiet.

« Au diable la subtilité, la pudeur ou la retenue ! » se dit brusquement la jeune femme.

— Je voudrais bien quelque chose, chuchota-t-elle.

— Oui ?

— Toi.

— Je n'ai rien fait d'autre que t'attendre, dit-il sur un ton posé, mais d'un air tellement sincère que ses paroles la touchèrent comme une caresse.

Elle n'aurait su dire lequel des deux avait bougé, mais, tout à coup, elle se retrouva blottie dans ses bras. Il était tellement vivant : un vrai bloc de chaleur qui la réchauffait, après la glace qui avait saisi sa chair, son sang et jusqu'à ses os. Elle rejeta la tête en arrière, et croisa son regard, une fraction de seconde, avant qu'il ne s'empare de ses lèvres.

Cette fois, il repoussa les couvertures avant de l'allonger sur le lit. Et, lorsqu'il se redressa, elle fit de même et passa sa chemise de nuit par-dessus sa tête.

Finalement, il la saisit à bras-le-corps et l'attira contre lui. Ils roulèrent sur le lit, membres emmêlés, leurs mains et leurs lèvres cherchant follement la peau de l'autre. Toni essaya de ramper contre lui, et Bruce murmura, d'une voix rauque et profonde :

— Attention, ma belle ! A force de nous sauter dessus, nous allons finir par nous casser quelque chose.

Toni se surprit à rire, mais, soudain, il fut sur elle et la pénétra avec force.

Elle sentait les draps sous elle, la douceur du lit ; elle entendait vaguement les crépitements du feu dans la cheminée. La pièce baignait dans une lumière rouge et orange qui dansait sur le visage, les épaules et le torse de son amant. Puis, tout se troubla, tandis que le plaisir montait, montait en elle, jusqu'au merveilleux cataclysme.

Elle se retrouva enveloppée dans les bras de Bruce et, de nouveau, sentit sous son corps les draps, maintenant mouillés de sueur. Elle vit la lueur rougeoyante des braises… Il roula sur le côté pour la libérer du poids de son corps, mais sans desserrer son étreinte, la pressant contre lui, emboîtant leurs deux corps.

Toni respira l'odeur de son torse, et sentit la pression de son sexe redevenu mou contre sa jambe. Souriant, elle glissa une main dans les cheveux noirs de son amant, et les minutes passèrent dans un bonheur fait de petits murmures, de caresses, de lumière…

— Tu es…, murmura-t-il.

Elle attendit, mais il ne termina pas sa phrase. Alors, elle sourit.

— Toi aussi, chuchota-t-elle.

Il resserra ses bras autour d'elle. Elle sentit la manière dont leurs cœurs battaient, à ce moment-là, presque ensemble, avec juste un léger décalage pour lui rappeler qu'ils étaient deux.

Finalement, elle s'endormit et ne fit aucun rêve.

Lorsqu'elle se réveilla en sursaut, au milieu de la nuit, elle sentit les bras de Bruce autour d'elle. Alors, elle referma les yeux et dormit d'un sommeil profond et réparateur.

— Il est bizarre, voilà tout, déclara Gina avec un frisson.

— Tu parles d'Eban ? demanda Toni.

Ils étaient tous descendus au village. Ils avaient confié les pièces originales de leurs documents à Robert Chamberlain, mais tenaient, néanmoins, à donner des photocopies à Jonathan. Le premier leur inspirait plus de confiance, mais le second éveillait leur sympathie. Et puis, le château et la forêt étaient placés sous sa juridiction.

Pour le moment, ils étaient installés autour d'une table, dans le jardin d'un pub du nom d'Angus's Alley. C'était l'heure du déjeuner, et l'établissement était presque plein.

Bruce n'était pas avec eux. Il était parti de bonne heure, *pour régler des affaires*. Ils se retrouvaient donc entre eux, ce qui était plaisant car ils n'avaient pas besoin de faire attention à ce qu'ils disaient.

Et Gina ne mâchait pas ses mots.

— Oui, Eban, répondit-elle, avec un geste de la tête en direction du petit bonhomme qui se tenait un peu plus loin, sur le bord de la route, en compagnie d'un chien auquel il parlait, semblait-il, tout en lui donnant à manger.

Ryan tressaillit et regarda sa femme.

— Je parle bien aux chevaux, moi !

— Je sais. Et Toni parle à tous les animaux qu'elle croise. Je vous ai vus.

— Alors, quelle est la différence ? demanda Kevin, tout en découpant son steak.

Il porta un morceau à sa bouche et mâcha un instant.

— Mm, c'est délicieux. Il devrait y avoir plus de restaurants écossais, aux Etats-Unis.

— Il y en a un à New York, dit David.

— Quelle est la différence ? demanda Thayer, répétant la question de Kevin et les regardant comme s'ils étaient tous un peu idiots. Est-ce qu'il vous arrive de laisser à une personne le temps de répondre avant de bifurquer sur un autre sujet ?

Kevin haussa les épaules.

— La différence ? fit Gina. Observe bien Eban. On dirait que le chien lui répond. Oui, Ryan et Toni, vous parlez à tous les animaux que vous croisez, mais vous ne vous attendez pas à ce qu'ils vous répondent.

— Il est juste un peu dérangé, dit Thayer. A moi, il me fait pitié.

— Eh bien, à moi, il me fait... peur, dit Gina, sans chercher à dissimuler un frisson.

— Je suis sûre qu'il est inoffensif, murmura Toni, bien qu'elle se rappelât la terreur que lui avait inspirée le petit bonhomme, la veille.

Mais c'était parce que son imagination avait eu raison d'elle.

La scène de la veille au soir était-elle également un produit de son imagination débordante ? Ou de la folie pure ? Ce matin, la porte donnant sur la crypte était verrouillée. Mais elle était certaine qu'en l'ouvrant, elle aurait trouvé le sous-sol exactement tel qu'elle l'avait vu au cours de la nuit.

— Eban travaille dur, ajouta-t-elle. Nous l'avons constaté.

— Dieu merci, je suis mariée ! murmura Gina. Je crois que je serais morte de peur, dans ce château, si Ryan ne dormait pas avec moi.

— Génial ! s'exclama Ryan. Elle me garde avec elle parce qu'elle a peur.

— Gina, si ton chéri t'embête, rappelle-lui que je suis dans le coin ! lança Thayer avec un clin d'œil.

— Au pire, on peut te laisser dormir sur le vieux canapé Duncan Phyfe qui est dans notre chambre, renchérit Kevin.

Gina frissonna.

— Je ne pense pas que je pourrais supporter le genre d'activités auquel vous vous livrez tous les deux, dans l'intimité.

— Allons, allons, halte aux propos luxurieux ! lança Thayer. Certains d'entre nous...

Il s'interrompit, jeta un regard vers Toni, et reprit :

— Personne ne dort dans ma chambre, ces jours-ci, alors j'aime autant ne pas être au courant des gymnastiques nocturnes auxquelles vous vous livrez, les uns et les autres, d'accord ?

Gina éclata de rire.

— Thayer, tu n'as que l'embarras du choix ! J'ai vu la manière dont les filles te regardent, quand on sort. Tu es trop difficile, voilà tout ! C'est ça ton problème.

Thayer réfléchit un instant avant de répondre :

— Oui, c'est vrai. Tu as raison. Mais j'ai réfléchi : je veux épouser une Américaine.

— Ah bon ? Et pourquoi ? demanda Toni.

Il haussa les épaules.

— J'aime leur façon de vivre. Leur liberté, surtout. La manière dont elles envoient promener les traditions et toutes ces foutaises.

— Et, malgré ça, tu nous as suivis dans notre entreprise de résurrection du passé dans un vieux château écossais ? lança Gina en riant.

— Oui, bon, tout a changé, maintenant. C'est comme si on jouait à la roulette avec de l'argent emprunté, dans le vain espoir de se refaire.

— On *va* se refaire, déclara Gina d'un air déterminé.

— Grâce à la générosité de notre hôte, murmura David. Au fait, tu savais qu'il était flic ? enchaîna-t-il en s'adressant à Thayer.

— Comment l'aurait-il su ? demanda Toni. Thayer ne savait même pas que Bruce existait.

— Ah, oui, en effet ! dit David.

— Tout de même, laird MacNiall, un flic ! s'exclama Kevin.

— Il ne l'est plus, lui rappela Gina. Je me demande bien ce qu'il fait, maintenant.

— Ça, c'est une bonne question. Je ne savais même pas que les lairds travaillaient ! s'exclama Kevin. Je croyais qu'ils se contentaient d'être… lairds.

— Je ne pense pas que ce soit encore comme ça de nos jours, dit Toni en souriant.

— De nos jours, ceux qui ont encore des terres perçoivent des loyers, expliqua Thayer.

— Et Bruce possède beaucoup de terres ? demanda Gina.

Thayer eut un haussement d'épaules.

— D'après Tavish, la moitié du village est à lui.

— Ah oui, c'est vrai, murmura Gina. Alors, il doit juste être… riche.

— Bizarre. S'il était vraiment riche, vous ne croyez pas qu'il aurait une armée de serviteurs en train de courir partout dans le vieux château de famille ? demanda David.

— Au lieu de ça, il n'y a absolument personne, fit Ryan, l'air pensif.

— Si, Eban Douglas, dit Kevin.

— Et il est bizarre ! répéta Gina.

— Nous voilà revenus au point de départ, dit Ryan en se levant. Gina, on devrait apporter ces documents au bureau de Jonathan.

— On était censés voir les titres de propriété de Bruce, aujourd'hui, vous vous rappelez ? murmura Thayer. Je suppose qu'on a plus ou moins accepté le fait qu'il est bel et bien chez lui, n'est-ce pas ? Après tout, il n'est pas venu avec nous.

Gina soupira.

— Je vais aller chez Jonathan Tavish avec Ryan. On va sûrement nous demander de déposer une plainte, mais je ne pense pas qu'il soit nécessaire de nous déplacer en groupe. Une signature devrait suffire.

— Deux, corrigea Ryan.

— Oui, deux. Les autres, vous pouvez aller vous promener. Toni, tu disais que tu voulais visiter la vieille église et le cimetière, pas vrai ?

David poussa un grognement.

— Tu ne veux pas que je t'accompagne au poste de police ? fit-il en s'adressant à Gina.

Toni se leva à son tour.

— David, va faire des courses. Kevin et Thayer, vous pouvez continuer à vous imprégner de l'ambiance du pub, si vous voulez. Je peux très bien me débrouiller toute seule.

— J'aimerais trouver des assiettes en carton un peu plus « classe », pour notre petite réception à la fin du spectacle, dit David.

— Ils ont de jolies boutiques, dit Kevin. On va peut-être dénicher quelque chose de sympa.

— Je veux bien t'accompagner, Toni, proposa Thayer.

— Tu es sûr ?

— Absolument.

— Dans ce cas…

— Hé, n'oubliez pas de payer l'addition ! lança Gina. Rendez-vous au pub qui est au pied de la colline à 4 heures, d'accord ?

Ils partirent tous dans des directions différentes : Ryan et Gina vers la place du village, et Toni et Thayer vers le sommet de la colline où se dressait l'église avec son cimetière. David et Kevin firent à peine quelques pas avant de s'arrêter devant une vitrine.

Toni secoua la tête d'un air amusé.

— Ils vont revenir les bras chargés, tu verras… Ça va, Thayer ?

Il lui sourit.

— Oui, pourquoi ?

— Je ne sais pas. Tu as l'air préoccupé, ces temps-ci.

— Depuis qu'on a crevé notre bulle, tu veux dire ?

— Oui, j'imagine.

Il sourit de nouveau, et pointa le doigt en direction de l'église.

— Je peux te faire un petit compte rendu d'histoire locale, si tu veux. La construction de l'église a commencé au début du XIIIe siècle, et la structure actuelle date du XVIe. Bien sûr, elle a été pensée comme une église catholique, et elle fait maintenant partie de l'Eglise d'Ecosse. Elle contient des vitraux assez remarquables, et aussi des tombes sculptées. On avait fait venir des artistes italiens pour honorer les divers hommes d'Etat, poètes, chevaliers, etc. A l'époque austère de Cromwell, le révérend était, apparemment, un type qui avait du cran : il avait caché la plupart des trésors, alors bien peu ont été détruits.

Toni sourit, impressionnée.

— Tu es déjà entré dedans ? demanda-t-elle. Je croyais que tu n'étais jamais venu dans ce village, avant notre arrivée.

— Jamais de ma vie, chère cousine. J'ai fait une recherche sur Internet. Il y a une page assez bien faite.

Toni s'esclaffa.

Une clôture de pierre entourait l'église et le cimetière. Thayer poussa la petite barrière blanche, et s'effaça pour laisser passer Toni.

Ils pénétrèrent dans l'église, et la jeune femme écarquilla les yeux, surprise de découvrir une telle merveille dans un si petit village. Les vitraux qui couraient de chaque côté de la nef offraient une symphonie de bleus que n'aurait pas dédaignée Tiffany lui-même. Sur une table, près de l'entrée, Toni trouva une pile d'imprimés racontant l'histoire de l'église, et elle lut que la chaire avait été réalisée dans un seul tronc d'arbre — un chêne —, dans les années 1540. Elle s'en approcha pour admirer les lions sculptés dans le bois.

— Superbe travail, n'est-ce pas ? chuchota Thayer.

Elle hocha la tête.

— Fabuleux.

— Viens voir les MacNiall qui sont enterrés ici.

— Il y en a ? Je croyais…

Toni hésita, avant de reprendre :

— Je pensais qu'ils étaient dans une crypte, au château ?

Thayer eut un haussement d'épaules.

— Il faut croire que certains ont atterri ici. Regarde.

Il lui montra une tombe assez moderne qui occupait un espace contre le mur à l'ouest.

— Sans doute le grand-père ou un grand-oncle de notre MacNiall, reprit-il. « Colonel Patrick Brennan MacNiall, RAF, né le 15 avril 1921, mort le 8 juin 1944 sur des côtes lointaines, alors qu'il servait Dieu et sa patrie. Puisse-t-il voler avec les anges, maintenant. »

— Il a dû mourir après l'invasion du jour-J, pendant la Seconde Guerre mondiale, dit Toni. C'est triste.

— Oui. Pour lui, comme pour les milliers d'hommes qui sont morts dans les mêmes circonstances. Regarde, celui-ci est plus vieux. « Laird Bruce Eamon MacNiall, grand protecteur de l'homme et de l'honneur, né le 4 octobre 1470. Il a donné sa vie au nom du droit et de la liberté, lors de la bataille de Flodden Field, 1513. »

— Ils avaient tous tendance à se battre du mauvais côté, hein ? murmura Toni.

— C'est l'histoire qui décide quel est le mauvais côté d'une bataille, répondit Thayer.

— Certes, dit Toni avec un hochement de tête. Et on a facilement tendance à affubler bon nombre de causes perdues d'une aura romantique.

— On va se balader dehors, ou tu voulais juste chercher des MacNiall ? demanda Thayer.

Toni fut stupéfaite par la question, mais lorsqu'elle regarda Thayer, ce dernier arborait un air candide.

— J'aimerais beaucoup aller me balader dehors, répondit-elle simplement.

— Qu'est-ce qui te fascine à ce point, dans les cimetières ? On a déjà fait ça, à Glasgow, tu te souviens ?

— Oui, bien sûr. L'art, je pense. Et les poèmes, les épitaphes.

— Genre : « Ci-gît un athée, bien habillé mais nulle part où aller » ?

— Non ! protesta Toni en riant, pas des trucs aussi mauvais. Le problème, c'est que le temps érode la pierre, que le lichen s'installe, et que les épitaphes sont souvent difficiles à déchiffrer.

Ils avaient quitté l'église et se promenaient dans les allées du cimetière.

— Regarde celle-ci, par exemple, reprit la jeune femme en frottant la moisissure qui s'était accumulée sur une pierre tombale. « Justin MacClaren. Gésir, Justin en parla, s'en moqua, le redouta, pour un peu l'avança, ça y est, c'est fait, c'est là. »

— Mm, c'est presque aussi mauvais que « ci-gît un athée bien habillé », dit Thayer.

— Mais ça donne une petite idée de la personne, répondit Toni. C'est comme une minitranche de sa vie.

Deux jeunes femmes venaient d'entrer dans le cimetière et s'y promenaient, comme eux : une jolie rousse et une petite blonde. Toni croisa le regard de la première, et elles échangèrent un sourire.

— Bonjour, dit Toni. Bon après-midi, plutôt.

— Ah ! vous êtes américaine ? dit la jeune femme rousse.

— En effet, répondit Toni. Mais Thayer est de Glasgow.

— Je suis d'Aberdeen, mais j'ai loué un cottage pour quelque temps. Mon nom est Lizzie Johnstone. Et voici mon amie, Trish Martin, qui est venue de son Yorkshire natal pour passer des vacances avec moi.

— Les Anglais nous envahissent de nouveau, dit Thayer avec humour.

Il tendit d'abord la main à Trish, qui était très jolie avec ses grands yeux bruns, ses longs cheveux pâles et son ravissant teint de pêche. Puis il se tourna vers Lizzie, qui avait un type beaucoup plus irlandais, avec sa masse de cheveux roux, ses taches de rousseur et son large sourire.

— Thayer Fraser, dit-il. Et l'envahisseuse américaine est Toni Fraser.

— Vous êtes mariés ? demanda Lizzie, l'air déçu.

— Pas du tout, répondit Toni. Seulement cousins.

— Ah ! fit la jeune femme en regardant Thayer avec un intérêt accru.

Il sourit, et il y eut un petit moment de malaise, tant le langage des corps était facile à décrypter. Lizzie trouvait Thayer très à son goût, tandis que Thayer préférait la blonde.

— Alors, vous aimez traîner dans les cimetières, vous aussi ? demanda Thayer.

— Je ne m'en lasse pas, répondit Trish. C'est drôlement plus intéressant que tous les sites anciens dont on fait tant de cas, et…

Elle s'interrompit, puis poussa une exclamation.

— Je sais qui vous êtes ! Le groupe qui donne des représentations historiques au château !

— Mais oui ! renchérit Lizzie.

— Nous sommes célèbres ! fit Thayer en donnant un coup de coude à sa partenaire.

— Je ne sais pas si c'est une bonne chose, murmura Toni.

— Mais si ! s'écria Lizzie. Il y a un article dans le journal d'Edimbourg, aujourd'hui. Vous pouvez l'acheter chez Ioin, la petite maison de la presse qui est au pied de la colline. Je pense que l'article vous plairait. Il dit que vous avez monté un joli spectacle en faisant renaître le passé, et il ajoute même que les autochtones trouveraient cela intéressant, eux aussi.

Toni regarda Thayer et haussa les épaules, un petit sourire

aux lèvres. Son visage exprimait à la fois le plaisir et une sorte de regret.

— Merci, dit-elle.

— J'ignorais qu'un ou une journaliste était venu voir le spectacle, dit Thayer.

— C'est normal, déclara Lizzie. Ils ont voulu éviter tout traitement de faveur, afin de rester objectifs.

— En effet, dit Thayer. Cela dit, je m'imaginais que nous ne jouions que pour nos concitoyens. Nous travaillons avec une agence de voyages qui s'occupe de la promotion et des réservations, mais je sais qu'ils visent surtout une clientèle américaine.

— Et pourquoi laisser les Britanniques de côté ? demanda Trish en battant des cils. Ils aiment s'amuser, vous savez ?

— Je n'en doute pas, dit Thayer d'une voix douce et légèrement rauque.

Toni observait l'échange en se réjouissant intérieurement. Son cousin semblait prendre plaisir à ce petit flirt avec deux jolies femmes, même s'ils se trouvaient dans un cimetière.

Soudain, elle remarqua une autre femme, plus âgée, qui avançait au milieu des pierres tombales. Les autres la virent et se turent, eux aussi.

La femme se dirigeait vers eux. Elle portait dans les bras un gros bouquet de fleurs.

— Je crois que nous dérangeons, murmura Toni.

Thayer lui prit le bras, et ils s'éloignèrent de quelques pas, optant pour un silence respectueux plutôt que pour un départ qui aurait pu paraître choquant.

La vieille dame était suivie par un couple plus jeune : un homme séduisant, au crâne légèrement dégarni, et une jolie femme très mince d'une quarantaine d'années.

— Bon après-midi, dit l'homme avec un léger signe de tête.

La vieille dame les ignora, mais l'autre femme leur sourit.

La première se pencha avec ses fleurs, et murmura une prière près d'une tombe. Puis elle se redressa lentement et se tourna vers eux.

— Vous habitez le château, leur dit-elle.

Toni et Thayer hochèrent la tête. En dépit de l'interruption, ils savouraient encore le plaisir de savoir qu'on leur avait consacré un article positif dans la presse. Pourtant, un étrange malaise gagna Toni, lorsque le regard délavé de la vieille dame se posa sur elle.

— Vous le savez, n'est-ce pas ?

— Pardon ? murmura Toni.

— De plus graves ennuis nous guettent. Ils ont retrouvé la pauvre femme qui avait disparu depuis tant d'années. Ils ont dérangé le passé, déterré un fantôme. Et ils se demandent ce qui se passe dans cette forêt ! Il a tué une fois, et il l'a enfouie sous terre. Et maintenant, on l'a sortie de là. Il tuera encore, et encore, et encore. On savait qu'il errait là-dedans, toutes ces années. Oui, on le savait ! Il errait dans son château et dans les bois, trahi, l'âme rongée par la rage de se venger. Et maintenant, il s'est levé et il cherche sa vengeance à travers tout le pays. Vous ! cria la dame en agitant un doigt en direction de Toni. Vous le savez ! Vous savez qu'il s'est levé, qu'il est réveillé et furieux ! Vous le savez ! Bruce MacNiall s'est levé, et il rôde, et il tue ! Et si vous continuez de piétiner le passé, la prochaine au visage dans l'eau, ce sera vous. Oui, vous serez la prochaine femme au visage dans l'eau !

12.

Bruce arriva au bureau de Darrow quelques minutes après midi. Il avait hésité à emmener ses invités aux archives du village, comme prévu, afin de leur montrer ses titres de propriété. La démarche ne paraissait plus aussi nécessaire : ils semblaient tous avoir accepté le fait que Bruce fût chez lui, au château. Et puis, le message du médecin légiste l'avait beaucoup intrigué…

Tillingham avait tout d'un endroit paisible. Toute la campagne alentour, au pied des Highlands, était composée de terres cultivées. Ceux qui ne les avaient pas encore quittées pour aller s'installer dans les grandes villes gagnaient leur vie en produisant de la laine, des produits laitiers et de la viande d'excellente qualité. La plupart d'entre eux adoraient leur petit coin de la planète et leur mode de vie qui s'était considérablement amélioré, depuis les siècles du servage et des guerres.

Bruce possédait de larges étendues de terres et un certain nombre de bâtiments en ville, qui abritaient des commerces. Certains de ces biens venaient de son héritage, d'autres avaient été acquis par son travail. Des études à l'université de Californie, à Los Angeles, lui avaient permis d'apprendre les rouages de la Bourse américaine. Il avait donc joué, et beaucoup gagné, au fil des années. Et puis, malgré tout, son père lui avait inculqué un certain respect des traditions. L'hérédité et le retour de Charles II sur le trône d'Angleterre avaient fait d'eux des lairds. Cela impliquait une certaine responsabilité vis-à-vis des habitants du village de Tillingham.

Bruce était chez lui, ici. Il y avait ses racines. Il aimait la région. On y voyait encore des maisons au toit de chaume transformées en cafés ou autres commerces. Les terres cultivées n'étaient pas loin du centre, et le château se dressait toujours au sommet de la colline.

Le bureau de Darrow était sur la place principale, près de celui de Jonathan Tavish et juste en face du superbe bâtiment médiéval qui abritait les archives locales et les services délivrant licences et permis, entre autres.

Rowenna, la secrétaire de Darrow, l'accueillit avec un sourire.

— Il est tout excité, dit-elle en se levant pour conduire Bruce à la morgue où Darrow s'occupait des morts de Tillingham et des environs. Mais il ne m'a pas dit pourquoi.

Elle ouvrit une porte, et Bruce la remercia avant d'entrer. Rowenna lui sourit de nouveau, et referma la porte.

Le médecin légiste portait une lampe frontale, et d'énormes lunettes au travers desquelles il étudiait les restes étalés en bon ordre sur la table d'autopsie, devant lui. A l'entrée de Bruce, il leva la tête. Ses yeux avaient l'air énormes, derrière les verres, et, avec sa blouse de laboratoire, il faisait penser à un savant fou.

— Bruce ! s'exclama-t-il. Tu es venu ?

— Comment pouvais-je résister à une telle invitation ?

Darrow hocha la tête.

— Eh bien, mon ami, si tu m'aimais, jusqu'à présent, je crois que, maintenant, tu vas m'adorer !

— Ah bon ?

Il fit signe à Bruce d'approcher.

C'était bizarre de regarder des restes humains. Il n'y avait plus aucune humanité dans le corps de cette femme. Ses orbites vides avaient quelque chose de surnaturel, tout comme les quelques mèches de cheveux restantes ou la chair momifiée. Certains os n'étaient plus attachés au squelette, mais on les avait posés à leur place, du point de vue anatomique. Les morceaux de tissu noircis donnaient une idée étrange de ce qu'elle avait pu porter durant les derniers moments de sa vie. Le crâne lui-même était nu, à certains endroits, et encore couvert d'une pellicule de chair, à d'autres.

Mais, devant le corps de cette femme qui avait sans doute été l'une de ses ancêtres, Bruce ne ressentait pas l'horreur qui l'avait envahi lorsqu'il avait découvert le corps de la jeune fille assassinée, dans la forêt de Tillingham.

— C'est vraiment une découverte extraordinaire, reprit le légiste en étudiant la partie supérieure du cadavre.

Bruce s'éclaircit la gorge, et Darrow leva les yeux vers lui, se rappelant, visiblement, qu'il attendait une explication.

— Pardon, mon ami, reprit-il. Je ne cesse d'oublier… Des siècles ont passé, tu sais ?

— Oui.

— L'état de conservation est vraiment unique, continua Darrow. Nous avons quelques os à nu, bien sûr, mais je n'ai pas eu besoin de la découper ou de prendre des échantillons. Des experts vont arriver.

— Daniel, que voulais-tu me dire ? demanda Bruce, craignant que le bon docteur ne se plonge de nouveau dans son étude et n'oublie de lui donner l'explication qu'il attendait.

— Là ! fit Darrow.

Il dirigea le faisceau de sa lampe sur le lien qui était encore noué autour du cou de la défunte.

Bruce regarda attentivement, mais il ne vit qu'une ligature noircie et tachée de boue.

— Désolé, Daniel. Que veux-tu me montrer exactement ?

Daniel poussa une exclamation.

— Ah, non, mon vieux ! Je ne vais pas te mâcher le travail. Tu as été flic, quand même !

Bruce le considéra un instant, haussa les sourcils, et se pencha de nouveau sur le corps.

Et soudain, il vit ce que le médecin légiste voulait qu'il voie. A cause de la boue, on ne distinguait pas bien le tissage du linge noué autour du cou. En revanche, il avait porté un blason brodé qui représentait des armoiries familiales. Et ce n'était pas celles des MacNiall. Il y avait un G et un D, au-dessus d'un faucon pèlerin, lui-même dessiné au-dessus d'une épée.

Bruce sentit l'excitation le gagner.

N'importe quel écolier ayant grandi au village ou dans ses alentours savait que les lettres G et D avec le faucon pèlerin sur une épée étaient l'emblème de guerre choisi par le traître, Davis, celui qui avait fait tomber le grand MacNiall.

— Alors ? murmura Bruce, le cœur battant.

— Alors, déclara Daniel sur un ton enjoué, on dirait que Grayson Davis a tué notre lady MacNiall, et non son laird de mari. Bien sûr, certains argueront du fait que Bruce a pu étrangler sa femme avec les couleurs de Grayson, mais qu'est-ce que Bruce aurait bien fabriqué avec l'écharpe de son ennemi ? Je ne suis pas historien, mais il me semble que notre héros local a enfin été vengé !

Bruce sourit.

— Eh bien, nous verrons ce que disent tes experts !

Daniel hocha la tête.

— Une chose est sûre, en tout cas, reprit Bruce.

— Oui ?

— J'ai toujours eu beaucoup d'amitié pour toi, mais, maintenant, je t'adore.

*
* *

— Allons, maman, dit l'homme en avançant pour prendre le bras de la vieille dame. Je sais que tu vois le vieux cavalier de temps en temps, ajouta-t-il en l'entraînant gentiment, mais tu vas faire peur à ces braves gens.

Il leva les yeux au ciel, comme pour indiquer à Toni et aux autres qu'il ne fallait pas faire attention à ce que disait sa mère.

— Ils ne le verront pas ! dit-elle. Personne ne le verra.

Elle continuait de regarder Toni avec ses yeux bleu délavé, des yeux qui paraissaient distinguer des choses invisibles pour les autres.

— Faites attention ! chuchota-t-elle fiévreusement.

Toni hocha la tête, la gorge serrée, consternée de sentir son sang se glacer dans ses veines. Cette vieille femme était sénile, évidemment.

Thayer passa un bras autour de ses épaules. Même Lizzie et Trish, qu'elle connaissait à peine, s'étaient rapprochées d'elle, comme pour la protéger contre cette étrange attaque.

— Venez, belle-maman, dit la femme la plus jeune en leur adressant un sourire d'excuse. Les fleurs sont aux pieds de beau-papa, maintenant. Nous allons acheter ces scones que vous aimez tant, au bas de la rue, et nous prendrons le thé, d'accord ?

Elle glissa son bras sous celui de la vieille dame, et l'entraîna doucement vers la sortie du cimetière.

L'homme s'attarda un moment, secouant la tête.

— Mon nom est Finan MacHenry, dit-il. Je suis vraiment désolé, mademoiselle. Ma mère a l'art de coller la frousse aux gens, mais il ne faut pas y prêter attention. Nous avons tous été étonnés, au village, en apprenant que Bruce avait loué le château, mais vous nous rendez service, et nous vous en remercions. Je suis propriétaire d'un pub, et les touristes qui viennent assister à votre représentation dépensent, chaque fois, pas mal d'argent chez moi. Oubliez les propos de maman. Elle a toujours cru voir Bruce MacNiall dans la forêt — non pas notre laird actuel, mais l'ancien cavalier. Et elle est un peu déçue, parce qu'elle s'imaginait qu'il était innocent. Mais, maintenant qu'on a découvert les ossements…

Il haussa les épaules, et Toni lui sourit.

— Merci, monsieur MacHenry, dit-elle en lui tendant la main. Vous, votre femme et votre mère avez l'air de beaucoup vous aimer.

— Encore une fois, ne prêtez pas attention à maman. Elle est…

Il hésita, et haussa les épaules, avant de conclure :

— Elle est âgée, voilà tout. Je vous souhaite une bonne fin de journée.

— A vous aussi ! répondirent-ils à l'unisson.

— Eh bien, encore une scène intéressante, murmura Thayer, lorsque l'homme se fut éloigné. Toni, est-ce que ça va ? Elle t'a vraiment regardée d'une manière bizarre.

— Elle est âgée, voilà tout ! répondit Toni en souriant.

— Oui. Et un peu cinglée, aussi. Mais c'était quand même troublant, dit Trish.

— Ces yeux ! fit Lizzie en tressaillant. Je suis contente qu'elle ne m'ait pas regardée comme ça… Oh, pardon !

— Ce n'est pas grave, dit Toni. En fait, j'ai été touchée par la manière dont ils s'occupaient d'elle.

— Ah, ça, c'est typiquement écossais, expliqua Lizzie. Ajoutez une pincée de superstition, une note de fantaisie et une dose raisonnable de bon sens, et vous aurez le portrait type de l'Ecossais. Mais oublions cela. Nous aimerions beaucoup assister à votre représentation, vous savez, même si nous ne sommes pas américaines.

— Venez donc demain soir, dit Thayer. Vous pouvez même arriver un peu en avance.

— Je ne m'occupe pas de la gestion, mais je suis sûre qu'il y aura de la place pour vous, ajouta Toni.

— On doit retrouver le reste de la troupe dans un pub du village, d'ici un petit moment, dit Thayer. Si vous vous joignez à nous, on boira un verre ensemble et on s'organisera pour demain.

Lizzie et Trish échangèrent un regard, avant de répondre à Thayer :

— Avec plaisir.

— Je crois que je vais vous laisser prendre de l'avance, dit Toni. J'ai envie de me promener encore un peu dans ces allées.

Thayer fronça légèrement les sourcils, comme s'il craignait que les deux jeunes femmes ne se désistent si Toni ne les accompagnait pas.

Trish frissonna.

— Vous voulez rester seule dans ce vieux cimetière, après ce qui vient de se passer ?

— J'aime les cimetières, répondit Toni.

Thayer hésita encore, une fraction de seconde.

— Tu es sûre ?

— Absolument, répondit la jeune femme. Si jamais une main jaillit d'une tombe pour m'attraper, je promets de m'enfuir à toutes jambes.

Les trois autres éclatèrent de rire.

— On te commande à boire ? demanda Thayer.

— Non, c'est inutile. Je suis sûre que le service est rapide.

— Eh bien, on y va ? demanda Thayer.

— Allons-y, répondit Lizzie. A tout à l'heure ! ajouta-t-elle à l'adresse de Toni.

Lorsqu'ils furent partis, la jeune femme regarda autour d'elle et tressaillit. La nuit commençait déjà à tomber. Rester seule ici était de la folie. Elle ferait mieux de rattraper Thayer et ses nouvelles amies et d'aller au pub, où la bière était tiède et la compagnie chaleureuse. Que faisait-elle, seule, au beau milieu d'un cimetière rempli de morts ?

Mais, aussitôt, elle secoua la tête, comme pour chasser ses craintes. Elle allait tout à fait bien. Elle avait envie d'être seule. Et il était hors de question qu'elle se laisse aller à avoir peur. Elle adorait ce genre d'endroit, depuis toujours ; elle aimait le fait qu'on y côtoie à la fois le présent et le passé le plus lointain.

Elle regarda de nouveau autour d'elle, et un monument funéraire attira son attention. A la base, un banc de marbre en forme d'arche regardait un jardin soigneusement entretenu et, dessus, se dressait un superbe ange sculpté prenant son envol.

Toni s'approcha et admira les détails de la sculpture. Le visage de l'ange regardait vers le bas d'un air triste. Dessous, on lisait : *Ci-gît Margaret Maris MacMannon, fille adorée de Rose et Magnus, qui nous a quittés bien trop tôt, laissant derrière elle le souvenir de son extraordinaire bonté.*

Elle était morte à vingt-trois ans, une dizaine d'années plus tôt. Elle avait été institutrice, passionnée d'histoire, de musique et de danse, et dotée d'un amour profond pour l'humanité.

Comme Toni s'asseyait pour continuer à lire, elle découvrit avec surprise que l'église remerciait laird Bruce MacNiall pour le jardin et le monument funéraire.

— Alors, tu aimes les vieilles églises et les cimetières, en plus des châteaux ?

Toni sursauta, et se retourna brusquement. Elle vit alors Bruce MacNiall lui-même qui se dirigeait vers elle.

Il portait un complet sport, ce jour-là, mais il avait ôté sa veste et l'avait jetée par-dessus son épaule. Son regard était caché par des lunettes de soleil, et ses cheveux noirs coiffés vers l'arrière. Il aurait très bien pu sortir des pages d'un magazine de mode, plutôt que d'un vieux château en ruine, peut-être même hanté.

— Bruce, murmura la jeune femme, avec l'impression qu'on

venait de la surprendre en train de lire le journal intime d'une tierce personne. Vous… tu savais que j'étais là ?

Il secoua la tête et s'assit près d'elle, sur le banc.

— Non. Mais je suis content de te voir.

Elle sourit. Elle se sentait comme intimidée. Puis elle décida de lui demander, simplement :

— Qui était Margaret ?

Il n'eut pas l'air gêné ou ennuyé par la question. Il leva juste les yeux vers l'ange, comme s'il voyait quelque chose, bien au-delà de la sculpture. Puis il haussa doucement les épaules.

— Le grand amour de ma jeunesse, répondit-il, avant de se tourner vers Toni. C'était une fille du village qui adorait les gens, la vie…, les enfants. Nous étions fiancés, mais nous ne nous sommes jamais mariés.

— Que lui est-il arrivé ? demanda Toni, craignant de se montrer indiscrète et d'entendre encore quelque horrible histoire.

— Une leucémie. Je n'ai jamais connu quelqu'un qui aimât autant les choses simples de la vie : le ciel, les collines, l'herbe, les arbres… les enfants. Elle adorait les enfants. Elle en voulait une douzaine. Elle disait qu'il n'y avait pas suffisamment d'Ecossais dans le monde.

— Je suis désolée, murmura Toni. Cette jeune femme devait être très attachante.

Il hocha la tête et détourna les yeux. Toni crut qu'il allait s'arrêter là, mais il la regarda de nouveau.

— Je crois que c'est un peu la raison pour laquelle j'ai négligé le château, toutes ces dernières années, dit-il. Elle l'adorait. Elle voulait lui redonner vie. Elle avait une façon tellement unique de rendre les gens heureux autour d'elle… Quelle ironie que sa vie à elle se soit révélée si fragile, au bout du compte !

— Je suis désolée, répéta Toni.

— Non, je t'en prie. Elle est partie depuis longtemps, maintenant. Je n'ai pas vraiment d'excuses d'avoir laissé les choses s'en aller à vau-l'eau, comme ça.

Il sourit.

— Tu as rendu visite au reste de la famille ? demanda-t-il.

— J'ai vu quelques MacNiall dans l'église, oui.

— Et tu es venue seule ?

— Nous avons rendez-vous au pub qui est au pied de la colline, à 16 heures. Ryan et Gina sont allés porter des copies de nos documents à Jonathan, David et Kevin font du shopping, et Thayer et moi venons de rencontrer deux jeunes femmes charmantes, au cimetière. Thayer les a emmenées au pub, en attendant que je les rejoigne.

— Bon. Je suis content que ton cousin ait trouvé un peu de distraction.

Il sourit avant de poursuivre :

— J'ai eu moi-même mon compte d'excitation, aujourd'hui.

— Ah bon ?

— Je suis allé voir le médecin légiste, et nous pensons avoir fait une découverte qui lavera définitivement mon ancêtre du soupçon de meurtre qui pèse sur lui depuis si longtemps.

— Vraiment ? s'exclama Toni.

Il hocha la tête.

— On dirait qu'elle a été étranglée à l'aide d'une écharpe qui appartenait à l'ennemi juré de la famille : un homme du nom de Grayson Davis. Il était de la région, mais pas du genre à se battre du côté de ceux qui perdent. C'est vraiment terrible lorsque les hommes d'un même pays se battent à mort les uns contre les autres, et pourtant, tout au long de notre histoire, les Ecossais ont combattu d'autres Ecossais presque autant qu'ils ont combattu les Anglais. Grayson Davis a retourné sa veste et, ce faisant, il est devenu l'ennemi de bon nombre d'hommes qui avaient été ses proches. C'est lui qui a fait tomber Bruce

MacNiall. Il l'a rattrapé dans la forêt, il a organisé un simulacre de procès, et... bon, tu connais la suite.

Toni le regarda d'un air surpris, et murmura :

— Je me demande...

— Quoi donc ?

— Rien, répondit-elle en secouant la tête.

Bruce lui prit la main et la caressa avec une tendresse absente, comme si c'était le geste le plus naturel du monde.

Toni sentit son cœur chavirer.

— Tu as rendu un fier service à notre famille, en retrouvant Annabelle, tu sais ? reprit-il. Je te dois une fière chandelle.

— J'en suis ravie, dit-elle, troublée d'être aussi près de lui. Il faudrait rapporter ta découverte à une vieille dame qui est passée par ici, tout à l'heure. Apparemment, tout le monde, en ville, sait qu'Annabelle a été retrouvée. Cette dame était vraiment bouleversée : elle est convaincue que ton ancêtre continue d'errer dans les environs, et qu'il se rend maintenant dans les grandes villes pour y enlever des jeunes femmes et les étrangler dans la forêt.

— Quoi ? s'exclama Bruce, les sourcils froncés.

Toni secoua la tête, un peu étonnée par la violence de sa réaction.

— Je ne pense pas qu'il faille la prendre au sérieux, enchaîna-t-elle vivement. C'est une vieille femme qui avait l'air au courant de notre présence au château, et qui est bouleversée par le fait qu'Annabelle a été retrouvée dans la forêt. Elle veut croire que ton ancêtre est un héros, pas le meurtrier de son épouse. Apparemment, elle est persuadée que Bruce MacNiall rôde encore dans la campagne.

— Elwyn MacHenry ! dit Bruce avec un grognement de contrariété.

— C'est ça. Elle était avec son fils et sa belle-fille. Ils ont l'air très gentils.

— En effet, mais Elwyn est vraiment dérangée. Elle raconte ces sornettes au sujet de Bruce depuis des années. Jusqu'à maintenant, elle le décrivait montant à cheval au clair de lune, et rien de plus, ajouta-t-il d'un air amusé. Elle ne l'a jamais accusé d'errer de ville en ville pour étrangler des femmes.

— En tout cas, elle va être heureuse d'apprendre la vérité, dit Toni.

Bruce se leva brusquement et lui prit la main.

— J'adore cet endroit, mais trop, c'est trop. Allons rejoindre les vivants, d'accord ?

Le début de la soirée les trouva tous au pub. Bruce était d'excellente humeur, et Thayer prenait un plaisir évident à la compagnie de Lizzie et Trish. Gina leur rapporta que Jonathan s'était montré cordial et qu'il les avait remerciés de lui avoir apporté des copies de leurs documents et d'avoir confié les originaux à Robert Chamberlain. Il avait ajouté que les commerçants étaient ravis des retombées de leur entreprise. Les autobus s'étaient arrêtés au village, chaque fois, et les touristes avaient acheté des tas de T-shirts, de confitures, de bijoux, de tartans, de cachemire et autres miniatures du château.

Kevin et David avaient passé leur temps dans les boutiques, à chercher de la vaisselle jetable, et ils étaient ravis de leurs achats.

Gina décida qu'ils devaient tous commander du haggis pour le dîner, puisque c'était le plat national. Mais Bruce refusa catégoriquement.

— J'ai horreur de ça, dit-il.

— Mais c'est la grande spécialité nationale ! s'exclama la jeune femme.

— En effet, et vous savez pourquoi ? demanda-t-il. On farcit la panse d'une brebis avec tout ce qui traîne, et notamment les morceaux de viande les moins chers.

— Les abats, dit David.

— Exactement, dit Bruce. Parce que nous ne sommes pas assez riches pour manger les meilleurs morceaux… Mais je vous en prie, Gina, prenez le haggis. Personnellement, je choisis le bifteck d'aloyau, qui est délicieux, ici. Les côtelettes d'agneau sont excellentes, aussi, surtout quand on pense que nous sommes dans un pub local.

Toni choisit le saumon, tandis que Thayer, David, Ryan et Kevin suivaient le conseil de Bruce et commandaient l'aloyau. Lizzie et Trish optèrent pour les côtelettes d'agneau.

— Tu es sûre de vouloir du haggis, Gina ? demanda Ryan. Je n'échange pas mon plat contre le tien, je te préviens !

Elle lui fit la grimace, mais, au moment de passer la commande, elle demanda à la serveuse :

— Que pensez-vous du haggis ?

La femme regarda Bruce.

— Je lui dis la vérité, laird MacNiall ?

— Certainement, Catherine, répondit ce dernier d'un air solennel.

— Je crois qu'on le garde au menu pour les touristes, dit la serveuse, provoquant un éclat de rire général autour de la table.

Gina prit l'aloyau.

Avant la fin de la soirée, Thayer avait pris rendez-vous avec Lizzie et Trish pour le lundi suivant : il les accompagnerait à Glasgow et leur ferait visiter la ville. Kevin et David, eux, faisaient des plans pour décorer le château, à l'approche des fêtes, et Gina s'était lovée dans les bras de son mari, d'un air ravi. Quant à Bruce, il les observait d'un air amusé, et échangeait avec Toni des regards complices que la jeune femme trouvait aussi touchants que séduisants. Les doutes et les peurs qu'elle avait nourris à son sujet semblaient s'être dissipés totalement. Elle n'attendait qu'une chose : se retrouver dans ses bras.

Malheureusement, ses plans furent contrariés. En effet, à leur arrivée au château, ils trouvèrent Eban en train de faire trotter le rouan, dont l'état avait encore empiré. Mais le petit homme commençait à accuser des signes de fatigue, et Toni proposa aussitôt de rester avec Ryan pour s'occuper du cheval. Bruce l'en dissuada, cependant.

— C'est moi qui vais rester, lui dit-il.

— Mais Wallace a l'air vraiment mal en point, dit-elle, bouleversée.

— Je vais appeler le vétérinaire, Toni. Tout ira bien.

— Où trouveras-tu un vétérinaire, à minuit, un dimanche soir ? s'exclama la jeune femme.

— C'est l'avantage de vivre dans un village où tout le monde se connaît. Fais-moi confiance, Toni.

— Je pense qu'il a raison, Toni, intervint David en passant un bras autour des épaules de la jeune femme. Laissons-les gérer la situation.

Toni hocha la tête. De toute façon, elle était tellement inquiète qu'elle risquait de les déranger plus qu'autre chose.

Bruce lui prit le bras et l'entraîna doucement vers le château.

— Dors, lui dit-il, mais… dans mon lit !

Toni leva les yeux vers lui et acquiesça d'un signe de tête.

— Le vétérinaire va prendre soin de Wallace, conclut-il sur un ton rassurant.

Elle monta donc, se doucha, enfila une chemise de nuit et se glissa dans le lit de Bruce. Toujours inquiète, elle se releva et marcha vers la fenêtre. Il y avait encore de la lumière, dans l'écurie.

Elle retourna se coucher, mais ne réussit qu'à s'agiter dans le lit, préoccupée par les événements qui s'étaient enchaînés, depuis leur arrivée. Une heure passa, et elle regardait toujours le plafond. Finalement, elle ferma les yeux et s'endormit… jusqu'à ce qu'on la touche. Elle ouvrit les yeux et le trouva là… au pied du lit.

Cette fois, son sabre était glissé dans le fourreau attaché à sa ceinture, et il n'était pas ensanglanté.

Toni s'assit et le regarda fixement. Elle aurait voulu crier, alerter les autres afin qu'ils accourent, afin que cette vision s'évanouisse, mais aucun son ne franchit la barrière de ses lèvres… Enfin, maintenant, au moins, elle voyait clairement que ce n'était pas Bruce, même si le visage de l'apparition continuait de lui ressembler de manière frappante.

Elle fit courir sa main sur le drap, à côté d'elle, dans l'espoir un peu fou que son Bruce à elle était monté se coucher pendant qu'elle dormait. Mais il n'était pas là. Et l'homme au pied du lit lui ressemblait tellement qu'elle se surprit de nouveau à douter de sa raison, et aussi de l'homme dont elle était en train de tomber amoureuse.

— Ne me faites pas ça ! chuchota-t-elle.

Il se retourna simplement et marcha vers la porte.

— Non ! dit-elle.

Il attendit qu'elle se lève et qu'elle le suive pour s'engager dans le couloir.

Toni lui emboîta le pas, pieds nus et grelottant dans sa chemise de nuit. Elle ne comprenait pas pourquoi elle ne criait pas, pourquoi elle ne réveillait pas les autres. S'ils ne le voyaient pas, elle saurait qu'elle était en train de suivre un fantôme. C'est-à-dire qu'elle était vraiment folle…

Il marqua une pause, sur le palier, et son visage se crispa brusquement, comme s'il trouvait pénible, douloureux, même, de se trouver là. Puis il regarda derrière lui, comme pour s'assurer qu'elle était bien là.

— Vous avez un descendant, ici, vous savez ? lui dit-elle. Vous ne pourriez pas plutôt apparaître devant lui ?

Pas de réponse.

Il s'engagea dans l'escalier, et Toni sentit les battements de son cœur redoubler de vitesse et d'intensité.

Crie ! se dit-elle.

Mais elle n'en fit rien.

Il arriva dans le grand hall et l'attendit de nouveau. Lorsque Toni atteignit la dernière marche, il se dirigea vers la deuxième salle et, de là, vers la porte menant à la crypte.

— Non, je vous en prie ! lui dit-elle.

Non, chère, permettez que « je » vous prie.

Le fantôme avait-il parlé ou bien les mots avaient-ils résonné dans son esprit ?

— Je n'aime pas la crypte, chuchota-t-elle.

La porte était ouverte. Il descendit les marches en pierre. Cette fois encore, il la conduisit vers sa tombe… et disparut.

Restée dans l'ombre et l'humidité de la mort, la jeune femme tourna sur elle-même, le cherchant follement.

— Que voulez-vous ? Que voulez-vous ? On a retrouvé Annabelle. Tout le monde sait, maintenant, que vous ne l'avez pas tuée !

Mais elle n'obtint aucune réponse. Comme la veille, elle eut l'impression que la lumière faiblissait, depuis qu'elle ne le voyait plus. Elle était terrifiée, et furieuse, aussi. Pourquoi l'amenait-il ici ? Et pourquoi la laissait-il seule dans la pénombre et le froid ?

Elle se rua vers l'escalier et gravit les marches aussi vite qu'elle le put, manquant de tomber plusieurs fois dans sa hâte à rejoindre le rez-de-chaussée. Comme la veille, elle fit irruption dans la salle, et courut, courut à travers le hall et jusqu'à l'étage. Arrivée sur le palier, elle hésita un instant, envisageant de faire irruption dans la chambre de David et Kevin pour leur annoncer qu'ils pliaient bagage.

Au même instant, elle entendit siffloter au rez-de-chaussée. Elle se pencha sur la rampe, et aperçut Ryan qui sortait de la cuisine avec une tasse de café.

Il leva la tête et la vit.

— Toni ? fit-il, l'air inquiet.

Elle devait avoir l'air d'une folle, mais le seul fait de voir un être vivant, qu'elle connaissait, en train de traverser le hall, l'aida à retrouver son sang-froid.

— Je... euh, comment va Wallace ? demanda-t-elle.

— Le vétérinaire est convaincu qu'il avale quelque chose qui lui donne des coliques, mais il n'arrive pas à déterminer ce que c'est. Cela dit, ça n'a pas l'air d'être grave, je t'assure. Je ne te mentirais pas... Tu aurais pu demander à Bruce. Il est monté. Ça fait un petit moment, d'ailleurs. Va te coucher. Wallace va s'en tirer.

Toni sourit, soulagée de constater qu'il attribuait sa présence sur le palier au fait qu'elle s'inquiétait pour le cheval.

— Bonne nuit, Ryan, dit-elle. Merci.

Elle pivota sur ses talons, et longea le couloir en courant, avant de faire irruption dans la chambre de Bruce. Il s'était douché et sortait de la salle de bains, une serviette autour de la taille. Il avait l'air distrait et, lorsqu'il la regarda, les traits de son visage étaient tendus.

— Je m'apprêtais à lancer une chasse à l'homme, dit-il. Je t'ai dit que je m'occupais du cheval, Toni. Il va bien.

Elle hocha la tête.

— Oui, merci.

— Tu n'entres pas ? demanda-t-il, comme elle restait sur le seuil.

Elle hocha encore la tête, mais ne bougea pas.

— Toni, qu'est-ce qui t'arrive ?

Elle déglutit.

— Bruce, tu n'étais pas au pied de ce lit, en kilt, il y a environ un quart d'heure ?

Il poussa un soupir.

— J'étais avec Ryan et le vétérinaire, répondit-il. Tu as encore rêvé ?

— Non. Je ne crois pas qu'il s'agisse d'un rêve. Je vois vraiment le fantôme de ton ancêtre.

Elle lut la stupéfaction et l'incompréhension sur le visage de Bruce.

— Toni, les fantômes n'existent pas, dit-il.

— Pourtant, je vois le fantôme de ton ancêtre, répéta-t-elle d'un ton ferme. Et, chaque fois, il m'emmène dans la crypte, sous le château.

— Cette porte est verrouillée, Toni. Il n'existe qu'une clé, et c'est moi qui l'ai.

— Viens avec moi, lui dit-elle simplement.

— Toni, je suis à moitié nu. Il va falloir que j'enfile quelque chose. Toi-même, tu es à peine habillée, tu sais ? Cette chemise de nuit est transparente.

— Viens avec moi, répéta la jeune femme.

— Comme ça ?

— Nous sommes les seuls à être encore debout, lui dit-elle en retournant dans le couloir.

— Toni ! grommela-t-il en la suivant à contrecœur.

Mais la jeune femme courait presque, et il faillit perdre sa serviette, dans sa hâte à la rattraper.

— Toni, c'est de la folie ! dit-il en lui attrapant le bras.

— Je vais te montrer !

Elle se dégagea et fila jusqu'au grand hall, puis jusqu'à la salle qui suivait, avant de s'arrêter net devant la porte de la crypte. Elle était verrouillée.

Toni attrapa la poignée et tira dessus de toutes ses forces, mais la porte était bel et bien fermée. Elle sentit la présence de Bruce, dans son dos, et aussi son scepticisme. Et, soudain, le doute la gagna, elle aussi.

Elle se tourna et jeta les bras autour de son compagnon.

— Je l'ai vu, insista-t-elle, au comble du désarroi. Il a ouvert la porte. J'ai descendu l'escalier…

— Toni, s'il te plaît, allons nous coucher.

Elle tremblait de froid, et Bruce la souleva dans ses bras, la serrant contre lui, tandis qu'ils traversaient le château en sens inverse.

— Ne gigote pas trop ou je vais perdre ma serviette ! lui dit-il pour alléger l'atmosphère.

Mais elle ne gigotait pas. Elle ne bougeait pas du tout.

— Toni, murmura-t-il, bouleversé par la détresse et la peur qu'elle dégageait.

Elle secoua la tête, nouant les bras autour de son cou.

Arrivé devant la chambre, il poussa du pied la porte restée entrouverte, et la referma de la même façon. Puis il déposa la jeune femme sur le lit.

— Je te sers un cognac ?

— Non ! fit-elle en se redressant pour se jeter de nouveau dans ses bras. Ne me quitte pas, même une seconde !

— Toni, tu ne risques rien, ici…

— Non, tiens-moi. Fais-moi l'amour, reste avec moi, que je sente ta chaleur, ta chair, la vie. Fais ce que tu fais si bien, s'il te plaît. Fais disparaître le reste du monde.

— Toni…

— Tout de suite, je t'en supplie !

Alors, il se pencha sur ses lèvres.

Ce soir, ses baisers étaient doux, lents, presque hésitants. Mais Toni ne voulait pas de ça, et elle s'accrocha fiévreusement à lui, insufflant passion et urgence à leur étreinte, arrachant la serviette qui ceignait toujours sa taille, impatiente de le sentir contre elle, de les débarrasser de cette barrière qui les séparait. Elle était frénétique, presque électrique dans son besoin désespéré de sentir sa chaleur.

Mais Bruce la saisit par les poignets et s'allongea sur elle, entamant une danse bien plus sensuelle, baignant sa peau dans le feu de son désir, la couvant de baisers lents et habiles, témoins de la tendresse qu'il lui portait.

Et, comme elle l'avait voulu, comme elle en avait tant besoin, le reste du monde disparut, et elle ne pensa plus qu'à la manière dont le corps de Bruce s'emboîtait parfaitement dans le sien. Elle n'entendit plus que les battements fous et simultanés de leurs cœurs. Elle n'éprouva plus que la sensation de son sexe, en elle.

Soudain, elle explosa et, aussitôt, sentit le jet brûlant de son orgasme à lui, au plus profond d'elle.

Ensuite, il resta là, l'enveloppant de ses bras avec une douceur rassurante.

— Toni…

— Non, pas ce soir. S'il te plaît, ne parle pas, ce soir. Serre-moi juste contre toi ! le supplia-t-elle.

Et il lui obéit.

INTERLUDE

— Bruce, je t'en prie ! Devant Dieu, je jure que j'ignore ce que cet homme t'a dit, mais tu es toute ma vie et je ne t'ai pas trahi. Jamais. Je t'aime, Bruce.

Elle avait prononcé ces dernières paroles dans un chuchotement rauque et, en la regardant dans les yeux, ces yeux dont les prunelles bleues n'exprimaient que la sincérité et la douceur du lien qui les unissait depuis toujours, il sut qu'elle disait la vérité.

Il l'aida à se relever.

— Alors, il a menti, et il n'est pas encore arrivé. Mais il ne tardera pas, Annabelle. Lord Cromwell n'ordonne peut-être pas que l'on s'attaque aux familles des hommes comme moi, mais il ne punira pas non plus celui qui oserait prendre une captive, ici, dans ce qu'il considère comme une terre de sauvages, pour abuser d'elle. Notre fils est en sécurité, en France, avec le jeune roi. Tu ne peux plus rester ici.

— Où irais-je ? demanda-t-elle.

— Dans les Highlands. Chez les hommes de notre clan, tenus par l'honneur de te protéger, mon amour.

— Nous risquons de les mettre en danger. Et ici, le château — l'héritage de notre fils — pourrait tomber aux mains de l'ennemi.

— Un château n'est jamais que de la pierre et du mortier,

rien d'autre. Et, même si aucune troupe n'est venue jusqu'ici, la propriété a été confisquée par le gouvernement. Notre seul espoir réside dans le retour du roi. Et, que nous soyons là ou non, le jour où le roi reviendra, triomphant, sous le nom de Charles II d'Angleterre, notre cause sera reconnue, et tout nous sera rendu.

Annabelle tressaillit brusquement.

— Et si ce jour ne vient jamais ?

— Il viendra, déclara Bruce avec force.

Il caressa son visage, savourant la douceur de sa peau et la beauté de ses traits, mais aussi la manière dont elle le regardait, et tout ce que ce regard exprimait.

— Nous devons partir. Ce soir même.

— Comme tu voudras, dit-elle.

Il la serra contre lui, prenant le temps de sentir les battements de leurs cœurs, l'un contre l'autre. Il respira son odeur et songea que le bonheur d'aimer une personne avec tant de passion et d'en être aimé en retour n'avait pas d'égal. Il en éprouva une certaine humilité.

Finalement, il se dégagea, et elle sourit.

— Passons d'abord une nuit ensemble, s'il te plaît !

— Pas ici, dit-il. Allons dans la forêt.

Elle hocha la tête.

— Je vais prendre mes affaires.

— Ne t'encombre pas. Nous devons pouvoir nous déplacer rapidement.

Annabelle ne tarda guère, consciente que les paroles de son époux étaient empreintes de sagesse. Tandis qu'elle se préparait, Bruce parla à ses hommes, leur expliquant qu'il emmenait sa lady ailleurs et que, tant que le monde serait à l'envers, ils ne devraient pas donner leur vie au cours de quelque bataille que ce fût. Et si les troupes du Protectorat venaient jusque-là, qu'ils les laissent faire ce que bon leur semblerait, qu'ils les laissent prendre ce qu'ils convoitaient, et même démonter le château jusqu'à la dernière pierre, s'ils voulaient.

Quand Annabelle le rejoignit, bon nombre d'entre eux sanglotèrent, mais elle leur offrit un beau sourire et promit que tout irait bien.

Puis ils enfourchèrent tous deux le grand cheval noir de Bruce, et s'enfoncèrent dans la forêt.

Lorsqu'il eut trouvé une caverne naturelle formée par des chênes centenaires, Bruce étala sa cape par terre, et là, entourés par la douceur de la brise nocturne et la richesse verdoyante des bois, ils firent l'amour. Puis, tandis que la lune disparaissait loin au-dessus d'eux, Bruce tint son Annabelle contre son cœur. Ainsi blottis, ils s'endormirent d'un sommeil paisible.

Mais, au lever du soleil, Bruce entendit craquer une branche. Bondissant sur ses pieds, il prit son sabre. Il ignorait qui et comment, mais quelqu'un les avait trahis.

Le bruit n'était pas encore très proche, alors il tomba à genoux, réveilla Annabelle et posa les doigts sur ses lèvres.

— Habille-toi vite. Je te laisse le cheval. Emmène-le toujours vers le nord-ouest, enfonce-toi dans les Highlands et attends-moi.

— Où vas-tu ? Que fais-tu ? demanda-t-elle, alarmée.

— Je vais les perdre.

— Non !

Elle se jeta contre lui.

— Annabelle, je livre bataille constamment, et je sais de quoi je suis capable. Tu dois t'éloigner. Je t'en prie, si je te sais en sécurité, je peux combattre n'importe quel homme !

Elle se leva et enfila ses vêtements, tandis qu'il attachait son kilt en silence. Puis il la prit dans ses bras, une fois encore, et lui donna un dernier baiser.

— Va ! lui dit-il.

Il se pencha et avança lentement. Quand elle eut mis suffisamment de distance entre eux, il trahit sa présence.

Il entendait, maintenant, les chevaux qui s'avançaient ouvertement, à travers les arbres.

Il savait où trouver l'ennemi. Il bifurqua juste à temps pour permettre aux hommes de bondir de leur cachette, mais trop tard.

Deux coups de sabre eurent tôt fait de les mettre hors d'état de nuire.

Mais il y en avait d'autres. Et soudain, il fut encerclé.

Il trouva un sentier entre les arbres, derrière lui, et les entraîna à sa suite. Il était pris, et il le savait. Néanmoins, il se battit avec la même force et la même folie que les guerriers berserkers qui, autrefois, étaient arrivés en Ecosse, mêlant leur sang nordique et danois à celui de tribus plus anciennes. Il se battit, non pour défendre sa vie, mais pour gagner du temps — le temps qui permettrait à Annabelle de rejoindre les leurs, dans le Nord.

Ce jour-là, il abattit un adversaire après l'autre. En vain, car son ennemi avait constitué pratiquement une armée, et les hommes étaient amers et enragés par les pertes subies lors de la dernière bataille. Seul, il soutint leur assaut, souffrit une blessure après l'autre, sans cesser de combattre.

Finalement, il se retrouva au milieu d'un champ de cadavres. Mais son sabre avait été brisé, et il était à genoux, le sang coulant de son front dans ses yeux. Soudain, les hommes autour de lui reculèrent pour laisser passer Grayson Davis.

— Tu fais un drôle de héros, maintenant, ne crois-tu pas ?

MacNiall leva les yeux vers lui.

— Je serai toujours un héros. Parce qu'un homme qui croit à ses idéaux et ne dévie pas de son parcours pour suivre les vents de la fortune laissera toujours le souvenir de son intégrité.

Davis s'approcha encore.

— Sais-tu que tu es sur le point de mourir ?

— Je le sais.

— Tu vas hurler ta douleur et implorer ma clémence avant que j'en aie terminé avec toi, je te le jure.

MacNiall eut un sourire qui ne fit qu'exacerber la rage de son adversaire.

— Tu ne peux plus m'arracher le moindre cri.

— Non ? Eh bien, je vais te montrer ce que tu dois voir avant de commencer à mourir.

13.

Avant de s'endormir, Toni prit la décision de parler à Bruce dès le lendemain, à leur réveil. Elle allait passer pour une folle, mais tant pis. Elle devait absolument lui dire qu'elle voyait son ancêtre, qu'un fantôme l'avait attirée dans la forêt et qu'il l'emmenait maintenant dans la crypte. Seulement, lorsqu'elle ouvrit les yeux, au matin, Bruce n'était plus là.

David, qui sirotait du café en lisant le journal, lui apprit que leur hôte était parti au village pour voir Jonathan.

— Ça va ? demanda-t-il à la jeune femme, tandis qu'elle se servait du café.

— Oui… pourquoi ?

— *Pourquoi ?* répéta David.

Il secoua la tête et jeta un regard du côté de la porte pour s'assurer qu'ils étaient bien seuls.

— Parce que tu vois des fantômes !

Il s'éclaircit la gorge et ajouta :

— Et Thayer m'a dit qu'une vieille femme t'avait agressée, hier. Elle aurait aussi dit une chose absolument horrible sur le fait qu'on allait te retrouver, toi, dans la forêt.

— C'était juste une vieille femme superstitieuse, dit Toni.

David posa son journal et tapota la chaise à côté de lui.

— Viens t'asseoir et parle-moi. Si je comprends bien, elle ne t'a pas fait peur du tout.

— Bien sûr que si ! Mais seulement l'espace d'une minute. Elle souffre de cataracte, alors son regard était vraiment… bizarre. Quand elle est partie, nous avons échangé quelques mots avec son fils et, après, ça allait tout à fait bien. J'ai même eu le courage de rester toute seule dans le cimetière.

David sourit, et Toni s'abstint de mentionner qu'elle avait visité d'autres tombes, dans les entrailles du château. Il se faisait bien assez de souci pour elle.

— Laird Bruce a l'air de bien belle humeur ! reprit-il.

— Il est vraiment content de savoir que son ancêtre est innocent du meurtre de sa femme.

— En plus, notre présence est bonne pour les finances du village, reprit David. Moi qui craignais qu'on nous rejette !

— Pourquoi ? Parce que nous sommes américains ?

— Non, répondit David. Et quand je dis « nous », je pense à Kevin et à moi. Parce que nous ne sommes pas un couple classique. Mais les gens sont vraiment adorables, enchaîna-t-il sur un ton enjoué. On s'est bien amusés, hier, au village. Evidemment, certaines personnes nous ont regardés d'un drôle d'air, mais la plupart des gens étaient surtout intrigués. A mon avis, bon nombre d'autochtones vont monter au château, tôt ou tard, pour voir ce que nous y faisons.

— Tant mieux.

— Sauf que nous n'avons aucun droit d'être ici et que nous ignorons combien de temps laird MacNiall va nous permettre de rester.

Toni baissa les yeux. *En vérité, combien de temps tout cela pouvait-il durer ?*

— En tout cas, reprit-elle, j'ai imaginé une autre fin à notre grande scène de l'escalier.

— Ah bon ?

Toni hocha la tête.

— Le grand laird fait toujours son entrée fracassante à

cheval. Il gravit les marches pour rejoindre Annabelle, et ils s'affrontent de manière dramatique. Annabelle plaide son innocence et convainc son mari. Ils dévalent alors l'escalier et tombent nez à nez avec le méchant, qui fait irruption à son tour, également à cheval.

David prit l'air inquiet.

— Je te préviens : je ne veux pas être le méchant !

Toni sourit.

— Non, ça ne peut être que Ryan. Lui seul peut contrôler Wallace, en présence de Shaunessy.

Soudain, elle fronça les sourcils.

— Au fait, comment va Wallace ?

— Beaucoup mieux. Et même tout à fait bien, ce matin, répondit David.

La jeune femme hocha la tête et sourit.

— Alors, que penses-tu de mon idée ?

— Super. Et MacNiall va sûrement aimer. Quant à Ryan, il va adorer, puisqu'il aura de nouveau l'occasion de jouer le chevalier.

— Il faut que j'en parle avec les autres. Et avec Bruce, bien sûr.

Kevin entra à cet instant.

— Parler de quoi ?

Toni sourit et lui soumit son idée.

— Ça me va, déclara Kevin. On mange quelque chose ? Tu sais, David, on a acheté des tas de choses, hier, mais rien pour nous sustenter. Il va, pourtant, falloir remplir le réfrigérateur.

— On a plein d'œufs, dit David.

— Dans ce cas, on fera des omelettes.

— Vous voulez de l'aide ? proposa Toni.

— Non ! répondirent les deux hommes d'une seule voix.

— Allons, je ne suis pas si mauvaise cuisinière ! protesta la jeune femme.

— Tant qu'on ne se lance pas dans la confection d'un plat élaboré, en effet, répondit David. De toute façon, Kevin et moi, on travaille mieux seuls. Va donc voir ce vieux Wallace, et assure-toi qu'il continue de reprendre des forces.

— Bonne idée ! fit Toni.

La matinée était fraîche et le ciel parfaitement dégagé. Toni se dirigea vers l'écurie en espérant ne pas croiser Eban. Elle s'en voulait d'éprouver un tel malaise en sa présence, mais c'était plus fort qu'elle. Elle le défendait, en public. Mais, au fond, il lui faisait un peu peur.

Heureusement, Eban n'était pas dans l'écurie. Shaunessy non plus. Bruce avait dû le sortir. Wallace était bien dans son box, en revanche. Il s'ébroua lorsqu'elle marcha vers lui, et Toni eut l'impression qu'il était content de la voir.

Elle lui caressa la tête en le regardant dans les yeux et en l'examinant sous toutes les coutures.

— Tu as l'air en forme, ce matin, lui dit-elle. En pleine forme, même !

Il sortit la tête par-dessus la porte de la stalle, et pressa son nez contre la poitrine de la jeune femme, la poussant, comme s'il espérait une friandise.

— Non, je ne t'ai rien apporté, aujourd'hui, dit-elle. Nous ne savons pas ce qui te rend malade. Si ça se trouve, tu es allergique aux pommes ou aux carottes. Je me demande si c'est possible, tiens ! Je n'ai pas encore fait la connaissance de ton vétérinaire, mais, le moment venu, je lui poserai la question.

Le cheval la regardait de ses grands yeux bruns, comme s'il l'écoutait vraiment, et il la poussa de nouveau du bout du nez, comme pour lui dire que des bonnes choses comme les pommes et les carottes ne pouvaient pas lui faire de mal.

— Tu es tellement mignon ! lui dit la jeune femme.

Mais, soudain, les oreilles du cheval s'aplatirent vers l'arrière. Stupéfaite, Toni se tourna, mais elle ne vit rien. Qu'avait-elle bien pu faire pour provoquer la colère du cheval ?

Puis elle entendit un bruit, comme un grattement, en provenance du grenier à foin, au-dessus d'elle. Aussitôt, elle se raidit.

Une échelle menait aux combles. Elle se dressait là, à mi-chemin entre le box de Wallace et la sortie des écuries.

Toni prit une profonde inspiration. Quelqu'un était là, mais ce n'était pas forcément étonnant, encore moins inquiétant. Sans doute Eban entreposait-il du foin ou autre chose…

Le bruit cessa, mais Toni demeura aux aguets.

— Eh bien, mon vieux Wallace, je vais te laisser à tes occupations, dit-elle à voix haute.

Mais elle ne quitta pas l'écurie. Au lieu de cela, elle tira doucement le loquet et entra dans la stalle, se tenant tout près du cheval. Immobile. Dans l'attente.

D'abord, il ne se passa rien. Puis elle entendit de nouveau un mouvement, au-dessus. Elle retint son souffle. Quelqu'un descendait l'échelle. Depuis son point d'observation, derrière le cheval, elle vit le jean et la chemise de l'homme, puis l'arrière de sa tête, ses cheveux blond cendré.

Thayer !

Il sauta à terre, fit claquer ses mains sur son pantalon pour les épousseter, puis regarda autour de lui. Toni crut le voir pousser un soupir de soulagement. Finalement, il se dirigea vers la porte de l'écurie. Arrivé sur le seuil, il hésita une fraction de seconde, jetant un regard dehors. Puis il sortit rapidement.

Toni resta un moment dans la stalle, toute à sa perplexité. Pourquoi Thayer se cachait-il pour venir dans l'écurie ? Il avait parfaitement le droit de s'y trouver.

— Tu es un bon petit gars, murmura-t-elle finalement en caressant le cou de Wallace.

Elle sortit du box, puis s'arrêta devant l'échelle, et leva les yeux vers le grenier à foin.

Qu'est-ce que Thayer pouvait bien fabriquer, là-haut ?

Elle s'apprêtait à poser le pied sur le premier barreau de l'échelle lorsqu'une voix la fit sursauter.

— Hé, il a bien bonne mine, ce matin, mam'selle, vous trouvez pas ?

Toni se retourna, le cœur battant. Eban était sur le seuil et regardait du côté de Wallace.

Elle déglutit péniblement, et se força à sourire. Mais le petit homme lui bloquait la sortie.

— Il a bonne mine, en effet, répondit-elle. Merci de vous être aussi bien occupé de lui. C'est vraiment un bon cheval.

— Ça, c'est sûr, acquiesça Eban.

Il ne bougeait pas. Si elle voulait sortir de l'écurie, Toni allait devoir passer à côté de lui.

— Eh bien, bonne journée ! murmura-t-elle en se dirigeant vers la porte.

Il s'effaça pour la laisser passer, et elle sortit, s'attendant à le voir tendre la main pour l'arrêter. Mais ce furent les paroles du petit homme qui interrompirent sa fuite contrôlée.

— Il essaie de vous parler, vous savez, mam'selle ?

Toni eut la sensation qu'on venait de la saisir à bras-le-corps. Elle se retourna.

— Je vous demande pardon ?

— Le laird. Tout le monde n'est pas capable de le voir. Mais vous… vous avez le don.

Il s'approcha de la jeune femme et chuchota :

— Faites attention ! Faites *très* attention ! Faut pas que d'autres le sachent. Il y a toujours des gens qui veulent faire du mal. Mais le laird… le laird veut vous dire quelque chose.

Toni eut un sourire tremblant.

— Je ne sais pas de quoi vous parlez, déclara-t-elle fermement, avant de disparaître.

Elle se força à marcher lentement, mais, lorsqu'elle arriva près de l'entrée du château, elle courait presque.

Dans le grand hall, elle vit Ryan qui descendait l'escalier.

— Tu es allée voir ce bon vieux Wallace ? C'est génial, hein ? Il va vraiment l'air bien, ce matin.

— Oui, c'est génial, répondit la jeune femme en s'élançant dans l'escalier, pressée de se réfugier dans sa chambre.

Mais Ryan l'arrêta en posant la main sur son bras.

— Où vas-tu ? lui demanda-t-il d'un air étonné. Tu n'as pas entendu Kevin ? Le petit déjeuner est prêt.

— J'arrive, répondit-elle. Je veux juste me rafraîchir. Je ne serai pas longue. Commencez sans moi, d'accord ?

Et elle gravit les marches deux par deux.

Une fois dans sa chambre, elle se précipita vers son sac et le vida sur le lit. Puis elle prit son portefeuille et en tira la carte de visite qu'elle emportait partout avec elle, malgré sa détermination à ne jamais l'utiliser.

Puis elle alluma son portable et, après une seconde d'hésitation, composa le numéro imprimé sur le petit carton blanc.

— J'ai entendu parler de la découverte de notre ami Darrow, dit Robert en s'installant sur la banquette en face de Bruce. Félicitations.

Bruce prit la main que lui tendait son ami et la serra. Ils étaient à Stirling, dans un pub, à la demande de Robert.

— C'est peut-être absurde de se réjouir autant au sujet d'un truc qui remonte à si longtemps, mais… c'est vrai, je suis content, fit Bruce avec un haussement d'épaules.

Il regarda autour de lui, avant d'ajouter :

— Pourquoi Stirling ?

— Je ne voulais pas t'obliger à faire la route jusqu'à Edimbourg. Et puis, j'avais à faire, ici. Je ne tiens pas tellement à ce que Jonathan sache que nous nous voyons aussi souvent. Il s'imaginerait que je marche sur ses plates-bandes, si tu vois ce que je veux dire. On a besoin de coopérer, pas de se tirer dans les pattes.

Bruce hocha la tête.

— En effet. Alors ?

— On commande d'abord ?

— D'accord.

Bruce regarda de nouveau autour de lui, et trouva le pub plutôt minable.

— Ils ont un fabuleux poisson-frites, ici, bourré de graisse et de cholestérol, dit Robert. Le service est un peu lent, aujourd'hui. Les serveuses s'en vont les unes après les autres. Il faut dire que George, le patron, est un sale type. N'empêche, son poisson-frites vaut la peine d'attendre.

— Combien de temps ?

Robert sourit.

— Pas trop longtemps. Il me connaît.

Il leva la main et, en effet, presque aussitôt, un homme corpulent s'approcha de leur table.

— Alors, qu'est-ce que ce sera, inspecteur ?

— Un poisson-frites, pour moi, répondit Robert avant de regarder Bruce.

— Même chose, fit celui-ci. Et une bière brune.

— Je vais leur dire de s'activer, en cuisine, déclara l'homme en secouant la tête. Les filles, aujourd'hui, plus moyen de compter dessus ! La dernière a débarqué dimanche matin pour disparaître dimanche après-midi. Plus jamais revue, ajouta l'homme avant de s'éloigner en marmonnant.

— Quelqu'un devrait lui expliquer, un jour, qu'il n'a que ce qu'il mérite, dit Robert.

George revint et jeta pratiquement la pinte de bière brune sur la table.

— Alors ? demanda Bruce, lorsqu'il se fut éloigné.

— A dire vrai, je n'ai pas découvert grand-chose. C'est plutôt un ensemble de coïncidences qui m'a poussé à t'appeler. D'abord, notre ami de Glasgow, Thayer Fraser. Il a un casier.

— Sérieux ?

— Possession de drogue, quand il était jeune. Plus rien, depuis quelques années. Il a fait partie d'un groupe, les « Kilts en Tire-bouchon ». Et, dernièrement, il jouait dans un piano-bar.

— C'est ce qu'il nous a dit, murmura Bruce.

— Il a le chic pour nager en eaux troubles, continua Robert. Mais, s'il a souvent été suspect, il n'a jamais été condamné pour aucun crime.

— C'est tout ce qu'on a sur lui ?

— Pour le moment.

— Et les autres ?

— Apparemment, tout ce qu'ils nous ont dit est vrai. J'ai retrouvé les dossiers de la New York University, notamment. Aucun n'a de casier judiciaire. Mais, détail intéressant, deux d'entre eux sont des petits génies de l'informatique.

— Tant mieux pour eux, dit Bruce. Mais pourquoi est-ce important ?

— Eh bien, nous tâchons d'élucider deux mystères, pas vrai ? Ils n'auraient jamais obtenu les permis et licences qu'ils nous ont montrés s'ils ne disposaient pas d'un contrat de location crédible. Ça signifie que quelqu'un détenait un paquet d'informations à ton sujet. Des détails que toi seul devrais connaître mais qu'un crack en informatique peut obtenir sans trop de difficultés. C'est bien la raison pour laquelle l'usurpation d'identité devient un tel problème, de nos jours.

— Autrement dit, l'un d'eux aurait su qui j'étais, il se serait introduit dans mes archives personnelles et se serait fait passer pour moi afin d'obtenir le soi-disant accord du propriétaire pour louer le château ?

— C'est une possibilité.

Bruce secoua la tête.

— Ce quidam aurait dû se douter que j'allais apparaître un jour ou l'autre.

— En effet. Mais si le quidam, comme tu dis, avait fait tout ça juste pour extorquer de l'argent aux autres, quelle importance ?

— Et Thayer Fraser, dans tout ça ?

— Je ne sais pas, répondit Robert avec un haussement d'épaules. Oh, si, il adore les jeux d'ordinateur : des jeux médiévaux auxquels les participants jouent en ligne, avec un mec sur sa bécane à Glasgow et l'autre à Londres, New York, Moscou, ou peut-être tout simplement Stirling.

Bruce hocha la tête, enregistrant l'information.

— En tout cas, aucun de nos Américains n'a de casier judiciaire. C'est une bonne nouvelle.

Robert écarta les mains, puis les serra de nouveau.

— Oui, bien sûr. Mais il y a autre chose. Enfin, c'est sans doute sans importance, mais j'ai trouvé ça intéressant.

— Quoi donc ?

— Eh bien, il y a de drôles de coïncidences au niveau des dates.

— Lesquelles ? demanda Bruce avec une pointe d'impatience.

Robert n'était pas du genre à tourner autour du pot, comme ça.

— Helen MacDougal a disparu de Glasgow le 3 juin, l'année dernière.

— Et je l'ai trouvée le 30 août, dans l'eau, ajouta Bruce, les sourcils froncés.

— Mary Granger a disparu le 11 novembre, l'an passé.

— Et Eban l'a retrouvée au début du mois de janvier, dans un état encore pire.

— Le 10 janvier, pour être précis.

— Robert, qu'essaies-tu de me dire ?

— Annie O'Hara a probablement disparu il y a une semaine ou deux.

— Oui, et alors ?

— Tu sais que les hôtels demandent aux étrangers de présenter leur passeport lorsqu'ils prennent une chambre.

— Evidemment, répondit Bruce.

— Eh bien, tes amis — Toni, les Browne, Kevin et David, en tout cas — étaient dans un hôtel de Glasgow, l'an passé, au mois de juin.

Bruce plissa le front.

— Ils nous ont dit qu'ils étaient venus en vacances à plusieurs reprises.

Robert hocha la tête et ouvrit une chemise cartonnée posée à côté de lui, sur la table.

— En novembre dernier, Mary Granger a disparu à Stirling.

— Et tu vas me dire que mes amis étaient à Stirling également ?

— Non. Glasgow.

Bruce hocha la tête.

— Et il y a deux semaines ?

— Ils étaient à Edimbourg pour obtenir leurs licences, etc.

— Et tu penses qu'il existe un lien entre…

— Je ne pense rien du tout. Je te communique simplement les renseignements que j'ai pu glaner. Les coïncidences au sujet des dates m'ont sauté aux yeux, et je sais que tu m'en aurais voulu si je ne t'en avais pas parlé.

— Certes, admit Bruce. Mais réfléchis : tu imagines Toni en meurtrière de prostituées ? Kevin et David ? Ils ne correspondent pas du tout au profil. Gina et Ryan ? Franchement, ça m'étonnerait.

— Nous n'avons pas de *profil* à proprement parler.

— Mais nous savons à quoi il ressemblerait. Un homme, blanc, hétérosexuel, jeune, la vingtaine ou la trentaine, boulot de jour, sans doute subalterne, peut-être une épouse ou une petite amie régulière.

Robert acquiesça de la tête.

— Oui, tu as sûrement raison. Mais on ne peut pas être sûr de tout ça à cent pour cent, et tu le sais mieux que personne. Rappelle-toi ta dernière affaire, il y a dix ans. Qui aurait pu imaginer le scénario tel qu'il était dans la réalité : un mari et sa femme formant équipe pour tuer ?

Bruce haussa les épaules.

— Robert, si on devait écumer la liste de tous les étrangers qui étaient dans le pays au moment des meurtres ou des disparitions, on ne serait pas sortis de l'auberge.

— Bruce, tu n'as pas besoin de les défendre. Je te communique simplement les renseignements que j'ai réunis en enquêtant — et cela, à ta demande.

George s'approcha de leur table et fit pratiquement tomber leurs assiettes devant eux.

— Merde ! grommela-t-il. Si seulement je pouvais trouver une fille sérieuse !

Bruce fronça brusquement les sourcils et saisit le bras du patron, juste au moment où il allait s'éloigner.

— George ?

— Oui ?

— Votre dernière serveuse a démissionné, ou bien elle n'est pas revenue ? Je veux dire, elle vous a prévenu qu'elle s'en allait ?

George eut un geste impatient de la main.

— Encore une traînée en goguette ! Avec un drôle d'accent, par-dessus le marché. Le type scandinave. Elle arrivait d'Orkney.

Démissionner, vous dites ? Avoir la courtoisie de prévenir son employeur qu'on ne reviendra pas ? Vous voulez rire ? Elle n'est pas revenue, et puis voilà. Elle avait gagné assez d'argent pour payer son voyage jusqu'à la prochaine ville. Et maintenant, faut m'excuser, mais j'ai une pile de plats qui m'attend dans la cuisine.

Bruce regarda Robert.

— Tu devrais peut-être te pencher là-dessus, dit-il avec douceur.

— Ouais, fit Robert avec un soupir, avant de repousser l'assiette de poisson-frites qu'il avait, pourtant, attendue avec tant d'impatience.

Toni appela le numéro qu'elle s'était juré de ne jamais composer, tout ça pour s'entendre dire qu'Adam Harrison était en déplacement. Quand le jeune homme au bout du fil lui demanda si elle voulait laisser un message, Toni fut tentée de couper la communication. Puis elle se dit qu'en communiquant à Adam le numéro de son portable, elle ne courait pas le risque qu'il tombe sur quelqu'un d'autre en la rappelant. Après une seconde d'hésitation, elle donna ses coordonnées.

Il y eut un silence, au bout de la ligne, puis le jeune homme s'exclama :

— Toni, il me semblait bien que votre nom m'était familier. Adam m'a dit de faire attention, si jamais vous appeliez. Je vais veiller à ce que quelqu'un entre en contact avec vous aussi vite que possible.

Quelqu'un ?

Toni n'était pas vraiment rassurée, mais elle remercia quand même le jeune homme, et coupa la communication.

Puis elle s'assit sur son lit, se demandant quoi faire, maintenant. Elle était perdue dans ses pensées lorsque son portable se mit à sonner. Elle sursauta violemment.

— Allô !

— Bonjour. Toni ?

La voix était celle d'une femme.

— Oui.

— Mon nom est Darcy. Darcy Stone. Je travaille avec Adam Harrison.

Toni garda le silence. Elle regrettait déjà l'élan qui l'avait poussée à appeler Adam. Car se confier à lui était une chose. Adam avait su la soutenir dans sa détresse, lorsqu'elle était enfant, à un moment où le monde entier paraissait s'écrouler autour d'elle. Il était aussi venu la voir lorsqu'elle se produisait sur scène, et lui avait rendu visite dans sa loge. Il avait loué la qualité de son spectacle, avait demandé de ses nouvelles, et il n'avait pas insisté lorsqu'elle lui avait assuré qu'elle allait tout à fait bien et qu'elle ne faisait plus de cauchemars… Oui, se confier à lui, en la circonstance, relevait d'une démarche tout à fait naturelle. Mais…

— Toni ?

La voix de la femme était parfaitement claire, comme si elle s'était trouvée dans la ville voisine, et non à des milliers de kilomètres, par-delà un océan.

— Oui.

— Ecoutez, ne craignez rien. Adam ne vous laisse pas tomber en vous confiant à quelqu'un d'autre. Vous pourrez lui parler dans quelques heures. Il est dans un avion, en ce moment. Mais il a inscrit votre nom sur une liste spéciale, et il nous a toujours dit que si vous appeliez, il faudrait s'occuper de vous immédiatement. Croyez-moi, tout ce que vous pourrez me dire restera entre nous. Enfin, quoi que vous ayez besoin de dire, et même si cela paraît totalement fou, vous ne devez pas avoir peur de parler. J'insiste bien : *quoi que vous ayez besoin de dire.*

Toni regarda le portable d'un air incrédule, comme s'il pouvait l'aider à prendre une décision.

— Commençons par le début, reprit Darcy Stone. Où êtes-vous ?

— En Ecosse, répondit Toni. Un petit village du nom de Tillingham. Dans le château du village.

— Un château. A Tillingham ?

— Oui.

Toni prit une profonde inspiration.

— Je crois que je vois un fantôme.

— Dans ce cas, c'est sûrement vrai, déclara Darcy sur un ton sans réplique.

— Ah bon ?

— Oui. Je crains que vous ne me raccrochiez au nez, en entendant cela, mais… je vois pas mal de fantômes, moi-même.

Toni fut tentée de raccrocher, en effet.

— Mais n'en faites rien, je vous prie, enchaîna la femme, comme si elle devinait chaque pensée de Toni. Parlez-moi.

— J'ai loué un château en Ecosse, avec des amis. Une location avec une option d'achat. Seulement, il s'avère que nous n'avons rien loué du tout. On nous avait dit que la famille des châtelains s'était éteinte, mais c'était faux. Il existe un descendant, un laird bel et bien vivant. J'avais inventé une histoire au sujet de son ancêtre. Or, cette histoire est réellement arrivée, il y a plusieurs siècles. Même le nom de l'épouse du laird, que je croyais avoir également inventé, est le même.

Toni s'interrompit, hésita, puis ajouta :

— Je crois avoir réveillé un fantôme. L'homme de mes cauchemars et le laird qui est encore vivant se ressemblent comme deux gouttes d'eau. Au début, j'ai cru que j'étais victime d'une nouvelle supercherie, après celle concoctée par la compagnie bidon qui nous a loué le château. Mais… il y a les meurtres, aussi.

— Les meurtres ?

— Des femmes ont disparu. Trois, jusqu'à maintenant. On en a retrouvé deux dans la forêt de Tillingham qui borde le château. Je suis entrée dans cette forêt, l'autre jour, guidée par le… fantôme. J'ai trouvé des ossements. Au début, on a cru que c'était la troisième victime, mais il semble que ce soit l'épouse de l'ancien laird, morte depuis des siècles… L'ancien laird n'était pas vieux…, simplement, il a vécu au XVIIe siècle… Pardonnez-moi : ce que je raconte n'a aucun sens. Je…

Elle s'interrompit de nouveau, songeant qu'elle était vraiment en train de perdre l'esprit. La personne à laquelle elle se confiait n'était même pas Adam, et elle lui racontait bien plus de choses qu'elle ne l'avait prévu. Mais les mots paraissaient jaillir d'eux-mêmes, maintenant.

— J'ai une histoire avec le laird — le laird *contemporain,* je veux dire. Il a été vraiment correct avec nous. Nous avions loué le château pour y donner des représentations historiques, et…

— J'ai vu votre spectacle sur Queen Varina, dit Darcy. J'ai adoré.

Toni se flattait généralement de ne pas réagir excessivement à la critique ou aux compliments, mais, à cet instant, elle décida que cette femme lui plaisait vraiment.

— Merci, dit-elle. Le… laird, celui qui est vivant, ne voit pas les fantômes — ou, plutôt, *le* fantôme. Il n'y en a qu'un.

Darcy garda le silence un moment. Puis elle récapitula :

— On a trouvé plusieurs victimes dans les environs. Mais le fantôme vous a guidée vers les restes de son épouse décédée depuis des siècles. C'est bien cela ?

— Oui.

— Vous l'avez revu, depuis ?

— Oui. Maintenant, il m'entraîne dans la crypte, sous le château.

— Je vois une explication assez simple à cela, dit Darcy.

— Ah bon ?

— Il veut sa femme avec lui. Maintenant que vous l'avez trouvée, il veut qu'elle repose près de lui.

Toni sentit son cœur se gonfler. Bien sûr ! Ça paraissait tellement logique ! Enfin, si le fait de voir un fantôme pouvait être classé dans la catégorie des choses logiques.

— Oui, murmura-t-elle.

— Mais bon, ce n'est peut-être pas aussi simple, non plus, ajouta Darcy.

— Allons, il le faut ! s'exclama Toni. Je l'ai vu au pied de mon lit, puis à l'orée de la forêt. Enfin, il m'a entraînée vers la crypte. Il y a juste un problème.

— Lequel ? demanda Darcy.

— Tout le monde pense que la découverte de ces ossements est une incroyable trouvaille historique. Ils vont sûrement vouloir l'étudier, peut-être la mettre dans un musée.

— Eh bien, son descendant n'a qu'à s'y opposer ! Dites-moi, les victimes des meurtres étaient-elles liées au château ?

— Absolument pas. Toutes trois étaient des jeunes femmes tombées plus ou moins dans la prostitution et qui ont été kidnappées dans trois villes différentes : à Edimbourg, Glasgow et Stirling.

— Et elles ne pourraient pas avoir eu des liens avec des personnes liées au château ?

— Il n'y a pratiquement personne au château. Nous sommes arrivés il y a quelques semaines et, en dehors de nous, il y a le laird, qui voyage la plupart du temps, et un type qui travaille pour lui.

— Je vois.

Toni hésita à raconter sa dernière entrevue avec Eban. Elle hésita aussi à préciser qu'il lui arrivait de se demander si le laird contemporain ne se déguisait pas en fantôme. *Après tout, elle ne les avait jamais vus au même moment !*

— Je peux prendre le premier avion, dit Darcy.

— Quoi ? Pour l'Ecosse ? Ce n'est pas... nécessaire ! s'exclama Toni.

Catastrophe ! S'il voyait débarquer quelqu'un d'autre, surtout une spécialiste des sciences occultes qui prétendait voir des tas de fantômes, Bruce allait vraiment les jeter dehors !

— Votre situation a l'air complexe, reprit Darcy. Ecoutez, Adam nous a parlé de vous. Il dit que vous êtes l'un des plus extraordinaires médiums qu'il a jamais rencontrés.

— Un médium ! répéta Toni, stupéfaite.

— Oui. Vous avez vraiment un don de voyance.

Toni déglutit péniblement, puis s'efforça de respirer, de ne pas perdre son sang-froid.

— Je suis désolée, dit-elle finalement. J'ai commis une erreur en vous appelant. Je ne suis ni médium ni voyante. J'ai fait quelques rêves étranges, quand j'étais gosse, mais je ne suis pas médium. Je ne *veux pas* être médium. Et je vous en prie, ne venez pas ici ! Notre situation est trop précaire. Je vous remercie d'avoir rappelé. Je vais faire en sorte que les restes de cette femme soient déposés près de ceux de son laird. Merci pour votre aide. Sincèrement merci. Mais ne venez pas... Merci et au revoir.

Elle coupa la communication, jeta le portable sur le lit, puis le regarda comme s'il allait se transformer en serpent et la mordre. Elle attendit un moment, craignant que Darcy ne rappelle. Mais le téléphone demeura silencieux.

Finalement, elle sortit de la chambre et alla rejoindre les autres. Elle éprouvait un besoin irrésistible de se retrouver au milieu de ses amis. Au milieu des vivants !

14.

Les bus transportant les touristes n'allaient plus tarder, et Bruce n'était toujours pas rentré.

— Ta nouvelle version était tellement super ! dit Gina d'un air désespéré. Qu'est-ce qu'on va faire, maintenant ?

— Quelqu'un d'autre devra jouer le rôle de Bruce, répondit Toni.

Ils se tenaient dans le grand hall, en costumes, et dévisageaient Toni.

— Quoi ? Qu'est-ce qu'il y a ? leur demanda-t-elle.

Kevin s'éclaircit la gorge.

— Franchement, personne ne peut jouer le rôle de Bruce.

— Allons, il n'est même pas acteur ! s'exclama Toni.

— Précisément ! dit David. Il *est* le grand MacNiall en personne.

Toni secoua la tête.

— Bruce n'a jamais fait partie de nos plans, jusqu'à maintenant. Il a joué le jeu, un soir, mais il n'est pas un membre de la troupe. Thayer, tu vas jouer son rôle.

— Je ne peux pas monter ce cheval, répliqua Thayer.

Tous les regards se tournèrent vers Ryan, mais il secoua la tête.

— Je ne suis pas sûr de pouvoir, moi non plus. Ce cheval connaît vraiment son maître. Et puis, je suis le méchant, maintenant. J'ai passé la journée à travailler mon rôle. Vous allez voir ma grimace ! De quoi faire peur au diable en personne.

Toni poussa un profond soupir.

— Il va pourtant falloir trouver une solution.

— J'ai une idée ! s'exclama Ryan. Je fais irruption comme prévu, monté sur Wallace, puis je gravis les marches de l'escalier, véritable personnification du bien et du mal à moi tout seul. Vous savez, une scène à la Dr Jekyll et Mr. Hyde ? Je me bats avec Toni, avec moi-même… ça va être super !

Ses amis gardèrent un silence interloqué. Puis Toni se tourna de nouveau vers son cousin.

— Thayer, il faut que tu joues le rôle de Bruce, sans le cheval, tant pis. Fais irruption dans le château à pied, monte l'escalier pour me rejoindre, et Ryan fera son entrée à cheval, sur Wallace, comme prévu.

— On pourrait rejouer la scène comme on le faisait jusqu'à maintenant, suggéra Gina.

— Ça, c'est une bonne idée ! déclara David. C'est beaucoup plus logique.

— Je trouve aussi ! lança Kevin.

Mais Toni secoua la tête.

— Impossible. Nous savons, maintenant, que nous calomnions quelqu'un.

— Toni, nous n'avons jamais calomnié personne, puisque nous ignorions que ces personnages existaient ! protesta Gina.

— Mais, maintenant, nous le savons. Et nous savons aussi que laird MacNiall était innocent.

— Nous ne savons rien du tout, dit Kevin.

— Bien sûr que si ! insista Toni. Alors, Thayer entre en scène à pied, et Ryan fait son entrée à cheval. Entendu ?

— D'accord, dit Thayer.

— Je ne sais pas, dit Ryan en secouant la tête. Je pense que mon idée de Dr Jekyll et M. Hyde était drôlement bonne.

— Hélas, nous ne le saurons jamais, dit Gina, adressant un clin d'œil à Toni.

Une voiture arrivait.

— Les voilà ! dit Kevin. En place, tout le monde !

— Non, c'est juste Lizzie et Trish, dit Thayer. Elles devaient arriver un peu avant le spectacle.

Il alla ouvrir aux deux jeunes femmes. Elles entrèrent en regardant autour d'elle et en poussant des cris d'admiration.

— Et vous vivez ici ? lança Lizzie. C'est merveilleux !

— En effet, murmura David en embrassant le grand hall du regard. On devrait remercier le ciel tant que ça dure, pas vrai ?

— Sauf qu'on pensait que ça durerait toute notre vie, fit Ryan avec un soupir.

— Ou, du moins, aussi longtemps qu'on le souhaitait, corrigea Gina.

— En tout cas, c'est superbe, dit Trish en prenant le bras de Thayer. Vous avez de la chance — même si c'est ponctuel.

— Peut-être, dit Gina.

— Cette fois, j'entends les autocars, dit Kevin. En place, tout le monde ! Trish, Lizzie, mêlez-vous aux visiteurs. On bavardera après leur départ.

Toni disparut en haut de l'escalier, en attendant le moment d'entrer en scène. Le dos au mur, elle écouta l'activité, en bas, un sourire aux lèvres, contente d'entendre les réactions des spectateurs au fil des scènes. Elle ignorait si la présence de Lizzie et Trish, manifestement déterminées à s'amuser, forçait l'enthousiasme général, ou s'ils étaient tous tellement à l'aise dans leur rôle que le public le percevait. En tout cas, la soirée se déroulait merveilleusement bien.

Lorsqu'elle sortit sur le balcon du palier, dans sa longue chemise de nuit blanche, elle se sentit elle-même habitée par lady Annabelle. Sa voix résonnait à travers le grand hall, vibrant de passion pour l'héroïsme du grand laird MacNiall. Et, lorsqu'elle annonça son retour, elle fut stupéfaite de voir Bruce faire son entrée sur sa superbe monture noire.

Il gravit les marches de l'escalier quatre à quatre, tonnant de colère. Aussitôt, Toni tomba à genoux et le supplia de la croire. Si elle n'avait surpris la lueur amusée dans les yeux de son compagnon, tandis qu'elle plaidait son innocence et sa fidélité, elle n'aurait eu aucun mal à croire à la réalité et à la violence de son emportement.

Puis il se calma, et Ryan fit irruption à son tour, monté sur un Wallace en pleine forme, exhibant sa science de l'art équestre. Bruce dévala aussitôt les marches pour aller se battre avec lui.

Toni suivit la scène, les yeux écarquillés. Ryan avait déjà utilisé des épées, lors de mises en scène historiques similaires, et elle n'était pas vraiment surprise de découvrir que Bruce maniait ces armes avec une réelle dextérité. Mais les deux hommes n'avaient jamais répété ensemble. Or, ce genre de scène exige généralement une chorégraphie minutieuse.

Ils étaient merveilleux, criant tour à tour, croisant le fer avec fracas. A la fin, Bruce fit tomber l'épée de Ryan, et celle-ci glissa sur les dalles de pierre en direction de la cheminée, loin du groupe de spectateurs. Bruce laissa Ryan pour mort, sur le sol, et monta rejoindre Toni. Comme il arrivait près d'elle, Ryan se releva, monta les marches en titubant, prit Bruce par les épaules et le jeta dans l'escalier. Puis il enroula ses doigts autour de la gorge de Toni et, lui décochant un clin d'œil, il fit mine de l'étrangler.

Toni n'eut aucun mal à reprendre son rôle, et elle joua la scène de sa mort avec les mêmes accents de vérité, le même brio que venaient de démontrer Bruce et Ryan, lors de leur formidable scène de duel. Elle s'écroula, finalement, sur les marches, et Ryan tomba à son tour.

Un silence de cathédrale tomba sur le château.

Puis Lizzie cria un « bravo » retentissant, et les applaudissements explosèrent.

— Tout le monde dans la cuisine pour déguster du thé et des scones ! cria Kevin à la cantonade.

— Par ici ! lança David.

Toni se redressa. Ryan et Bruce se relevaient déjà.

— Ma parole, on a réussi ! s'exclama le premier. J'ai vraiment cru que vous étiez cinglé de proposer qu'on joue la scène sans l'avoir répétée, mais c'était carrément génial !

— Alors là, je suis d'accord ! dit Thayer en les rejoignant. Carrément génial.

Gina dévala les marches et embrassa son mari, avant de planter un baiser sonore sur la joue de Bruce. Aussitôt, elle rougit.

— Pardon, mais…

— Du tout, fit Bruce. Ce fut un moment tout à fait réussi.

Puis il se tourna vers Toni.

— Je suis désolé pour mon retard. J'étais… coincé.

Elle secoua la tête.

— C'était phénoménal. Vraiment, il fallait vous voir, tous les deux… Stupéfiant !

Bruce inclina la tête de côté.

— Merci, lady Annabelle.

Elle sourit. Mais, sans qu'elle sût bien pourquoi, le fait d'être appelée Annabelle lui déplut. Elle repensa à ce qui s'était passé, ce jour-là. Elle tenait tant à parler à Bruce, dès son réveil. Au lieu de cela, ne le trouvant pas, elle avait appelé une agence dont la spécialité était d'enquêter sur les fantômes.

Elle croisa le regard de Bruce, surprise de découvrir qu'il paraissait un peu distrait alors que, quelques secondes plus tôt, elle n'avait lu que le rire dans ses yeux.

Elle se détourna, vaguement troublée.

— Je vais donner un coup de main à Kevin et à David, dit-elle en se dirigeant vers la cuisine. Il y a vraiment beaucoup de monde, ce soir.

— Je m'occupe des chevaux, dit Ryan.

— Prenez Wallace, dit Bruce. J'emmène Shaunessy.

Gina et Thayer suivirent Toni dans la cuisine où Kevin avait tout préparé superbement. Les scones reposaient dans des petits paniers, le thé attendait dans des Thermos, et il avait disposé crémiers et sucriers un peu partout, afin de permettre aux uns et aux autres de se servir sans bousculade.

Les spectateurs avaient toujours des tas de commentaires à faire, mais ce soir plus que jamais. La nouvelle de la découverte des ossements avait fait le tour du pays, et le groupe était particulièrement excité d'avoir assisté à la première représentation avec le grand laird MacNiall dans le rôle de l'innocent.

Finalement, les autocars repartirent avec leurs passagers, et Lizzie et Trish restèrent. Chacun donna un coup de main pour débarrasser, et Toni prit congé, laissant son cousin avec ses deux invitées.

— Il est tout à fait remis, dit Ryan en caressant le nez de Wallace. Vous avez déjà assisté à un phénomène pareil ?

Bruce finit d'accrocher la selle de Shaunessy et se tourna vers Ryan.

— Franchement, non, répondit-il. Et pourtant, j'ai la faiblesse de penser que je m'y connais en chevaux.

Le vétérinaire supposait que le rouan avait avalé quelque chose qui ne lui avait pas réussi. Eban avait balayé l'écurie jusque dans ses moindres recoins, pour le cas où de la paille moisie aurait causé une infection.

Bruce s'approcha à son tour pour observer l'animal. Les yeux de Wallace étaient clairs et son regard direct — un signe infaillible qu'il était bel et bien guéri.

— Il a l'air d'aller bien, maintenant, dit Bruce en tapotant l'encolure du cheval. Je pense que je vais faire venir une équipe pour nettoyer correctement l'écurie, ce week-end. Le vétérinaire a fait une prise de sang, alors on en saura peut-être davantage. Mais je suis vraiment content qu'il aille bien.

Ryan sourit et hocha la tête.

— Dites, je peux vous demander où vous avez appris à croiser le fer comme ça ?

— Eh bien, on organise des tournois, par ici. Pour s'amuser, bien sûr. De la même façon que vous reconstituez des scènes de vos guerres d'Indépendance ou de Sécession, aux Etats-Unis.

— Eh bien, je ne veux pas me vanter, mais on s'en est drôlement bien tirés. On n'aurait jamais pu tenter un truc pareil aux Etats-Unis, vous savez ? Si l'un de nous avait ne serait-ce qu'égratigné l'autre, on aurait risqué un procès et des tas d'histoires.

— Je suis content que ça se soit bien passé, dit Bruce avec un sourire. Et vous avez raison : je crois qu'on avait assez belle allure.

Il sortit et regarda le château, admirant la structure de pierre qui se dressait contre le ciel nocturne. Pour la première fois depuis bien longtemps, Bruce se dit qu'il avait de la chance de posséder une demeure aussi belle, dotée d'une âme, imprégnée des histoires de tous ceux qui l'avaient habitée. Le passage du temps et le quotidien avaient failli rendre tout cela banal, mais le petit groupe d'Américains lui avait permis de remettre les choses en place.

Quand ils revinrent dans le grand hall, ils entendirent des rires en provenance de la cuisine. Les cars de touristes étaient partis, mais la voiture des deux amies de Thayer était toujours garée dans l'allée.

— On a encore de la compagnie ! dit Ryan.

— En effet, répondit Bruce. Amusez-vous bien. Personnellement, je me retire.

En entrant dans sa chambre, il trouva Toni assise près de la cheminée, l'air grave, les yeux fixés sur les tisons éteints. Elle portait un long T-shirt en guise de chemise de nuit.

En le voyant, elle eut un sourire vague.

— Qu'est-ce qui ne va pas ? lui demanda Bruce en la rejoignant.

Elle secoua la tête, mais son sourire était incertain. Bruce prit une chaise et s'assit à côté d'elle.

Il ne la connaissait que depuis quelques jours, et, pourtant, rien ne lui paraissait plus naturel que de la trouver dans sa chambre. En fait, il savait, en montant l'escalier, qu'elle serait là, à l'attendre, et il en était heureux.

Elle fit un effort pour chasser les pensées qui la perturbaient, et déclara :

— Toi et Ryan, vous étiez vraiment extraordinaires, tout à l'heure.

— La scène était plutôt réussie, c'est vrai, dit-il en prenant la main de la jeune femme.

— Bien sûr, si tu avais bossé pour moi, aux Etats-Unis, je t'aurais renvoyé sur-le-champ, reprit-elle. Tu étais très, très en retard.

— J'ai été retenu par Robert, à Stirling.

— Ah bon ?

Bruce fit la grimace.

— Nous étions dans un pub, et nous avons découvert que l'une des serveuses avait déserté brusquement. Le propriétaire des lieux est un sale type, et il se souciait de son employée comme d'une guigne, mais il nous a semblé important de nous assurer qu'il n'était rien arrivé à cette jeune femme. Il nous a fallu un moment pour découvrir où elle habitait. C'est probablement une fausse alerte. Apparemment, elle a fait son sac et elle est partie…

— Tant mieux, dit Toni. Et heureusement que tu n'as pas besoin de répéter !

— Nous savons ce que nous faisons, l'un et l'autre.

— C'était évident, ce soir, admit la jeune femme.

— A toi de me raconter ta journée ! Qu'est-ce qui ne va pas ?

Toni tourna de nouveau les yeux du côté des tisons éteints. Finalement, elle demanda :

— Bruce, le château a-t-il la réputation d'être hanté ?

Il éclata de rire.

— C'est un château vieux de plusieurs siècles, Toni !

Elle rougit.

— Il est hanté, tu sais !

Bruce poussa un soupir.

— Ecoute, j'ai laissé le domaine à l'abandon, c'est vrai. Mais je suis né ici ; j'y ai grandi. Et je te garantis que pas un seul fantôme ne s'est présenté à moi, durant toutes ces années.

— Je vois ton ancêtre un peu trop souvent, déclara la jeune femme.

— Toni, je sais que tu fais des cauchemars.

Il secoua la tête, soupira de nouveau, et ajouta :

— Oui. Absolument. Le château a la réputation d'être hanté. Bruce MacNiall est censé se promener à cheval dans la forêt et errer entre ces vieux murs. On entend d'autres histoires, aussi, d'autant que notre passé est sanglant. Mais c'est tout. A un moment ou un autre de ton passé à toi, tu as entendu certaines de ces histoires. Je te crois quand tu dis que tu es arrivée ici en pensant que tu avais inventé une histoire. Mais il existe des tas de livres sur les fantômes écossais. Ils sont aussi répandus et aussi nombreux que nos moutons. Il existe probablement, quelque part, un livre racontant la légende familiale, même si les noms et les dates ne sont pas justes. Tu l'as entendue, voilà tout.

Toni se mordit la lèvre.

— Tu n'as donc jamais éprouvé une sensation de « déjà-vu » ? Une prémonition ?

Une prémonition ? Que si ! Je t'ai vue, le visage dans l'eau. Je ne pouvais pas distinguer tes traits, et pourtant je savais que c'était toi, et j'en étais bouleversé. Pire encore : à l'époque où je travaillais encore pour la police, à Edimbourg, j'ai réussi à élucider une affaire parce que j'étais capable de me plonger dans l'esprit du meurtrier.

— Toni…

Elle lui agrippa les mains, et les serra très fort entre les siennes.

— Bruce, j'ai besoin que tu m'emmènes dans la crypte, sous le château.

— Quoi ?

— S'il te plaît !

— Toni, je n'aime pas du tout cette idée.

Elle secoua la tête et le regarda intensément. Ses yeux étaient bleus comme des saphirs ; leur expression, sincère et pleine de désespoir.

— Ecoute, nous nous connaissons depuis peu de temps, mais je t'admire et j'ai énormément de respect pour toi. Je tiens à toi, et je pense que tu éprouves quelque chose pour moi, toi aussi. Alors, je t'en supplie, fais ce que je te demande. Je sais que ça peut paraître fou, mais tu as fait preuve d'une grande tolérance au sujet de mes rêves étranges. Tu es resté près de moi, tu m'as aidée à ne pas perdre l'esprit. Aide-moi encore, s'il te plaît.

— Tu veux aller dans la crypte *maintenant* ?

— Oui. C'est toujours la nuit que je m'y rends.

— Toni, la porte est verrouillée.

— J'y suis déjà descendue, insista la jeune femme. Je peux te décrire les lieux, si tu veux. Il y a un petit escalier de pierre en colimaçon, tout de suite après la porte. Puis il y a des allées, des ruelles avec des plafonds en forme de voûtes, comme dans les catacombes d'une église médiévale. Au bout de l'une d'elles, il y a une tombe et une statue en marbre de Bruce MacNiall, le guerrier qui est resté fidèle au roi. Je suppose qu'elle a été sculptée quelques années après sa mort.

Bruce la regarda fixement, l'air stupéfait. Il n'était pas impossible que le groupe se fût introduit dans la crypte, mais…

— Les membres de ma famille reposent dans cette crypte, pour la plupart, Toni. Je n'ai pas envie que cet endroit devienne une attraction touristique.

— Je suis sûre que les invitées de Thayer sont parties, à l'heure qu'il est, répondit Toni avec un sourire. Le pauvre doit se sentir un peu isolé, ces jours-ci. Jusqu'ici, on était dans le même bain, lui et moi. Il y avait deux couples inséparables et deux célibataires. Mais, depuis que tu es là…

Elle s'interrompit et rougit légèrement. Bruce tendit la main et toucha une mèche de ses longs cheveux blonds.

— D'accord, dit-il.

Elle lui offrit un merveilleux sourire, et Bruce crut entendre son cœur battre plus fort.

— Merci, murmura-t-elle.

— Tu penses qu'on leur a laissé assez de temps pour vider les lieux ? demanda-t-il.

— Allons voir.

Il hocha la tête.

— Je vais prendre la clé.

Il sortit le gros passe d'un des tiroirs de son armoire. Il était aussi ancien que la porte et le verrou.

Puis Bruce rejoignit la jeune femme, lui prit la main, et ils sortirent dans le couloir. Arrivés sur le palier, ils s'arrêtèrent.

— Tu entends quelqu'un ? demanda Bruce à voix basse.

Elle secoua la tête.

— Ils sont peut-être encore dans la cuisine.

— Allons voir.

Mais la cuisine était vide — et impeccablement rangée.

— Tu veux un cognac, d'abord ?

— Non, ça va.

— Eh bien, j'en veux un, moi.

— Sers-m'en un aussi, dans ce cas.

Il leur versa un petit verre à chacun, et regarda la jeune femme, tandis qu'elle dégustait le délicieux alcool.

— Tu veux autre chose, pas vrai ?

— Je te le dirai quand on sera en bas. Pour l'instant, j'aimerais savoir… Est-ce qu'il t'arrive de te déguiser en ancien laird et de déambuler dans le château, la nuit ?

Il haussa les sourcils d'un air stupéfait.

— Non, Toni, je ne fais rien de tel.

Elle hocha la tête et vida son verre.

— Tu veux vraiment descendre dans la crypte au beau milieu de la nuit ?

— Impossible de faire autrement. Je ne pense pas que tu puisses comprendre. D'ailleurs, je ne suis pas sûre de comprendre, moi-même.

— Très bien, fit-il en posant les deux verres dans l'évier. On y va ?

Il lui prit la main, de nouveau, et ils se rendirent dans le grand hall. Puis ils traversèrent la salle qui suivait, jusqu'à la porte menant à la crypte. Toni tressaillit, lorsque le métal ancien grinça.

— C'est un très vieil escalier de pierre en colimaçon. Je vais passer devant. Fais attention !

— Tu ne me crois sans doute pas, mais je suis déjà passée par là, répliqua-t-elle dans un chuchotement.

Bruce s'engagea dans l'escalier. Au passage, il appuya sur l'interrupteur. Puis ils descendirent lentement.

Arrivée au pied des marches, Toni hésita.

— Qu'y a-t-il ? lui demanda Bruce.

— Rien… enfin, il n'y avait pas de toiles d'araignées, quand je suis venue. Et j'ignorais la présence de l'interrupteur.

— On a installé la lumière au XIXe siècle, répondit Bruce, vaguement amusé.

Les ampoules n'étaient pas très puissantes, cependant, et les arches médiévales projetaient toutes sortes d'ombres sur les murs autour d'eux.

Ils s'avancèrent lentement parmi les étagères et les effigies, jusqu'à ce qu'ils arrivent au bout de la ruelle où se dressait l'imposante statue du « grand » MacNiall.

— Tu sais ce qui lui est arrivé, en réalité ? demanda Bruce. Il a connu *la fin du traître*, comme on disait, à l'époque. Mais son exécution a eu lieu ici même, dans la forêt, et ses bourreaux n'avaient rien d'officiel. Quand Charles II est remonté sur son trône, il a ordonné qu'on retrouve le corps de Bruce MacNiall et qu'on l'enterre proprement. Le roi a même payé le marbre et l'artiste qui a exécuté cette statue.

Toni regarda la sculpture un moment.

— C'est toi, chuchota-t-elle.

— Pardon, mais ce n'est pas moi. Moi, je suis ici.

Elle rougit et se tourna vers lui.

— Je sais, mais la ressemblance est tellement extraordinaire. Vous êtes nés à des centaines d'années l'un de l'autre, et pourtant… on croirait voir la même personne.

— Ce sont les caprices de la génétique, répondit Bruce avec un haussement d'épaules.

— Certes, murmura la jeune femme. Tout de même, ça ne te fait pas un drôle d'effet ?

— Non, puisque j'ai grandi ici, répondit Bruce en enlaçant les épaules de sa compagne. J'amenais souvent des copains dans cette crypte, quand j'étais gosse. On se racontait des histoires de fantômes, et on remontait l'escalier en hurlant. Mon père piquait des colères terribles. Nous étions comme tous les enfants.

Il marqua une pause, avant de reprendre :

— Mais le grand MacNiall n'est plus parmi nous, Toni. Il a vécu sa vie, une vie dure et passionnée, avant d'atterrir ici, comme nous le ferons tous, à un moment ou à un autre. J'aime son histoire. J'aime le fait que la famille qu'il a servie avec tant de loyauté l'ait ramené chez lui et lui ait offert une sépulture digne de lui… Mais tout ça fait partie de la légende, Toni. De l'histoire. Du mythe. Rien de plus.

Elle sourit et se serra contre lui, sans cesser de regarder la tombe et la statue de marbre.

— Bruce, il y a un deuxième sarcophage, derrière le sien.

— Sans doute pensait-on retrouver, un jour, les restes de son épouse.

— On les a retrouvés.

— En effet. Mais qui sait quand les autorités accepteront de me les rendre ?

Toni se tourna vers lui et le regarda d'un air solennel.

— Bruce, il faut qu'elle soit enterrée ici, officiellement, près de son laird.

— Ça va venir, j'en suis sûr.

Toni secoua la tête.

— Ils voudront peut-être la garder et la mettre dans un musée… Bruce, il ne faut pas les laisser faire !

Il la regarda et sourit doucement.

— Toni, tu penses que mon ancêtre vient hanter tes rêves, la nuit, afin que l'on enterre son épouse à côté de lui ? Il va falloir que je leur donne un échantillon de sang, tu sais, afin de vérifier que la dame est vraiment mon arrière-arrière-, je ne sais combien d'arrière-, grand-mère. Dès que la preuve sera faite qu'elle est bien mon ancêtre, je la ramènerai chez elle.

— Ce serait bien si tu pouvais accélérer la procédure, insista Toni.

— D'accord, mais…

— Mais ?

— Tout cela me pose un petit problème, vois-tu. Je ne suis pas quelqu'un de particulièrement religieux, mais je crois sincèrement qu'il existe un pouvoir qui nous dépasse, une sorte de Grand Horloger. Je crois aussi — sans doute parce que, comme la plupart des hommes, je n'aime pas l'idée que je suis mortel — qu'il y a une vie après la mort, que nous ne sommes pas juste un peu de chair et de sang. Voilà pourquoi je doute que Bruce MacNiall ait jugé important que son corps repose ici. Bien sûr, je ne tiens pas à ce qu'on traite les restes de mes ancêtres autrement qu'avec respect, mais je t'avoue que j'ai du mal à croire que le grand Bruce te hante et te tourmente la nuit, tout ça pour quelques vestiges humains d'une simple vie terrestre.

— Son but n'est certainement pas de me tourmenter, dit Toni. Il veut juste s'assurer que les restes de la femme qu'il a aimée sont traités avec le respect qui leur est dû.

Bruce la prit dans ses bras, touché, malgré lui, par son évidente sincérité.

— On va voir ce qu'on peut faire, d'accord ? dit-il avec douceur. Et maintenant, on peut monter rejoindre les vivants ?

Elle hocha la tête en souriant, et se dirigea vers la sortie de la crypte. Mais, arrivée au pied de l'escalier, elle s'arrêta.

— Qu'y a-t-il, maintenant, mademoiselle Fraser ? demanda Bruce.

Elle sourit de nouveau et secoua la tête.

— Je… rien.

— Toni, qu'y a-t-il ?

— Non, rien, vraiment. Juste la sensation que…

Il poussa un soupir.

— Toni !

— Que quelqu'un nous suit.

— Tu veux qu'on retourne sur nos pas ?

— Non.

Ils gravirent les marches, l'un derrière l'autre, et Bruce admira la manière dont le long T-shirt de la jeune femme caressait les courbes de ses hanches.

Lorsqu'ils arrivèrent en haut, elle se tourna vers lui et remarqua l'expression de son visage.

Ce fut à son tour de demander :

— Qu'y a-t-il ?

— Sortons d'ici, répondit-il simplement.

Il referma la porte et la verrouilla. La clé grinça dans la serrure.

— Je t'avais bien décrit les lieux, pas vrai ? chuchota Toni. Je savais que la tombe était là, qu'il y avait une statue de marbre, et que l'ancien Bruce et toi vous ressembliez comme deux gouttes d'eau.

— En effet.

— Eh bien ?

— Eh bien, quoi ?

— Je ne sais pas. Tu pourrais reconnaître que c'est un peu bizarre, quand même !

Bruce secoua la tête.

— Non ?

— Non. Pas ce soir.

— Dans ce cas, pourquoi me regardes-tu aussi fixement ? demanda-t-elle, visiblement confuse.

Bruce arbora un sourire malicieux.

— Je n'aime pas admettre que je nourris des pensées aussi peu élevées, mais, franchement, mademoiselle Fraser, je regardais vos hanches et la manière dont elles bougeaient lorsque vous marchiez, et je me disais que je ne voulais plus rien avoir à faire avec les morts et tout ce qui appartient au passé. Seul le présent m'intéresse. Le présent immédiat. Oserais-je me montrer tout à fait cru ? Chère madame, j'admirais votre cul.

Toni pouffa de rire, et Bruce l'attira brusquement contre lui, laissant ses mains glisser le long de son dos, jusqu'à ses fesses.

— Ceci est mon château et, en ma qualité de laird, j'ai le droit d'y réaliser tous les fantasmes sexuels possibles et imaginables : devant la cheminée, dans la cuisine, sur les marches de l'escalier… Mais les lieux sont envahis par tes amis, et ils peuvent très bien rôder, la nuit. De plus, la pierre est dure et froide. Alors…

— Ton lit est très bien, murmura la jeune femme, avant de lui échapper et de courir vers le grand escalier.

Arrivée en haut des marches, elle se tourna et le regarda, souriant toujours, le regard brillant, ses cheveux formant un halo autour de sa tête, dans la pénombre.

Il la rattrapa à la seconde où elle entrait dans la chambre, lui arrachant un petit cri de surprise. Il la prit dans ses bras, la serra contre lui, referma la porte d'un coup de pied et la porta jusqu'au lit.

Il aimait tout, chez elle : non seulement sa beauté, mais le don qu'elle avait d'utiliser chaque partie de son corps de la manière la plus érotique, et aussi son rire un peu rauque, ses yeux qui brillaient de mille feux, allumant en lui des incendies qu'elle seule pouvait éteindre.

Ils ne prirent même pas la peine ou le temps de se débarrasser de leurs vêtements, tandis qu'ils s'unissaient dans un élan fébrile.

Puis ils se déshabillèrent dans les rires, repoussèrent les draps et se glissèrent dessous, échangeant plaisanteries et mots doux, goûtant le plaisir de se regarder et de se toucher, peau nue contre peau nue.

Bruce se dit alors qu'il ne voulait plus jamais la voir partir. Une bonne relation sexuelle n'était pas chose difficile à trouver.

Une femme comme elle, si. Une fois seulement, dans sa vie, il avait éprouvé des sentiments aussi forts…

Mais il n'était pas encore prêt à entretenir de telles pensées, et il les chassa aussitôt de son esprit. Lorsqu'il refit l'amour avec Toni, ce fut très doux et très lent.

Il était tard, très tard, lorsqu'ils se préparèrent à dormir. Mais, juste comme le sommeil allait l'emporter, Bruce rouvrit les yeux. Il ne savait pas ce qu'il avait entendu, mais son oreille ne le trompait jamais. Et il venait d'entendre… quelque chose.

Il se leva sans faire de bruit, saisit son kilt et l'enroula rapidement autour de ses reins. Torse nu, il ouvrit la porte et longea le couloir. Ses pieds nus ne faisaient aucun bruit sur les dalles de pierre.

Arrivé en haut de l'escalier, il regarda vers le grand hall.

Rien.

Il haussa les épaules. L'un de ses invités avait dû se lever, puis retourner se coucher. Avant d'avoir tous ces gens chez lui, il ne prenait même pas la peine de verrouiller la porte d'entrée du château.

Il hésita, puis descendit les marches. Les portes étaient fermées à clé. Il retourna dans la chambre et se glissa dans le lit, toujours sans faire de bruit.

Il attira la jeune femme contre lui, et elle soupira doucement dans son sommeil. Bruce laissa ses cheveux soyeux et parfumés lui chatouiller le nez, et ferma les yeux.

Toni ne savait pas pourquoi elle s'était réveillée. Elle dormait profondément et, tout à coup, elle avait les yeux grands ouverts. Un frisson la parcourut. Pourtant, elle était blottie dans les bras de Bruce.

Puis elle regarda au pied du lit.

Il était là. L'autre Bruce, revenu d'une époque lointaine. Il se tenait là, debout, son visage crispé exprimant la tristesse… ou l'inquiétude. La peur. Mais pour qui ? Pour *elle* ?

Toni poussa un long soupir.

— Pas ce soir, chuchota-t-elle à voix haute. Je vous en prie, pas ce soir !

Elle referma les yeux, et pria pour que la vision s'en aille. Lorsqu'elle les rouvrit, elle fut stupéfaite de constater qu'il n'était plus là.

— Toni ?

Bruce, l'être vivant, de chair et de sang, couché près d'elle, la toucha et murmura son nom. Elle se serra davantage contre lui, et il caressa ses cheveux.

Ils s'endormirent.

15.

Le portable de Bruce sonna très tôt, le lendemain matin. Il tendit la main pour l'attraper, pensant le trouver dans la poche de son jean. Mais il portait le kilt de laine qu'il avait enfilé pour la représentation, la veille, et son jean n'était pas sur la chaise. Pour éviter que le bruit réveille Toni, il se leva rapidement et chercha l'appareil à tâtons. Finalement, il le trouva, et poussa quelques jurons dans sa barbe, tout en s'efforçant de l'extraire de la poche du jean.

— Ouais !

— Bruce, c'est Jonathan à l'appareil.

— Oui, salut, Jon. Comment vas-tu ?

— Bien, bien. J'ai une information pour toi.

— Ah bon ?

— Peux-tu venir à mon bureau ?

— Bien sûr.

Il cligna des yeux et s'efforça de lire l'heure à sa montre. Il n'était pas encore 8 heures.

— Tu ne peux pas parler au téléphone, hein ?

Jonathan soupira.

— J'aimerais mieux que tu viennes. Ce que j'ai à dire... je ne veux pas monter au château, et je pense que tu devrais passer.

— D'accord. Je viens de me lever. Donne-moi le temps de prendre une douche.

Il se frotta le menton et ajouta :

— Et de me raser.

— Je prépare le café, dit Jonathan.

Bruce coupa la communication et regarda du côté du lit. Toni semblait dormir profondément, ce dont il se réjouit.

Il fronça les sourcils, repensant à leur visite nocturne dans la crypte et au fait qu'elle paraissait connaître les lieux, en effet. La porte était toujours verrouillée, depuis des années. Pas question de prendre le risque que quelqu'un — touriste ou autochtone — tombe dans l'escalier en colimaçon et atterrisse au pied des marches, dans le corridor froid et humide des morts. Mais il existait des tas de gens qui savaient à quoi ressemblait la crypte, et chacun, au village et dans les environs, savait aussi que le « grand » laird MacNiall se dressait au bout d'une ruelle, immortalisé dans le marbre par un décret du bon vieux roi Charles II.

Bruce prit une douche, se rasa, s'habilla rapidement, et laissa Toni toujours endormie. En refermant la porte de la chambre, il entendit du bruit dans la cuisine, mais il ne croisa personne et rejoignit directement sa voiture.

Tandis qu'il roulait vers le village, il jeta un coup d'œil sur sa droite, du côté de la forêt, éprouvant aussitôt une bouffée de colère et la conviction intime qu'ils allaient finir par y trouver le cadavre d'Annie O'Hara. Même si on ne le trouvait pas, il était là, quelque part. Après tout, les restes d'Annabelle n'avaient été découverts que plusieurs siècles après sa mort.

Il se gara sur la place, leva les yeux vers la statue de son fameux ancêtre, et plissa le front.

— Si tu tourmentes ma petite Toni, j'aimerais bien que ça cesse, dit-il.

Puis il se rendit dans le bureau de Jonathan, qui l'attendait.

— Qu'est-ce qui se passe ? demanda-t-il aussitôt.

Jonathan passa une main dans ses cheveux.

— Peut-être rien. Peut-être beaucoup. Je viens de recevoir ce rapport de la part d'un informaticien de la Lothian et Borders Police. J'ai pensé que ça t'intéresserait, mais aussi qu'il valait mieux que tu ne sois pas au château quand tu le lirais.

Bruce parcourut le rapport, les sourcils froncés.

« La compagnie immobilière » par l'intermédiaire de laquelle le groupe avait « loué » le château, avait une boîte postale à Edimbourg. Mais le site Internet sur lequel l'annonce était passée avait été conçu à Glasgow.

Bruce leva les yeux vers Jonathan.

— Soit, il semble que nos escrocs soient basés à Glasgow.

— Regarde le deuxième rapport.

Celui-ci contenait des informations sur le passé de Thayer Fraser.

Bruce les connaissait déjà. Il lança les deux chemises cartonnées sur le bureau, tout en grimaçant.

— Ah, Jonathan, ce type a un passé un peu trouble. Et des puces électroniques nous disent qu'une ou plusieurs personnes coupables de fraude sont basées à Glasgow. On ne peut pas arrêter un homme pour ça.

— Je sais. Mais je trouve ça louche. Ce type de Glasgow, écossais pure souche, né et élevé dans le pays, débarque ici avec un groupe d'Américains, et prétend qu'il n'a jamais entendu parler de toi ni de ton château.

— Ce n'est pas un grand château.

— Allons, Bruce, tu ne veux pas que ce type soit coupable parce qu'il est le cousin de la fille, voilà tout.

— Possible.

— Eh bien, ce n'est pas tout. J'ai également découvert, par des moyens détournés, que notre bonhomme avait plus de cent mille livres sterling sur son compte en banque.

— Avoir de l'argent n'est pas non plus un crime, Jonathan. Comment as-tu obtenu cette information ?

— J'ai appelé les banques en prétendant que je faisais une enquête pour un établissement de crédit, répondit Jonathan avec un petit haussement d'épaules. Aucun moyen de remonter jusqu'à moi, si jamais on doit le traîner devant un tribunal.

— Je vois.

Jonathan secoua la tête.

— Tu es mon ami, Bruce. J'ai pris quelques risques. Passe des coups de fil toi-même, si tu veux. Bien sûr, je ne peux pas arrêter ce type, pour le moment — pas avec ce dont on dispose. Mais les informaticiens de la police vont sûrement dénicher d'autres informations intéressantes, et je tenais à te mettre au courant.

Le visage de Bruce demeura impassible.

— Merci, Jonathan, dit-il gravement.

— Surveille bien l'argenterie. Ou jette-les tous dehors. Tu en as le droit, tu sais ?

— Je sais.

Bruce se leva.

— Mais je n'y tiens pas, du moins pas pour le moment. Après tout, si on arrive à trouver quelque chose de solide contre lui, autant qu'il soit encore dans les parages, non ?

— Certes. Ce type ne m'a jamais plu, de toute façon. Quelle idée d'aller se mélanger à des Américains qui se croient capables de raconter l'histoire de l'Ecosse !

— Ils ne s'en tirent pas si mal, dit Bruce en riant.

— Mais ce qu'il a fait est un crime grave, Bruce.

— Ce que nous le *soupçonnons* d'avoir fait !

— Comment un bon à rien qui travaille dans les pianos-bars aurait-il réuni autant d'argent ?

— Je ne sais pas, mais on ne pend plus sur la place publique à partir de simples soupçons, Jonathan. Je te remercie d'avoir appelé, et merci pour l'information. Nous allons rester tranquilles, l'observer, et nous verrons bien.

Bruce quitta le bureau de Jonathan, et décida de rendre une petite visite au médecin légiste.

Rowenna, la réceptionniste, le reçut avec son sourire habituel.

— Bonjour ! Il y a une équipe qui est venue travailler sur la fille du passé, aujourd'hui.

— *La fille du passé* est très probablement mon aïeule, Rowenna.

— Oh, je sais, et je ne voulais pas lui manquer de respect !

— Je vous crois, dit Bruce avec un sourire.

— Ils vont être contents de vous voir. Daniel veut vous faire une prise de sang.

— Je m'en doutais. C'est pour ça que je suis venu. Mes veines sont à son entière disposition.

— Il y a des machines en route, là-dedans, reprit la jeune femme. On lui fait une IRM ou quelque chose dans ce genre-là, pour voir ce qu'on trouve, avant de commencer à découper les tissus qui restent. Vous voulez bien attendre ?

— Aucun problème.

Bruce s'assit, et remarqua le journal du jour et le gros titre, en première page.

Encore aucune piste au sujet de la jeune femme disparue.

Il prit le quotidien et parcourut l'article, qui mentionnait la réouverture de plusieurs vieilles affaires, dont certaines présentaient peut-être des similitudes avec les crimes récents.

Rowenna réapparut avant qu'il eût le temps de terminer sa lecture.

— Vous voulez bien venir, maintenant ? Le Dr Holmes, d'Edimbourg, est là. C'est une anthropologue, mais elle est également qualifiée pour vous enfoncer une aiguille dans le bras, dit Rowenna d'un ton enjoué.

— Je suis heureux de saigner pour la science, Rowenna, répondit Bruce en se levant.

*
* *

— Regarde ça ! s'exclama David à la seconde où Toni entra dans la cuisine.

Il brandissait le journal d'Edimbourg.

Elle lut le gros titre, et regarda David et Kevin, qui étaient seuls autour de la grande table.

— Ils disent qu'il n'y a rien de nouveau, fit Toni.

— Lis l'article ! lui conseilla Kevin.

Elle haussa les sourcils, et fit ce que lui suggérait son ami, tandis qu'il lui apportait une tasse de café. Elle le remercia distraitement, tout en s'efforçant de découvrir la raison de son excitation.

L'article parlait principalement des nouvelles technologies que la police utilisait pour se replonger dans de vieilles enquêtes. En 2002, la police du Sud pays de Galles avait fini par identifier le meurtrier de trois fillettes tuées en 1973, en effectuant des prélèvements biologiques sur les membres de la famille.

Suivaient des statistiques affligeantes sur le nombre de crimes de haine jamais résolus, et une référence au dévouement et au professionnalisme de bon nombre de policiers.

L'article parlait ensuite de laird Bruce MacNiall et de la dernière affaire qu'il avait élucidée, lorsqu'il travaillait encore au sein de la Lothian et Borders Police, à Edimbourg. Le journaliste décrivait les victimes et l'horreur de leur mort, et faisait l'éloge du travail de Bruce. Toni poursuivit sa lecture, stupéfaite d'apprendre que les meurtres avaient été commis par un homme et sa femme et qu'en l'occurrence, l'enquête avait été résolue grâce à Bruce qui, envers et contre tous, avait persisté à suivre son instinct.

Elle leva les yeux vers David et Kevin, qui la dévisageaient, attendant une réaction.

— Nous savions qu'il était dans la police, dit-elle.

— Tu as lu jusqu'au bout ? demanda David.

— Pratiquement.

Kevin poussa un soupir.

— Tu n'as pas lu le dernier paragraphe. A l'époque, Bruce a dit à ses supérieurs qu'il avait réussi à s'introduire dans l'esprit du meurtrier, à penser comme lui, à… bouger comme lui.

Toni les regarda sans comprendre.

— Ce n'est pas le boulot des profilers, au FBI et ailleurs ?

— C'est surtout effrayant, oui ! s'exclama David.

— Voyons, David, c'était un bon flic, voilà tout.

— Pourquoi a-t-il quitté la police, dans ce cas ?

— Je n'en sais rien. Il n'a peut-être pas aimé se retrouver dans la tête d'un meurtrier en série, répondit Toni.

— A moins que…, murmura Kevin.

— Que quoi ? demanda la jeune femme.

— A moins que ce qu'il a vu dans la tête du meurtrier ne ressemble trop à ce qu'il y avait dans la sienne, compléta David.

— Allons ! s'exclama Toni en jetant le journal sur la table.

— C'est lui qui a trouvé le premier cadavre, dit Kevin.

— Et on a retrouvé le deuxième dans la forêt, aussi, ajouta David.

— Vous êtes complètement malades, tous les deux ! s'écria Toni.

— Peut-être, murmura David.

Il hésita un instant, avant de reprendre :

— Mais il est un peu considéré comme un héros, par ici. Autrement dit, s'il se livrait à des actions répréhensibles, tout le monde, au village, le protégerait. Si ça se trouve, il ne sait même pas qu'il est fou.

Toni les regarda fixement pendant quelques secondes, puis elle abattit sa main sur le journal.

— Il me semble qu'il a sauvé pas mal de jeunes vies innocentes, et au prix d'un travail dur et douloureux. Vous vous rendez compte ? Il a arrêté un homme et une femme qui attiraient des gamines pour les torturer, les violer et les tuer !

Ryan et Gina choisirent ce moment pour faire leur entrée dans la cuisine.

— Bonjour la compagnie ! lança le premier sur un ton enjoué.

Il se figea en remarquant la manière dont ses trois amis le regardaient.

— Qu'est-ce que vous faites ? demanda Gina.

— On lit le journal, répondit Toni.

— Il s'avère que notre hôte a capturé des meurtriers vraiment abominables, à une époque, expliqua Kevin.

— Un couple marié, précisa David.

Les deux jeunes gens échangèrent un regard interloqué, et Gina s'écria d'un air outragé :

— C'est pour ça que vous nous regardez de cette façon ? Parce qu'on est mariés ? Vous pensez qu'on s'amuse à tuer des innocents ?

— Ne sois pas ridicule ! fit Toni.

— Pourquoi pas un couple homosexuel, pendant qu'on y est ? s'exclama Ryan. Ou bien est-ce que les homosexuels ne tuent personne ?

— Bien sûr que si ! répondit Kevin avec une grimace. Statistiquement, ils se tuent entre eux.

Toni poussa une exclamation excédée.

— Rassurez-vous : de toute façon, nos deux flics en herbe ne vous soupçonnent pas. Ils viennent juste de décider que Bruce était suspect.

— Allons, nous n'avons pas dit ça ! protesta David avec un soupir. Je me disais juste qu'il serait préférable que tu ne passes pas autant de temps avec lui.

— Autrement dit, que tu ne passes pas *toutes tes nuits* avec lui, corrigea Kevin.

— Je croyais que c'était lui qui avait attrapé les meurtriers ? intervint Gina.

— C'est bien lui, confirma Toni, froidement.

— Bah alors ? fit Gina, à l'intention des deux garçons.

— Alors, on a le droit de se poser des questions, non ? s'exclama David. Que savons-nous sur ce type, exactement ?

— Eh bien, voyons... il est riche, il possède la moitié du village, et les gens le respectent, ici, dit Toni. Il a fait partie de la police. Et il a été drôlement chouette avec nous, compte tenu du fait qu'il aurait très bien pu nous flanquer dehors.

— Ma chère Toni, je sais que tu as un sérieux béguin pour lui, mais, s'il est aussi riche que ça, pourquoi son château menace-t-il de tomber en ruine ? demanda David.

Toni poussa un soupir.

— Franchement, je trouve vos doutes stupides et infondés. Vous vous faites du mauvais sang pour rien. Quant au fait qu'il ait laissé le domaine à l'abandon, il y a une explication à cela. Il était fiancé à une jeune femme du village qui adorait le château et rêvait de le restaurer entièrement. Elle est morte, et il a cessé de s'y intéresser. C'est sans doute pour la même raison qu'il continue de passer autant de temps hors de la région, et même du pays.

— Ça me paraît crédible, dit Gina.

— Ouais. J'entends même les violons, murmura Ryan.

— C'est vraiment pas sympa, ça ! s'exclama David.

— N'empêche, que savons-nous vraiment de notre hôte et de ce qui se passe par ici ? continua Gina.

— Pratiquement rien. C'est bien ce qui nous tracasse, répondit Kevin. Et aussi le fait que Toni voie ce type avec une épée, dans ses cauchemars.

Toni fusilla David du regard.

— Espèce de traître ! Tu avais juré de ne pas répéter ça !

— Ecoute, Toni, je parle avec Kevin, forcément. Et il se

trouve que je me fais du souci pour toi, expliqua David, sur la défensive.

— Qu'est-ce que c'est que cette histoire de type avec une épée ? demanda Gina.

Toni poussa un grognement exaspéré.

— J'ai fait des cauchemars au cours desquels le Bruce d'autrefois apparaissait au pied de mon lit avec une épée, d'accord ?

Elle regarda David fixement, lui intimant silencieusement l'ordre de ne rien dévoiler de plus au sujet de son passé.

— Mais il y a cette rencontre au cimetière, aussi, dit Kevin. Thayer nous a raconté.

— Thayer aurait mieux fait de la boucler, marmonna la jeune femme.

— Ah ouais, c'est vrai ! s'exclama Ryan en regardant Gina. Tu te souviens ? Lui et Toni venaient de rencontrer Lizzie et Trish, et une vieille cinglée est arrivée avec son fils et sa belle-fille. Elle a commencé à délirer au sujet de l'ancien Bruce qui serait sorti de sa tombe et qui se serait baladé dans la campagne, à la recherche de femmes à étrangler, comme il avait étranglé la sienne.

— Mais nous savons maintenant que l'ancien Bruce n'a pas étranglé sa femme. C'est l'un de ses ennemis qui l'a fait.

— Ça n'a pas été prouvé de manière absolue, rappela David avec douceur.

— Ouais. Avant de se faire transformer en chair à pâté, le grand MacNiall demande à son bourreau de lui prêter son écharpe pour étrangler sa femme, c'est ça ?

— Non, mais il aurait pu voler l'écharpe de son ennemi.

— Vous êtes tous plus ridicules les uns que les autres ! s'écria Toni, au comble de l'exaspération. Je refuse d'écouter plus longtemps vos délires.

— Toni, je suis désolé, sincèrement, dit David. Nous avons peur pour toi, voilà tout. Tu peux peut-être t'abstenir de… de…

coucher avec lui. Ou alors, couche avec lui, mais ne dors pas dans son lit. Pas avant que nous n'en ayons appris un peu plus à son sujet.

La jeune femme secoua la tête d'un air dégoûté, et quitta la cuisine.

Bruce passa beaucoup plus de temps qu'il ne l'avait prévu dans le bureau du médecin légiste. C'était inévitable. Une équipe de spécialistes s'était déplacée spécialement pour étudier Annabelle, et ils disposaient de tout le matériel moderne dont on pouvait rêver. Bruce étudia une bonne demi-douzaine de scanners, et il était présent, lorsque fut extraite la ligature autour de la gorge du cadavre — ou ce qui en restait. Les scientifiques étaient fascinés par la qualité du tissage. Quant à Bruce, il était ravi que ce morceau de tissu pût concourir à laver son ancêtre des soupçons de meurtre qui pesaient sur lui, depuis si longtemps.

Il retourna au château dans l'après-midi, et trouva David et Kevin dans la cuisine, en train de travailler sur des costumes. Ils le regardèrent avec l'air d'un chat qui vient d'avaler un canari, mais lorsqu'il leur demanda ce qui se passait, ils esquivèrent sa question.

— Ryan a dû aller se promener à cheval, déclara David en reprenant ses travaux de couture.

— Et Gina fait des calculs, dans sa chambre, afin d'établir une stratégie pour nous sortir de la mouise financière où nous a jetés cette mésaventure, ajouta Kevin.

Ni l'un ni l'autre n'avaient vu Thayer ou Toni depuis des heures.

Comme Toni n'était pas à l'étage, Bruce se rendit à l'écurie. Shaunessy l'accueillit avec un hennissement.

Bruce entendit quelqu'un travailler au-dessus de sa tête, et il recula, essayant de voir qui se trouvait dans le grenier à foin. C'était Eban, qui empilait soigneusement la paille.

— Laird MacNiall, fit-il en l'apercevant.

Il sourit, lâcha son râteau et descendit l'échelle, agile et rapide comme un singe.

— Bonjour, Eban, répondit Bruce.

— Le rouan est en pleine forme, dit le petit homme avec un large sourire. Je le surveille.

— Merci, Eban.

— Il faut que je vous dise… je pense que quelqu'un rôde par ici.

— Ah bon ?

— Y a ceux qui disent que c'est votre ancêtre. Vous savez, le « grand » MacNiall.

Bruce inspira profondément, comme pour s'exhorter à la patience.

— Eban, les morts ne rôdent pas.

— Et ils ne rendent pas les chevaux malades non plus, à ce qu'on dit, murmura l'homme en secouant la tête. Y a quelqu'un qui rôde, c'est un fait.

— Non, c'est un mythe, répliqua Bruce en posant une main sur l'épaule d'Eban. Une légende. Le genre d'histoire qu'on raconte à la veillée, quand il fait bien noir dehors. Si le « grand » MacNiall errait dans les environs, tu ne crois pas qu'il serait content de voir qu'on s'occupe aussi bien du château ?

— Ah ! vous auriez dû vous en occuper comme ça, toutes ces années.

— C'est vrai, Eban, je l'admets.

— Elle le voit aussi, vous savez ? C'est pas seulement moi, laird MacNiall.

— *Elle ?*

Eban hocha la tête d'un air solennel.

— L'Américaine. Je le lis dans ses yeux. Elle a le don.

— Eban, tu sais que je ne crois pas à ces choses-là.

Le petit homme sourit.

— Croyez-y ou n'y croyez pas. Ça ne change rien. Ce qui est *est*... Enfin, je voulais juste vous dire que le rouan allait bien. Je le surveille.

— Merci, Eban. Tu fais du bon travail.

— Ah, laird MacNiall, vous m'avez donné une maison. C'est pas tout le monde qui aurait fait ça. Je le sais bien.

Il posa le pied sur le premier barreau de l'échelle, son éternel sourire aux lèvres.

— C'est comme au vieux temps. Que les yeux voient ou non, ce qui est *est*, répéta-t-il, avant de secouer la tête et de retourner dans le grenier à foin.

Au même moment, Bruce entendit un bruit, du côté de la porte de l'écurie. Il se tourna et vit Thayer qui entrait.

Il se raidit, conscient du malaise qu'il avait toujours ressenti en présence du cousin de Toni. Il n'était pas normal qu'un homme ait vécu toute sa vie à Glasgow sans jamais entendre prononcer le nom des MacNiall — et cela n'avait rien à voir avec un problème d'ego. Même en admettant qu'il ait vécu la tête dans une pinte de bière, il aurait dû réagir en entendant le nom de la propriété que ses amis et lui s'apprêtaient à louer.

— Bruce, vous êtes de retour, dit Thayer.

— Oui.

Thayer se dandina d'un pied sur l'autre. Manifestement, il ne s'attendait pas à le trouver dans l'écurie.

— J'étais venu voir le rouan, reprit-il.

— Il n'est pas là, dit Bruce. Ryan a dû le sortir. Mais je suis content de vous voir. J'ai du nouveau, et je tenais à vous en faire part.

— Ah oui ? fit Thayer, restant sur le pas de la porte, comme quelqu'un qui voudrait bien pouvoir s'échapper.

— On a retrouvé les origines du site Internet sur lequel a été publiée l'annonce proposant la location du château, dit Bruce.

— Vraiment ? fit Thayer, visiblement tendu comme un arc.

— Glasgow, dit Bruce.

— Glasgow ?

Bruce hocha la tête et continua de le regarder fixement.

Thayer haussa les épaules.

— Ça explique pas mal de choses.

— Que voulez-vous dire ?

— Eh bien, il y avait aussi des annonces, en ville. Des affichettes dans certains pubs, aux arrêts de bus, etc.

— Ah ?

— Je suis bien content. J'espère qu'on va retrouver le coupable, déclara Thayer en regardant Bruce droit dans les yeux.

Des acteurs. Ce sont tous des acteurs, se dit Bruce.

Soudain, Thayer fronça les sourcils.

— Ryan n'est pas sorti se promener à cheval, dit-il. Je l'ai vu dans sa chambre, avec sa femme, il y a une vingtaine de minutes.

— Le cheval n'est pas là, pourtant ! dit Bruce, pris d'une terreur soudaine.

— Toni a dû sortir avec lui ! dit Thayer.

— Je vais la chercher, déclara Bruce en se tournant pour sortir Shaunessy de sa stalle.

Toni admirait le paysage, tout en se demandant pourquoi elle n'était encore jamais sortie se promener à cheval, jusqu'à maintenant.

Elle avait grandi dans la campagne du Maryland, et son père lui avait offert un petit pinto sur lequel elle avait appris à monter. Malheureusement, elle avait dû laisser Barto, maintenant âgé de vingt-deux ans, à ses voisins, lorsqu'elle était montée étudier à New York. Il n'avait pas perdu au change, d'ailleurs. On le sellait rarement ; il était aimé comme un vieux chien et recevait les meilleurs soins possible.

Elle ne le voyait pas souvent et, lorsqu'elle était partie pour l'Ecosse, elle avait décidé de le confier à la fille de ses voisins.

Wallace était vraiment un cheval formidable, assez lourd pour supporter Ryan, son armure et ses armes, mais assez agile quand même pour offrir un bon galop à son cavalier. Quel que fût le mal qui l'avait frappé, il s'était rétabli de manière miraculeuse et, manifestement, il était heureux de battre la campagne.

Toni était tellement en colère qu'elle n'avait même pas pris la peine de seller le cheval. Elle avait juste glissé le mors dans sa bouche, la bride par-dessus sa tête, et elle était partie sur un sentier qui descendait le long de la colline.

Ils galopèrent ainsi de pâturage en pâturage, dispersant quelques moutons sur leur passage, mais sans vraiment déranger les bovins aux longs poils, qu'ils dépassaient.

Elle ignorait la distance qu'elle avait couverte lorsqu'elle remarqua la voiture blanche de Jonathan Tavish garée près d'une clôture. Intriguée, elle s'approcha et vit l'officier dans le champ. Il semblait examiner l'un des moutons.

Toni se dirigea vers la voiture. En entendant le cheval, Jonathan se redressa, épousseta ses mains sur son uniforme, et s'approcha de la clôture.

— Hé là, bonjour ! lança-t-il. Content de vous voir. Rien ne vaut une balade à cheval pour bien profiter de la campagne.

— Bonjour, dit Toni. Vous avez raison, c'est magnifique. Comment allez-vous ?

— Bien, merci, mademoiselle Fraser. Et vous ? Vos amis sont passés me voir, vous savez ? Dites-vous bien que nous travaillons dur pour essayer de dénouer votre affaire. J'en parlais justement avec Bruce, ce matin. L'un de nos informaticiens a pu établir que le site Internet sur lequel vous avez trouvé l'annonce pour le château a été créé à Glasgow.

— Vraiment ? Je n'ai pas encore vu Bruce, aujourd'hui.

Elle marqua une pause, avant de reprendre :

— Glasgow. Je suis bien contente qu'ils aient pu remonter cette piste aussi vite, bien sûr, mais je suppose qu'il va vous falloir beaucoup plus d'informations pour confondre le coupable.

— Oui, Glasgow, répéta-t-il en la regardant bizarrement.

— Je suis désolée, mais… est-ce que cela devrait signifier quelque chose pour moi ? demanda la jeune femme, légèrement perplexe.

— Votre cousin est originaire de Glasgow, lui rappela-t-il.

Aussitôt, Toni fut sur la défensive. Décidément, c'était la journée ! Le monde entier paraissait s'être ligué pour attaquer les gens qui lui étaient proches.

— C'est une grande ville, dit-elle.

— Certes. Une très grande ville. Je pensais juste que la vérité vous intéresserait, quelle qu'elle soit.

— Evidemment ! Nous voulons tous connaître la vérité. Mais le fait que le site Internet ait été créé à Glasgow ne me paraît pas une raison suffisante pour soupçonner Thayer de quoi que ce soit. C'est un peu comme si l'on m'accusait d'un crime juste parce qu'il a été perpétré à Washington D.C.

— D.C. est une ville bien plus importante que Glasgow, répliqua Jonathan avec un petit sourire.

— Ça ne change pas grand-chose… Enfin, je vous remercie. Beaucoup.

— Je vous en prie. C'est mon boulot. Nous avons une bonne police, en Ecosse, vous savez ? Et dans nos campagnes aussi. Je m'en veux encore de ne pas vous avoir prévenus, à votre arrivée, que l'affaire était louche. Mais bon, Bruce n'était pas passé depuis pas mal de temps, et il a tout à fait le droit de louer son château, alors…

— Vous n'avez aucune raison de vous en vouloir, dit Toni. D'ailleurs, Bruce a été formidable.

Jonathan baissa les yeux.

— Ouais. Il est… magnanime, n'est-ce pas ? fit-il en la regardant de nouveau.

Toni hocha simplement la tête, peu désireuse d'engager une conversation sur ce sujet.

— Ces moutons sont à vous ? demanda-t-elle.

— Oui.

— Le terrain est magnifique.

— Oh, le terrain ne m'appartient pas. J'y mets mes moutons au pré, voilà tout. J'ai entendu dire que le rouan avait été malade, mais il a l'air en forme. Du coup, j'ai décidé de jeter un coup d'œil sur mes bêtes, pour m'assurer qu'elles allaient bien.

— Wallace est tout à fait remis, dit Toni. Le vétérinaire pense qu'il a avalé quelque chose qui ne lui a pas réussi. Il a comparé son mal à celui d'un enfant qui mange trop de bonbons, qui fait une indigestion et qui se réveille, le lendemain, frais et dispos.

— Oui, il a dû avaler quelque chose, comme vous dites. En tout cas, les moutons vont bien, eux aussi. Je vais retourner au village, maintenant. Bonne promenade !

— Merci, répondit Toni.

Wallace semblait vouloir galoper encore, et Toni le laissa faire, repensant à son entrevue avec Jonathan Tavish. D'un côté, il paraissait sincèrement désireux de les aider, mais, de l'autre, il se souciait bien plus de la manière dont leurs affaires et leurs problèmes l'affectaient, lui. Leur cheval était malade, et il courait voir *ses* moutons pour s'assurer qu'ils allaient bien !

Elle repensa aussi à sa conversation ridicule avec ses amis, au château, et au fantôme, qui devrait être satisfait, maintenant. Pourtant, il était encore revenu, cette nuit.

Elle se pencha sur l'encolure de sa monture, souriant de sentir l'air lui fouetter le visage. Elle ne voulait plus penser, au moins pendant quelque temps.

Ils se baladaient depuis un bon moment, à travers collines et vallées, lorsqu'elle songea brusquement qu'elle présumait peut-être des forces de Wallace. Après tout, le vétérinaire avait dû se déplacer à deux reprises, au cours des derniers jours. Elle tapota le cou de son cheval, le fit ralentir, et sauta à terre pour venir le regarder dans les yeux.

Il lui rendit son regard, souffla et s'ébroua, l'aspergeant copieusement d'écume.

— Wallace ! s'exclama la jeune femme. Comment oses-tu me faire une chose pareille ? Je t'autorise à doucher Ryan une fois de temps en temps, mais je suis ton amie, moi. Enfin, je crois. Bon, on va marcher un peu et te chercher à boire.

Elle regarda autour d'elle, essayant de déterminer où ils se trouvaient. Elle apercevait encore quelques moutons, ici et là, mais pas l'ombre d'une maison ou même d'une route.

Tendant l'oreille, elle perçut, cependant, le chant d'un ruisseau. C'était quelque part sur la droite, au-delà d'un rideau d'arbres traversé par un sentier joliment couvert d'un tapis d'aiguilles de pins.

— On va aller explorer de ce côté-là, d'accord ? dit-elle au cheval, tout en le caressant.

Il lui répondit comme à l'accoutumée, en la poussant doucement du nez.

La lumière pleuvait à travers les branches et les feuillages des arbres, créant des dessins d'ombres ravissants sur les buissons. Le sentier était large et semblait être emprunté souvent. Elle suivit le murmure de l'eau, et déboucha près d'un ruisseau. Là, elle s'arrêta net.

— Tu sais quoi ? dit-elle à voix haute. Nous sommes revenus dans la forêt.

Ce n'était pas grave. Ils n'avaient pas marché longtemps. Elle n'avait qu'à revenir sur ses pas. Elle n'avait pas peur et ne se faisait même pas de souci. Dès que Wallace serait désaltéré, ils repartiraient. Mais, à la seconde où le cheval releva la tête, il se mit à pleuvoir.

— Mince !

Ce n'était pas la pluie qui la gênait le plus, mais l'air était froid et elle n'avait même pas emporté une veste.

— Je trouve qu'il pleut beaucoup, par ici, dit-elle à Wallace, tout en se reprochant son manque de prévoyance.

Elle avait quitté le château comme ça, sur un coup de tête, simplement parce qu'elle était en colère.

En l'espace de quelques secondes, elle fut trempée. Et le tableau qu'elle avait trouvé si clair, si beau, un moment plus tôt, n'était plus que gris et… boueux.

Elle décida de rebrousser chemin, ce qui aurait dû se révéler facile mais ne le fut pas. Bientôt, elle se retrouva perdue dans un enchevêtrement d'arbres.

Elle regarda Wallace. Si elle lui laissait la bride sur le cou, il la ramènerait sûrement au château.

— A toi de jouer, mon grand ! lui dit-elle.

Elle dut s'y reprendre à trois fois pour remonter sur le dos du cheval — parce que la robe mouillée de l'animal était devenue glissante, décida-t-elle, et non parce que ses gestes manquaient de coordination. La pluie tombait moins fort, mais la lumière demeurait grise, et un brouillard opaque s'était levé. L'atmosphère donnait la chair de poule.

— Non ! cria-t-elle à voix haute.

Parce que, maintenant, elle sentait sur elle les yeux de la forêt.

— Retour au bercail, Wallace ! reprit-elle, espérant que le

son de sa propre voix dissiperait son impression d'évoluer dans un univers surnaturel.

Allons, c'était ridicule ! Elle était juste entourée d'arbres, de buissons, de feuilles, du bruit de l'eau roulant sur les cailloux…

Maintenant qu'elle lui avait donné le feu vert, Wallace ne bougeait plus.

— Traître ! lui cria-t-elle.

Il hennit et se dandina d'un sabot sur l'autre.

— Quel genre de cheval es-tu donc ? Tu es censé connaître le chemin de l'écurie !

Les yeux… elle les sentait posés sur elle.

— Très bien ! dit-elle en attrapant les rênes.

Elle ignorait la distance qu'il lui restait à parcourir, mais puisqu'il y avait une seule forêt, elle était en droit d'espérer qu'il n'y avait qu'un seul ruisseau. Elle allait donc le suivre.

L'eau n'était pas profonde, et elle y fit entrer le cheval. Ils traversèrent le ruisseau, puis longèrent la berge.

Toni voyait des images flotter devant ses yeux : un homme, un guerrier, un cavalier en armure, en kilt, sale, épuisé… Son épée dégoulinait de sang. Et le même homme, debout devant la cheminée, les yeux fixés sur les flammes… Ce même homme qui l'avait incitée à le suivre dans la crypte.

Soudain, elle entendit la voix de la femme qu'elle avait entendue, la veille, au téléphone. *Vous êtes l'un des plus extraordinaires médiums qu'il a jamais rencontrés.*

Elle serra les dents. Elle refusait d'être le véhicule de messages abominables au sujet d'événements qu'elle ne pouvait changer ou empêcher ! Contrairement à cette femme, elle n'avait aucune envie de voir des tas de fantômes !

La pluie avait cessé, mais le brouillard continuait de monter du sol. Elle était trempée jusqu'aux os. Et elle se sentait toujours observée. *Traquée*. Pourtant, elle ne voyait rien.

La forêt était vaste. Ne l'avait-elle pas entendu dire plusieurs fois ? Elle consulta sa montre, instinctivement, éprouvant le besoin d'accomplir un geste qui appartenait à la réalité, au quotidien. Oui, la forêt était sûrement immense.

Elle suivait le ruisseau depuis près de deux heures, lorsqu'elle s'avisa qu'elle était épuisée. Tout son corps lui faisait mal.

Elle se tourna, posant une main sur la croupe du cheval, pour tenter d'apercevoir quelque chose derrière elle. Un mouvement, peut-être. Mais elle ne vit que des ombres dans la nuit qui tombait.

— On devrait peut-être s'activer un peu, non ? murmura-t-elle.

Elle poussa l'animal au trot et, lorsqu'elle regarda de nouveau par-dessus son épaule, la sensation qu'elle était suivie par une chose obscure, qui cherchait à l'attraper, s'estompa quelque peu.

Finalement, elle ne supporta plus d'être à cheval. Elle avait besoin d'étirer ses membres, de changer de position. Elle aurait mieux fait de prendre une selle. Mais c'était trop tard.

— Holà, mon garçon ! dit-elle à Wallace, en tirant doucement sur les rênes.

Elle jeta derrière elle un regard hésitant. Si elle voyait quoi que ce soit, elle pourrait toujours enfoncer les genoux dans les flancs du cheval et s'éloigner au grand galop. Mais il n'y avait rien : juste la nuit qui continuait de tomber.

Elle avait seulement besoin de se reposer quelques minutes, et ils repartiraient. Elle se laissa glisser à terre, tressaillant de douleur. Puis elle fit quelques pas et quelques étirements.

— C'est forcément une grande forêt, si les troupes déclarées hors la loi par le pouvoir en place venaient s'y réfugier, murmura-t-elle.

Elle mena Wallace vers un large chêne planté sur un petit

monticule d'herbe, juste au-dessus du ruisseau, et s'assit, le dos contre le tronc de l'arbre, maudissant sa bêtise.

— Wallace, on ne peut pas dire que tu m'aides beaucoup, dit-elle.

Heureusement qu'il était là, cependant. Il la reliait au monde normal, à la réalité.

Fatiguée, elle ferma les yeux un moment. Lorsqu'elle les rouvrit, Wallace releva brusquement la tête, les oreilles dressées, et regarda sur sa gauche. Le cheval était immobile, et pourtant ses flancs semblaient trembler. Il s'ébroua, et Toni le regarda avec curiosité, tandis que la peur de l'animal s'insinuait en elle. Trop tard, elle comprit qu'il était sur le point de s'emballer.

Il s'ébroua de nouveau, et fit un bond en avant, tel un cheval en compétition. Les rênes, qu'elle tenait d'une main lâche, lui échappèrent et volèrent à la suite de l'animal.

Toni bondit sur ses pieds.

— Wallace ! hurla-t-elle avec colère.

Puis elle se tut, se disant que le rouan avait pris la fuite parce que quelque chose l'avait effrayé. Elle se figea, éprouvant la peur que l'animal lui avait transmise.

Elle entendait encore l'écho des sabots du cheval. Puis un oiseau cria et il y eut comme un froissement de feuilles.

Le chant plaintif d'une cornemuse résonna, quelque part au loin, mais pas assez fort pour couvrir un craquement de petites branches. Quelqu'un s'approchait.

Toni se colla instinctivement contre le tronc du chêne. Et soudain, elle vit une silhouette, un homme qui marchait, la tête baissée. Il portait un vieux blouson en daim.

Elle demeura immobile, n'osant même plus respirer. Mais une petite exclamation de surprise manqua de franchir la barrière de ses lèvres lorsqu'il s'arrêta, essuya ses mains sur son pantalon et regarda autour de lui. Elle vit son visage très clairement. C'était Eban.

« Appelle-le ! Il te ramènera au château », songea-t-elle. Mais une voix intérieure lui souffla de n'en rien faire.

Que fabriquait-il dans la forêt ? Venait-il d'enterrer les restes d'une pauvre jeune fille assassinée ? Etait-ce la raison pour laquelle ses mains étaient si sales ?

« Arrête ! » se dit-elle aussitôt.

Elle se jugea sotte et cruelle de juger ainsi, sans raison et sans preuve aucune.

Malgré tout, elle demeura silencieuse, et attendit qu'il se fût éloigné pour recommencer à marcher en suivant toujours le ruisseau. Si Eban était par là, le château ne devait plus être loin.

— Toni !

Elle leva la tête, les yeux écarquillés. Quelqu'un l'appelait… On la cherchait.

— To-ni !

— Ici ! cria-t-elle.

— Toni !

La jeune femme n'arrivait pas à déterminer d'où venait la voix. Elle aurait pu venir de n'importe où, songea-t-elle en regardant follement de toutes parts, totalement désorientée. Elle entra dans le ruisseau, dont le niveau d'eau atteignait tout juste ses chevilles, et se lança dans une course éperdue.

— Ici ! hurla-t-elle encore.

Puis elle s'arrêta brusquement.

Elle ne voyait pas bien. La lumière était mauvaise, et la brume argentée continuait de serpenter tout près du sol. Pourtant, elle croyait distinguer quelque chose devant elle, dans l'eau, à une dizaine de mètres, peut-être. Elle cligna des yeux.

Il y eut un bruit devant elle.

Non. Derrière…

Elle fit mine de se tourner.

Elle vit la branche…

Elle la vit et voulut l'éviter…, mais trop tard.

Elle tomba, et sa vision s'emplit de brume. Puis ce fut l'obscurité et… encore autre chose…

INTERLUDE

L'homme de Grayson Davis tenait Annabelle par les cheveux et la traînait vers le taillis. Sa tâche n'était pas simple, car elle ne se laissait pas faire.

Le cœur de Bruce saigna lorsqu'on la jeta à terre. Elle tomba à genoux, et un gémissement de douleur s'échappa de ses lèvres.

— *Voici donc ta lady, laird MacNiall ! Regarde-la qui dégouline de fierté idiote, tout comme toi. Tu pensais gagner du temps pour lui permettre de sortir de la forêt, n'est-ce pas ? Tu as joué et tu as perdu. Le moment est venu pour les héros et les légendes de s'éteindre à jamais et pour les riches de mourir pauvres.*

Annabelle croisa le regard de Bruce, qui la supplia silencieusement de le pardonner. *Fais ce qu'il te demandera. Vis. Le jour viendra où tu seras libérée...*

Elle lui sourit et secoua doucement la tête.

— Annabelle ! cria-t-il, au comble du désespoir.

Grayson Davis se planta devant lui d'un air fanfaron, puis saisit Annabelle par les épaules et la força à se lever et à le regarder.

— Annabelle, le moment de vérité est arrivé. Qui choisiras-tu ? Le laird, ici présent, à moitié mort, promis à la torture et à l'agonie, ou bien… mes hommes peuvent t'emmener hors de la forêt avant que le spectacle ne commence. Tu m'attendras.

— Obéis ! cria Bruce. Pour l'amour du ciel, fais ce qu'il te dit !

Annabelle regarda Davis, avec l'air de réfléchir à sa proposition. Elle n'avait jamais été plus belle ni plus fière ni plus élégante, en dépit de ses vêtements raidis par la boue, des égratignures sur ses joues et du désordre de ses cheveux.

Après un long moment de silence, elle se tourna de nouveau vers Bruce, et lui offrit un sourire lent et triste.

— Le temps, mon amour. Le temps révélera la vérité, dit-elle.

Puis elle cracha au visage de Grayson Davis.

Celui-ci réagit immédiatement, la giflant avec violence, et Bruce rugit de rage, mais en vain. La force du coup fit tomber Annabelle, mais elle continua de garder la tête haute.

— Salope ! hurla Grayson Davis.

Elle sourit, soutenant le regard de son bourreau, tandis qu'il ajoutait :

— Tu es jugée ! Il est jugé ! Condamnés !

Annabelle secoua la tête.

— Grayson, pauvre sot ! Il est un juge bien plus grand et plus puissant que toi. Lui seul peut nous juger, mon époux et moi.

— Pas sur cette terre. Pas sur cette terre ! Je t'ai donné ta chance !

— Et j'ai choisi de ne pas la saisir.

— Annabelle ! cria Bruce, une fois encore.

Mais le regard bleu qui le défiait sans ciller fit perdre à Davis tout sens de la mesure. Il arracha son écharpe de ses épaules et la jeta autour du cou d'Annabelle — autour de son cou gracile et si délicat…

— Non !

Le grand MacNiall baissa la tête et se débattit amèrement entre les mains des hommes qui l'immobilisaient. Puis il regarda sa femme étouffer, tressaillir et tressauter une dernière fois. Au prix d'un effort surhumain, il parvint à se libérer, et courut vers le cadavre d'Annabelle, trébuchant dans la boue, tombant alors qu'il s'apprêtait à la toucher, son élan fauché par la hache qu'on venait d'abattre dans son dos.

Mais il ne mourut pas assez vite. Il eut le temps de voir Grayson Davis soulever le corps sans vie de sa femme et le jeter dans le ruisseau, le visage tourné vers le fond de l'eau.

Tandis que le sang coulait sur son visage, Bruce cria son désespoir et sa rage.

— Qui l'a frappé ? hurla Davis. Il ne doit pas mourir. Pas encore !

Il s'approcha de l'endroit où Bruce était tombé, les bras écartés. Il fit rouler le corps sur lui-même, forçant la lame de la hache plus profondément dans la blessure et ricanant devant le visage de son ennemi déformé par la douleur.

— D'abord, castrez-le ! Je veux que tu vives pour sentir ça ! Ensuite, on t'arrachera les entrailles, grand laird ! Puis la tête. Et, si tu vis encore, je veillerai à ce que la lame soit bien émoussée et à ce qu'elle prenne tout son temps.

Bruce regarda Davis et secoua la tête.

— Qu'importe la manière dont tu me tues. Je suis déjà mort. Et pourtant, je vais vivre, Davis. Parce que tu es maudit, désormais. Je vivrai pour assister à ta chute.

— Castrez-le ! rugit Davis.

Heureusement, la hache avait déjà fait son œuvre. Le grand MacNiall regarda les arbres, tandis que le sang achevait de brouiller sa vision. Mais, dans son esprit, dans son cœur, il avait déjà rejoint son grand amour.

16.

Bruce était dans la forêt lorsqu'il entendit des branches craquer.

— Toni ? appela-t-il.

Le bruit continua, en provenance d'un groupe d'épais fourrés, comme si quelqu'un courait vers lui. Il tira sur les rênes de Shaunessy et attendit, les yeux fixés sur les massifs qui s'agitèrent et cédèrent brusquement le passage à Wallace. Sans cavalier.

Bruce sauta à bas de sa monture et marcha vers le rouan. Il avait une égratignure sur le nez, sans doute provoquée par une branche. Et il avait l'air effrayé.

— Tu t'es débarrassé de ta cavalière ?

Il secoua la tête et regarda dans la direction où le cheval avait surgi. Toni était peut-être tout près d'ici, inconsciente, blessée. Le ruisseau longeait le chemin que le cheval avait emprunté, et Bruce se dit que la jeune femme avait dû suivre le cours d'eau.

— Rentre à la maison, dit-il en donnant une forte tape sur la croupe du rouan.

Puis il se remit en selle et pénétra dans les fourrés, à l'endroit où Wallace était apparu. Un minuscule sentier envahi d'herbe le conduisit jusqu'à la berge.

— Toni !

Le cœur dans la gorge, Bruce talonna les flancs de son étalon pour le faire avancer plus vite, veillant, cependant, à ce que l'animal ne glisse pas sur les pierres et la berge boueuse.

Au-devant d'eux, il voyait le brouillard qui flottait au-dessus de l'eau. Soudain, il fronça les sourcils. N'avait-il pas aperçu une ombre se déplaçant dans la brume — l'ombre d'une silhouette humaine ? Presque aussitôt, il entendit comme un grognement.

— Toni !

Il descendit de cheval et courut dans l'eau, à travers le brouillard.

— Toni !

De nouveau, il entendit un faible grognement. Puis…

— Toni ? Bruce ?

Bruce se décomposa, submergé par la déception. Il avait reconnu la voix de Thayer. Ce dernier était quelque part devant lui.

— Oui, je suis là, répondit-il.

Et il continua d'avancer.

— Toni !

La brume formait des rubans grisâtres à la surface de l'eau.

Et soudain, il la vit… tout comme il avait vu le cadavre de la jeune fille. Le visage tourné vers le fond de l'eau. De longues mèches de cheveux blonds tout emmêlés et salis par la boue et l'herbe.

Non ! C'était une vision de l'esprit — ce qui restait d'un mauvais rêve.

— Toni ! cria-t-il encore.

Sa voix ricocha à travers les bois, forte et vibrante.

— Bruce ?

Celle de Toni était à peine audible par-dessus le bruit de l'eau et le chuchotement de la brise.

— Où es-tu ? hurla-t-il. Toni !

— Toni ! lança la voix de Thayer, comme un écho, quelque part dans les environs.

Soudain, Bruce la vit, assise sur une souche d'arbre et écartant ses cheveux mouillés de son visage.

Elle n'était pas dans la rivière, le visage tourné vers le fond de l'eau. Elle était assise et bien vivante. Un peu secouée et débraillée, rien de plus.

Il poussa un long soupir de soulagement.

— Toni ! répéta-t-il d'une voix qui résonna comme un crépitement de tonnerre.

Au même moment, Thayer jaillit d'un massif de buissons, dans la direction opposée. Les voyant, il s'immobilisa à son tour.

— Toni, fit-il.

Elle se leva, l'air distrait, et sourit faiblement.

— Bruce ! Thayer ! Dieu merci ! Surtout, je vous en prie, ne criez pas. Je n'aurais pas dû partir seule avec Wallace, j'en conviens. Mais je vous jure que je n'ai pas fait exprès de me retrouver dans la forêt. J'étais dans les champs, de l'autre côté, et je me suis perdue. Puis il a commencé à pleuvoir. Je pense que j'aurais fini par retrouver le chemin du château, si Wallace ne s'était pas enfui. Je me suis cognée à une grosse branche, là-bas, et…

Son regard allait de l'un à l'autre, et elle secoua la tête de nouveau.

— Merci d'être venus me chercher.

Elle serra Thayer dans ses bras, puis se tourna vers Bruce, une question dans les yeux.

Il l'attira contre lui et, aussitôt, sentit qu'elle était glacée.

— Rentrons, dit-il.

Il se dégagea et la dévisagea. Elle avait un air réservé, presque distant, en dépit du regard qu'elle venait de lui adresser et de la manière dont elle s'était blottie contre lui.

— Ça va aller, tu es sûre ?

— Il n'est rien arrivé ? demanda Thayer à son tour.

Elle les regarda encore, l'un après l'autre, et secoua la tête d'un air solennel.

— Le cheval t'a désarçonnée ? demanda Bruce.

— Non, pas du tout. J'ai mis pied à terre pour me dégourdir les jambes. Ça faisait un moment qu'on galopait, et je n'avais pas pris la peine de le seller. Tu l'as vu ? Il va bien ?

— Il est sûrement en route pour rejoindre l'écurie, répondit Bruce.

— C'est ce que j'espérais le voir faire, dit Toni.

Elle fronça les sourcils et pressa les doigts contre ses tempes.

— Je crois que j'ai besoin de prendre une aspirine.

— Rentrons, dit Bruce. Viens, je vais te hisser sur Shaunessy.

— Non, non, ça va, répondit-elle en souriant à Thayer. On va rentrer ensemble, à pied.

— Toni, je peux rentrer tout seul, dit Thayer. Tu es trempée.

— Ça fait des heures que je suis trempée. Je ne suis plus à quelques minutes près, répondit-elle gaiement. Allez, on rentre tous ensemble !

L'espace d'un instant, elle crut que Bruce allait discuter, peut-être même se la jouer grand chevalier médiéval et la jeter carrément en travers de l'étalon noir.

Il n'en fit rien, cependant. Pas parce que le geste était digne des hommes de Neandertal, mais à cause de Thayer. Il ne voulait pas le laisser derrière eux. Toni avait beau dire qu'elle allait bien, elle se comportait bizarrement.

— D'accord, dit-il. On rentre ensemble, à pied.

Il ôta son blouson, et le posa sur les épaules de Toni. Puis il prit les rênes de Shaunessy.

Toni lui sourit avec gratitude.

— La nuit tombe vite, murmura-t-elle.

— Et nos touristes ne vont plus tarder, ajouta Thayer. Tu devrais te reposer et laisser Gina te remplacer, ce soir. Tu risques d'attraper la mort.

— Mais non, je vais bien, affirma Toni.

— Je trouve qu'il a raison, intervint Bruce.

— Un bon bain moussant et je serai comme neuve, déclara la jeune femme.

Elle trébucha. Le terrain n'était pas régulier. La pluie avait exposé des racines et inondé une partie de la berge.

— Quel endroit ! murmura Thayer. Une vraie forêt vierge !

— C'est précisément la raison pour laquelle les gens devraient l'éviter, dit Bruce. Je suis stupéfait que vous soyez tombé sur Toni, comme moi… et aussi vite, ajouta-t-il à l'intention de Thayer.

— Pas autant que moi ! répondit celui-ci. J'ai bien cru que j'étais perdu, moi aussi.

Il écarta une branche pour permettre à ses compagnons de le précéder.

— En tout cas, merci encore à tous les deux d'être partis à ma recherche, reprit Toni.

Quelques minutes plus tard, ils débouchèrent au pied de la colline et gravirent le chemin menant au château. Les autres les attendaient, anxieux, près de l'écurie. Ryan tenait Wallace par les rênes.

— Toni ! s'écria Gina, courant au-devant de son amie pour la serrer contre elle. Mais tu es trempée !

— Toni, qu'as-tu fait à Wallace ? demanda Ryan.

— Comment ça ? s'exclama la jeune femme. C'est lui qui m'a laissée tomber !

Ryan se tourna vers le cheval.

— Wallace, tu devrais avoir honte ! Mais quand même, Toni, qu'est-ce que tu fabriquais ?

— Je me suis perdue. Rien de méchant. Et je vais bien, répondit la jeune femme.

— Je vais préparer du thé, annonça Kevin.

— Avec une petite goutte de quelque chose de bien fort, ajouta David.

— Il nous reste à peu près une heure avant l'arrivée des autocars, dit Gina avec l'autorité d'un directeur de troupe. Nous n'avons pas de temps à perdre.

Elle se tourna vers Bruce.

— Euh, Bruce, dit-elle, l'air hésitant, vous êtes toujours partant pour jouer avec nous ?

— Qui d'autre pourrait interpréter le grand MacNiall ? répliqua-t-il avec un sourire, en forçant sur son accent écossais.

— Je monte, dit Toni, jetant à Bruce un regard interrogateur, comme si elle lui demandait s'il avait l'intention de la suivre.

Et comment ! songea Bruce.

Au même moment, Eban sortit de l'écurie.

— Hé, laird MacNiall, vous voulez que je prépare Shaunessy pour son entrée en scène ? demanda-t-il.

— Certainement, Eban. Merci.

— Et moi, je vais m'occuper de Wallace. Tu as besoin d'être un peu nettoyé, déclara Ryan.

Bruce s'éloigna en direction de l'entrée du château, sentant les regards des autres dans son dos.

Assise dans la baignoire, Toni savourait la sensation de l'eau chaude sur son corps glacé, tandis que son esprit, lui, semblait bouillonner.

Le front plissé, elle essayait de se rappeler ce qui était arrivé dans la forêt — en vain. Quelque chose l'avait frappée. Quand elle s'était redressée, après sa chute, elle s'était dit qu'elle avait heurté une branche d'arbre.

Pourtant, c'était arrivé pratiquement au moment où elle avait aperçu... quoi exactement ? Une chose devant elle, à quelques mètres. Une chose qui avait disparu quand elle s'était assise sur la souche d'arbre.

Et ce n'était pas tout. Durant le temps où elle avait été inconsciente — quelques secondes ou quelques minutes —, elle avait eu une vision du passé. Elle avait vu Annabelle à genoux, et Bruce, le visage déformé par la souffrance, criant et se débattant entre les mains des hommes qui le maintenaient prisonnier.

Dans sa vision, Toni criait, exactement comme lorsqu'elle était enfant. Elle ne voulait pas en voir davantage. Elle ne voulait surtout pas voir l'exécution...

Elle était là, à moitié couchée dans l'eau, sa tempe droite la faisant atrocement souffrir après le coup qu'elle s'était donné, et elle avait vu cette souche d'arbre devant elle. Elle s'était redressée et venait tout juste de s'asseoir lorsqu'elle avait entendu la voix de Bruce, puis celle de Thayer. Autour d'elle, la forêt était redevenue... normale : des arbres, un tapis d'aiguilles de pins, le ruisseau courant sur les cailloux.

— Je perds la boule ! chuchota-t-elle.

Mais ce n'était pas le cas. Elle se rappela les paroles de la femme, au téléphone. *Un médium. Vous êtes l'un des plus extraordinaires médiums qu'il a jamais rencontrés.*

Non !

Hélas, nier l'évidence ne change pas la réalité. Toutes ces années, elle avait relégué ces pouvoirs étranges dans le coin le plus reculé de son esprit, pensant qu'ainsi, elle ne connaîtrait plus jamais ce genre de sensation, cette peur effroyable et déraisonnée.

Je vois moi-même pas mal de fantômes, avait dit la femme...

On frappa à la porte, et Bruce entra, les cheveux humides, le visage tendu. Il enveloppa la jeune femme d'un long regard pénétrant et, l'espace d'un instant, Toni vit son ancêtre en lui, l'ancien MacNiall tel qu'il était dans l'étrange interlude au milieu des arbres : féroce, enragé, dévoué corps et âme à son Annabelle.

Elle se mordit la lèvre et soutint son regard, songeant que la chaleur de l'eau n'était rien comparée à l'incendie que, par sa seule présence, il allumait dans tout son corps.

Elle sortit lentement de la baignoire, et s'approcha de lui.

— Ma chérie, tu étais vraiment trempée de la tête aux pieds. Une mauvaise journée…

— Fais en sorte qu'elle se termine mieux, chuchota-t-elle.

Il pencha la tête sur le côté.

— Nous n'avons pas beaucoup de temps.

— Alors, ne perdons pas une seconde !

Il enroula ses bras autour d'elle et la serra contre lui. Puis il lui donna ce qu'elle espérait. Tout. L'abandon total, l'oubli — momentané, mais ô combien nécessaire — de toutes ses inquiétudes, ses peurs, et même ses visions. La réalité de leurs corps emmêlés, des sensations qu'il éveillait en elle submergea tout le reste, jusqu'à l'explosion sublime.

L'homme qui était allongé à son côté était réel. Un être de chair et de sang.

Bruce lui caressa les cheveux, un instant, et l'attira plus étroitement contre lui.

— Tu n'as plus froid ?

— Je ne peux pas avoir froid dans tes bras, répondit-elle.

— Les touristes ne vont pas tarder à arriver, lui rappela-t-il gentiment.

— Je sais, dit-elle, sans bouger pour autant.

Elle attendit, sentant une tension en lui, comme s'il était

sur le point de dire quelque chose. Mais, comme il gardait le silence, ce fut elle qui parla.

— Aujourd'hui, dans la forêt, j'ai vu… ce qui est arrivé, autrefois.

— Pardon ?

Elle sentit son retrait, même s'il continua de la serrer physiquement contre lui.

Elle s'appuya sur un coude, et regarda Bruce dans les yeux.

— Je n'avais pas du tout l'intention de me rendre dans la forêt. J'étais vraiment furieuse de m'être perdue, mais je me débrouillais, jusqu'à ce que, pour une raison que j'ignore, ce traître de cheval prenne peur et s'enfuie. Malgré tout, ça allait encore. Je crois avoir entendu ta voix, d'abord. Peut-être celle de Thayer, aussi. Je ne sais plus. En tout cas, je me suis cognée dans une branche. J'ai vu trente-six chandelles, une sorte de brouillard, et l'obscurité. Puis, on aurait dit que j'avais fait un bond en arrière dans le temps. Je comprends que tu trouves ça bizarre, mais c'était tellement réel. Il y avait des hommes, des dizaines et des dizaines d'hommes, et ils tenaient ton ancêtre prisonnier. Ils ont traîné Annabelle jusqu'à lui, et un type l'a étranglée, là, sous ses yeux. Ton ancêtre s'est débattu et il a réussi à se dégager, mais quelqu'un l'a frappé avec une hache, et il est tombé. Ils s'apprêtaient à lui faire subir des tortures horribles quand j'ai entendu ta voix.

Il la regardait fixement, comme si elle avait été folle à lier. *Mais à quoi s'attendait-elle ?*

— Tu t'es cognée, alors !

Elle poussa un soupir.

— Bruce…

— Tu as pris un coup sur la tête et tu as… rêvé.

— Non, Bruce. Ce n'est pas ça.

— Quand j'ai vu la manière dont tu te touchais le front, j'ai tout de suite su que tu t'étais fait mal, murmura-t-il, prenant le visage de la jeune femme entre ses mains et lui tournant la tête pour chercher un hématome, une blessure.

— Bruce…

— Mon ancêtre n'est pas un fantôme, une présence qui erre dans la forêt à la recherche de victimes à étrangler, déclara-t-il.

— Je n'ai jamais dit ça.

— Toni, tu fais des rêves, un point c'est tout.

La jeune femme pinça les lèvres, se leva et marcha vers sa chambre.

Il la suivit.

— Toni, ne sois pas fâchée contre moi. J'essaie de t'aider.

Elle s'apprêtait à fermer la porte de la salle de bains, mais il l'en empêcha.

— Pardon, dit-elle froidement. Je voudrais m'habiller.

— Et moi, je veux que tu m'écoutes ! Toni, admettons qu'il y ait un… fantôme. Nous savons tous que cette histoire a été tragique. Admettons qu'il t'ait entraînée dans la crypte. Il veut que les restes d'Annabelle reposent près des siens. On va s'en occuper. J'ai assisté à l'autopsie, aujourd'hui, et j'ai été très clair : à la seconde où mon sang permettra d'établir qu'elle était mon ancêtre, elle devra m'être rendue. Elle reposera dans la tombe à côté du grand MacNiall. D'après toi, c'est bien ce qu'il voulait ? Pourquoi, dans ce cas, ce fantôme continuerait-il à te hanter ?

— Il ne me hantait pas. Il me montrait ce qui s'était passé.

— Pourquoi ?

— Pour qu'on le sache.

— Dès lors qu'on a trouvé l'écharpe, la vérité était évidente.

— Il voulait peut-être faire connaître toute l'histoire. Bruce ! c'était déchirant, je t'assure. Il se moquait des tortures qu'il allait subir. Il a dit qu'il était déjà mort, parce que son Annabelle était partie. Et il a parlé de vengeance, en dépit du fait qu'il était lui-même à moitié mort.

— Les morts ne se vengent pas, Toni.

— Tu ne comprends rien, ma parole ! J'étais contente d'avoir vu ce que j'ai vu. Je n'avais pas peur, dans la forêt, à ce moment-là.

— Tu devrais, pourtant, avoir très peur, dans cette forêt de malheur ! Quelqu'un qui n'est pas un fantôme, mais un être tout à fait vivant, s'amuse à tuer des femmes, et c'est là qu'il les abandonne. Toni, tu as une imagination débordante…

— Tu sais quoi ? Tu as raison : il se fait tard. Rien ne t'oblige à te joindre à nous, mais je dois beaucoup à mes amis. Il faut que je me prépare.

— Toni…

— Si tu as l'intention de continuer à te moquer de ce que je raconte ou à me dire que j'ai trop d'imagination ou que je perds la tête, tes commentaires peuvent attendre. Tu as besoin de la salle de bains ou je peux l'utiliser ? C'est ton château, après tout !

Bruce ne répondit pas, mais referma la porte d'un coup sec.

Toni tressaillit.

Jamais plus elle ne parlerait de ce genre de choses avec qui que ce soit. Jamais, jamais plus !

Une fois encore, son château était plein de monde. Debout à côté de Shaunessy tout harnaché pour leur entrée en scène, Bruce regarda les autocars d'un air incrédule. Jamais il n'aurait imaginé que les gens se bousculeraient pour assister à une reproduction historique de ce genre. Et pourtant… le concept continuait de le troubler. Mais il y avait déjà longtemps que tout ce qui concernait le château — et la forêt — le troublait.

Shaunessy frappa le sol de son sabot, comme s'il était pressé, lui aussi, d'en avoir terminé.

— Salut ! fit Ryan en sortant de l'écurie avec Wallace. Je suis sûr que je vous l'ai déjà dit, mais vraiment, c'est formidable de votre part de nous laisser donner nos représentations, et même d'y participer.

Il s'éclaircit la gorge.

— On devrait peut-être signer un contrat avec vous, cela dit. Après tout, vous n'avez pas perçu le loyer pour le château, ce qui signifie que nous vous devons de l'argent. Mais nous ne pouvons pas vous payer si nous ne récupérons pas une partie de notre mise. Or, nous sommes en train de nous refaire, petit à petit. Gina a l'intention de vous en parler, mais elle n'en a pas encore eu l'occasion, conclut-il avec un sourire gêné.

Bruce comprenait. Bien sûr, il leur rendait service. Mais il était chez lui. Il pouvait changer d'avis d'une seconde à l'autre.

— Je suis sûr qu'on va trouver un terrain d'entente, dit-il.

Ryan poussa un soupir de soulagement.

— Je craignais un peu de vous offenser, murmura-t-il.

— Absolument pas, répondit Bruce.

— Tant mieux.

Ryan respira profondément, avant d'ajouter :

— Dieu merci, Wallace s'est bien remis. Si nous avions perdu l'argent de la location du château, puis l'argent dépensé pour acheter le cheval… on aurait vraiment pu croire que quelqu'un cherchait à nous nuire !

— En effet, murmura Bruce.

Quelqu'un agita un drapeau blanc, depuis une fenêtre.

— C'est le signal pour mon entrée, dit Bruce.

— Allez-y, dit Ryan.

Ce soir-là, tandis qu'il gravissait les marches de l'escalier en jouant la colère, Bruce se dit que la frontière entre le théâtre et la vérité pouvait être bien mince. Toni joua son rôle, plaidant son innocence à la perfection, comme chaque soir. On aurait pu entendre une mouche voler, dans le public. Mais ses yeux… Oui, elle était encore furieuse. Et soudain, Bruce sentit un grand poids sur ses épaules. Il en avait par-dessus la tête de la légende qui entourait son ancêtre. Sans eux, la rumeur disant que l'ancien MacNiall errait dans la forêt ne serait jamais née. Sans compter cette étrange ressemblance physique qui pouvait pousser les gens superstitieux — et qui ne l'était pas, dans leur campagne écossaise ? — à le regarder bizarrement, peut-être même à penser que les péchés du passé revivaient à travers lui.

Seulement, Annabelle n'avait jamais été infidèle. Et le grand MacNiall ne l'avait pas étranglée.

Le regard plongé dans celui de Toni, Bruce interprétait son rôle en se demandant si la scène s'était véritablement déroulée ainsi. Les prunelles d'Annabelle étaient-elles aussi bleues, lorsqu'elle regardait son mari d'un air de défi ?

Puis Ryan fit son entrée, et ils croisèrent le fer.

Bientôt, le groupe de touristes se retrouva dans la cuisine, et Ryan échangea une solide poignée de main avec Bruce, l'air rayonnant.

— Mince, on a encore été fabuleux, ce soir ! Et sans répéter. Toni, ajouta-t-il en levant les yeux, tu n'as pas trouvé qu'on était géniaux ?

— Si, répondit-elle en se dirigeant vivement vers la cuisine. Je vais aider les autres.

Ryan fronça les sourcils.

— Elle est fâchée contre vous ou quoi ?

Bruce eut un haussement d'épaules.

— C'est donc tellement évident ?

— Je la connais bien, répondit Ryan avec un sourire. Je pensais que ce serait vous qui seriez en colère contre elle pour s'être rendue dans la forêt !

— Les cadavres de deux femmes assassinées ont été retrouvés dans ces bois, dit Bruce.

— Trois, si on inclut votre ancêtre. Elle a été assassinée, elle aussi. Compte tenu de l'histoire sanglante de cette région, je vous parie que l'endroit regorge de cadavres…

Ryan s'interrompit et fit la grimace :

— Bon, je ferais mieux de me taire.

Bruce hocha simplement la tête.

— Je vais installer ce brave Shaunessy pour la nuit, et j'irai me coucher à mon tour. Saluez vos amis pour moi, d'accord ?

— Oui, bien sûr.

Bruce se rendit dans l'écurie, pressé de panser Shaunessy, de le bouchonner, de lui donner à manger, puis de monter se réfugier dans sa chambre avant que les touristes ne commencent à sortir. Il n'était pas d'humeur à échanger des banalités avec des inconnus.

Une fois à l'abri dans ses quartiers, il alluma un feu, se déshabilla et se glissa entre les draps. Puis il croisa les mains derrière sa tête et regarda les flammes qui commençaient à monter.

Devait-il céder ? Admettre qu'il avait vu son ancêtre rôder dans le château ou ses alentours ? Non, jamais de la vie !

Toni manquait de mesure. C'était dangereux. Surtout quand il se passait des choses aussi terribles. Les paroles de Ryan lui revinrent à la mémoire : *Quelqu'un cherchait-il à leur nuire, à tous ?* Il repensa aussi à la conversation qu'il avait eue avec Jonathan Tavish, ce matin-là.

Glasgow. C'est là que tout avait commencé. Et Thayer était de Glasgow. Thayer était dans la forêt, aussi. Cherchait-il vraiment Toni ? Ou bien voulait-il s'assurer que Bruce n'allait pas trouver autre chose ?

*
* *

Toni avait immédiatement remarqué le couple, au milieu des autres touristes, à cause de leur grande beauté. La jeune femme aurait pu se trouver en couverture d'un magazine, et son compagnon avait tout du cow-boy : la carrure, la taille, le visage légèrement buriné de ceux qui passent beaucoup de temps dehors. Ils avaient assisté au spectacle, avec les autres, mais, au moment où Toni allait s'échapper discrètement, la jeune femme la rattrapa au pied de l'escalier.

— Toni.

— Je suis désolée, mais vous allez devoir vous adresser à l'un de mes partenaires. Je… suis tombée, aujourd'hui, et j'ai affreusement mal à la tête.

— Je suis Darcy.

— Darcy ? répéta Toni machinalement, bien qu'elle sût parfaitement de qui il s'agissait.

— Darcy Stone. Nous nous sommes parlé au téléphone…

— Je sais qui vous êtes ! s'exclama Toni, tout en regardant instinctivement autour d'elle. Je vous avais dit de ne pas venir.

Elle ne voulait même pas imaginer la colère de Bruce s'il venait à la soupçonner de remplir le château de chasseurs de fantômes.

— Je sais. Ne craignez rien : nous ne dirons à personne qui nous sommes.

— *Nous ?*

— Juste mon mari et moi.

— Ecoutez, je suis sûre que vous vous êtes donné beaucoup de mal, mais je ne peux pas… vous ne pouvez pas rester ici.

— Nous avons loué une petite maison dans le village. Adam a essayé de vous joindre, mais il n'a pas réussi. Il a hâte de vous parler. Votre appel lui fait craindre que la situation ne soit grave. C'est la raison pour laquelle nous sommes ici. Le voyage n'était pas si désagréable. Nous sommes arrivés ce matin.

Elle parlait simplement, d'une voix sereine, avec un joli sourire, et tout cela contrastait agréablement avec son air sophistiqué.

— Il y a une présence, ici, reprit-elle.

Aussitôt, Toni se raidit.

— Ecoutez, je m'en vais, reprit aussitôt Darcy. Mais je vous en prie, parlez à quelqu'un. Vous en avez besoin.

— Pas ici. Pas maintenant.

— Je comprends. Voulez-vous que nous fixions un rendez-vous ?

Les touristes allaient sortir de la cuisine d'une seconde à l'autre.

— Demain, à l'heure du déjeuner, répondit Toni. Il y a un pub au village, juste au pied de la colline. Vous ne pouvez pas le manquer. Retrouvez-moi là-bas, disons à 13 heures. Et si l'on me pose des questions à votre sujet, je vous préviens : j'ai l'intention de mentir. Je dirai que je vous ai rencontrée aux Etats-Unis.

— Je suis allée voir votre spectacle sur Queen Varina, alors ce ne sera pas tout à fait un mensonge, répliqua Darcy avec un sourire.

Elle jeta un coup d'œil par-dessus son épaule, sentant probablement qu'elles allaient être interrompues d'une seconde à l'autre.

— Je vous en prie, venez ! reprit-elle. Je pense sincèrement que je peux vous aider.

— Je serai là, affirma Toni. Mais, pour l'amour du ciel…

— Bonne nuit ! dit la femme calmement.

Son mari fut le premier à quitter la cuisine. Il la regarda, vit son hochement de tête discret et, tout en souriant à Toni, il glissa un bras sous celui de son épouse. Puis le couple se dirigea vers le portail de l'entrée.

Toni pivota sur ses talons et monta l'escalier aussi vite qu'elle le pouvait. Arrivée devant la porte de Bruce, elle hésita. Après tout, elle était fâchée. Elle recula et gagna sa chambre. Elle frappa à la porte de la salle de bains, mais n'obtint aucune réponse, et la porte qui donnait sur la chambre de Bruce était fermée.

Elle fit sa toilette, enfila sa chemise de nuit, et hésita de nouveau. Elle pouvait le rejoindre. Mais il était peut-être en colère, maintenant.

Elle retourna dans sa chambre et se glissa dans son lit. Aussitôt, elle fut prise de peur. Et si l'ancien Bruce apparaissait de nouveau avec son épée ensanglantée ?

La solution était simple : elle allait fermer les yeux, s'endormir, et ne plus penser à rien avant le lendemain matin.

Mais le sommeil se fit attendre. Elle passa un long moment à espérer que Bruce allait la rejoindre dans sa chambre. Et puis, finalement, elle s'assoupit.

Puis elle se réveilla.

« N'ouvre pas les yeux, se dit-elle. N'ouvre surtout pas les yeux ! »

Mais elle ne put s'en empêcher.

Elle poussa un long soupir. La chambre était vide. Pourtant, elle sentait quelque chose autour d'elle... comme une profonde tristesse.

Elle s'assit, se rappelant qu'elle n'avait pas eu peur, dans les bois, durant les minutes qui avaient suivi sa vision. Elle ne voyait pas son visiteur du passé, mais elle sentait sa présence.

Elle hésita encore un moment, puis se leva, traversa la salle de bains, et s'arrêta devant la porte de Bruce. Finalement, elle l'ouvrit et marcha jusqu'au lit. Il devait dormir à poings fermés. Allait-elle oser se glisser à côté de lui ?

— Tu viens ?

La voix de Bruce la fit sursauter.

— Alors, tu viens ou tu as l'intention de passer le reste de la nuit au pied du lit, à me regarder ?

— Je viens, répondit-elle sur un ton qui lui parut brusque et ridiculement pincé.

Elle entra dans le lit et, aussitôt, Bruce la prit dans ses bras.

— Toni…

— Non, ne parle pas. S'il te plaît, ne dis rien.

— Toni…

— S'il te plaît !

— Comme tu voudras, chuchota-t-il sur un ton également froid et ridiculement pincé, d'autant plus ridicule qu'il la tenait étroitement serrée contre lui.

17.

Le couple était déjà installé à une table lorsque Toni entra dans le pub. La jeune femme blonde lui présenta son mari, Matt, et ils échangèrent une poignée de main. La rencontre aurait pu être celle de trois Américains qui se croisaient à l'étranger et créaient des liens immédiats, en raison de leur nationalité commune.

— Ainsi, vous êtes Toni, dit l'homme avec un sourire chaleureux.

— Vous avez vu Queen Varina, vous aussi ? demanda Toni.

Il haussa les épaules et regarda sa femme avec un demi-sourire.

— C'est moi, le sudiste.

— Vous êtes venus avec Adam ?

— Oui, répondit Matt.

— Adam nous a beaucoup parlé de vous, dit Darcy. Quand il a appris que le château était ici et que le propriétaire était laird Bruce MacNiall…

— Pourquoi ? Adam connaît Bruce MacNiall ?

Matt inclina la tête, et Toni s'aperçut que la serveuse venait de s'arrêter devant leur table.

— Je prendrai une pinte de ce que vous voudrez, lui dit Toni, remarquant que ses deux interlocuteurs buvaient de la bière.

— Pour le plat, je vous conseille l'agneau, suggéra la serveuse. Le poulet est bon, aussi.

Tous trois choisirent le poulet, et la serveuse sourit avant de s'éloigner.

— Adam connaît Bruce ? répéta Toni.

Matt inclina de nouveau la tête. La serveuse revenait déjà avec la bière. Toni la remercia, attendit qu'elle fût repartie, et reprit :

— Vous avez l'intention de me répondre ?

Darcy sourit.

— Non, il ne connaît pas Bruce MacNiall. Il a juste entendu parler de lui. Bruce est sur notre registre, lui aussi.

Toni les regarda d'un air scandalisé.

— Sur votre *registre* ? Tout cela ressemble de plus en plus à un roman de George Orwell.

Darcy secoua la tête.

— Rien de tel, je vous assure. Je m'y prends affreusement mal, je suis désolée. Adam est la personne la plus humaine que j'aie jamais rencontrée. Son fils avait des dons paranormaux tout à fait exceptionnels, alors il a entrepris des recherches. La plupart des gens qui ont reçu ce genre de dons ou de pouvoirs — certains parlent de malédictions — en ont peur et ne veulent pas les utiliser.

Toni inspira profondément et continua de garder le silence.

— Comme vous, poursuivit Darcy. Quel enfant pourrait supporter de voir des choses aussi horribles en rêve ? Adam dit que vous aviez une volonté exceptionnelle et que vous avez décidé de laisser tout cela derrière vous. Pourtant, il a toujours été persuadé qu'un jour, vous l'appelleriez.

— Ce que j'ai fait, murmura Toni.

— Alors, vous voulez nous raconter toute l'histoire ? demanda Matt.

— Dans un moment, répondit Toni, encore méfiante. Que vouliez-vous dire au sujet de Bruce et du fait qu'il est sur votre registre ?

Matt se pencha en avant.

— Il y a eu une affaire criminelle, ici, il y a plusieurs années.

— Oui, je sais. Bruce était flic, et c'est grâce à lui qu'on a arrêté les meurtriers. Ça laisse supposer qu'il était un bon policier.

— Excellent, en effet. Et, d'après lui, il a juste eu recours aux méthodes utilisées par les profilers.

Toni le regarda, les sourcils froncés, attendant la suite.

— A l'époque, certains articles de journaux ont attiré l'attention d'Adam, poursuivit Darcy. Apparemment, MacNiall avait réussi à « penser » comme le meurtrier.

— Vous devez avoir beaucoup de bons flics dans les pages de votre registre, dit Toni avec une moue sceptique.

— Vous ne croyez pas si bien dire, répondit Darcy.

Matt sourit.

— Vous continuez de nous regarder comme si nous étions fous. Mais c'est ce que vous avez envie de penser, n'est-ce pas ? Toni, il y a au moins une chose que nous pouvons faire pour vous. Et, justement, c'est de vous écouter sans jamais vous considérer comme une folle.

Toni fit glisser son doigt sur le bord de sa chope de bière, comme si elle était glacée, ce qui n'était absolument pas le cas. Elle s'était habituée, d'ailleurs, à la bière tiède.

— Si Bruce a des dons ou des pouvoirs, il le nie avec la plus grande véhémence, déclara-t-elle en espérant que sa voix n'exprimait pas la colère ou l'amertume. Il pense que je fais des cauchemars, que j'ai pris un coup sur la tête… n'importe quoi plutôt que d'accepter le fait que j'aie pu voir un fantôme. Alors, de là à admettre qu'il pourrait être lui-même concerné…

Matt fit la grimace.

— Les hommes n'aiment pas admettre qu'ils voient des fantômes, dit-il simplement.

— Je ne pense pas qu'il voie celui-ci, dit Toni.

— Les gens ne voient pas tous la même chose. A mon avis, lorsqu'il était dans la police, Bruce voulait tellement attraper les meurtriers qu'il était capable d'utiliser ses dons. Mais, à présent, il ne veut plus en entendre parler, expliqua Darcy.

— Il ne l'admettra jamais, en effet, murmura Toni.

— On ne sait jamais, répondit Darcy. Mais, je vous en prie, essayez de nous en dire un peu plus.

Toni prit une profonde inspiration.

— Eh bien, pour commencer, il y a un problème très contemporain, dans la région. Un tueur en série kidnappe des prostituées dans les villes et les abandonne ici, dans la forêt de Tillingham.

— Oui, ça, nous le savons, dit Matt.

— Parlez-nous du fantôme, demanda Darcy. Est-il arrivé quelque chose de nouveau, depuis que nous nous sommes parlé au téléphone ?

— Oui, répondit Tony. Hier après-midi…

— Le déjeuner arrive ! lança Matt sur un ton léger.

Toni s'interrompit, et attendit que la serveuse fût repartie. Puis elle se mit à parler. Et, à sa grande surprise, elle parla, parla sans pouvoir s'arrêter.

— Les fantômes essaient généralement de nous transmettre un message, déclara Darcy, lorsque la jeune femme eut terminé.

— Admettons que j'accepte ça, dit Toni. L'Histoire avec un grand H n'accuse pas Bruce d'avoir étranglé sa femme, mais les légendes et les rumeurs ne manquent pas. Maintenant, il semble qu'Annabelle ait été retrouvée. Ils sont en train de faire des tests ADN et si, vraiment, il s'agit d'elle, son corps sera rendu à Bruce afin qu'il puisse l'ensevelir dans le tombeau, près de son mari. Ainsi, le laird sera vengé et pourra trouver la paix. Ce fantôme devrait donc se tenir tranquille, non ?

— Il devrait, en effet, admit Darcy. A moins…

— Quoi ? demanda Toni.

Darcy prit une profonde inspiration.

— Eh bien, quelque chose le tracasse, c'est évident. Et si vous tenez vraiment à ce qu'il trouve la paix, il va falloir découvrir ce dont il s'agit.

— On a de la compagnie, murmura Matt brusquement.

Toni se retourna, et vit Bruce qui entrait dans le pub, avec Jonathan Tavish. Ils arboraient tous deux un air sombre et, aussitôt, Toni se sentit coupable, sans savoir exactement de quoi.

Bruce les vit et se dirigea vers leur table.

— Bonjour, dit Toni en essayant de prendre un air naturel.

— Bonjour, répondit Bruce, avant de se tourner vers le couple, assis en face de Toni. Vous étiez au château, hier soir, n'est-ce pas ?

— En effet ! lança Toni sur un ton enjoué. Matt et Darcy Stone, voici le vrai laird MacNiall. Bruce, je te présence Matt et Darcy.

— Enchanté. Et voici Jonathan Tavish, chef de la police locale, dit Bruce, tandis que ce dernier saluait les deux Américains.

— Vous vous connaissiez déjà ? demanda Jonathan, sur un ton que Toni trouva soupçonneux.

— Toni l'avait oublié, jusqu'à ce que je le lui rappelle, hier soir, dit Darcy. Mon mari est originaire de la Virginie du Nord, et nous allons souvent à Washington pour profiter des spectacles. Nous avons assisté, notamment, à celui de Toni : Queen Varina… Cette fois, nous sommes venus passer des vacances dans ce ravissant village, alors, forcément, je l'ai invitée à déjeuner avec nous.

Elle n'avait pas prononcé un seul mensonge, et Toni admira l'aisance avec laquelle elle s'était exprimée.

— Ah, vous serez donc parmi nous pendant quelque temps ? dit Jonathan d'un air ravi.

— Nous avons loué le Cottage Cameron, expliqua Darcy.

— Eh bien, nous allons vous laisser déjeuner, dit Bruce.

— Joignez-vous donc à nous ! proposa Matt.

— Nous avons quelques affaires à régler, alors ce ne sera pas possible, aujourd'hui, dit Jonathan. Une autre fois, peut-être ?

— Certainement, répondit Darcy avec la plus grande amabilité.

Les deux hommes allaient s'éloigner lorsque la porte du pub s'ouvrit de nouveau, laissant apparaître Kevin, David, Gina et Ryan, suivis de Thayer, Trish et Lizzie.

— Eh bien, le château à lui tout seul va remplir le pub, dit Bruce.

— C'est excellent pour les affaires du village, fit remarquer Jonathan.

— Certes.

— Quelle chance ! dit Darcy avec naturel. Nous allons pouvoir rencontrer toute la troupe.

Ce soir-là, Bruce attendit patiemment la fin de leur représentation. Puis, lorsqu'il eut fini de s'occuper de Shaunessy, il monta dans sa chambre, alluma un feu et s'installa devant l'âtre. Il était prêt.

Un moment plus tard, Toni le rejoignit.

— Qu'est-ce qui ne va pas ? lui demanda-t-elle.

Il se tourna vers elle, arborant un air poli.

— Des amis des Etats-Unis, n'est-ce pas ?

— Oui, répondit-elle prudemment. Enfin, plutôt des connaissances.

— Tu as appelé des télépathes ?

— Quoi ?

— Inutile de te fatiguer : Jonathan s'est renseigné sur eux.

— Jonathan ?

— Leurs passeports, expliqua Bruce. Vous êtes tous des visiteurs dans un pays étranger. Avec les ordinateurs, de nos jours, on peut apprendre des tas de choses sur les gens en un temps record.

— Je ne leur ai pas demandé de venir, déclara Toni.

— Vraiment ?

— Enfin, si, je l'ai appelée, elle. Ou plutôt, non, j'ai appelé un ami, et…

— Tu as l'intention d'ajouter un numéro de lecture de tarot à votre spectacle ? l'interrompit-il d'une voix glaciale.

Toni se débrouillait plutôt mal, et elle le savait.

— Je n'apprécie pas tes sarcasmes ! s'écria-t-elle. Tu es horrible !

Bruce la regarda. Elle était dos au mur, et pourtant ses yeux bleus l'accusaient ouvertement.

Elle portait encore sa longue chemise de nuit blanche, et Bruce songea qu'elle devait beaucoup ressembler à Annabelle : longue et mince, des cheveux blonds cascadant sur ses épaules et dans son dos, des yeux bleus comme des saphirs…

Aussitôt, il chassa cette pensée, furieux, de nouveau, à l'idée qu'elle crût véritablement que le château était hanté par le fantôme de son ancêtre. Il avait beau se réjouir que le grand Bruce fût enfin vengé, il ne tenait pas à voir la demeure ancestrale figurer dans la séquence « Phénomènes surnaturels » d'une émission touristique sur l'Ecosse.

— Ceci est encore ma propriété, ma maison, reprit-il d'un ton sec. Et je ne veux pas de séance de spiritisme ici. Je refuse également que l'on se moque de l'histoire de ma famille et de mon château. Tu comprends ce que je suis en train de te dire ?

— Oui, je comprends, répondit-elle. Et tu n'as aucune raison de t'inquiéter. Inutile de blâmer les autres : aucun d'entre eux n'est au courant de quoi que ce soit. Je vais m'assurer que Darcy et son mari ne mettront plus jamais les pieds ici. Franchement, ils sont là pour nous aider. Mais tu estimes que tu n'as besoin de l'aide de personne, pas vrai ? Après tout, tu étais un super flic. Tu as un ami flic et un autre inspecteur principal... Je comprends ton point de vue, je t'assure. Mais si tu avais essayé un seul instant de me comprendre, si tu avais essayé de *croire* ce que je te disais, nous n'aurions pas cette conversation, à l'heure qu'il est. Mais ne crains rien. Je ne prononcerai plus jamais le mot « fantôme » devant toi. Et je ne parlerai plus de tes ancêtres. Tu peux bien faire ce que tu veux avec les restes d'Annabelle ! Même la vendre à un musée, pourquoi pas ? Mais tu n'as pas le droit d'être en colère contre moi pour la simple raison que tu ne comprends rien à rien !

— Ils étaient ici, que je sache !

— Oui. Mais je ne leur ai pas demandé de venir. En fait, j'ai même prié Darcy de n'en rien faire. Nous savons tous à quel point nous te sommes redevables, ajouta-t-elle d'un ton sarcastique. Je ne sais même pas pourquoi je perds mon temps à essayer de m'expliquer. Il est clair que tu ne crois pas un seul mot de ce que je dis.

— Comment puis-je te croire ? Sur quoi me baserais-je ? Après tout, est-ce que nous nous connaissons ?

Toni se raidit.

— Je pensais te connaître, dit-elle.

— Et je pensais pouvoir te faire confiance.

— Tu peux me faire confiance ! Tu le sais très bien. Et si tu étais prêt à miser un petit quelque chose sur moi — et sur toi-même, aussi —, tu m'accorderais le bénéfice du doute. D'après ce que j'ai cru comprendre, il y a eu des moments, dans ta vie, où tu as suivi ton instinct, une sorte de sixième sens. C'est précisément pour cette raison que tu étais si bon flic.

— Quoi ?

— As-tu peur d'admettre qu'il y a peut-être des choses qui nous dépassent, dans le monde, des choses au-delà de ce que tu peux voir ?

Bruce lutta contre la colère. Il avait envie de la contredire, de ridiculiser ses propos. Et pourtant...

Merde ! Il ne voulait pas se rappeler ce qu'il avait éprouvé lorsqu'il avait cru plonger dans l'esprit d'un autre individu. Un meurtrier.

C'étaient des conneries. Il n'y croyait pas. Il avait besoin d'explications rationnelles.

— Quand tu le décideras, tu me feras confiance, reprit Toni froidement. Parce que, dès l'instant où tu choisiras de regarder la vérité en face, tu sauras, sans l'ombre d'un doute, que tu peux avoir confiance en moi.

Sur ces mots, elle pivota sur ses talons et quitta la chambre. Bruce entendit claquer les portes de la salle de bains, de son côté d'abord, puis de l'autre.

Il regarda fixement le feu qui crépitait dans la cheminée. Il était encore en colère, mais il était désolé, aussi.

Pour autant, il ne voulait pas qu'on le prenne pour un imbécile. Ces gens avaient envahi sa maison. D'accord, ils avaient été victimes d'une escroquerie. Il s'était montré compréhensif. Il ne les avait pas jetés dehors. Il avait même accepté qu'ils continuent à donner leurs représentations — en dépit du fait qu'il devenait de plus en plus probable que l'un d'eux était à l'origine de l'arnaque. Jonathan avait découvert, notamment, que Thayer Fraser avait déclaré la perte d'une carte de crédit juste avant que toute cette histoire ne commence.

— On a pu la lui voler, avait dit Jon. Mais tu ne trouves pas que c'est une drôle de coïncidence ? Imagine que ce soit précisément la carte qu'il avait utilisée pour payer les fournisseurs de services Internet.

— Je n'aime pas beaucoup les coïncidences, avait répondu Bruce.

— Ce qui signifie ?

— Serait-il vraiment aussi stupide ?

Jonathan avait haussé les épaules.

— Le type que nous recherchons est certainement écossais, comme Thayer. Et il est clair qu'il détenait un tas d'informations très détaillées sur toi. En fait, on dirait bel et bien que quelqu'un a essayé de se faire passer pour toi.

Bruce contempla les flammes pendant un long moment. Jonathan lui avait également révélé qui étaient les deux personnes qui déjeunaient avec Toni, ce jour-là. Darcy Stone appartenait à une agence de détectives pour le moins spéciale. Chez Harrison Investigations, discrétion et profil bas étaient de mise. Ils ne faisaient pas de publicité à la télévision et ne promettaient pas la lune à leurs clients — ils n'étaient là ni pour réparer les vies amoureuses ni pour aider les vivants à entrer en contact avec les morts.

Malgré tout, ils se livraient à des investigations sur des événements étranges et inhabituels : les fantômes, les apparitions… Comme s'il n'y avait pas assez de problèmes par ici !

Bruce se réjouissait que le grand mystère de la famille fût enfin résolu, mais il se passait des choses autrement plus graves, ces temps-ci. Un tueur abandonnait ses victimes dans la forêt. Et Toni s'amusait à faire débarquer un médium !

Il ne pouvait pas jeter Darcy et Matt Stone hors du village, mais il n'était pas question qu'ils remettent les pieds au château.

Il ruminait tout cela, mais, dans le fond, les dernières paroles de Toni le bouleversaient plus que tout : *Je pensais te connaître*.

La veille, c'était elle qui était fâchée. Pourtant, elle avait fini par le rejoindre. S'il attendait un peu, elle ferait peut-être de même, cette fois…

Etait-ce la peur qui l'avait poussée à revenir dans sa chambre ? se demanda-t-il avec amertume. Non. La peur n'aurait pas suffi… Il pourrait aller la voir, lui. Il pourrait même lui présenter des excuses. Mais pourquoi le ferait-il ? Après tout, il n'avait pas tort…

Le feu continuait de crépiter dans la cheminée. Les minutes passaient, et il était toujours là, les yeux fixés sur les flammes. Finalement, il se leva, éteignit la lumière et se coucha. Mais il ne put s'endormir. Il l'attendait.

Au bout d'un moment, il se dit qu'elle ne viendrait pas.

Il se leva, enfila son peignoir et se rendit dans la salle de bains. Elle n'avait pas verrouillé la porte donnant sur sa chambre. Ce fut plus fort que lui : il l'ouvrit et marcha vers le lit.

La jeune femme dormait, une main sous le menton, ses cheveux étalés autour de son visage. Il la contempla un moment, sans vouloir la réveiller. Mais, soudain, elle se redressa d'un bond, et le regarda fixement d'un air alarmé.

— C'est moi, lui dit Bruce. En vrai.

Mais elle continuait de le dévisager.

— Pas un fantôme, ajouta-t-il.

Elle hocha la tête.

— Tu préfères rester seule ?

— Est-ce ta manière de me présenter des excuses ?

— Est-ce que tu t'es excusée, hier soir ?

— Est-ce que j'avais tort, hier soir ?

— Est-ce que j'ai vraiment tort, maintenant ?

Elle baissa la tête et, pendant un instant, ses cheveux dissimulèrent les traits de son visage.

— Est-ce vraiment si important ? demanda-t-elle finalement, d'une voix très douce.

Ces mots le touchèrent plus qu'il n'aurait pu le dire.

— Je te demande pardon, murmura-t-il.

— Pourquoi ? demanda-t-elle en le regardant de nouveau.

Il croisa les bras sur son torse.

— Je ne veux pas d'un médium ici. Je pense que nous avons bien assez de problèmes comme ça. Cela dit, je suis désolé de t'avoir parlé comme je l'ai fait. Et je… je suis convaincu que tu confonds tes rêves avec la réalité.

Toni se leva, passa devant lui et se dirigea vers la porte communicante. Arrivée sur le seuil de la salle de bains, elle se tourna.

— Ton lit est vraiment plus confortable que le mien, dit-elle.

Il la suivit.

Et il se passa encore une bonne heure avant qu'ils ne s'endorment l'un contre l'autre.

Toni se réveilla au milieu de la nuit, pensant que le jour était levé, mais lorsqu'elle ouvrit les yeux, il faisait encore nuit noire. Le feu s'était éteint, et seule brillait une lumière, restée allumée dans la salle de bains.

La jeune femme sentit le bras de Bruce autour d'elle. Et, soudain, elle eut la sensation qu'ils n'étaient pas seuls.

Elle regarda au pied du lit.

Il était là. *Il* la regardait de son air grave et triste, son épée tachée de sang à la main. *Il* voulait qu'elle le suive.

Tout contre elle, Bruce bougea.

— Toni ?

— Oui ?

— *Il* est là ?

Elle n'aurait pu dire si la question de Bruce était sérieuse ou sarcastique. Elle regardait le fantôme. Elle répondit la vérité.

— Oui.

Bruce grogna, mais il l'attira plus fort contre lui.

— Dis-lui de s'en aller. Dis-lui que *je* suis là.

Les yeux toujours fixés sur le fantôme, Toni chuchota :

— Allez-vous-en. Je vous en prie. Je ne sais pas ce que vous voulez.

Il inclina la tête, comme s'*il* se pliait à son désir. Puis, alors qu'elle le regardait toujours, *il* disparut lentement jusqu'à n'être plus qu'une ombre dans la nuit.

Toni poussa un soupir de soulagement.

Il voulait sans doute quelque chose d'autre, mais quoi ? Que diable voulait-il ?

Toni était résolue à le découvrir, quoi que ça lui coûte, quel que soit l'endroit où cela la mènerait. Elle ravalerait sa peur et finirait par comprendre ce qui le faisait revenir, nuit après nuit…

Sa décision prise, elle se blottit plus étroitement contre le corps de Bruce, satisfaite, savourant la chaleur que dégageait son compagnon. Près de lui, elle se sentait parfaitement bien, en sécurité. Elle ferma les yeux et se rendormit profondément.

Lorsqu'elle les rouvrit, le lendemain matin, Bruce était parti.

— Tu veux rire, pas vrai ? s'exclama Bruce en regardant Robert Chamberlain d'un air éberlué.

Ce dernier l'avait encore appelé pour lui donner rendez-vous dans un café, à Tillingham, cette fois. Bruce était un peu étonné ; les deux hommes avaient plutôt l'habitude de se retrouver à Stirling ou à Edimbourg. Mais, plus que tout, c'était la raison de cette entrevue qui le stupéfiait.

— Je leur ai demandé de nous retrouver ici.

— Je ne te crois pas ! s'exclama Bruce. Tu n'aurais pas fait ça.

— Bruce, la police a eu bien souvent recours à de telles tactiques. Je ne les aurais pas appelés aux Etats-Unis, mais…

— Pour quoi faire ? l'interrompit Bruce. La Grande-Bretagne ne manque pas de charlatans, que je sache !

— Ecoute, ils sont discrets et, d'après les informations que j'ai pu glaner, ils ont une réputation de sérieux et d'efficacité. Et ils ne donnent absolument pas dans le sensationnalisme, ce qui est plutôt rare, dans ce domaine. Comme je te le disais, les polices de plusieurs pays ont fait appel à eux. Ils ont travaillé pour des membres du congrès américain, des sénateurs et même un président des Etats-Unis…

— Il y a des allumés partout ! répliqua Bruce.

Robert haussa les épaules.

— Tu m'as dit toi-même des douzaines de fois qu'on devrait retourner chaque centimètre de la forêt à la recherche du cadavre d'Annie O'Hara.

— On y a retrouvé les deux dernières victimes. C'est une déduction logique, pas de l'intuition.

— Je continue de penser que la logique seule ne t'aurait jamais permis de coincer le couple meurtrier, il y a dix ans.

Bruce s'agita sur sa chaise.

— Il me semble que nous… non, pardon, que *la police* dispose d'autres moyens d'investigation que le recours à ce genre de charlots.

Il eut un haussement d'épaules.

— Mais ce n'est pas moi qui décide, de toute façon. J'ai beau posséder le château, des terres et un titre, je ne suis plus le souverain de mon petit royaume. L'époque est révolue où j'aurais pu leur donner l'ordre de quitter le village avant la nuit tombée.

Il accompagna ces paroles d'un petit sourire, avant d'enchaîner :

— Pour parler de choses un peu plus tangibles, j'ai vu Jonathan, hier. Les informaticiens auxquels il s'est adressé ont l'air d'avoir de la chance dans leur enquête sur la compagnie bidon qui a loué le château.

Robert hocha la tête.

— Oui, j'ai vu les rapports. Je ne m'en mêle pas. C'est du ressort de Jonathan.

— Il semble se méfier énormément de Thayer Fraser.

— Il faut dire que la somme qui figure sur son compte en banque correspond à peu près au montant que les Américains ont déboursé. Et il a déclaré le vol d'une carte de crédit. S'il s'avère que la carte en question a été utilisée dans le café Internet de Glasgow où le site a été créé, il faudra, au moins, le convoquer pour lui poser quelques questions.

— Je n'y crois pas. Il se serait douté qu'il allait se faire prendre. Il n'est pas si bête.

— On verra bien, répondit Robert en s'appuyant contre le dossier de la banquette. Ce n'est pas tout. Tu ne liras pas ça dans les journaux — j'y ai veillé —, mais j'ai lancé une enquête au sujet de la disparition de la serveuse de ce pub, à Stirling.

Bruce arqua les sourcils.

— Elle s'est contentée de faire sa valise : je ne vois pas ce qu'il y a d'inquiétant.

— En effet, mais personne ne sait où elle est allée. Elle n'a pris ni le bus ni le train. Elle s'est volatilisée. Elle a pu retourner en Irlande, bien sûr, mais je n'y crois pas. Notre ami Thayer a été vu en sa compagnie, à Stirling, ce jour-là.

— Attends, tu l'accuses d'être un escroc doublé d'un tueur en série ?

— Je ne l'accuse de rien du tout, répondit Robert. Je te fais part des informations dont nous disposons.

— C'est un peu tiré par les cheveux.

— On fait ce que l'on peut avec ce que l'on a.

— Il lui suffirait d'un bon avocat pour causer quelques gros soucis à la police.

— Il n'est pas question de l'arrêter, pour le moment. Mais, dans la mesure où il vit dans ton château, je trouve normal, et même prudent, de te prévenir.

Bruce secoua la tête.

— L'escroquerie est une chose. Mais, quand même, il ne faut pas exagérer…

Robert fit un signe de la tête.

— Ils arrivent, dit-il en se levant.

Bruce se leva à son tour pour accueillir le couple qui se dirigeait vers eux.

— Bonjour, dit-il en serrant la main de l'homme, puis celle de la femme.

Ils prirent tous place autour de la table, et Bruce se tourna vers Darcy Stone.

— Qu'avez-vous pensé de la visite-spectacle du château, l'autre soir ? demanda-t-il.

— C'était remarquable, répondit Darcy.

Bruce regarda Matt fixement, tout en songeant qu'il n'avait pas du tout l'air d'un charlatan.

— Quoi qu'il en soit, je ne vous ai pas demandé de venir pour parler du château, enchaîna le policier. Je vais réunir une équipe d'hommes, samedi, pour fouiller la forêt. Nous cherchons le corps d'une femme dont nous craignons fort qu'elle n'ait été la victime d'un tueur en série. Je me demandais si vous seriez disposés à participer à ces recherches.

— Certainement, répondit Darcy, tout en jetant un regard à son mari.

— Bien sûr, confirma ce dernier.

— Formidable ! dit Robert.

— Vous serez là, je suppose, laird MacNiall ? demanda Darcy en s'adressant à Bruce.

— Oui.

— Forcément. Vous vous sentez une responsabilité.

— La forêt borde mon château.

Darcy hocha la tête.

— C'est intéressant, laird MacNiall. Vous n'avez pas passé beaucoup de temps dans votre château, ces dernières années, n'est-ce pas ?

Bruce haussa les sourcils en guise de réponse.

— Vous vous partagez entre New York et votre haras près du loch Ness. Vous avez même investi dans un élevage de chevaux dans l'Etat du Kentucky.

— Vous êtes parfaitement informée ! dit Bruce froidement. Et vous ne m'avez même pas demandé de vous montrer la paume de ma main.

Il fit mine de se lever, mais Darcy posa les doigts sur son poignet.

— Nous avons accès à Internet, nous aussi, laird MacNiall.

— Ah ! murmura Bruce, se demandant pourquoi cet homme et cette femme lui donnaient envie de revêtir une armure.

Il n'y avait pas de quoi être impoli. Robert voulait juste savoir s'ils pouvaient les aider. La démarche était à l'envers du bon sens, mais Bruce ne pouvait nier qu'ils avaient, l'un comme l'autre, l'air tout à fait respectable. Il n'avait aucune raison de se montrer aussi hostile envers eux.

Il n'appréciait pas trop, cependant, d'avoir fait l'objet d'une enquête. Pas plus qu'il ne se réconciliait avec l'idée que Toni avait fait appel aux services d'Harrison Investigations. Il avait beau la croire, lorsqu'elle affirmait n'avoir jamais entendu l'histoire du grand MacNiall avant de « l'inventer », il demeurait convaincu qu'il existait une explication rationnelle. De même qu'il existait certainement un moyen d'expliquer pourquoi elle connaissait l'intérieur de la crypte du château. Quant au fait qu'elle soit tombée sur les restes d'Annabelle, après l'orage, c'était un pur hasard.

— Le château est votre demeure ancestrale, et pourtant on dirait que vous le fuyez depuis des années, murmura Darcy.

Cette fois c'en était trop. Bruce se leva.

— Ce fut un plaisir, mais vous allez devoir m'excuser. J'ai à faire. Je vous verrai donc samedi. Robert, tiens-moi informé.

Il serra la main de Matt Stone, et quitta le pub, regrettant brusquement de n'être pas dans les rues de New York, en train de croiser des jeunes gens aux cheveux verts, couverts de piercings.

Une fois dehors, il regarda autour de lui, respira un grand coup et envisagea d'aller rendre visite à Jonathan ou à Daniel Darrow. Il écarta aussitôt les deux possibilités et leva les yeux vers la statue de son ancêtre.

— Fiche le camp de ma vie ! lança-t-il.

— Alors, l'ancien laird encombre votre vie ? dit une voix douce, derrière lui.

Il pivota sur ses talons, se maudissant d'avoir traîné. Darcy Stone l'avait suivi.

— Madame Stone, si vous voulez bien m'excuser…

— Je vous en prie, accordez-moi juste un petit moment de votre temps.

Bruce croisa les bras sur son torse.

— Je vous écoute.

— D'abord, Toni Fraser ne nous a pas demandé de venir.

— Pourquoi êtes-vous là, dans ce cas ?

Darcy n'était pas prête à répondre à cette question.

— Il y a une présence dans votre château.

— Il y en a même plusieurs, répliqua Bruce. Tout un groupe d'Américains.

Elle sourit.

— Laird MacNiall, vous êtes à l'origine d'une des plus brillantes arrestations des annales de la police criminelle. Aussitôt après, vous avez démissionné. Pourquoi ?

— Parce que le travail dévorait ma vie. J'ai reculé la date de mon mariage. Ma fiancée est tombée malade, et elle est morte peu de temps après. J'ai décidé que je m'étais un peu trop consacré à la folie qui poussait les hommes à s'entretuer. Non que cela vous regarde, mais comme vous semblez déjà tout savoir à mon sujet…

— Est-ce véritablement la seule raison ?

— Je ne sais pas de quoi vous voulez parler.

— Je pense que vous le savez, au contraire. Je pense qu'à plusieurs reprises, au cours de cette dernière enquête, vous avez vu un peu trop clairement ce que faisait ce couple de tueurs. Peut-être même avez-vous plongé dans leur corps et dans leur esprit — bien plus que vous ne le souhaitiez, en tout cas.

— Le meurtre est une vraie saleté, madame Stone.

— Voilà pourquoi il faut tout faire pour empêcher les meurtriers d'agir, chaque fois que c'est possible.

— Ce sera tout, madame Stone ?

— Non. Je voulais aussi vous dire que si vous souhaitez parler, s'il y a quoi que ce soit que je puisse faire… eh bien, j'aimerais vraiment vous aider.

Bruce fut tenté de lui répondre qu'il n'avait pas besoin de son aide, mais il se retint.

— Je m'en souviendrai, dit-il.

— J'aimerais vraiment retourner dans votre château.

— Je vais y réfléchir.

— Encore une chose…

— Oui ?

— Je pense que vous… vous avez de vraies capacités. Si seulement vous acceptiez de les utiliser…

— Je m'en souviendrai aussi, madame Stone. Et maintenant, je vous prie de m'excuser.

Sur ce, il s'éloigna en direction de sa voiture.

18.

Gina était dans la cuisine avec David et Kevin, lorsque Toni descendit. Ils étudiaient un document.

— Toni, tu veux jeter un coup d'œil là-dessus ? lança Gina. J'ai rédigé un nouveau contrat de location. Enfin, il ne s'agit pas vraiment de cela, puisque MacNiall semble vouloir rester chez lui. Et, bien sûr, nous ne pouvons pas savoir combien de temps encore il sera prêt à jouer le rôle de son ancêtre pour nous rendre service. Mais bon, je lui demande de nous accorder six mois. Si le spectacle continue à cartonner, comme c'est le cas en ce moment, nous serons à même de le dédommager, et il nous restera assez pour envisager de louer une autre propriété.

Tina se servit une tasse de café et s'appuya contre le comptoir.

— Gina, je suis sûre que ton contrat est excellent. Ce qu'il faut, maintenant, c'est le soumettre à un avocat, puis à laird MacNiall.

Gina se mordilla l'ongle du pouce, tandis qu'elle relisait son document.

— J'espère qu'il va accepter. Sinon, nous allons continuer à vivre au jour le jour.

— Nous vivons tous au jour le jour, fit remarquer Kevin.

— Comme c'est sage ! dit Toni. Où sont les autres ?

— Bruce est parti à cheval, répondit David. Thayer a grommelé je ne sais quoi, et il est sorti à son tour. Ryan est à l'étage. Il veut aller au village acheter je ne sais quel produit pour astiquer son épée. Quant à Eban, j'ignore ce qu'il fait.

Gina jeta un coup d'œil à sa montre.

— On devrait y aller. On n'a jamais assez de temps quand on va au village. Tu viens ? ajouta-t-elle à l'intention de Toni.

— Non, je crois que je vais rester par ici.

David fronça les sourcils.

— Tu devrais nous accompagner.

Toni sourit.

— Ça va aller.

— Ah, les nuits ne suffisent pas ! s'exclama David pour la taquiner. Elle attend le retour de laird MacNiall.

— J'ai envie de lire, déclara la jeune femme en forçant un sourire sur ses lèvres.

— Hmm, le livre de l'homme ! fit Kevin. Un livre en braille.

— Vous êtes insupportables, tous les deux !

— Hier, j'avais pourtant l'impression qu'il y avait de l'eau dans le gaz, commenta Gina. Vous vous êtes disputés ?

Toni secoua la tête.

— C'est important parce qu'on a vraiment besoin qu'il signe ce contrat ! insista son amie.

Toni poussa un soupir.

— Il le signera ou il ne le signera pas. Je n'y peux rien. En tout cas, nous ne nous disputons pas.

Ils entendirent chanter, et Ryan fit irruption dans la cuisine en interprétant une version très personnelle de la chanson « Oklahoma ». Il avait l'air heureux. Les autres le regardèrent, surpris : il n'était pas vraiment connu pour ses talents de chanteur.

Il s'arrêta et les regarda à son tour.

— Quoi ? fit-il. D'accord, on est en Ecosse, pas dans l'Oklahoma. Mais, ce matin, j'ai envie de chanter, c'est comme ça. Et ce n'est pas fini, je vous préviens !

— Sortons vite d'ici ! supplia David. Toni, viens avec nous. Si tu veux, j'irai déchiffrer des épitaphes avec toi.

Toni pouffa de rire.

— Je vous accompagne jusqu'à la voiture.

Le petit groupe se dirigea vers le portail de l'entrée, mais lorsqu'ils ouvrirent l'un des battants, ils furent stupéfaits de se trouver nez à nez avec Jonathan Tavish. L'officier arborait un air sombre.

— Bonjour, dit Toni. Nous pouvons vous aider ? Bruce n'est pas là.

Jonathan secoua la tête.

— Je ne suis pas venu voir Bruce, dit-il. Je cherche votre cousin, mademoiselle Fraser.

Il hésita, avant d'ajouter :

— Je suis vraiment désolé. Je suis venu pour l'arrêter.

David fut le premier à s'exclamer.

— Quoi ? Pourquoi ?

Jonathan se dandina d'un pied sur l'autre. Il avait l'air affreusement gêné.

— Escroquerie, dit-il.

— Attendez, vous voulez bien expliquer ? intervint Toni.

— Il est là ? demanda Tavish.

Toni secoua la tête.

— Peut-être. Nous n'en savons rien. Mais…

— Je suis désolé, mais c'est lui qui a tout manigancé. Il a créé une compagnie fictive sur le Web et pris une boîte postale pour y recevoir le chèque. Il devait penser que vous abandonneriez tous le bateau, après le retour de MacNiall. Je suis surpris qu'il n'ait pas encore disparu, mais il a peut-être cru qu'il avait brouillé toutes les pistes et qu'il ne risquait rien.

— *Thayer*, murmura Toni.

— *Ton cousin*, renchérit Gina.

— Enfin, la bonne nouvelle, c'est que nous serons peut-être à même de récupérer une partie de votre argent, reprit Jonathan sur un ton conciliant.

— Je ne le crois pas, déclara Toni en secouant la tête.

— Tu ne *veux* pas le croire, murmura David.

— De quelles preuves disposez-vous ? demanda Toni.

— Des preuves suffisantes pour l'arrêter, répondit Jonathan.

— Je continue de ne pas le croire, dit Toni d'un air buté.

— Et vous ne savez pas s'il est là ou pas ? demanda Jonathan.

— Il traîne peut-être dans les parages, répondit Ryan. Je vais vérifier dans sa chambre.

— Et moi, je monte voir à l'étage, dit Gina.

Toni demeura immobile un moment, songeant tout à coup qu'elle savait peut-être où se trouvait Thayer : dans le grenier à foin de l'écurie. Elle ignorait ce qu'il fabriquait, là-haut. Peut-être ne voulait-elle pas le savoir, d'ailleurs. Mais elle tenait tout particulièrement à le voir avant que Tavish ne mît la main sur lui.

— Je… je vais regarder dehors, dit-elle.

Elle sortit et tourna la tête du côté de l'écurie. *Tu ne veux pas le croire*, avait dit David. Il n'avait pas tort.

Elle se dirigea vers le bâtiment qui abritait les chevaux et, au moment où elle allait y entrer, Thayer en sortit.

Il marcha tranquillement vers elle, souriant, balançant les bras de chaque côté de son corps, comme s'il n'avait aucun souci.

— Bien le bonjour à toi, ma belle cousine ! lança-t-il.

Puis, remarquant l'expression de la jeune femme, il s'arrêta.

— Que se passe-t-il ?

— Jonathan Tavish est ici.

— Et alors ?

— Il est venu pour t'arrêter.

— M'arrêter ? s'exclama-t-il, l'air stupéfait.

— Pour escroquerie.

— Quoi ?

— Pour nous avoir volé toutes nos économies, précisa Toni.

Thayer regarda derrière elle, et l'expression de son visage changea du tout au tout. Toni se tourna et vit que Jonathan se dirigeait vers eux.

— Merde ! marmonna Thayer, avant de s'élancer.

Il avait sans doute cédé à la panique, car il n'avait nulle part où aller. A moins, bien sûr, de parvenir à dévaler la pente et de pénétrer dans la forêt, auquel cas il réussirait peut-être à disparaître pour de bon.

Mais Tavish ne lui en laissa pas le temps. Il se rua vers lui à la vitesse de l'éclair, et le fuyard eut à peine le temps de franchir vingt mètres avant que l'officier de police ne se jette sur lui.

— C'est des conneries ! hurla Thayer, comme les deux hommes luttaient au sol. C'est des conneries !

Tavish était plus fort et plus entraîné, et il eut tôt fait de prendre le dessus et de passer les menottes au suspect. Puis il força Thayer, couvert de poussière, à se remettre sur ses pieds, et l'entraîna vers la voiture de patrouille, manu militari.

— Je n'ai pas fait ça ! cria Thayer en se tournant vers Toni. Je ne sais pas quelle preuve ils ont, mais je n'ai pas fait ça. Toni, tu dois m'aider !

— Tu diras ça au juge, mon vieux, grommela Jonathan.

— Toni, il faut m'aider ! insista Thayer. Je te jure que je suis innocent !

— On va te trouver un avocat ! lui cria la jeune femme.

Jonathan ouvrit la portière du passager, et poussa son prisonnier à l'intérieur, sans protéger sa tête ou s'embarrasser des autres précautions d'usage.

Thayer continua de regarder Toni, la suppliant du regard.

David, Kevin, Gina et Ryan l'avaient rejointe et s'étaient placés de chaque côté de leur amie.

— Seigneur ! murmura Gina.

— Tavish prétend que nous devrions récupérer une partie de notre argent, dit Ryan.

— Thayer clame son innocence ! répliqua Toni.

— Toni, les malfaiteurs crient rarement qu'ils sont coupables, quand on les arrête, lui fit remarquer David en secouant la tête tristement.

— Eh bien, moi, je le crois, déclara la jeune femme. Et il faut qu'on aille au bout de cette affaire. Il a besoin d'un avocat.

— Ils ont un système judiciaire plutôt au point, dans ce pays, tu sais ? intervint Kevin.

— Nous n'aurions jamais dû faire confiance à quelqu'un qui ne faisait pas partie de notre groupe, déclara Gina.

— Ouais, c'est mon cousin, alors c'est ma faute ! lança Toni avec colère. Et s'il est innocent ?

— Toni, Jonathan Tavish ne l'aurait pas arrêté s'il ne disposait pas d'un minimum de preuves, dit Gina.

— Eh bien, je veux les connaître, ces preuves. Et je veux aussi qu'il bénéficie d'une aide juridique.

— Formidable ! commenta Kevin.

— Pourquoi ? demanda Toni.

— Parce qu'on est tous fauchés.

— Ecoutez, dit David sur un ton apaisant, essayons de trouver Bruce. Nous sommes ici chez lui, et il en sait toujours plus que nous. On peut essayer de joindre son ami Robert, aussi. Je suis sûr qu'il sera à même de nous dire ce qu'ils ont contre Thayer. Prenons la voiture et partons à sa recherche.

— Génial, fit Kevin avec un soupir. Maintenant, on va essayer d'aider le mec qui nous a tous arnaqués royalement.

— Vous avez entendu parler de la présomption d'innocence jusqu'à preuve du contraire ? s'écria Toni.

— Essayons plutôt de trouver Bruce, dit Ryan sur un ton apaisant.

— Croyez-vous qu'il ait pu se rendre au village à cheval ? demanda Gina.

— Je suppose qu'on peut se rendre n'importe où à cheval, par ici, répondit Ryan. David et Kevin, prenez la camionnette et allez au village demander si quelqu'un a vu Bruce. Gina, Toni et moi, nous sillonnerons les routes alentour.

Toni recula.

— Merci, mais je préfère rester ici, pour le cas où il reviendrait.

— Tu vas rester ici toute seule ? demanda Gina.

— Eban est sûrement dans les parages, répondit Toni avec un haussement d'épaules.

— Voilà qui me rassure complètement ! s'exclama son amie.

— Allons, il fait grand jour. Je ne risque rien.

— Je n'aime pas ça, murmura David.

— Pour l'amour du ciel, vous allez bouger un peu ? Si Bruce ne revient pas et si vous ne le trouvez pas, je prendrai Wallace et je descendrai au village. Nous n'avons pas de temps à perdre. Je doute qu'ils gardent Thayer très longtemps. Ils vont sûrement le transférer dans une prison d'une ville voisine.

— D'accord, dit Gina. Mais, Toni, il va falloir que tu t'habitues à l'idée qu'il est peut-être coupable.

Toni hocha la tête et fit mine de retourner vers le château. Mais, à la seconde où les deux voitures s'engageaient sur le chemin, elle fit demi-tour et marcha vers l'écurie d'un pas résolu.

Lorsqu'elle entra, Wallace marcha vers la porte du box,

s'attendant manifestement à ce qu'elle vienne lui parler ou lui caresser le nez.

— Désolée, mon grand, murmura-t-elle en s'arrêtant devant l'échelle.

Elle gravit rapidement les échelons jusqu'aux combles, et regarda autour d'elle. Une couche de foin couvrait le sol. Elle marcha sur les planches, à la recherche d'un indice quelconque.

Soudain, elle entendit un sifflotement et s'immobilisa. Eban ! Elle tendit l'oreille, tandis que ce dernier entrait dans l'écurie et se dirigeait vers Wallace.

— Tiens, l'ami, ton petit cadeau.

Il donnait quelque chose à manger au rouan. Mais quoi ?

Etait-ce lui qui rendait le cheval malade ? Mais quelle serait sa motivation ? Cherchait-il à saboter leurs efforts ? Peut-être pensait-il — comme Bruce, au départ — qu'ils se moquaient de l'histoire écossaise.

Elle demeura immobile, l'oreille tendue.

— Allez, mon brave, mange tout jusqu'au bout, dit Eban.

Toni se força à rester parfaitement immobile, allant jusqu'à retenir sa respiration. Elle attendit. Finalement, Eban quitta l'écurie. Toni resta encore figée jusqu'à ce qu'elle ne l'entende plus siffloter. Puis, prise de rage, elle se mit à donner des coups de pied dans le foin, désespérant de trouver ce qu'elle était venue chercher.

— Vous ne m'aurez pas ! déclara Thayer. Je n'ai rien fait du tout.

— Vous devriez avoir honte, répondit Jonathan. Un Ecossais ! Faire une chose pareille !

— Je vous dis…

— Ça suffit !

— Ecoutez-moi…

— Je vous préviens…

— Mais enfin…

Jonathan perdit patience. Il leva le coude, sans cesser de conduire, et l'envoya directement dans la tête de Thayer.

Sonné et stupéfait, Thayer réagit aussitôt avec un autre coup de coude qui atteignit l'officier à la tempe, et l'envoya frapper violemment la vitre de sa portière. Tavish perdit le contrôle du véhicule, qui quitta la route et se mit à dévaler la pente. Une seconde plus tard, la voiture heurtait un large rocher et se retournait.

Toni l'aperçut soudain, au milieu du foin et de la poussière qu'elle venait de soulever : un sachet en plastique. Elle s'accroupit, le ramassa et regarda ce qu'il contenait. De l'herbe…

Elle balaya le sol avec ses mains et trouva un deuxième sachet dans lequel étaient serrés une boîte d'allumettes et du papier à cigarette. Elle renifla le premier sachet, et fut immédiatement fixée sur la nature de son contenu.

Ainsi, Thayer se cachait dans le grenier à foin pour fumer de l'herbe. D'accord, seulement, ce n'était pas la réponse qu'elle cherchait. Elle aurait préféré quelque chose qui permît soit de le condamner, soit de le disculper.

Toni poussa un soupir et enfouit de nouveau les sachets sous le tapis de foin. Puis, se redressant, elle descendit prudemment l'échelle, peu désireuse de tomber sur Eban. Elle s'approcha, néanmoins, de Wallace, et le regarda longuement. Le cheval hennit doucement.

— Je n'ai rien pour toi, lui dit-elle. Et si ce type te donne des trucs qui te rendent malade, je lui casserai la figure moi-même, d'accord ?

Elle consulta sa montre, et vit qu'un quart d'heure à peine était passé depuis le départ de ses amis. Elle hésita une seconde, puis décida de retourner au château et de monter dans la chambre de Bruce.

Là, elle s'assit dans le fauteuil, près de la cheminée, et ferma les yeux.

— Nous sommes seuls, maintenant, dit-elle doucement. Et… j'ai l'intention de vous faire confiance. Je ne crierai pas. Je ne céderai pas à la panique.

Lorsqu'elle rouvrit les yeux, il était là, la considérant de son air grave et triste.

Venez.

— D'accord, murmura-t-elle.

Il se tourna et sortit de la chambre à grands pas.

Toni le suivit jusqu'en haut de l'escalier. Là, il marqua une pause pour s'assurer qu'elle était toujours derrière lui. Puis il dévala les marches.

Une fois encore, il s'arrêta brièvement dans le grand hall afin de vérifier qu'elle le suivait toujours.

Elle savait où ils allaient.

— Dans la crypte ? chuchota-t-elle.

Il la regarda fixement, puis se tourna et traversa la deuxième salle.

Ainsi qu'elle le craignait, la porte ouvrant sur l'escalier en colimaçon était grande ouverte.

Toni le regarda, secouant doucement la tête.

— Pourquoi moi ? lui demanda-t-elle doucement.

Il n'y eut pas de réponse. Elle n'en attendait aucune, d'ailleurs. Une fois encore, il se tourna et s'engagea dans l'escalier en pierre. Toni appuya sur l'interrupteur, et le suivit.

Mais la lumière ne changeait pas grand-chose. Tandis qu'elle déambulait dans la crypte, avec pour seul compagnon la présence qui la guidait, elle se demanda si elle n'était pas folle.

Plus elle s'enfonçait dans les entrailles du château, plus la lumière paraissait faiblir. A sa gauche, la tombe d'un laird du

XVIe siècle était dominée par la statue grandeur nature d'un homme de la Renaissance, assis sur son cercueil, la tête posée sur une main, ses yeux de marbre fixés droit devant lui. Toni détourna vite le regard, car elle avait l'impression que ces yeux vides la dévisageaient. Elle savait où elle allait : tout au bout de la ruelle principale.

Mais, quand elle arriva devant la statue, le grand MacNiall n'était plus là. Elle regarda l'homme en marbre qui ressemblait tant au Bruce qu'elle connaissait, et se demanda ce qu'elle n'avait pas vu, les fois précédentes, et qui lui valait de se retrouver ici, une fois de plus.

Soudain, son sang se figea dans ses veines. Elle venait de remarquer une différence. Le sarcophage de pierre juste derrière celui du grand MacNiall — sarcophage installé là des centaines d'années plus tôt par une personne déterminée à y coucher les restes humains d'Annabelle — était entrouvert.

Toni fronça les sourcils et déclara à voix haute, espérant que le fantôme l'entendrait :

— Elle reposera bientôt près de vous. Bruce va y veiller.

Sa voix résonna dans la ruelle, sous le haut plafond de pierre.

La jeune femme contourna l'effigie du grand MacNiall, en essayant d'établir comment et pourquoi la dalle sur le deuxième sarcophage avait été laissée ouverte.

Les ombres étaient épaisses, lourdes, et elle ne vit rien, tout d'abord. Elle poussa le couvercle, se disant qu'elle verrait peut-être mieux si elle parvenait à le déplacer. Mais la dalle paraissait trop lourde, de prime abord. Puis, soudain, elle entendit le raclement de la pierre sur la pierre.

Et elle vit ce qui gisait à l'intérieur du cercueil.

Un hurlement jaillit de sa gorge, sonore, strident, terrible. Il ricocha sur la pierre et se répercuta sur les murs.

Toni recula, pivota sur ses talons et se mit à courir éperdument le long du corridor.

Elle avait sa réponse. Elle savait, maintenant, ce que le grand MacNiall s'efforçait de lui dire.

19.

Rien ne pouvait égaler le plaisir de monter à cheval, surtout un cheval aussi extraordinaire que Shaunessy, se dit Bruce, un léger sourire aux lèvres. Et tant pis s'il péchait par excès d'orgueil, mais il ne connaissait aucun paysage plus beau que celui des collines de son pays natal. Arrêtant sa monture en haut d'une crête, il contempla les terres qui s'étalaient à ses pieds, à perte de vue, dans une symphonie de verts et de mauves.

La scène était tellement paisible. Pourtant, ce décor idyllique ne l'avait pas toujours été, songea Bruce, repensant aux tragédies, aux souffrances et à tout le sang versé lorsque les tribus anciennes se battaient pour gagner les meilleures terres, puis lorsque les premiers nationalistes s'étaient dressés contre l'impérialisme et, plus tard encore, lorsque les hommes avaient donné leur vie encore et encore au nom de la loyauté, des idéaux et de la fierté.

Il poussa un soupir et fronça les sourcils. Un malaise étrange, un trouble profond le pénétrait, comme une prescience, le pressentiment qu'il allait se passer quelque chose. Une rupture était sur le point de se produire.

— Bêtises que tout cela, pas vrai, mon garçon ? dit-il à voix haute, tandis que Shaunessy frappait la terre de son sabot.

Il tourna la tête, et son regard quitta le paysage tranquille de la vallée pour se fixer sur les sombres profondeurs de la forêt.

Dix ans avaient passé, et pourtant, l'affaire qu'il avait résolue continuait de le tourmenter. Pourquoi ?

Au fond, il savait bien pourquoi. Il avait pénétré dans l'esprit d'un monstre abominable, et cette expérience lui avait fait peur. Ne risquait-il pas de devenir un monstre lui-même ?

« Je ne crois pas à ces sornettes », se répétait-il constamment. Pourtant, de la même manière qu'il n'avait jamais oublié l'affaire, il ne parvenait plus à se débarrasser de la vision du corps de Toni flottant dans le ruisseau, son visage tourné vers le fond de l'eau.

« Fantômes et chasseurs de fantômes ! » se dit-il avec colère. Bien sûr, on pouvait jouer toutes sortes de tours à l'esprit, et ces histoires lui mettaient les idées à l'envers. Après Toni, Darcy Stone avait touché une corde sensible en lui. Elle était tellement calme et sereine. Aucune passion. Pas de discours enflammé.

Il poussa un soupir, se demandant quoi faire, désormais. Car une chose était sûre : la vision ne cessait de le hanter, faisant grandir en lui le pressentiment d'une terrible fatalité.

Toni se jeta contre la porte, terrifiée à l'idée de la trouver fermée. Mais elle s'ouvrit sans résistance, et la jeune femme jaillit de l'escalier de la crypte, le cœur battant à tout rompre.

Un téléphone ! Elle devait appeler, vite.

Mais Eban était là, quelque part dans les environs. A l'intérieur du château, peut-être ?

Elle s'élança en direction du grand hall et s'arrêta brusquement, clouée sur place.

Thayer se tenait sur le seuil, l'air assommé, un peu fou. Il avait du sang sur le front et le haut du crâne ; sa chemise était déchirée ; il était sale. Les menottes pendaient à l'un de ses poignets.

— Thayer ?

— Il y a eu un accident, dit-il.

— Un accident ? répéta-t-elle avec lenteur.

Ce qu'elle venait de voir dans la crypte était tellement présent dans son esprit qu'elle ne pouvait plus avoir confiance en personne. Un moment plus tôt, elle était prête à défendre son cousin envers et contre tous. Mais maintenant, et compte tenu de son apparence, aussi…

— Que s'est-il passé ? lui demanda-t-elle.

— Tavish… ce salopard… m'a frappé. Je l'ai frappé à mon tour.

— Où ça ? Où est-il ?

Thayer secoua la tête.

— J'ai pu m'extraire de la voiture. Je… Toni !

Il fit un pas vers elle, et elle fut prise de panique. Elle s'était montrée trop confiante, trop naïve. Ils étaient tous dans une situation précaire depuis des jours et des jours, et que faisait Thayer ? Il allait se réfugier dans le grenier à foin pour fumer de l'herbe. Ce n'était pas la fin du monde, mais il y avait aussi la manière dont il la regardait, maintenant…

Il sourit brusquement — un sourire étrange, presque surnaturel.

— Toni, si tu voyais ta tête. On dirait que tu as croisé un fantôme. Tu es allée fureter dans le cimetière du château ou quoi ?

Ces paroles achevèrent d'anéantir les capacités de réflexion de la jeune femme. Submergée par une panique qu'elle n'avait plus le pouvoir de contrôler, elle se jeta vers la sortie, poussant Thayer de toutes ses forces lorsqu'elle passa devant lui, n'aspirant plus qu'à se retrouver dehors, au grand jour, à l'air libre.

Stupéfait, Thayer perdit l'équilibre et tomba.

— Toni !

Elle l'ignora et se rua vers l'écurie. Mais, au même moment,

Eban en sortit, un chiffon dans une main et une épée dans l'autre.

« Il est juste en train de la polir », se dit la jeune femme, ravalant un nouveau cri de terreur.

— Mam'selle Fraser, vous venez voir Wallace ? demanda le petit homme avec son drôle de sourire.

Elle secoua la tête, s'efforçant de réfléchir, s'avisant qu'elle n'y parvenait plus. Thayer allait sortir d'une seconde à l'autre. Que pouvait-elle faire ? Marcher jusqu'au village ?

Elle partit dans cette direction, avançant rapidement, d'abord, puis accélérant le pas jusqu'à courir à toutes jambes.

— Toni !

Elle jeta un regard par-dessus son épaule. Thayer, l'air menaçant, s'était lancé à sa poursuite.

Le village était loin. Il allait la rattraper. Qu'arriverait-il, alors ?

Regardant follement autour d'elle, elle aperçut la voiture de Jonathan au pied de la colline, renversée sur le toit.

Elle n'avait pas le choix. Se tournant vers la forêt, elle courut jusqu'au rideau d'arbres et s'enfonça dans les bois.

Bruce rentra au château et le trouva vide, ainsi que l'écurie. Aucune voiture n'était garée dehors, et le portail de l'entrée était grand ouvert.

— Toni ? Ryan…, Gina…, David… Il y a quelqu'un ?

Seul l'écho de sa voix lui répondit.

Il traversa le grand hall, puis la salle qui suivait, et s'arrêta brusquement. La porte de la crypte était ouverte.

Son cœur se mit à battre à grands coups désordonnés. Toni était-elle redescendue ? Etait-elle tombée ? Avait-elle été paralysée par la peur ?

Bruce dévala les marches en pierre, au risque de se rompre le cou.

— Toni ?

Comme il n'obtenait aucune réponse, il s'enfonça dans la crypte en direction du tombeau du grand laird.

Il fronça les sourcils, tout d'abord, en remarquant que la dalle du deuxième sarcophage avait été déplacée. Puis une puanteur qu'il reconnut instantanément assaillit ses narines. Le cœur au bord des lèvres, il regarda à l'intérieur, et un cri rauque et étouffé lui échappa.

Il s'était trompé. Ils ne retrouveraient pas Annie O'Hara dans la forêt. Elle était là. Mais comment ? Comment ?

Pour l'heure, il existait une question plus urgente : où était Toni ?

Bruce se rua vers l'escalier, en proie à un pressentiment effroyable, comme il n'en avait jamais connu auparavant.

Oui, un pressentiment. Cette vision de Toni, ses cheveux flottant à la surface de l'eau, le visage tourné vers le fond du ruisseau.

Les arbres formèrent un bouclier derrière elle à la seconde où elle s'enfonça dans la fraîche obscurité de la forêt. Toni traversa le ruisseau à toutes jambes, se moquant bien de mouiller ses chaussures et son jean. Finalement, elle s'arrêta devant un chêne et s'appuya contre le tronc, essayant de reprendre son souffle, s'efforçant de réfléchir, aussi.

Cette fois, elle était sûre d'avoir retrouvé le cadavre d'Annie O'Hara, la jeune femme disparue récemment. C'était logique. Les autres corps avaient été abandonnés dans la forêt. Cette fois, on l'avait laissé dans le château. Le château de Bruce. De quoi faire peser tous les soupçons sur lui…

Toni entendit du bruit derrière elle, et elle se tourna.

— Mam'selle Fraser ?

C'était la voix d'Eban. Il l'appelait.

Pourquoi l'avait-il suivie dans la forêt ?Et où était Thayer ? Il précédait largement le petit homme, lorsqu'elle avait décidé de se réfugier au milieu des bois.

— Mam'selle Fraser, c'est dangereux, ici ! lança la voix d'Eban. Le laird ne veut pas que vous alliez dans la forêt.

Le dos pressé contre l'écorce de l'arbre, Toni demeura parfaitement immobile jusqu'à ce qu'elle entende le petit homme s'éloigner. Doucement, elle fit le tour de l'arbre et se figea, stupéfaite de découvrir Thayer planté là, juste devant elle.

— Toni, te voilà enfin ! dit-il avec douceur. Je suis désolé. Vraiment, sincèrement désolé…

Ils évitèrent de peu une collision. Si Kevin n'avait pas poussé un cri, David n'aurait jamais freiné à temps.

Ryan bondit hors de sa voiture, aussitôt imité par Gina, et tous deux coururent vers la camionnette.

— Il se passe quelque chose de grave, dit Ryan.

— Ouais ! Tu ne sais pas conduire, grommela David.

— Quoi ? Que se passe-t-il ? demanda Kevin, voyant le visage bouleversé de Ryan.

— Le château est vide. La porte d'entrée est ouverte, celle qui donne sur la crypte aussi, et il n'y a personne.

Ryan marqua une pause pour reprendre son souffle, et Gina prit la relève.

— Et la voiture de Jonathan Tavish est renversée, au pied de la colline !

— Nous venons d'emprunter la route pour monter au château, dit David. Nous n'avons pas vu Toni. Et Bruce, vous l'avez trouvé ?

Gina et Ryan secouèrent la tête.

— Non, répondit Kevin.

Ils échangèrent des regards et, presque d'un seul mouvement, se tournèrent vers la forêt. Kevin poussa un grognement.

— Elle est forcément là, murmura Gina.

— Bon, allons-y, dit David.

Il descendit de la camionnette, Kevin aussi, et le petit groupe se dirigea vers la forêt. Lorsqu'ils arrivèrent près du ruisseau, David regarda autour de lui, et déclara :

— Kevin et moi allons partir dans cette direction. Vous deux, prenez l'autre.

Et ils se séparèrent.

Toni se dit que Thayer n'avait pas assez de force pour lui faire du mal. Sa blessure à la tête avait saigné abondamment et, d'après l'état de ses vêtements, l'accident de voiture avait dû le secouer. Malgré tout, elle n'avait pas l'intention de prendre le moindre risque. Elle le regarda fixement, pendant un moment, puis repartit en courant à toutes jambes.

— Toni, attends ! Pour l'amour de Dieu, Toni, attends ! cria-t-il.

Pour l'amour de Dieu !

Elle poursuivit sa course folle, pensant s'enfoncer dans la forêt. Mais, sans trop savoir comment ni pourquoi, elle se retrouva de nouveau au bord du ruisseau. Elle s'arrêta, indécise. Soudain, elle entendit un grognement. Elle tourna la tête sur la gauche, du côté d'où provenait le bruit.

Il y avait quelqu'un dans l'eau. Quelqu'un. Une personne vivante, qui gémissait. Etait-ce un homme ou une femme ? Elle n'aurait su le dire. Elle ne voyait pas clairement, avec toutes ces branches basses, dans la pénombre de la forêt…

La personne gémit de nouveau. Elle bougeait.

— Mon Dieu ! s'exclama Toni.

Et elle se lança en avant.

Bruce partit au galop sur le chemin qui menait au village, mais il tira brusquement sur les rênes en découvrant les deux véhicules de location des Américains abandonnés là, leur capot se touchant presque. Aussitôt, il vit la voiture de Jonathan, renversée sur le toit, au bas de la pente.

Il mit pied à terre et guida le cheval vers la forêt. Il venait d'arriver devant le ruisseau lorsque Eban sortit du massif d'arbres en secouant la tête.

— Eban, où est Toni ? demanda Bruce en l'attrapant par les épaules.

— Là-dedans, répondit Eban avec un geste de la main. Elle refuse de me suivre.

— Et Thayer ? Et les autres ? Ils sont là aussi ? La voiture de Jonathan est au pied de la colline. Il a eu un accident. Ecoute-moi attentivement. Il y a un corps, dans la crypte. Sais-tu comment il est arrivé là ?

Eban regarda Bruce fixement, puis fronça les sourcils.

— Laird MacNiall, il y a des tas de corps dans la crypte.

Bruce s'exhorta à la patience.

— Je parle du corps d'Annie O'Hara, l'une des jeunes filles assassinées. Sais-tu comment il a atterri là ?

Eban écarquilla les yeux et secoua la tête.

— Vous vous occupez pas du château, laird MacNiall. Pardon de vous le dire.

— Retourne vite au château et appelle l'inspecteur principal Robert Chamberlain. S'il te plaît. Ne perds pas un instant. Dis-lui de venir aussi vite qu'il le pourra.

— Oui, laird MacNiall. J'y vais.

Eban s'élança en direction du château. Bruce se maudit de

n'avoir pas pris son portable avec lui. Il donna une tape sur la croupe de Shaunessy pour le renvoyer à l'écurie, et s'enfonça à son tour dans la forêt.

Toni se précipita pour aider Jonathan à se redresser, et ce dernier s'appuya lourdement sur elle.

— Toni… Mademoiselle Fraser… je suis désolé, mais ce type est vraiment de la mauvaise graine. Il m'a assommé, il a provoqué un accident de voiture et, maintenant, il est en liberté.

Toni déglutit péniblement.

— Venez, on va vous sortir de là. Ce n'est pas tout, vous savez ? Le corps de cette jeune fille disparue… je suis pratiquement sûre de savoir où il est.

— Vraiment ?

Tavish trouva la force de se redresser et de la regarder dans les yeux.

— Dans la crypte, poursuivit Toni. Je… je ne comprends pas ce que ça signifie. Tant de gens ont accès au château et, par conséquent, à la crypte.

— En effet. Votre cousin, notamment.

— Pas seulement lui. La porte n'était même pas verrouillée quand nous sommes arrivés, la première fois. N'importe qui pouvait entrer. Et puis, il y a Eban Douglas. Il est de la région, mais c'est un drôle de type.

Un bruit de branche leur fit tourner la tête, et ils découvrirent Thayer. Il semblait avoir repris quelques forces, et plongea son regard dans celui de Jonathan.

— Toni, écarte-toi de lui.

La jeune femme soupira.

— Thayer, nous allons t'aider, malgré tout. Nous te trouverons un avocat. Nous…

— Toni, écarte-toi de ce type. Il m'a donné un coup de

coude en pleine tête ! Les officiers de police ne font pas ça, d'habitude !

— Espèce de salopard ! rugit Tavish. C'est vous qui m'avez assommé.

— Vous n'êtes pas normal, Tavish ! Vous n'êtes pas normal ! cria Thayer.

Ces mots suscitèrent la colère de Jonathan. Il se rua sur Thayer, tête baissée, le frappa en pleine poitrine et l'envoya au sol. Toni entendit un grognement rauque et vit que Thayer luttait pour reprendre son souffle. Tavish leva le poing.

— Non ! cria la jeune femme en courant vers eux.

A cet instant, Thayer reçut le coup en pleine figure, et ses yeux se fermèrent. Nauséeuse, Toni se tourna vers Tavish.

— Il faut aller chercher de l'aide ! s'exclama-t-elle. Vous l'avez peut-être tué.

Jonathan se releva et la regarda fixement, écartant de son front ses cheveux tachés de boue.

— Mademoiselle Fraser, dit-il en marchant vers elle, je dois vous avouer que vous commencez à me fatiguer.

Toni recula instinctivement. Elle venait de comprendre que Thayer avait raison. En fait, il l'avait suivie dans la forêt, alors qu'il tenait à peine debout, parce qu'il voulait l'aider. Il voulait la sauver. Il se doutait que Tavish était là.

Ce dernier fit un autre pas vers elle, et elle se mit à crier aussi fort qu'elle le pouvait. Puis elle pivota sur ses talons, mais une main s'abattit sur elle, l'attrapant par les cheveux avec une force qui lui fit faire un bond en arrière. Puis Tavish la poussa violemment dans l'eau. Toni essaya de se relever, mais il avait déjà enroulé ses doigts autour de son cou. Elle s'accrocha désespérément à ses mains, lui enfonçant ses ongles dans la peau. Mais il était doué d'une force vraiment extraordinaire. Peu à peu, comme au ralenti, elle vit le monde qui l'entourait passer du vert au noir.

Elle s'entendit râler, étouffer, lutter pour respirer, et, dans un dernier élan, poussée par l'instinct de survie autant que par le désespoir, elle décocha un formidable coup de genou dans l'entrejambe de son agresseur.

Bruce jaillit du taillis qui abritait le ruisseau et, aussitôt, il la vit. Toni. Le visage dans l'eau, ses cheveux flottant autour d'elle…

— Toni ! hurla-t-il, au comble de la détresse.

Il courut le long de la berge, bondissant par-dessus les rochers, et se rua dans l'eau où il tomba à genoux. Puis il attira à lui le corps de la jeune femme. Elle était immobile, froide, silencieuse…

Il pressa sa bouche contre la sienne, écarta ses lèvres et souffla doucement. Puis, en se redressant, il trébucha dans sa hâte à la sortir de l'eau pour la porter sur la berge et lui prodiguer les premiers secours. Au bout de quelques secondes, elle poussa un râle, toussa et cracha une belle quantité d'eau. Puis elle ouvrit les yeux.

— Bruce !

C'était à peine un murmure, mais il entendit l'avertissement qu'il contenait, et reposa la jeune femme sur la berge. Trop tard. Il reçut le coup de matraque de Jonathan en pleine tempe.

Il recula en titubant, et tomba accroupi. Sa vision se brouilla.

— Qu'est-ce que tu fous, Jonathan ?

— Je règle son compte à une saloperie d'assassin, répondit ce dernier.

La douleur était stupéfiante, et Bruce dut lutter pour ne pas sombrer dans l'inconscience.

— Je n'ai assassiné personne, et tu le sais, dit-il en faisant un effort surhumain pour se remettre sur ses pieds.

— Va donc le prouver, laird MacNiall ! Tu as un cadavre tout frais dans ta crypte.

— En effet, répondit Bruce. Et tu sais que ce n'est pas moi qui l'ai mis là.

— Oui, je le sais. La vie est étrange, tu ne trouves pas ? Après tout, je ne suis pas mal, dans mon genre. Pourtant, les filles ne se sont jamais intéressées à moi comme elles s'intéressent à toi. Et, en plus, tu possédais ce château en train de pourrir sur sa colline. Tu n'as jamais su apprécier ta chance, Bruce. Tu ne mérites pas une propriété pareille. Maintenant, si je ne te tue pas, tu risques de finir tes jours en prison. Autant mourir ici, avec ta dulcinée, tu ne crois pas ?

— Tu as assassiné tous ces gens parce que tu étais jaloux de moi ? demanda Bruce, incrédule.

Jonathan réfléchit un instant.

— Nan. Les meurtres sont venus avant… ou peut-être pas. Peut-être es-tu la cause de tout— à cause de Maggie.

— Maggie ! s'exclama Bruce. Maggie est morte depuis des années.

— Oui, des années.

— Elle était ma fiancée.

— Mais je l'ai aimée avant toi. Et il fut un temps où j'étais sûr qu'elle m'aimait aussi. Et puis, tu as débarqué et, comme d'habitude, le grand laird du château a raflé le plus beau morceau ! Après ça, il y avait de la pitié dans ses yeux, quand elle me regardait. Et puis elle est morte. Un acte de Dieu. Mais elle m'avait appris à connaître les femmes.

Jonathan se mit à aller et venir, pris dans la frénésie de ses propres paroles.

— Je suis bien plus intelligent que tu te l'imagines. De nous deux, j'ai toujours été le plus malin. Toi, le grand MacNiall, tu sais peut-être étudier des rapports de Bourse, mais donne-moi un ordinateur et je peux faire n'importe quoi.

Il marqua une pause, avant de reprendre :

— Je n'ai pas pensé tout de suite à ce que je pouvais faire. Pas après la première fille, en tout cas. C'est après la seconde. D'abord, je me suis mis à craindre d'avoir commis une erreur. Il me fallait un bouc émissaire. Le plus drôle est que ça n'a pas été difficile du tout. J'ai mis au point mon piège pour attirer ces gens. L'Internet, Bruce, quelle extraordinaire invention ! Je savais tout ce qu'il y a à savoir sur toi et, bien sûr, on peut tout vendre, sur Internet. Je pensais que tu allais nous faire une belle explosion de colère. Qui sait ? Tu aurais pu les jeter dehors. Il n'était pas impossible, non plus, qu'ils soient là quand on trouverait le dernier corps. La jolie Mlle Fraser aurait été épargnée. Alors que, maintenant..., il faudra faire un peu de ménage, ici, quand j'aurai terminé.

Bruce crispa les mâchoires, luttant toujours contre l'étourdissement qui menaçait de le vaincre. Son ami, cet homme qu'il connaissait depuis l'enfance, avait l'intention de les tuer, ici, dans la forêt.

Jonathan tira un couteau de sa poche. Il souriait.

— Moi, officier de police, j'ai été attaqué. Forcément, je me suis défendu.

Jonathan ne se contentait pas d'éprouver du ressentiment à son égard ; il le haïssait, avec une conviction pathologique, et cela depuis des années. L'homme n'avait pas agi sous le coup d'une rage soudaine et folle. Il avait planifié tout cela.

Bruce se jeta sur lui et le fit tomber dans l'eau. Mais Jonathan avait de la force : il parvint à renverser son adversaire et à prendre le dessus.

Toni se jeta sur lui avec un cri, mais il l'avait entendue venir. Il se retourna, et lui assena un coup de poing qui la fit voler en arrière.

Bruce vit le couteau que brandissait Jonathan et, au prix d'un effort surhumain, il repoussa violemment son agresseur. Mais

Jonathan se remit aussitôt à ramper dans l'eau, bien déterminé à planter son arme dans le cœur de Bruce. Ce dernier lui envoya un coup de pied dans les côtes.

Jonathan tomba, mais il se releva encore. C'est alors qu'absurdement, il se figea au milieu du ruisseau, son regard allant de Bruce à un point, quelque part sur la droite de ce dernier, pour revenir aussitôt sur Bruce.

— Arrête de bouger, bon sang de salaud ! rugit-il.

Bruce regarda à sa droite, au comble de l'ahurissement. Toni, assise sur les fesses, glissait lentement vers la berge.

— Lequel des deux, Jonathan ? Lequel avez-vous besoin de tuer ? lança-t-elle.

Bruce lui jeta un regard perçant. L'un comme l'autre voyaient... *quelqu'un.*

— Celui-là, Jonathan ! Celui-là ! Il se jette sur toi ! cria-t-elle.

Et, à l'immense stupéfaction de Bruce, Jonathan se rua vers sa droite, déterminé à se battre avec le vide. Emporté par son élan, il lutta un instant pour ne pas perdre l'équilibre, et se retourna de nouveau, prêt à attaquer Toni, cette fois. La lame de son couteau brillait dans la pénombre de la forêt.

Bruce tenait là une chance unique d'agir. Il se jeta de nouveau sur Jonathan, et le fit tomber durement dans le ruisseau. Cette fois, on entendit un craquement terrible, et Bruce tressaillit longuement.

Ils avaient heurté un rocher. Sous lui, Jonathan Tavish ne bougeait plus.

C'était de la légitime défense, bien sûr, mais il l'avait tué.

Bruce déglutit péniblement. Il éprouvait un vide terrible.

Il roula sur lui-même, content de sentir l'eau glacée du ruisseau glisser sur son corps. Une seconde plus tard, Toni était là, près de lui. Elle lui prit la main. Ses yeux bleus étaient pleins de larmes, mais elle souriait. Ils étaient vivants. Bruce savait, désormais, qu'il aurait donné sa vie pour sauver la jeune femme. Et, puisqu'il n'envisageait plus l'avenir sans elle, comment aurait-il pu regretter le fait qu'ils fussent encore vivants, tous les deux ?

Et c'était grâce à une aide aussi incroyable qu'inespérée.

— *Il* était là ? chuchota-t-il d'une voix rauque. Jonathan a vu le grand MacNiall, et il ne savait plus lequel de nous deux tuer, c'est ça ?

Toni hocha la tête gravement.

Bruce ferma les yeux.

— Remercie-le pour moi.

20.

— Cela continue de dépasser mon entendement, dit Bruce, assis en face de Robert Chamberlain. Pourquoi consacrer sa vie à se venger d'un homme, simplement parce qu'il est né laird et qu'il possède un château ?

— Dans un sens, l'histoire de Tavish m'inspire de la pitié, dit Robert. Quelles qu'aient été ses haines, réelles ou imaginées, elles ont couvé en lui jusqu'à pourrir son cœur et son esprit. Comment savoir ce qui a déclenché tout ça ? Est-ce Maggie ? Ou le problème existait-il déjà, avant qu'elle tombe amoureuse de toi ?

— Elle n'a pas rejeté Jonathan pour moi. Il n'y a jamais rien eu entre eux, dit Bruce en secouant la tête.

Robert soupira.

— Mais il était convaincu qu'elle l'aurait aimé si tu n'avais pas existé. Quand il a commencé à tuer, il devait chercher des femmes qui ressemblaient un tant soit peu à Maggie. C'était sa manière de se venger. Il s'en prenait à des prostituées parce que leur disparition était moins spectaculaire que celle d'une employée de bureau, par exemple, ou d'une épouse ou encore d'une étudiante. Quand ce type plutôt séduisant les abordait, elles n'hésitaient pas une seconde à le suivre… Se débarrasser des corps dans la forêt était une manière de s'en prendre à toi. Imagine sa joie, quand il a repéré Thayer au milieu de ce groupe d'Américains. Transférer l'argent de la location sur le compte de Thayer a dû être un jeu d'enfant. Les ordinateurs n'avaient pas de secret pour lui… Comment va Thayer, au fait ?

— Bien. Tout à fait bien. Les autres sont arrivés dans la forêt juste au moment où il revenait à lui. Nous l'avons aidé à sortir et tu connais la suite.

Il eut une grimace.

— Et me voilà, vingt-quatre heures plus tard, interdit d'entrée dans mon propre château pendant que les équipes médico-légales finissent leur travail.

— Bruce…

— Hé, j'ai été flic ! Prends tout le temps dont tu auras besoin.

Il secoua la tête.

— Dire que je considérais Jonathan comme un incompétent, alors qu'il était, en fait, un criminel patenté. D'autre part, je suis sûr que Toni et ses amis étaient terrifiés par ce pauvre Eban. Et moi, de mon côté, je me méfiais de Thayer Fraser. Je commençais aussi à me demander si nous n'avions pas affaire à un nouveau couple de tueurs. Alors que j'étais à l'origine de toute cette haine.

— Ne va pas te mettre martel en tête à ce sujet, dit Robert. Tu n'as rien fait à Jonathan. Nul ne sait ce qui provoque ce genre de court-circuit dans l'esprit d'un homme. Il était peut-être né avec une capacité à faire le mal. Ou bien il a permis qu'elle grandisse en lui… Enfin ! Voilà ton équipe. Et j'ai du boulot.

Toni et les autres venaient d'arriver. Ils s'étaient installés dans l'auberge au bout de la rue. Ils saluèrent tous Robert avec chaleur, mais ce dernier s'excusa de ne pas pouvoir rester avec eux. Il avait du pain sur la planche.

Il s'apprêtait à sortir au moment où Darcy et Matt Stone

arrivèrent, et l'on échangea encore une série de salutations. Puis Robert déclara en se tapant le front :

— Au fait, j'allais oublier !

— Quoi donc ? lui demanda Bruce.

— La serveuse de Stirling qui avait fait ses bagages sans crier gare, tu te souviens ?

— Oui.

— Eh bien, on ne la retrouvera pas dans la forêt. Elle est à Londres. Elle a rencontré un jeune homme qui l'a convaincue qu'elle méritait bien mieux que travailler dans ce pub, pour ce sale type. Elle est vendeuse dans une boutique de prêt-à-porter, et elle s'est inscrite à des cours du soir. Elle était stupéfaite quand les flics de Londres l'ont contactée. Elle ignorait totalement qu'on la croyait disparue.

— Dieu merci, murmura Bruce.

— Allez, je m'en vais pour de bon, cette fois, dit Robert.

La serveuse s'approcha de leur table pour prendre les commandes. Suivit le brouhaha habituel, tandis que les uns et les autres décidaient ce qu'ils voulaient boire et manger. Puis la jeune femme s'éloigna et le silence tomba.

Jusque-là, les conversations avaient tourné presque exclusivement autour de ce qui s'était passé, chacun y allant de ses commentaires au sujet des doutes qui l'avaient assailli, des soupçons qui avaient circulé entre les uns et les autres. On avait échangé des excuses, et Toni et Thayer avaient dû raconter les événements, encore et encore, tandis qu'ils s'efforçaient tous de donner un sens à l'affaire. La police avait envahi la forêt et le château, et même Shaunessy et Wallace avaient été emmenés dans une écurie du village. Quant à Eban, après avoir beaucoup grogné de devoir quitter sa maisonnette, il semblait apprécier la qualité du service dans la petite auberge.

Mais le moment était venu d'envisager l'avenir, et chacun semblait interroger Bruce du regard.

— Voilà ce que je propose, dit ce dernier. Les représentations vont être interrompues pendant quelques semaines. La police a mis le château sous scellés, et il va y avoir des tas d'articles dans les journaux. Je pense qu'il faut laisser passer un peu de temps — par respect. Puis, compte tenu de l'attirance des gens pour tout ce qui est épouvantable, je suis sûr que vous refuserez très vite des spectateurs.

Gina produisit un drôle de petit bruit de gorge.

— Vous voulez dire que vous nous laisserez continuer ?

— Pendant six mois, environ, répondit Bruce.

— Et ensuite ? demanda la jeune femme.

Bruce n'eut pas le temps de répondre car Thayer s'exclama brusquement, tout à fait hors de propos :

— Quand même, Jonathan, un officier de police ! Un type que vous connaissiez depuis toujours !

Oui, le passé n'était pas près de les lâcher. Même quand ils pensaient l'avoir ressassé au point de ne plus jamais éprouver le besoin d'en parler, il rejaillissait, incontrôlable, au détour d'une parole ou d'une pensée. Comme un fantôme.

Toni regarda Darcy Stone.

— Darcy, Jonathan pourrait-il avoir été… Grayson Davis, en train de vivre une autre vie ?

Darcy sourit et haussa les épaules.

— Je ne sais pas. Peut-être. Peut-être pas.

— Il arrive qu'il n'y ait pas de réponse, vous savez, de la part des vivants comme de celle des morts, ajouta Matt.

— Jonathan était peut-être juste un homme qui m'en voulait à mort, et qui avait un penchant pour le pouvoir et pour le meurtre, dit Bruce. Rien ne saurait excuser ses actions, mais je peux presque comprendre la haine qu'il me vouait. J'avais tout ce qu'il désirait. J'étais le laird, et ça continue de signifier quelque chose, par ici. Et puis, il y a eu Maggie… J'ignorais que Jonathan était amoureux d'elle. Elle le considérait comme un ami. Mais il s'était mis en tête qu'à cause de moi, elle l'avait rejeté. Il existe peut-être toute une série d'explications psychologiques. Et puis, si ça se trouve, Jonathan était Grayson Davis en train de vivre une nouvelle vie, sans avoir tiré aucune leçon de la précédente.

Gina frissonna, tandis que Ryan demandait à Bruce :

— Alors, vous nous laissez travailler pendant six mois, et ensuite, que se passe-t-il ? Vous continuerez de participer à nos productions ?

— Oui. Mais après une petite coupure.

— Ah bon ? Pourquoi ? demanda David.

Bruce se tourna vers Toni, un petit sourire aux lèvres.

— J'envisage de m'en aller un moment. Toni a beau aimer sincèrement l'Ecosse, je pense qu'elle serait heureuse de voyager un peu. On pourrait aller dans un endroit touristique : Cancun, les Keys en Floride, Aruba, peut-être même Disney World — mais pas question d'entrer dans la Maison Hantée !

— Toni ne peut pas s'en aller ! s'exclama Ryan. Il ne nous restera que Gina, et elle ne peut pas interpréter tous les rôles féminins. Aïe ! s'écria-t-il, lorsque sa femme lui donna un coup de coude.

— Nous avons Lizzie et Trish, dit Thayer. Je parie qu'elles adoreraient participer à notre entreprise. Cela dit, je dois vous avouer que j'envisage moi-même de me retirer.

— Quoi ? s'exclamèrent les autres d'une seule voix.

Thayer fit une grimace.

— Vous savez la leçon que j'ai tirée de tout cela ? Je veux être du bon côté de la loi. Je veux me racheter une conduite, suivre une formation dans la police et demander une affectation ici.

Il regarda Bruce.

— Vous vous dites sûrement qu'un pauvre type comme moi ne pourra jamais…

— Je pense, au contraire, que vous seriez parfait pour ce job, l'interrompit Bruce.

Thayer se redressa, l'air stupéfait et ravi.

— Je pense que je ferais du bon boulot, c'est sûr.

Il se tut un moment, avant de reprendre :

— Et vous, vous devriez réintégrer la police, vous savez ? Robert m'a dit que vous représentiez un atout formidable.

— Il a raison, Bruce, intervint Darcy. Vous devriez y réfléchir.

— Vous pourriez utiliser vos dons, acquis ou naturels, de bien des façons, renchérit Matt.

— Plus tard, qui sait ? répondit Bruce. Mais pas tout de suite.

— Bon, génial ! Vous, vous partez ; Thayer veut entrer dans la police, et nous, on continue à donner nos représentations. Seulement, il nous manque la moitié de la troupe ! s'exclama Ryan.

— Vous avez encore David et Kevin, Gina, peut-être Lizzie et Trish. Et puis, nous reviendrons, promit Bruce.

Il regarda de nouveau Toni.

— En admettant que tu viennes avec moi, bien sûr !

— Essaie donc de t'en aller sans moi ! répliqua la jeune femme.

— N'empêche, qu'arrivera-t-il, dans six mois ? demanda Gina.

— Je crois le savoir, dit Darcy avec un large sourire. Il n'est pas nécessaire d'avoir des talents de médium pour le deviner.

Bruce n'avait pas quitté Toni des yeux.

— Eh bien, idéalement, on verra la célébration d'un superbe mariage. La mariée sera en blanc, et le marié arborera la tenue traditionnelle. Quant à la réception… à vous de voir !

Il regarda David et Kevin d'un air sévère.

— Pas de jaune !

Il se tourna de nouveau vers Toni, et prit ses mains entre les siennes.

— Je suis privilégié de par ma naissance. Pourtant, j'ai ignoré ces privilèges ainsi que mon hérédité pendant très, très longtemps. Ce château devrait être un foyer, le foyer d'une famille où je compterai une femme et des enfants. C'est, en tout cas, ce que je souhaite. Tu veux bien y réfléchir ?

Il sourit, avant d'enchaîner :

— Mon pauvre ancêtre, le grand MacNiall, a passé toutes ces années à errer entre ces murs de pierre, à essayer de remettre le passé à l'endroit. Je pense que je lui dois bien cela : une mariée aussi ardente, passionnée et loyale que la sienne et… une descendance ?

Le fait qu'il eût osé faire sa demande en mariage, ainsi, devant tous ces témoins, signifiait beaucoup pour Toni.

— Tu as dit que tu ne me connaissais pas vraiment, l'autre soir, lui rappela-t-elle, néanmoins.

— J'avais tort. Je sais tout ce que j'ai besoin de savoir à ton sujet.

Il marqua une pause, vaguement déstabilisé.

— Pardon. Je te mets la pression.

Toni secoua la tête.

— Pas du tout. C'est l'histoire la plus merveilleuse que j'aie jamais entendue. Et je n'en suis même pas l'auteur.

— Mon Dieu ! Ça signifie que vous êtes fiancés ! s'exclama David.

— Exactement, répondit Bruce.

— Alors, il faut sabrer le champagne ! déclara Thayer.

A défaut de champagne, ils trinquèrent avec de la bière au bonheur des futurs mariés. Puis ils passèrent le reste de la journée ensemble, un groupe qui serait à jamais lié par les événements étranges qu'ils avaient vécus ensemble.

*
* *

Lorsque la nuit revint, les deux amants se retrouvèrent seuls dans leur chambre. Bruce prit Toni dans ses bras et la regarda dans les yeux.

— Voilà ce que je n'ai pas encore dit. Je t'aime. Je ne prétendrai pas avoir mené une vie de moine, depuis la mort de Maggie. Ma vie n'était pas non plus celle d'un débauché. J'existais, simplement. Et puis, il y a eu toi.

— Mon cher, cher laird MacNiall, murmura la jeune femme. Vous avez vraiment l'art de parler aux femmes.

— C'est là le moindre de mes talents, répondit Bruce avec un petit sourire. Tu sais encore si peu de chose à mon sujet.

Toni secoua la tête, heureuse simplement de le regarder dans les yeux.

— Nous aurons un mois tout entier à Aruba pour tout nous raconter.

— Et ? demanda-t-il avec douceur.

— Et… je pense que je suis tombée amoureuse de toi à la seconde où tu as fait irruption dans le grand hall, à cheval. Ainsi que tu l'as dit tout à l'heure, je sais tout ce que j'ai vraiment besoin de savoir à ton sujet. Et je t'aime, pour tout ce que je sais, et parce que tu es toi, tout simplement.

Il sourit et l'embrassa. Puis, au moment où ils allaient passer aux choses sérieuses, il marqua brusquement une pause et la regarda fixement.

— Et le grand MacNiall ? s'enquit-il.

— Je ne crois pas qu'il soit descendu dans cet hôtel, réponditelle avec un sourire.

— Toni, il est toujours dans les parages ?

— Il est parti, dit-elle simplement.

— Tu es sûre ? Pour de bon ?

Elle hocha la tête.

— Il a fait ce qu'il avait à faire. Il est en paix.

— Ah ! eh bien, la paix n'est pas vraiment ce que j'ai l'intention de te donner, maintenant, tu sais ? Au contraire, attends-toi à une énorme tempête.

— Je n'en attends pas moins de ta part, répondit Toni.

Il l'embrassa de nouveau. Et la tempête se déchaîna.

BEST SELLERS

Les Best-Sellers Harlequin, c'est la promesse d'une lecture intense : romans policiers, thrillers médicaux, drames psychologiques, sagas, ce programme est riche d'émotions.

Ne manquez pas, dès le 1er novembre:

Meurtres avec préméditation, de Rachel Lee • N°239
A Pampa, en Floride, la police est sur les dents : deux meurtres ont été commis en l'espace d'une nuit. A priori, rien ne rapproche les victimes – une jeune strip-teaseuse reconvertie en professeur de danse, et une vieille et respectable gouvernante. Rien… si ce n'est que chacune connaissait Grant Lawrence, le brillant et ambitieux sénateur de Floride. Chargée de l'enquête, l'inspecteur Karen Sweeney plonge dans un monde de faux-semblants, de jalousies mortelles et de rancœurs inavouées. Qui peut avoir eu intérêt à se débarrasser de ces deux femmes ? Un ennemi du sénateur, décidé à briser sa carrière… ou Lawrence lui-même ?

La montagne maudite, de Carla Neggers • N°240
Photographe animalière, Carine Winter n'aurait jamais cru risquer la mort dans le cadre de son travail. Et pourtant… Lors d'une randonnée à Cold Ridge, dans les montagnes du New Hamsphire, elle est un jour prise pour cible par des trafiquants dont elle a découvert le repaire par hasard. Elle s'en sort de justesse grâce à l'intervention de deux secouristes, Tyler North et Manny Carrera, mais ne se doute pas qu'elle vient de mettre le doigt dans un engrenage infernal… Meurtre, chantage, enlèvement : bientôt, une violence sans nom se déchaîne autour d'elle et de ses sauveteurs, orchestrée dans l'ombre par un tueur aux mobiles diaboliques. Un tueur qui, cette fois, n'entend pas leur laisser la moindre chance d'en réchapper vivants…

Péché mortel, de Laurie Breton • N°241
Installée depuis peu près de Boston, Sarah Connelly tente tant bien que mal d'élever sa nièce, Kitty, dont elle a la charge. Mais il n'est pas facile de composer avec une adolescente rebelle à toute autorité – surtout quand celle-ci décide un jour de fuguer… Paniquée, Sarah remue ciel et terre pour la retrouver. Le temps presse, car

Boston possède plus d'un quartier mal famé où l'industrie du sexe puise sans peine de nouvelles recrues.
Devant l'indifférence de la police, la jeune femme ne peut compter que sur l'aide de Clancy Donovan, un homme dévoué à la cause des jeunes en perdition. Ensemble, ils vont affronter le redoutable proxénète qui a attiré Kitty dans ses filets.
Et qui ne reculera devant rien pour la garder…

Le bûcher des innocents, de Shirley Palmer • N° 242
Malibu, Californie. Un violent incendie fait rage autour de la ville, dévastant tout sur son passage. C'est là, dans cet enfer brûlant, que l'architecte Matt Lowell découvre un nouveau-né abandonné – trop tard cependant pour le sauver… Mais l'horreur ne s'arrête pas là : bientôt en effet, il apprend qu'un autre cadavre a été trouvé à proximité. La victime, une jeune adolescente, s'avère être la mère du bébé et porte sur elle la trace de sévices atroces. Qui est-elle ? Que lui est-il arrivé ? Bouleversé par le sort de ces deux innocents, Matt décide de mener lui-même l'enquête – sans imaginer que celle-ci va le plonger au cœur d'un abominable trafic…

A l'ombre des magnolias, de Fiona Hood-Stewart • N° 243
Fille de sénateur, épouse d'un politicien promis à un brillant avenir, Elm MacBride a toujours fait passer les intérêts de sa famille avant les siens. Jusqu'au jour où elle découvre que son mari la trompe… Révoltée, elle trouve refuge chez une amie et entreprend de vivre enfin selon ses désirs. Des désirs qui ne tardent pas à s'incarner en Johnny Graney, un riche éleveur de chevaux… Mais on ne rompt pas si facilement avec le passé, et lorsque son mari la supplie de prendre en considération les conséquences d'un divorce sur sa carrière, Elm accepte de jouer quelques semaines encore les épouses exemplaires. Au risque de tout perdre…

Menace à Manhattan, de Howard Simon • N°121 (*réédition)*
Chirurgien et chercheur hors pair, Zach Green a contribué à faire du CHU de Manhattan l'un des plus réputés de la Côte Est. Aidé de son collègue, Glen Brinkman, ainsi que d'une nouvelle recrue, la séduisante Casey Brenner, il vient justement de se lancer dans l'étude d'une technique opératoire novatrice, susceptible de sauver des vies dans des cas jugés jusqu'alors désespérés. Mais ce projet sonne comme une provocation pour un groupe de dangereux individus lancés dans une guerre sans merci contre les laboratoires de recherche du pays. Déjà, plusieurs savants ont été assassinés. Et Zach pourrait bien être le prochain sur la liste…

Composé et édité par les
éditions Harlequin
Achevé d'imprimer en août 2005

BUSSIÈRE
GROUPE CPI

à Saint-Amand-Montrond (Cher)
Dépôt légal : septembre 2005
N° d'imprimeur : 51897 — N° d'éditeur : 11575

Imprimé en France